张 觅·著

明清女性诗论研究

A Study on the Poetry Theory of Women in the Ming and Qing Dynasties

湖南大學出版社·长沙

本书为湖南省社会科学基金一般项目（23YBA180）
『清代女性诗歌理论研究』研究成果

图书在版编目（CIP）数据

明清女性诗论研究 / 张觅著. -- 长沙 : 湖南大学出版社，2025. 6
ISBN 978-7-5667-3559-1

Ⅰ. ①明… Ⅱ. ①张… Ⅲ. ①古典诗歌-诗歌评论-中国-明清时代 Ⅳ. ①I207. 22

中国国家版本馆 CIP 数据核字（2024）第 090749 号

明清女性诗论研究
MING-QING NÜXING SHILUN YANJIU

著　　者：张　觅
责任编辑：向彩霞
印　　装：长沙创峰印务有限公司
开　　本：710 mm×1000 mm　1/16　　印　　张：16. 25　　字　　数：258 千字
版　　次：2025 年 6 月第 1 版　　印　　次：2025 年 6 月第 1 次印刷
书　　号：ISBN 978-7-5667-3559-1
定　　价：68. 00 元

出 版 人：李文邦
出版发行：湖南大学出版社
社　　址：湖南・长沙・岳麓山　　邮　　编：410082
电　　话：0731-88822559（营销部），88821593（编辑室），88821006（出版部）
传　　真：0731-88822264（总编室）
网　　址：http://press.hnu.edu.cn
电子邮箱：463229873@qq.com

序

张觅博士的《明清女性诗论研究》即将由湖南大学出版社出版，我相信她此刻的内心一定满是幸福感。

这并不是张觅的第一部著作，作为中国作家协会会员，她应该算得上是高产作家了。张觅从我读博是在 2016 年，同年她加入中国作家协会，这些年来，她几乎每年都有著作出版，有时一年甚至有好几部作品问世。我很欣赏她的勤奋，更欣赏她对生活、对这个世界始终保有的那一份热爱。她善于观察，四季轮回，花开花落，都能通过她优美而细腻的文字呈现出来。她还善于将工作和爱好相结合，她在湖南中医药大学宣传部工作多年，便以中草药为题材出版了多部融通植物学、药物学和古典诗词的作品，图文均赏心悦目。攻读古代文学博士期间，她较为关注明清女诗人，又出版了多部明清女诗人传记。于是，似乎是水到渠成的，她的博士论文选题就确定了“明清女性诗论”这一方向。

我一直觉得，能够将事业和兴趣结合起来是一件幸福的事，张觅应该是做到了。她热爱写作，又尤其具备女性特有的细腻眼光和清丽文笔，因此，虽然读博期间她其实相当忙碌：高校宣传部工作的高强度、小家庭的经营、写作频率的维持以及完成博士论文必要的大量阅读与思考……如果没有强大的精神与才情支撑以及超凡的时间管理能力，一个人要同时扮演好诸种不同的角色是颇有难度的。但，张觅挑战了这样的难度，并且做得堪称完美。

张觅最初和我交流，打算将自己博士论文的主题聚焦在明清女性诗论上时，我是颇有顾虑的。因为以我对她写作经验的了解，觉得可能以某位诗人作为研究对象相对来说更好把握，而“明清女性诗论”必然要面对诸多难点。难点之一是明清女性诗词创作的确蔚为风气，但诗论未成大气候，诗论的专著较为稀见，女性诗论大多散落在诸如序、跋、书信等多种文体中，这对宏观把握明清女性诗论的特点提出了挑战。难点之二是既然要考察女性之于诗歌的理论批评，则绕不开两性理论视野的差别，但就诗歌理论而言，女性和男性是否存在重大差异呢？基于女性视角的诗歌理论批评能否构建相对独立的理论体系呢？没有足够犀利的理论眼光、足够强大的逻辑思辨能力，这些难题是很不容易被攻破的。

不过，尽管有如此种种的顾虑，我还是决定尊重张觅的选择。因为，在我们多次就论文进行的探讨交流中，我发现她对这一选题兴趣浓厚，已经做了不少文献的搜集工作，阅读量和各类观点也在不断积累。且就学术界的研究现状来看，虽然 21 世纪以来学界对明清女性诗人及其作品的研究已成热点，但明清女性诗论这一选题的确尚有研究空间。

论文的撰写过程当然是艰难的，好在张觅温婉文静的外表下藏着一股子不服输的韧劲儿，虽然不是所有的问题都能一一迎刃而解，但论文最后的呈现还是可圈可点的。

第一，对明清女性诗论体系的宏观把握，是张觅博士论文的亮点之一。尽管明清女性诗人大多缺乏构建诗论体系的自觉意识，但那些散落的“珍珠”经过张觅的细心整理，还是形成了较为完整的理论框架。她从诗人论、作品论、创作论、性别意识四大板块构建了明清女性诗论的基本体系，涵盖了女性诗论者对女性诗人的人物品评，对女性从事诗歌创作的合理性、动机及性别优势的认知，对女性诗歌总体风格及美学范畴的把握，以及确立女性诗人作品文学价值及文学史定位的强烈意图，等等。尤其难能可贵的是，虽然论文主要考察明清女性诗论，但张觅还细心梳理了明清之前的女性诗论者进行的有效探索，使得论文呈现出清晰的女性诗论“史”的线索，更凸显明清女性诗论对前代的继承与创新。

第二，论文没有回避明清女性诗论中的诸多矛盾话题。例如，女性诗论者对女性诗人作品论存在着两种截然不同的观点：是强调“去脂粉气”还是坚持“闺阁本色”？前者固然可以拓宽题材开阔诗境，却又难以与男性诗人创作形成差异从而失去女性特质；后者固然坚持了传统女性创作的刻板印象，形成鲜明的女性化艺术特质，却又因题材狭隘、风格单一从而难以达到男性文人创作的高度。又比如在诗人论方面，女性诗人整体到底是“才高命薄”还是“福慧双修”？这两种看似对立的观点，到底是诗论者的主观判断还是对整体事实的客观归纳？诸如此类的矛盾在明清女性诗论体系中比比皆是。张觅没有为了论述的便利而“讨巧”地回避这些矛盾，而是“老实”地直面矛盾。例如她借鉴吴承学《“诗能穷人”与“诗能达人”——中国古代对于诗人的集体认同》一文的研究方法与思路，对女性诗人“才高命薄”“福慧双修”二者进行了辩证论析，其方法与思路既然切实可行，其结论也就相对令人信服。

第三，在文献阅读过程中，张觅秉承她一贯细心的习惯，有许多令人欣喜的小发现，并且她没有轻易放过这些小发现，而是尽可能地进行了较为充分的论证，使之成为论文中时时可见的闪光点。例如她对明清女性诗论者对于女性诗人的人物品评方面，既延续了前代重德崇才、以德护才的传统，还特地拣出一个“色”的范畴。“重色”并非明清女性诗论在性别意识上的倒退，在明清女性诗论者眼中，“色”不再是供男性审美的被物化的女性容貌体态之美，正所谓“闺中之美，非闺中之笔不能搜隐剔幽”，明清女性视角下对女性特有气质之美的敏锐发现与无比珍视，其实正是女性意识逐步觉醒的重要表现。再比如诗论史上常见的对才女“林下风气”的评价，张觅在论文中也有较为细致与独到的分析与总结。这类小发现虽然不见得是多么重要的学术创新，但可以见出张觅思维的敏锐与善于把握读书的会心之处。

当然，张觅论文的不足之处也很明显，例如总体来看述多于论，阅读的广度、思考的深度与理论的高度等还有提升空间。博士论文或可视为学术研究的起点，而远非终点。我相信，沿着这条路踏踏实实走下去，她将终有所成。

2022 年，张觅顺利通过博士论文的盲审及答辩，在论文终稿的基础上她又花了两年时间进行修订，这就是呈现在大家面前的这部《明清女性诗论研究》。虽然这不是张觅的第一部著作，却应该算是她的第一部学术著作。我为她的成长感到由衷的高兴。

在获得博士学位之后，张觅受聘为湖南理工学院古代文学专业的专任教师。从行政岗位转至科研教学岗位，这是她多年所愿，所幸愿望终究达成。虽然她已毕业，但我们师生之间的交流依然较为密切，我欣喜地看到她在新的工作岗位上如鱼得水，在古代文学领域继续潜心钻研，同时不忘她一直以来坚持并深爱的文学创作。

2024 年秋，张觅成为一名新晋母亲，她在朋友圈发了新生宝宝的照片，并且感叹“人生圆满了”。她是一名高产的作家，在人生如此重大的时刻，却只用了这看似简单的几个字来表达心情。但我自认为深深理解这看似简单的“人生圆满”的背后，作为一名女性，她这一路走来所经历的种种不易。

好在，风风雨雨之后，“回首向来萧瑟处”，往后的日子，一定会有阳光相迎，祝福张觅、她的家庭、她心爱的事业都能在阳光下温暖绽放。

杨　雨

2024 年 12 月

目　次

绪　论

一、问题的提出

中国女性诗歌创作源远流长，先秦《诗经》中的诗歌便多有女子所作。春秋时期卫国的女诗人许穆夫人，其人见载于《左传》，其诗见载于《诗经》，被认为是我国古代第一位见于记载的女诗人。到了明清时期，女性诗歌创作渐臻繁荣。孙康宜曾评价道："没有任何国家比明清时代的中国出版更多的女诗人选集或专集。"①

有了基本稳定的诗歌形态，以及较为自觉的创作意识与较为明确的创作动机，诗歌创作实践中就有具体的创作观念产生。② 女性诗论也早在先秦之时便已徐徐掀开帷幕。《诗经》中许穆夫人所作《载驰》一诗中有"陟彼阿丘，言采其蝱。女子善怀，亦各有行"③ 之句，"女子善怀"揭露出女子敏感善思的天性，被国内部分学者认为是最早的女性诗论。④

但是，在"女子无才便是德""内言不出于阃"等传统男权思想和观念的影响下，绝大部分古代女子只能深居闺阁，处于相对被压抑奴役的地位，受到的文化教育相对有限，在琐碎繁杂的家务中泯灭自己的文学灵性。中国诗论史可以说是一部男性诗论史，男性诗论家以男性视角来观照中国男性诗人的诗歌，关于女性诗人和女性诗论的声音，零散且

---

① 孙康宜. 情与忠：陈子龙、柳如是诗词因缘［M］. 李奭学，译. 北京：北京大学出版社，2012：163.

② 陈良运. 中国诗学批评史［M］. 2 版. 南昌：江西人民出版社，2001：21.

③ 苏者聪. 中国历代妇女作品选［M］. 上海：上海古籍出版社，1987：10.

④ 虞蓉与莫立民对此都有论及。虞蓉. 中国古代妇女的文学批评［D］. 成都：四川大学，2004；莫立民. 中国古代女性的文学批评［J］. 天府新论，2009（3）：149-153.

微弱，被排斥于主流诗论之外，经常处在被忽略和被边缘化的位置。如今，在各类古代文学史和诗论史中，女性诗歌创作依然被淡化，女性诗人面目朦胧，女性诗论更是屈指可数。

然而，在漫长的历史长河中，面临种种束缚与阻拦，依然有女性诗人从未放弃过对精神层次的追求，不曾远离过诗歌创作，且以她们独有的细腻与敏锐默默观照着诗歌，并以各种形式发表着诗论，留下珍珠般耀眼的诗学思想，零星点缀在中国古代诗论史上。女性诗论丰富并补充着男性诗论，成为中国诗论的一部分。其中，明清时期的女性诗论光芒最为璀璨夺目，无论是数量还是质量，都较为可观。长久以来，其丰富内涵与性别视角一直被轻视和忽视，有待学术界进一步关注和挖掘。

本书的关注点便在于明清女性诗论，主要涉及明清时期女性所创作的诗论之文本，包括诗文选本、诗传、序跋、诗话、论诗诗以及书信中散落的一些论诗言语等，综合考察其所处社会政治、经济、文化以及思想等各方面背景的具体影响，结合明清女性的各种社交活动与文学网络，如拜师、结社、唱酬等，分析其诗论意识，梳理其诗论主张，归纳其诗论思想，并总结其诗论成就，探究其诗论价值。

二、研究范畴与研究对象

（一）明清女性诗论范畴的界定

学术界早先对明清女性诗论的研究，多散见于女性文学史和各种关于女性的诗选，在女性文学批评研究中也有部分涉及，但较少形成专论。就女性诗论而言，学术界对其有广义、狭义之分。广义的女性诗论包括男性诗论家和女性诗论家关于女性诗歌问题的研究，也包括女性诗论家对诗歌问题的研究；狭义的女性诗论则专指女性诗论家对诗歌问题的研究，且主要指向对女性诗歌问题的研究。① 本书所讨论的女性诗论，

① 郭延礼认为女性文学必须严格界定为女性自己书写的文本，笔者据此认为女性诗论可严格定义为女性自己进行的诗歌研究。郭延礼. 明清女性文学的繁荣及其主要特征［J］. 文学遗产，2002（6）：68-78，144.

指的是后者，即女性诗论家对诗歌问题主要是女性诗歌问题的研究。研究的时间跨度从明代（1368—1644）到清代（1644—1911），共543年。清末民初的女性诗人所作诗论，也归入研究范畴。

本书研究对象主要是明清女性诗论家所作的女性诗论，其创作主体是明清女性诗论家。学者方秀洁曾提出，善用女性写作的文本，可获取崭新的文学、历史及文化视野。因此，本书的研究对象不仅仅是明清女性所作的诗歌理论作品，还会涉及明清女性诗歌实践，即诗歌作品本身，从她们自身创作的诗歌中印证女性诗论的诗学思想与美学倾向，以形成对女性诗论的补充与说明。

明清时期女性诗论家并未从女性诗人中分离出来，她们本身亦是女诗人。彼时女诗人身份具有多元性，主要包括闺秀诗人、青楼诗人、闺塾师、宫廷诗人、平民诗人及其他，其中闺秀诗人是明清女诗人的主力。只要作过女性诗论的明清女诗人，包括所有身份的女诗人，就都在本书的研究范畴之内，不仅限于闺秀诗人。另外，本书所谓的诗论，范畴限定为关于“诗歌”的理论研究，取“诗论”的狭义范畴，不包括广义上的其他“诗论”，如关于词、曲的理论研究。

本书拟通过对明清女性诗论作品进行文本细读，在研究过程中试图倾听明清女性自身所发出的真实的声音，触摸她们丰富细腻的内心世界，结合明清之前女性诗人所作的诗论对明清时期女性诗论的主要内容、审美内涵、诗学观念进行宏观分析，同时又从微观着眼，进行女性诗论文本细读。本书拟在前人研究的基础上，力图结合明清的时代背景，勾勒明清女性诗论的整体风貌，梳理其审美特征与社会意义，考察其基于女性性别经验而形成的理论视角，寻找被遮蔽或忽略的女性诗论的声音，发现其相较于男性诗论思维方式的独特之处，从而探究其对中国诗学史的影响。

（二）女性诗论与女性诗学的内涵

“诗论”顾名思义，主要指的是关于诗歌的理论研究。诗论并不等同于诗学。关于“诗学”的概念和内涵，学术界历来有着不同的声音。

近代以来的学者认为，诗学乃诗歌原理，当代学者则更倾向于认为诗学意味着与诗歌有关的所有学问①，从这个内涵来说，诗学的概念要远远大过诗论。本书所研究的女性诗论，指的就是女性作为诗论主体所总结和提炼的诗歌理论，包括指向作品、诗人以及创作的理论。由于古人在进行诗歌理论研究时常未对理论研究与诗学批评、诗歌鉴赏进行明显区分，因此女性诗人在进行诗歌理论研究时也会涉及批评与鉴赏。

明代已有不少女诗人在诗歌创作的同时进行自觉的诗歌理论研究，清代从事女性诗论的女诗人人数更是达到了新的高度，据不完全统计，清代从事诗学理论批评的女性诗人不少于三百人。② 体现明清女性诗论思想的文体形式丰富多彩，如序跋、女性诗歌选本、诗传、论诗诗、诗话及书信等。女性诗论来自女性诗歌创作实践，反过来又指导女性诗歌创作，进一步激发了女性诗人的创作热情，且保存了女性诗学文献，扩大了女性诗歌作品的传播面，推动了女性诗歌创作的兴盛。众多女性从自身的深切体验出发，密切关注女性境遇与创作体会，细致分析女性诗作的艺术特征与美学风格，具备了构建女性经典的诗论意识以及自觉的文学传播意识，所创作的作品较为全面地展现了女性的心灵史和生命史。但明清女性诗论并不是独立于男性诗论话语之外的存在，它深受明清男性诗论的影响，反过来又影响着男性诗论的发展，是明清诗论的有机组成部分。两性诗论在明清时期进行了良好互动和有益促进，这是之前朝代不曾有过的情形。当然，女性诗论又有着不同于男性诗论的性别特质，具备丰富的诗论内涵与诗论意蕴，女性诗论家以女性独特的诗论体验与思维方式，扩大了两性诗论的空间，建构了独特的心灵景观。她们从诗人论、作品论、创作论等各个方面切入诗歌批评，形成了具有女性特色、较为复杂多变的诗论观念，建立了相对独立并具备一定规模的诗论体系，所著的诗论作品具有较高的文献价值、理论价值、传播价值以及审美价值。

① 蒋寅. 清代诗学史［M］. 北京：中国社会科学出版社，2019：6-7.

② 聂欣晗. 论女性话语对清代诗学的建构［J］. 满族研究，2012（1）：112-115.

三、研究综述

20世纪以来，学界对古代女性文学及诗论的研究可以用“头重尾轻中间空”① 来形容。20世纪前期，已经有研究者对其进行了相关研究。20世纪50年代到70年代，研究一直处于低迷状态。20世纪80年代以来，国内研究情况有所改变，但数目颇巨的明清女诗人及其存世作品仍处在被忽略、被边缘化的境地，女性诗论研究尤为薄弱，这造成了明清女性创作和女性诗论在各类文学史中的缺席。总体而言，学界对于中国女性文学的研究聚焦于现当代，古代女性文学、女性诗论尤其是明清女性诗论虽然也有不少学者观照到，近年来相关研究较为活跃，但其没有受到广泛关注和高度重视，甚至依然有人认为“中国文学史上没有女性的古文家、女性的文学理论家和文学批评家”②，中国文学批评史更成为“中国男性的文学批评史”③，古代文学史上并不存在所谓的女性文学理论研究，更无所谓诗论。张少康就曾在《中国文学理论批评史教程》中仅承认李清照的文学理论批评研究，认为她“几乎是绝无仅有的一位女文学批评家”。④ 即使是研究古代女性文学，学界关注的目光也多放在薛涛、李清照、朱淑真等唐宋女作家身上，鲜有专门观照到明清女性文学或女性诗学。不同版本的中国文学史中，明清女诗人同样处于缺席状态。刘大杰版的《中国文学发展史》，只提及了卓文君、蔡文姬、上官婉儿、李清照、朱淑真五位女性诗人，她们出自汉魏或唐宋，没有涉及明清。⑤ 袁行霈版的《中国文学史》中，也并未提及一位明清女诗人。⑥ 古代女性文学界，只有李清照的创作才华以及其理论思想被男性文学家

---

① 陈飞. 二十世纪中国妇女文学史著述论［J］. 文学评论，2002（4）：31-41.

② 胡明. 关于中国古代的妇女文学［M］//张宏生，张雁. 古代女诗人研究. 武汉：湖北教育出版社，2002：91.

③ 虞蓉. 中国古代妇女的文学批评［D］. 成都：四川大学，2004.

④ 张少康. 中国文学理论批评史教程［M］. 北京：北京大学出版社，2011：191.

⑤ 刘大杰. 中国文学发展史［M］. 北京：商务印书局，2017.

⑥ 袁行霈. 中国文学史［M］. 北京：高等教育出版社，2014.

高度评价、广为认可且最终接受，但也经历了曲折的过程。

20世纪80年代之后，因胡文楷《历代妇女著作考》被译介到西方，引起了北美汉学家对中国古代女性文学尤其是明清女性文学的兴趣。围绕明清女性文学和女性诗学，汉学家从新的视角与古籍文本切入，发表了系列论文，并出版了相关专著。到了21世纪初，明清女性文学研究渐渐进入国内学界视野，来自北京大学、南京大学、华东师范大学、中山大学、苏州大学等高校的学者和研究生们在明清女性文学著作文本梳理、才女家庭群体研究、才女地域性研究以及才女个案研究等方面形成了相当可贵的研究成果。他们撰写了系列会议论文集和学位论文，相关专著也得以出版面世。越来越多的学者开始关注这一被习惯性忽略但极具研究空间的领域。

（一）国内研究

首先，学者们从宏观上对女性文学史进行了爬梳。在20世纪初和20世纪八九十年代，都曾掀起过古代女性文学史的研究高潮，但专门针对明清女性文学和诗学的比较少。1916年谢无量出版的《中国妇女文学史》可看作是系统研究古代女性文学的开山之作，所记录之女性文学以诗文为主，但谢氏研究仅止步于明代，且对明代女诗人“仅摘录诗句，粗陈梗概”。[①] 1927年梁乙真出版的《清代妇女文学史》，则是有针对性地续谢无量之书而作，也以诗文为主。谢书和梁书虽然名为文学史，但梳理文学史的同时也对女性作家有所评论。同一时期的谭正璧《中国女性的文学生活》是最早用白话文写的女性文学史，后又有《中国女性文学史》出版。他认为谢、梁之书“主辞赋，述诗词”，因此谭书中囊括了大多女性文学文体。谭正璧提出“真正的女性的文学，还是女性自己所写的文学”，并将评人和评诗相统一，认为女作家本身就是一篇绝妙的文学篇章，而作品又是其身世的写照。[②] 1957年胡文楷费时二十余年

① 李圣华. 论晚明女诗人群落分布与创作特征［J］. 厦门教育学院学报，2005（3）：18-21.

② 谭正璧. 中国女性文学史［M］. 天津：百花文艺出版社，2001：18.

编选的《历代妇女著作考》出版，著作通过“辨章学术，考镜源流”，汇集整理了自汉魏至近代共4000余位女作家著作的流传情况和出处，代表迄今为止中国古代女性文献目录整理的最高成就，被认为是中国古代妇女文学研究真正意义上的现代起点。[①]《历代妇女著作考》中记录了女性诗人的诗论行为，包括编纂选本，撰写诗话、诗传、诗评、序跋等。后来，史梅在其基础上，另辑出清代女作家118人，女性著作144种。1985年胡书再版，2008年张宏生将胡书修订增补后再度出版。[②]1993年张明叶出版的《中国古代妇女文学简史》将古代女性文学史按照朝代顺序进行分类，以女性视角切入，记述女作家身世事迹的同时点评其作品，较为完整地呈现了古代女性的文学发展历程。该书也是目前唯一一部由女性执笔的古代女性文学史[③]，女性作家收入较全，且关注到明清女诗人的诗论研究，并赞其学术精神，如称明代女性诗论家梁小玉“尊重史实，精于考订而不盲从的治学态度，亦可范后来学人”。[④] 此外，胡云翼的《中国妇女与文学》、苏之德的《中国妇女文学史话》、马清福的《文坛佳秀：妇女作家群》、陈平原的《古代女诗人》、苏者聪的《中国历代妇女作品选》、邓红梅的《闺中吟：传统女性的精神自画像》、赵维江的《熟悉的陌生人：传统文化中的女性审美》等等，都是对古代女性文学史的整体观照与相关阐述，对女性诗论的涉及较少。张明叶之后并未有冠以古代女性文学史或者诗学史之名的专著出版，乔以钢、林丹娅主编的《女性文学教程》[⑤] 仅有一个章节涉及了古代女性文学，叙述较简，之后就进入对现当代女性文学的阐述。苏州大学段继红在《清代女诗人研究》[⑥] 中，以女性视角细腻触摸和理性透视清代女诗人以诗

① 张宏生，石旻. 中国古代妇女文学研究的现代起点：胡文楷《历代妇女著作考》的价值和意义［J］. 江西社会科学，2008（7）：93-102.

② 胡文楷，张宏生. 历代妇女著作考［M］. 李志生，译. 上海：上海古籍出版社，2008.

③ 王玉琴. 百年中国女性文学史的写作历程及史观演变［J］. 天府新论，2013（2）：138-146.

④ 张明叶. 中国古代妇女文学简史［M］. 沈阳：辽宁教育出版社，1993：380.

⑤ 乔以钢，林丹娅. 女性文学教程［M］. 北京：高等教育出版社，2017.

⑥ 段继红. 清代女诗人研究［D］. 苏州：苏州大学，2005.

歌写下的心灵痛史，并对清代女性文学进行了宏观研究和个案分析，出版时更书名为《清代闺阁文学研究》。[①] 复旦大学崔琇景《清后期女性的文学生活研究》[②] 着重考察清后期女性作家的书写意识、女性作家与男性文人的互动关系，以及女作家形象与生存环境，对女性书写的流传与传播也进行了较为深入的思考，并特辟出一小节对女性总集与女性诗话进行了分析。

从两性诗学的关系研究方面切入、考察男性文人对女性文学发展推动作用的专著有李汇群的《闺阁与画舫：清代嘉庆道光年间的江南文人和女性研究》[③] 和陈玉兰的《清代嘉道时期江南寒士诗群与闺阁诗侣研究》[④]，研究视线都投向了嘉道年间江南文人与女性诗人的诗学互动。李汇群强调男性文人的奖掖与鼓励对于女性诗歌发展的意义，认为出现江南才女文化繁荣现象的重要因素终究要归结为当时士人的深层心理状态，陈玉兰则采用“文学生态学”途径对寒士诗群与才女妻子的交流及互动进行分析，更偏重于对寒士诗群进行群体流派研究。柳素平的《晚明名妓文化研究》[⑤] 中第五章“晚明名妓的社会交往”，着重阐述江南地区名妓与名士的社会交往，认为二者之间有着一种颇具人文精神的关系，这种人文关系使得名妓的人格得到尊重，才情也得到承认，从而创造出一种新的士妓文化。柳素平另一部作品《追求与抗争——晚明知识女性的社会交往》[⑥] 则是针对晚明时期知识女性群体社交的专题研究，分析晚明时期知识女性群体的兴起及其出众的艺术才华，解读其社会交往概况、社会交往方式以及原因，阐述其特点、影响，并论述其历史评价。张宏生编著的《明清文学与性别研究》，[⑦] 共收入 60 多位学者基于

---

① 段继红. 清代闺阁文学研究［M］. 天津：南开大学出版社，2007.

② 崔琇景. 清后期女性的文学生活研究［D］. 上海：复旦大学，2010.

③ 李汇群. 闺阁与画舫：清代嘉庆道光年间的江南文人和女性研究［M］. 北京：中国传媒大学出版社，2009.

④ 陈玉兰. 清代嘉道时期江南寒士诗群与闺阁诗侣研究［M］. 北京：人民文学出版社，2004.

⑤ 柳素平. 晚明名妓文化研究［M］. 武汉：武汉大学出版社，2008.

⑥ 柳素平. 追求与抗争：晚明知识女性的社会交往［M］. 郑州：郑州大学出版社，2016.

⑦ 张宏生. 明清文学与性别研究［M］. 南京：江苏古籍出版社，2002.

性别分析视角，研究明清文学创作、接受与传播的相关论文。

从女性诗学文献整理方面切入，则有李因《竹笑轩吟草》、叶绍袁《午梦堂集》、施淑仪《施淑仪集》等明清女性诗文选集的再度点校出版，以及国内学者所整理之女性诗文总集的出版。胡晓明、彭国忠主编的《江南女性别集初编》① 为国内外第一部地域性的大型古代女性文学总集，选入较为稀见之刻本、稿本和钞本，编者以极严谨的治学态度遍寻江南地区图书馆古籍，选取女性别集进行点校整理，先后出版了初编、二编、三编、四编、五编，志在推动女性文学与地域文学研究发展。另有一部关于清代闺秀诗话的丛刊由凤凰出版社出版，即王英志主编的《清代闺秀诗话丛刊》②，它一共收录了 14 种诗话，附录 6 种，展现了清人对女性诗话的关注，但其中女性所作的女性诗论作品只有沈善宝的《名媛诗话》、陈芸的《小黛轩论诗诗》、施淑仪的《清代闺阁诗人征略》。如果把论诗诗、诗传和诗话区分开来的话，选集中严格意义上的女性诗话作品只有《名媛诗话》，其他均为男性所作的女性诗话作品。值得一提的女性诗学文献还有 2015 年由中华书局出版的《清代闺阁诗集萃编》10 卷③，为国家清史纂修工程“文献丛刊”项目之一，共收入清代 80 位女诗人的著作，书末附《现存清代女性诗词集知见录》，辑录了作者的词作及序、跋、传略、墓志等文字。再如傅瑛编《明清安徽妇女文学著述辑考》④、贝京校点《湖南女士诗钞》⑤、肖亚男主编《清代闺秀集丛刊》⑥ 66 册、肖亚男主编《清代闺秀集丛刊续编》⑦ 32 册等。

对地域性、家族性的明清女性诗人群体之研究有宋清秀《清代江南

① 胡晓明，彭国忠. 江南女性别集初编 [M]. 合肥：黄山书社，2008.
② 王英志. 清代闺秀诗话丛刊 [M]. 南京：凤凰出版社，2010.
③ 李雷. 清代闺阁诗集萃编 [M]. 北京：中华书局，2015.
④ 傅瑛. 明清安徽妇女文学著述辑考 [M]. 合肥：黄山书社，2010.
⑤ 贝京. 湖南女士诗钞 [M]. 长沙：湖南人民出版社，2010.
⑥ 肖亚男. 清代闺秀集丛刊 [M]. 北京：国家图书馆出版社，2014.
⑦ 肖亚男. 清代闺秀集丛刊续编 [M]. 北京：国家图书馆出版社，2018.

女性文学史论》[①]、赵厚均《明清江南闺秀文学研究》[②]、宋致新《长江流域的女性文学》[③]、郝丽霞《吴江沈氏文学世家研究》[④]、蔡静平《明清之际汾湖叶氏文学世家研究》[⑤] 等。莫立民的《清代女子诗社研究》[⑥] 则从女性诗社的角度切入，对具有代表性的女子诗社群体做了梳理和介绍，分上下两编，为清代女子诗社本体研究与清代女子诗社主要诗歌质素构建论，对其诗史地位、女性品质、兴盛的主要成因与构建缺失等作了较为详尽的考量。

对明清女诗人的微观研究则有对女作家的个案分析，如陈寅恪的《柳如是别传》[⑦]、杜芳琴的《菊痛奈何霜——双卿传》[⑧]、张菊玲的《旷代才女顾太清》[⑨] 等，以严谨的治学态度、翔实的资料考证，考察了明清时期具有代表性的女诗人。刘燕远《柳如是诗词评注》[⑩]、珊丹《鸿雪楼诗词集校注》[⑪]、黄嫣梨《月痕休到深深处——徐灿词注评》[⑫] 等，以女性学者为主体分别整理和品评柳如是、沈善宝、徐灿等明清女诗人的诗歌作品。王英志发表了《随园女弟子考述》[⑬] 及关于随园女弟子个案研究的系列论文，但以考据性质和文献整理为主。

从教育学、心理学、社会学、历史学等跨学科方面切入，考察古代女性文学的专著有李国彤《女子之不朽：明清时期的女教观念》[⑭]、王萌

① 宋清秀. 清代江南女性文学史论［M］. 上海：上海古籍出版社，2015.
② 赵厚均. 明清江南闺秀文学研究［M］. 上海：上海古籍出版社，2020.
③ 宋致新. 长江流域的女性文学［M］. 武汉：湖北教育出版社，2004.
④ 郝丽霞. 吴江沈氏文学世家研究［M］. 上海：复旦大学出版社，2009.
⑤ 蔡静平. 明清之际汾湖叶氏文学世家研究［M］. 长沙：岳麓书社，2008.
⑥ 莫立民. 清代女子诗社研究［M］. 北京：中国社会科学出版社，2021.
⑦ 陈寅恪. 柳如是别传［M］. 上海：上海古籍出版社，1980.
⑧ 杜芳琴. 菊痛奈何霜：双卿传［M］. 石家庄：花山文艺出版社，2001.
⑨ 张菊玲. 旷代才女顾太清［M］. 北京：北京出版社，2002.
⑩ 刘燕远. 柳如是诗词评注［M］. 北京：北京出版社，2016.
⑪ 沈善宝，珊丹. 鸿雪楼诗词集校注［M］. 北京：中国社会科学出版社，2012.
⑫ 黄嫣梨. 月痕休到深深处：徐灿词注评［M］. 上海：上海古籍出版社，2004.
⑬ 王英志. 随园女弟子考述［J］. 江南社会学院学报，2000（4）：34-40.
⑭ 李国彤. 女子之不朽：明清时期的女教观念［M］. 桂林：广西师范大学出版社，2014.

《禁锢的灵魂与挣扎的慧心：晚明至民国女性创作主体意识研究》[①]、赵崔莉《被遮蔽的现代性：明清女性的社会生活与情感体验》[②] 等。南开大学黄晓丹有博士论文《才情与德性之间：困惑中的盛清女性写作》[③]，她注意到了盛清时期女性诗学观念上的进步与时代导致的思想局限之间的矛盾，并对此加以深入思考与全面探讨。郭延礼在《明清女性文学的繁荣及其主要特征》[④] 中指出，女性诗人的大量出现主要是在明代中后期，原因主要有左派王学思想的传播，文学上公安派、竟陵派的兴起，以及文人的有意倡导等。著作对明清女性文学繁荣的特点从创作主体、创作体裁、创作群体、交往互动以及作品传播五个方面进行了总结。

虽然国内学者们在古代女性文学上已有一定的研究基础，但关于古代女性文学批评以及诗歌理论方面的研究依然不多，女性诗论研究也并未从女性文学批评研究中独立出来，这些都在一定程度上显示出古代女性诗论研究的低迷。迄今为止，只有五本相关专著出版，这五本专著也是学界近年来针对明清女性诗学及诗论研究的主要学术成果。聂欣晗2013 年出版的《清嘉道年间女性的诗学研究》[⑤]，采取点面结合的方式，从个案研究到群体关注，将清代嘉道年间的女性诗学进行了条理清晰的梳理和总结，并注重以西方女性主义理论来拓展女性诗学的研究空间，研究较为深入，但其研究跨度仅限于嘉道年间，研究地域也仅限江南地区，给后来学者留下了研究空间。其 2017 年出版的《清代女性诗学与文化》[⑥] 则在之前研究的基础上，对整个清代的女性诗学与文化做了宏观观照与个案分析，特别是将研究视角投向了别具特色的湖湘女性诗人诗学，研究视角颇具新意。王晓燕 2014 年出版的《清代女性诗学思想

---

① 王萌. 禁锢的灵魂与挣扎的慧心：晚明至民国女性创作主体意识研究［M］. 郑州：河南大学出版社，2009.

② 赵崔莉. 被遮蔽的现代性：明清女性的社会生活与情感体验［M］. 北京：知识产权出版社，2015.

③ 黄晓丹. 才情与德性之间：困惑中的盛清女性写作［D］. 天津：南开大学，2011.

④ 郭延礼. 明清女性文学的繁荣及其主要特征［J］. 文学遗产，2002（6）：68-78，144.

⑤ 聂欣晗. 清嘉道年间女性的诗学研究［M］. 广州：世界图书出版广东有限公司，2012.

⑥ 聂欣晗. 清代女性诗学与文化［M］. 广州：世界图书出版广东有限公司，2017.

研究》[①]从清代闺秀的生存环境与文学交际、女性诗学观念的自我评议、文士对女性诗学观念的判定三个方面展开论述，注重闺秀诗学观念形成的渊源与特点，研究较为细致，但其研究范畴仅限于清代江浙地区闺秀诗人的诗学思想，并不包括青楼诗人的诗学思想，未对清代女性的诗学思想从整体上进行审视和把握。王郦玉 2017 年出版的《明清女性的文学批评》[②]，从明清女性文学批评的独创性和思想特点等方面对明清女性所做的文学批评进行了宏观历史视野下的整体观照，梳理了明清时期女性文学批评的发展脉络，关注并挖掘女性文学批评的独特性（诗学批评的研究是其文学批评的关注点之一）；但因其研究对象是明清时期包括诗、词、曲、小说等所有文类的文学批评，关于诗学批评和诗歌理论的研究尚有空间。沈沫 2021 年出版的《筱轩楮墨：清代才媛诗学与美学研究》[③]从诗学和美学的维度聚焦清代前中期的女性文学，研究清代才媛的独特性、这一群体在韵文书写中所做的探索及取得的成绩，特别是在诗词中所体现的审美自觉、美学特质和品格。其观照的重点为才媛诗词文本的诗学分析和美学探讨，只有第九章“才媛诗学批评与美学趣尚”方才涉及诗论，关注“女性批评”与“批评女性”[④]，围绕才媛美学核心观点以及才媛论诗的美学范畴做了较为清晰的探讨，限于篇幅其论述未能充分展开，探讨还有待深入。另有四川大学虞蓉博士论文《中国古代妇女的文学批评》[⑤]，强调女性缺席的中国文学批评史并不是完整的文学批评史，缺乏女性视角观照与女性思维探讨更无法实现完整的文化构建。她从先秦时期开始对古代女性的文学批评进行溯源，认为许穆夫人的“女子善怀”是古代女性关于创作论的最早见解，由此提供了崭新的研究视角。论文第三章“明清两代妇女的文学批评”对明清女性文

---

① 王晓燕. 清代女性诗学思想研究［M］. 成都：四川大学出版社，2014.

② 王郦玉. 明清女性的文学批评［M］. 上海：华东师范大学出版社，2017.

③ 沈沫. 筱轩楮墨：清代才媛诗学与美学研究［M］. 上海：华东师范大学出版社，2021.

④ 沈沫探讨的“女性批评”指的是才媛的文学批评著作，“批评女性”指的是文士对才媛诗作的品评。沈沫. 筱轩楮墨：清代才媛诗学与美学研究［M］. 上海：华东师范大学出版社，2021：338.

⑤ 虞蓉. 中国古代妇女的文学批评［D］. 成都：四川大学，2004.

学创作以及文学批评情况进行了简要分析。但虞蓉认为，明清女性的文学批评作品数量虽多，理论思考之独创性却不大，受主流文化的影响大于从前，且多有雷同，因此她对明清女性文学批评的价值整体评价不高。莫立民的《中国古代女性的文学批评》[①] 指出，中国古代女性的文学批评有着较为独立的发展流程，有自己的优秀批评家以及文学批评价值沉淀。他从史的角度切入，较为全面地展现了先秦至清末民初女性文学批评发展的脉络和取得的成就。武汉大学王翼飞博士论文《清代女性文学批评研究》[②] 分三个阶段较为全面地描述了清代女性文学批评的发展历程，所研究的女性文学批评范畴较大，既包括男性对女性的文学批评，也包括女性对女性的文学批评，并未单独考察女性所作的文学批评，而是将之纳入男性性别框架范围内进行审视。复旦大学陈启明博士论文《清代女性诗歌总集研究》[③] 则在历史性的视角下考察清代女性诗歌总集在三个时期的不同表现，并深入探讨诗歌总集与女性诗学传统构建之联系，依然主要考察男性所编选的女性诗歌总集。兰州大学博士吴永萍论文《清代女性诗话研究》[④] 以见藏的十五种清代女性诗话为文本的主要研究对象，认为女性诗话在诗歌理论上有自觉思考和一定建树，可丰富且补充清代男性诗歌批评理论。期刊论文中，王力坚的《〈名媛诗话〉的自我指涉及其内文本建构》[⑤]、穆薇的《论清代中叶妇女诗话繁荣的特征及成因》[⑥]、刘源与邓红梅的《清代丹徒王氏闺秀诗话三种辑录》[⑦] 都是对女性诗话尤其是女性诗话的集大成者《名媛诗话》的深入分析与探讨，从社会性别、社会背景、研究内容、流变传播等方面发掘女性诗话的价值所在，并重点关注女性诗话对于女性文学经典化所作出

① 莫立民. 中国古代女性的文学批评［J］. 天府新论，2009（3）：149-153.

② 王翼飞. 清代女性文学批评研究［D］. 武汉：武汉大学，2014.

③ 陈启明. 清代女性诗歌总集研究［D］. 上海：复旦大学，2012.

④ 吴永萍. 清代女性诗话研究［D］. 兰州：兰州大学，2019.

⑤ 王力坚.《名媛诗话》的自我指涉及其内文本建构［J］. 中山大学学报（社会科学版），2008（1）：17-26，202-203.

⑥ 穆薇. 论清代中叶妇女诗话繁荣的特征及成因［J］. 齐鲁学刊，2011（6）：126-130.

⑦ 刘源，邓红梅. 清代丹徒王氏闺秀诗话三种辑录［J］. 山东女子学院学报，2013（1）：69-76.

的努力。陈启明的《第一部女性论诗之选：季娴〈闺秀集〉》①、尹玲玲的《论〈闺秀集初编〉的女性编选视角》②、周淑舫的《沈宜修辑撰〈伊人思〉的价值》③、蓝青的《17 世纪女性作品选集编纂研究》④ 等则是对女性诗歌选本的审美标准与存在价值的思考。党营《清代闺秀论诗诗创作略论》⑤、周兴陆《女性批评与批评女性——清代闺秀的诗论》⑥则是细致探讨了清代女性论诗诗的创作概况及其独特的问题关注。王晓燕《清代才媛诗学观的形成路径及特质探微》⑦、宋清秀的《清代闺秀诗学观念论析》⑧、邓桂英《论清代女性诗学主体性话语表达的矛盾与困境》⑨ 等是对女性诗学观念和诗学话语的深入思考。

此外，一些诗学专著也开始关注明清女性诗人诗论的情况。蔡镇楚的《中国诗话史》⑩ 在论及清代诗话时特别点到了名媛闺秀诗话，但篇幅短小，仅为第四章的一个小节，其论述并不充分，而且主要关注的是男性文人如钟惺、袁枚等所作的闺秀诗话，对女性诗论家所作诗论只是点到为止，一笔带过。李圣华的《晚明诗歌研究》⑪ 中专门辟出一章“晚明女性诗坛”，但主要论及女性诗人及诗歌，未涉及诗论。

港台学者中，台湾钟慧玲的《清代女诗人》从明清男性文人与女性诗论家的编选等方面介绍了明清男女诗选家编选女性诗作的概况。钟慧

---

① 陈启明. 第一部女性论诗之选：季娴《闺秀集》［J］. 古籍整理研究学刊，2016（2）：100-107.

② 尹玲玲. 论《闺秀集初编》的女性编选视角［J］. 内江师范学院学报，2017，32（1）：48-51.

③ 周淑舫. 沈宜修辑撰《伊人思》的价值［J］. 湖州师范学院学报，2014，36（5）：33-38.

④ 蓝青. 17 世纪女性作品选集编纂研究［J］. 山东女子学院学报，2016（3）：79-83.

⑤ 党营. 清代闺秀论诗诗创作略论［J］. 宜春学院学报，2016，38（5）：104-107.

⑥ 周兴陆. 女性批评与批评女性：清代闺秀的诗论［J］. 学术月刊，2011，43（6）：107-115.

⑦ 王晓燕. 清代才媛诗学观的形成路径及特质探微［J］. 长春师范大学学报，2015，34（3）：103-106.

⑧ 宋清秀. 清代闺秀诗学观念论析［J］. 文学遗产，2014（5）：114-123.

⑨ 邓桂英. 论清代女性诗学主体性话语表达的矛盾与困境［J］. 湖南科技大学学报（社会科学版），2013，16（4）：135-138.

⑩ 蔡镇楚. 中国诗话史［M］. 长沙：湖南文艺出版社，2001.

⑪ 李圣华. 晚明诗歌研究［M］. 北京：人民文学出版社，2019.

玲还将1995年台湾东海大学举办的“妇女与文学研讨会”与“妇女文学”学术会议的论文集《女性主义与中国文学》出版。香港岭南学院现代中文文学研究中心于1996年出版了《女性与文学：女性主义国际研讨会论文集》，收集了海内外研究古代女性文学的学者的相关论文。

（二）国外研究

20世纪80年代以来，因胡文楷《历代妇女著作考》被介绍到海外，颠覆了西方汉学界对中国女性文学史的认知，北美汉学家对明清女性诗论的研究开始增多。哥伦比亚大学的高彦颐、耶鲁大学的孙康宜、加州大学的曼素恩、卫斯理学院的魏爱莲、麦基尔大学的方秀洁等教授都是在这方面研究较为深入且颇有建树的学者。北美汉学家启用全新的“社会性别史”视角，以西方女性主义理论和方法来对明清女诗人进行考察和分析。孙康宜和苏源熙主编、40多位汉学家翻译的《中国历代女诗人选辑》是第一部大型英译的中国传统女性诗集，收录了从六朝到清代143位女诗人，其中包括111位明清女诗人，分“女性批评与诗人”与“男性批评与诗人”，配以当时男性诗人和女性诗人的序言评论，做到诗歌和诗论并存。方秀洁与伊维德将麦吉尔大学与哈佛燕京图书馆“明清妇女著作”数据库中的文本资料编译整理出版，共5卷，收录了61种明清女性作家著述。高彦颐《闺塾师——明末清初江南的才女文化》① 将研究视角投向了17世纪明末清初时的新兴职业闺塾师，以此为切入点，来探索才女的心灵空间，研究她们社交行为的印记，并重点介绍黄媛介、王端淑这两位闺塾师的先行者，认为她们为女性打开了一条将家庭与职业、文学与妇德、良家身份与交际流动相结合的路径。曼素恩《缀珍录——十八世纪及其前后的中国妇女》② 则观照盛清时期的知识女性，并从社会性别与妇女史的角度出发，考察才女的写作、娱乐、工作

① 高彦颐. 闺塾师：明末清初江南的才女文化［M］. 李志生，译. 南京：江苏人民出版社，2004.

② 曼素恩. 缀珍录：十八世纪及其前后的中国妇女［M］. 定宜庄，颜宜葳，译. 南京：江苏人民出版社，2005.

以及宗教信仰等人生历程。孙康宜的《情与忠：陈子龙、柳如是诗词因缘》[①] 则从微观个案入手，考察陈子龙与柳如是诗学思想的相互影响，由此可考明末清初时两性诗学的互动。孙康宜指出对二人而言，诗词写作正是他们进行生命意义无止境追求的表现。曼素恩《张门才女》[②] 以纪传体的形式，从女性的视角审视和考察19世纪常州张门三代才女的生命历程与书写状态，运用“小说”式的叙述形式，以才女自身所创作的文本，重建了大时代背景下才华卓绝、一门风雅的家庭才女群体。方秀洁、魏爱莲编选的论文集《跨越闺门：明清女性作家论》[③] 探讨了走出传统女性角色、进行女性编辑工作、关心政治生活的闺秀诗人形象。方秀洁在序言中强调，只有对女性自己记录下的文本加以重视，才有可能解构过于简单化和程式化的成见。此外，还有方秀洁编选《卿本作家：明清时期的社会性别、写作和主动性》、孙康宜与魏爱莲合编《明清女作家》、魏爱莲《晚明以降才女的书写、阅读与旅行》[④] 等等。北美汉学家从另一个新颖的角度对明清女诗人及诗作做了深入分析和研究，颠覆了五四以来传统认知里深闺之中受到压迫而循规蹈矩、哀怨柔弱的明清女性形象，展现并构建了具有相对自由空间、努力寻找并试图实现自我存在价值的才女群体形象，让学界对明清女诗人有了新的认识。这些专著被陆续译介到国内，对明清女性文学与诗论研究的展开颇有助益。

海外学者的研究之中，还有新加坡学者王力坚所著的《清代才媛文学之文化考察》[⑤]，从诗、词、戏曲、书信这四类女性文本切入，对清代女性文学进行较为系统的研究。他另著有《清代才媛沈善宝研究》[⑥]，则

---

① 孙康宜．情与忠：陈子龙、柳如是诗词因缘［M］．李奭学，译．北京：北京大学出版社，2012.

② 曼素恩．张门才女［M］．罗晓翔，译．北京：北京大学出版社，2015.

③ 方秀洁，魏爱莲．跨越闺门：明清女性作家论［M］．北京：北京大学出版社，2014.

④ 魏爱莲．晚明以降才女的书写、阅读与旅行［M］．赵颖之，译．上海：复旦大学出版社，2016.

⑤ 王力坚．清代才媛文学之文化考察［M］．台北：文津出版社，1995.

⑥ 王力坚．清代才媛沈善宝研究［M］．台北：里仁出版社，2022.

是对清代“吟坛宗主”、女性诗话集大成者沈善宝进行的深入的个案研究。日本学者合山究所著的《明清时代的女性与文学》① 则细致分析了明清时期女性文化与明清主“情”文学之间的相互影响问题，提出明清时期并非女子最受压迫和限制的时代，而是揭开女性崛起序幕的时代。该专著着重考察了影响明清文化至深的各种女性类型，如节烈妇女、薄命佳人、巾帼英雄等，并论述男性诗人及其女弟子师承关系在文学史上的意义，视角颇具新意。

综上所述，明清女性诗学及诗论已经引起了国内外不少学者的关注，研究视野不断拓展，研究力度不断加强，研究角度不断创新，近年来已获得较为丰富的研究成果。这些研究成果，或集中探讨明清女性诗论繁荣的缘由，或深入分析某位女诗人或女性诗论家的人生经历与创作概况，或细致研究某个地区或群体的女性文学概况，或校点整理女性诗学文献，关注点主要聚焦在江南地区闺秀诗人的女性诗学思想上，但对青楼诗人的女性诗学以及其他地区的女性诗人观照较少，从宏观上细致分析与系统研究明清女性的整体诗论情况的专著与论文尚还缺乏，学界对女性诗论的诗学内涵和美学价值以及两性诗学互动的关注力度还不够大，在诗学史以及文学史层面上对女性诗论的重视还有待加强，研究成果也远远不能与明清男性诗学相提并论，这便使得本书具有了一定的研究基础和充分的研究空间。

四、研究方法与研究思路

本书拟在文本研究、文献考证的基础上，厘清明清女性诗论的概念及其发展脉络，从明清时代的女性诗歌创作与女性诗论的文本出发，结合时代背景，比较前代女性所作的女性诗论与同时代男性所作的女性诗论，从宏观研究与微观分析两方面切入，点面结合，主要运用文本细读、分析归纳、比较研究以及诗史互证、性别诗学、传播学、接受学等

① 合山究．明清时代的女性与文学［M］．萧燕婉，译．台北：联经出版公司，2016.

研究方法，对明清女性诗论做一个系统性的梳理与总结，细致探析其诗学思想与诗学观念，并对其进行审美内涵和社会意义的深入分析，揭示其独特的存在价值以及对当时和后世诗学的积极影响。

本书除绪论、结语，主体共分为七个部分。

第一部分是梳理明清以前的女性诗论，主要分为三个阶段来进行阐述，包括女性诗论的萌芽期先秦时代、发展期汉魏晋时代、拓展期唐宋元时代。正是女性诗论经历了长久的前期积累，才迎来了明清女性诗论的蓬勃发展。

第二部分是明清女性诗论概况，主要包括两个方面。首先爬梳明清女性诗论的发展轨迹，从明初到明中后期，到明末清初、盛清时期，再到清末时期，女性诗论经历了一个由兴起到繁荣再到衰落的过程。然后分析明清女性诗学的文类形式，如第二节为序跋、选本、诗传、论诗诗、诗话、书信以及其他形式等。

第三部分是明清女性诗论繁荣的背景与原因。明代中期以后，随着社会经济的发展，统治者对女教的重视，王阳明心学思潮的冲击，“性灵”“至情”等学说的兴起，赋予女性诗论发展与繁荣以温床，晚明时女性诗人与诗论家大量出现，到了清代更是到达发展高峰。随着女性诗歌与诗论的大量出版，女性诗学活动的活跃，女性文学社交网络的形成，女性的诗学意识开始由自发走向自觉，开始独立创作各种诗论作品。

第四部分是明清女性诗论之诗人论，也就是作家论。明清女性诗论家接受当时男性文人的新型女性评价标准“德才色”观，并以此来评价女性诗人，认为女性诗人要德才兼备，其容色之美也频频进入她们的论诗话语。在人物品评方面，女性诗论家普遍喜用“林下之风”“闺房之秀”来表达对女诗人才德的褒奖和赞美。而对于女诗人的命运，围绕“才高命薄”与“福慧双修”，女性诗论家也进行了较为深入的观照与思考。她们中的部分诗论家同意“才高命薄”，但也有女性诗论家不甘屈从“薄命”之观点，认为“才高”和“命薄”没有必然关系，“福慧双修”才是她们评论女诗人的常用语。

第五部分是明清女性诗论之作品论。绝大多数女性诗论家倾向于“去脂粉气”的作品风格，实际上“去脂粉气”固然能开拓诗风，取得男性诗人的认可，向主流诗学靠拢，但也造成了女性诗人性别意识的迷失，因此，有女性诗论家坚持“闺阁本色”，提出要保持女性特色。更有女性诗论家赞成多种风格并存，即“双性同体”。能有这种具有现代意识之主张的女性诗人在当时是凤毛麟角，但的确是真实存在的。女性诗论家在审美倾向上，常用“清”“灵”“逸”“愁”来评价女性诗歌作品。“清”“灵”“逸”是明清女性诗人诗风中的审美异调，而“愁”是古代女性诗人共同的审美特质。女性诗论家在诗论中也特别关注到女性诗人的新型题材，如课子、闺友、家国以及游仙等，这些题材前代女诗人几乎从未或较少涉及，而在明清女诗人笔下焕发了异彩。

第六部分是明清女性诗论之创作论。创作论是明清女性诗论家关注的重点内容。女性诗论家十分关注从自身的创作实践中总结出创作经验，并加以记录和提炼，对创作合理性、创作动机、创作的美学标准、创作灵感来源以及创作的方式方法都做了细致的分析与探讨。她们首先要争取创作的合理性，要将自己的诗歌作品从边缘推向中心位置，争取女性诗歌的经典化地位。她们高调地宣扬“诗实我辈分内物”，并分析女诗人的创作动机是“乐足以抒写”。女性诗论家普遍地接受了诗教与性灵的美学标准，并试图在道德教化和真我性情二者之间寻找调和与平衡。她们强调“兴到即题诗”，强调创作需要灵感而不是刻意，因此感叹“欲作雅人，终生在室”。创作方法上，她们一方面强调天赋，另一方面强调学养。诗学话语中，女性诗论家更偏好唐音，同时兼容并包、转益多师，并无男性诗人常见的门派之争。这一部分的诗论是女性诗论家关于创作经验的系统总结与理论提炼，对女性诗人的诗歌创作具有指导意义。

第七部分则是明清女性诗论之性别意识，是她们相较于男性诗学的独特部分。明清女性诗论家充满文学自信，坚信“灵气钟于女子”，她们不满男性诗论家所选诗歌选本，并公开进行批评与鉴赏，部分女性诗论家同时也批评鉴赏男性诗人的诗歌作品。她们在诗中常以古代名士自比，并与男性诗人平等对视，希望女性诗人能得到公平对待。她们以诗论史，积极构建女性诗史。她们具有强烈的留名意识，以诗论助诗名，认为文字能令女诗人“不朽”。

五、研究意义与创新点

（一）研究意义

明清时代是中国古代女性诗歌发展的繁荣时期，此时的女性诗人积极地投入诗歌创作，并且积极参与诗学活动，如赋诗题咏、结社唱和，创作了大量的诗歌作品。据郭蓁《清代女诗人研究》统计，清代女诗人大约有两万人。[①] 女诗人的诗歌在这个时期被主流文坛前所未有地肯定和推崇。

明清时期，女性创作的文学作品大量涌现，诸种文体趋于完善，所创作的体裁也由单一的诗词歌赋而趋向多样化，几乎覆盖了所有的文学体裁，如散曲、戏剧、弹词、章回小说等。文体的完备，标志着明清女性文学进入了成熟阶段。[②] 但她们最为钟情的作品体裁仍是诗歌，诗歌创作蔚为大观，几乎所有的女作家同时都是女诗人。[③] 在此时的世界文坛上，明清女性的文学成绩也是瞩目的。[④]

明清女性文学发展的繁荣尤其是女性诗歌发展的繁荣，促进了女性诗论的迅速发展。女性诗人的诗作大量涌现，给女性诗论提供了相当充足的素材。在明清女性诗歌繁荣的大背景下，有相当一部分女性诗人开始由自发的作品创作转向自觉的理论总结，积极涉足女性诗歌理论研究，在言语与著述中发表了她们对于诗歌的见解与评论，充分展现了她们的理论功底和美学鉴赏水平。她们对女性文学本质进行了美学思考，

① 郭蓁. 清代女诗人研究［D］. 北京：北京大学，2001.

② 郭延礼. 明清女性文学的繁荣及其主要特征［J］. 文学遗产，2002（6）：68-78，144.

③ 孙康宜指出：“有史以来最奇特的文学现象之一，就是中国明清时代才女的大量涌现。”孙康宜. 文学经典的挑战［M］. 南昌：百花洲文艺出版社，2002：304.

④ 崔琇景. 清后期女性的文学生活研究［D］. 上海：复旦大学，2010.

希望将女性诗歌经典化，甚至能与男性诗歌并肩而立，从而纳入主流诗学体系。这些女性诗论家大多具备了独立的诗学身份，她们的诗学思想也由零散化、碎片化开始走向思辨化、系统化。具有性别意识的女性诗论的出现，表明明清女诗人已不仅仅满足于创作，不甘心只以“他者”的目光来审视女性文学，而是有意识地向男性诗论家所独占的理论领域迈进，在诗歌理论界发出属于女性的声音，完成由作家到学者的转变。[①]从缺席到出席，明清女性诗论家以细腻的笔触、丰沛的才情充分展现与细致探索女性诗人的心灵世界，深入理解女性诗人的精神层次，试图构建女性诗学体系，努力编撰女性诗史、张扬女性诗学，积极发表女性的诗歌见解，希望获得主流诗学的认可。

如前文所述，在中国古代，诗歌创作实践和诗歌理论二者有着天然的联系，诗歌理论总是伴随着诗歌创作而产生和发展。然而，一个常常让人忽略的历史现实是，明清女诗人不仅具有出色的创作才华，而且也颇有学术素养与理论水平，她们将女性视角和自我书写带入诗歌创作与诗论研究之中，丰富和深化了明清诗论的内涵与内容。明清的诗论界同样存在“她者”的审视目光，女性从未缺席。当下，学术界对明清女性文学创作逐渐重视，但是明清女性诗论并未得到应有的关注，目前尚未出现对明清女性诗论进行宏观研究和整体把握的研究专著，她们对于诗歌问题的理性审视与美学思考尚有大量的空白亟待挖掘。

（二）创新点

本书即是对明清女性诗论的系统整理与理论研究。主要包括研究观点、研究视角、研究方法三个方面的创新点。

第一，研究观点上，更关注女性诗论“史”的线索。对明清女性诗论发展脉络的梳理，同时重视其历史传承，与明代以前的女性诗论进行比较，追溯中国古代女性诗论的源头，爬梳先秦以来才女文化的历史脉

① 一些女读者开始意识到她们与男读者的鉴赏观点有异，因而努力去发表自己对文学的品评。高彦颐．闺塾师：明末清初江南的才女文化［M］．李志生，译．南京：江苏人民出版社，2005：15.

络，从而整理出清晰的中国古代女性诗论发展轨迹，据此可以看到明清女性诗论对前代女性诗论的继承与创新。明清时期的中国，拥有着世界上数量最多的女诗人以及数量最多的女性作品，且当时的男性文人并未嫉妒、打压这些才女，而是对她们表示了认可与支持，但女性诗论在明清时期的繁荣，固然离不开同时代男性文人的鼎力相助，更重要的是古代女性诗论经过积累与缓慢发展，终于厚积薄发，在明清时期水到渠成地达到了发展的巅峰。虽然明清女性诗论并未真正进入诗论的主流，依然被当时的诗坛边缘化，她们为之奋斗一生的诗论成绩依然在后世被男性话语遮蔽住，但必须要承认的是，明清女性诗歌的确有一时之影响，而这些影响被当时的女性诗论家观照到并记录保存了下来。

第二，研究视角上，力求从宏观上整体把握与审视明清女性诗论，并从社会性别的角度出发，强调女性诗论的性别话语。因此，本书从诗人论、作品论、创作论以及性别话语等各个方面来阐述和分析明清女性论诗的特点与内容，从不同的批评维度来考察其理论批评水平和美学鉴赏能力，以更系统、更深入地探求和剖析其诗学思想的美学特色及流变轨迹，总结其诗学成就与诗学价值，更关注明清女性诗论家的生平事迹与学术倾向，以期完成对明清女性诗论的重新发现。明清女性诗论的文类形式中，本书特加入了诗传与书信，力争令研究对象更加全面而准确。前人研究多忽略女诗人传记与书信中的诗论信息，书信中虽只有片言只字，亦不乏女性论诗之真知灼见，而传记中附有知人论世之语与对诗人及诗作的评论，可作为诗论研究的重要文体形式。如此则可以补充和丰富明清女性诗论的内容与意蕴，加大其理论考察深度。

第三，研究方法上，注重比较女性诗论与男性对女性的诗论的差异性，并结合女性诗论家的师承与交游，分析两性诗论之间是如何相互影响的。本书不仅关注女性诗论的发展脉络，而且将其放置在两性诗论甚至整个古代文学的历史文化和社会背景下进行考察。两性诗论的配合共同构建了明清诗论景观，构建了超前繁荣的明清女性诗论文化，这是毋庸置疑的。女性诗论根植于男权社会里的男性诗论，男性诗论深刻地影响着女性诗论的发展。正是男性诗人对女性诗人的大力支持，女性诗论得以迅速发展，两性诗学也得以良性互动。要重点考察的是，明清女性诗论的文学、文献价值以及在诗论史上的地位；女性诗论是男性诗论的附庸品还是已经具备独立性；在男性诗论话语体系中成长起来的女性诗人在作诗论时，是否能稍微摆脱男性诗论话语的束缚，基于与男性不同的性别立场，从另一个角度来审视文学和诗论，从而进一步完善和丰富明清诗论；她们又是如何寻求两性诗论的平衡并如何在主流诗论中寻找自己的诗论空间。男性诗论家对女性的诗论也是进行女性诗论研究的重要参照。

第一章　明清以前的女性诗论

明清女性诗论并非横空出世。明清时期女性诗论的发展固然有着各种得天独厚的条件，但根本在于历史长河中那些具有天分、不甘自己的才华被男权社会湮灭的女诗人之前所做的诗论积累。古代女性诗论中的女诗人发展有着一个较为清晰的脉络，明清女性诗论与前朝的女性诗论有着继承与发展的关系。

明清以前，有诗歌作品传世的女诗人本就稀缺，有自觉意识发表诗论的女诗人更是寥若晨星。但依然有锦心绣口的女诗人在积极创作之余表达了对诗歌的见解和想法。这些诗歌见解虽然比较简单随意，只是在诗歌吟咏之中含有女性诗学主张与诗学思想的元素，不过是只言片语，并未进行有意识的理论提炼和逻辑组织，也未形成真正意义上的女性诗论思想，缺乏系统性和总结性，但它们反映了古代女诗人的诗学修养与个人智慧，并为后来明清女性诗歌创作的繁荣和明清女性诗论的迅速发展奠定了良好的基础。

第一节　先秦时期：女性诗论之萌芽

先秦时期是古代女性诗论的萌芽期。周代妇学始备，先秦时的女性文学以周代为盛。周代宫中九嫔掌妇学之法，女史掌王后之礼职位，掌内治之贰，以诏后治内政。民间亦自有妇学，有六艺之教，女子多通习“礼”“乐”。“春秋妇人，多能知礼。”[①] 因此，早在先秦时期，便有了

① 谢无量. 中国妇女文学史［M］. 北京：中国书籍出版社，2023：7-8.

女性诗歌的吟唱之音，《诗经》就收录了不少先秦女性创作的诗歌。

《诗经》主要收集了自周初到春秋中期五百多年间的作品，其编纂历来有采诗说、献诗说以及删诗说三种说法。[①]“国风”之中的诗歌，多来自民间的采集，是民间男女随口唱出的歌谣，不事雕琢，质朴动人。其中有一些诗以女子口吻写就，或为女子之作。这些诗歌显示了她们的创作心境和创作水平，只是这些创作主张的表达还比较朦胧和幼稚。

一、创作动机之“女子善怀”说

许穆夫人是春秋时期齐国公主宣姜与卫宣公昭伯的女儿，卫懿公的妹妹，后来嫁给许穆公。她的诗歌作品《载驰》中“女子善怀”的观点体现了她对女性诗歌创作动机的初步认识。

《毛诗序》指出，“《载驰》，许穆夫人作也”，并介绍其写作背景为“闵其宗国颠覆，自伤不能救也”。卫懿公昏庸腐朽，只知养鹤为乐，并不理会朝政。公元前 660 年，北狄入侵卫国，卫国惨败，卫懿公被杀，“国人分散，露于漕邑”。许穆夫人听闻卫国灭亡的消息，悲痛之下赶去归唁卫侯、慰问卫国，“闵卫之亡”“思归唁其兄”，但遭到许国贵族的反对。许穆夫人愤而写《载驰》：

载驰载驱，归唁卫侯；驱马悠悠，言至于漕。
大夫跋涉，我心则忧；既不我嘉，不能旋反。
视尔不臧，我思不远？既不我嘉，不能旋济。
视尔不臧，我思不閟？陟彼阿丘，言采其蝱。
女子善怀，亦各有行。许人尤之，众稚且狂。
我行其野，芃芃其麦。控于大邦，谁因谁极。
大夫君子，无我有尤！百尔所思，不如我所之。

① 袁行霈. 中国文学史：第一卷［M］. 北京：高等教育出版社，2014：51.

许穆夫人在《载驰》中发出“女子善怀”的喟叹，其实是从女性个性和心理的角度出发，表达女子敏感善思的天性，揭示女性的诗歌创作动机。“女子善怀”，“善”为“善于”“擅长”之意，“怀”有思念、怀念之意，女子因其性别特征而比男性更加敏感细腻、多愁善感，自然而然地便要抒发于外，其载体之一便是文字。① 许穆夫人自身的诗学实践，也是以作诗来抒发爱国情怀，表达爱国信念。可以说“女子善怀”是“诗言志”或“诗缘情”的雏形，是女诗人对创作动机的思考，而“诗言志”则是整个古代诗论的开山纲领。许穆夫人作于同一时间的《泉水》篇中，有“有怀于卫，靡日不思”“驾言出游，以写我忧”之句，可视为“女子善怀”的实践。

许穆夫人在“女子善怀”中特别强调“女子”，明确提出相较于男子而言，女子更加细腻和感性，更容易触动情怀抒发情思。当许国贵族从理性角度与现实利益出发反对许穆夫人奔赴卫国时，许穆夫人却怀着对卫国的深爱之情，凭着一腔热血不顾一切地赶了回去。面对反对她的许国贵族，许穆夫人并未过多责备，而是有针对性地提出“女子善怀”的观点。女子原本就更倾向于感性思维，因此女子所作出的决定与吟诵的诗歌风格也就与男子不同，即“亦各有行”。这是古代女性诗论家首次从性别的角度思考男性与女性作诗的差异。

《诗经》中有很多以女性视角创作的诗篇，也从创作实践中反映了“女子善怀”的诗学思想。如《王风·采葛》：“彼采葛兮，一日不见，如三月兮”，以葛藤起兴，表达热恋中的甜蜜与煎熬。再如《小雅·隰桑》：“隰桑有阿，其叶有难。既见君子，其乐如何！”以桑起兴，抒发的是女子对男子的深沉思恋与发自内心的喜悦，是一首关于暗恋的诗歌。《召南·摽有梅》：“摽有梅，其实七兮。”以梅起兴，抒发大龄恨嫁女的焦虑与急切心理。《唐风·葛生》则是以葛藤起兴，抒发女子对亡

① 虞蓉认为“女子善怀”是先秦女性作家创作心理机制之总纲，明确指出了女性创作的特点，高度概括了女性创作的心理机制。莫立民也有类似论断。虞蓉. 中国古代妇女的文学批评［D］. 成都：四川大学，2004；莫立民. 中国古代女性的文学批评［J］. 天府新论，2009（3）：149-153.

夫的思念："予美亡此，谁与独处？"该诗为最早的悼亡之作，思深情重。其他譬如《召南·野有死麕》中的"有女怀春"、《郑风·将仲子》中的"仲可怀也"等等，不胜枚举。

从《诗经》中女子的诗歌创作实践可进一步探知，许穆夫人所提出的"女子善怀"，不仅恰到好处地道出了女诗人的创作动机，还准确地揭示了女诗人创作时的情感倾向。《诗经》中的女诗人们在诗歌中抒发的情感是细腻、深沉、真挚的，而忧愁的情思占据了多数，表达得婉而有致、哀而不伤、怨而不怒。中国女性感伤文学自《诗经》而始，许穆夫人的"女子善怀"可以说是诸多先秦女子诗歌创作动机的理论性总结。后世女诗人对此多有阐发。如清代女诗人袁镜蓉就曾道："女子善怀，多忆别思亲之什，往往托云山风景以传之。"①

二、创作动机之"风刺"说

《诗经》是以女子口吻创作的诗歌，其内容不仅有"女子善怀"，即抒发细腻情感，也有对社会现实的直面与抨击，有对光明和美好的歌颂，亦有对黑暗与阴晦的讥讽。

先秦女性诗论对创作动机的描述就有"风刺"之说。"刺"为讽刺，即对现实社会的反映与批评。女性诗论将"刺"这一创作动机直接道出。如《魏风·葛屦》有云：

纠纠葛屦，可以履霜？掺掺女手，可以缝裳？
要之襋之，好人服之。好人提提，宛然左辟，佩其象揥。
维是褊心，是以为刺。②

① 袁镜蓉. 月蕖轩诗草［M］//胡晓明，彭国忠. 江南女性别集二编. 合肥：黄山书社，2010：948.

② 王秀梅. 诗经［M］. 北京：中华书局，2018：207-208.

郭绍虞指出此诗作者为缝裳女子："是缝裳女自述作诗意图。"① 这首诗是缝裳女子对贵妇人毫不掩饰的讥讽之作。缝裳女子穿着葛藤编制的鞋子，以一双瘦弱纤细的手托起新衣裳请贵妇人试穿，但那贵妇人装腔作势，矫揉造作，扭动腰肢以显示和炫耀她精美的发饰。这人与人之间的不平等，引起了缝裳女子的不满，于是她便直抒胸臆："维是褊心，是以为刺。"那贵妇人是这样的狭隘偏私，所以缝裳女子作诗讽刺她，并直接在诗中将自己的创作动机一语道出，即为"刺"而写，为宣泄心中的愤懑而写。她创作这首诗的原因和目的，就是"刺"。

《诗经》中疑为女子所作的诗篇里含"刺"之意的并不少见，又如《邶风·谷风》："行道迟迟，中心有违。不远伊迩，薄送我畿。谁谓荼苦？其甘如荠。宴尔新昏，如兄如弟。"② 此篇讽刺丈夫抛弃妻子，与新欢成婚之事。作者以被抛弃的女子口吻讽刺地说："你们新婚多快乐啊，就连亲兄弟也比不过。"在诗中，"我"和丈夫患难与共的日子，与丈夫的喜新厌旧形成对比，讥讽丈夫用"我"的积蓄来周济新家庭，丝毫不顾念往日情谊，昔日恩爱沦为一场空。

如果说"女子善怀"是许穆夫人从审美角度对女性诗歌创作动机的总结，强调女性情感的自然抒发，那么"维是褊心，是以为刺"则是从道德角度对女性诗歌创作动机的总结，强调诗歌对现实社会的关注。

第二节　汉魏晋时期：女性诗论之发展

汉魏晋是古代女性诗论的成长期。汉武帝独尊儒术之后，女性受礼教道德的束缚加重。魏晋南北朝时代是思想意识开放的时代，玄学盛行，提倡任情适性，此时女性意识较为超前，如南朝民歌《子夜歌》中所表达的女性对于自由爱情的渴望以及对理想婚姻的追求，北朝乐府

① 郭绍虞. 中国历代文论选［M］. 上海：上海古籍出版社，2001：5.

② 王秀梅. 诗经［M］. 北京：中华书局，2018：69.

《木兰诗》中所表露的女性对于建功立业、比肩男性、实现自我价值的欲望，又如南朝梁女诗人沈满愿的《映水曲》中对自身女性魅力的审美欣赏，透露出女性活泼的生命意识。①

这一时期出现的女诗人，大多为宫廷女诗人或者贵族女诗人，如班婕妤、赵飞燕、班昭、左棻、谢道韫、鲍令晖等，也有生活在社会底层的歌伎娼女，她们欣欣然涉足文坛。彼时女性诗人已经具有了初步的诗论意识，对创作动机以及诗歌功能等诗学问题提出了大胆而富有创见的诗学主张，但依然呈现出随感式和片段式、零散而不成系统等特点。

一、创作动机之“君子之思”说

东汉女文学家班昭，为班彪的女儿，曹世叔的夫人，号曹大家，博学高才。班昭精通文史，曾接替父兄修撰《汉书》，《汉书》中的“八表”及《天文志》便是出自她的笔下。班昭著有多种文类的作品，如赋、颂、铭、问、注、书、论等，有《曹大家集》，惜已不传。

班昭在《东征赋》结尾“乱辞”中道出她所认为的创作动机：“君子之思，必成文兮；盍各言志，慕古人兮。”这里提出的便是“君子之思”。班昭秉承儒家诗教的正统观念，认为具有正统思想的君子能写出正统的诗文作品，作品的写成，正是为了抒发“君子之思”，有“思”才有作品的诞生。“思”可分为“君子之思”和“非君子之思”，“君子之思”呈现特有的君子品格，含有明澈、温厚、谦逊、包容等意蕴。班昭所说的“思”虽然指的是具有正统思想、秉承德行、人格高尚的君子之思，但其意蕴更倾向于个人情感的抒发和表达，与许穆夫人的“女子善怀”之意较为接近。

此外，班昭作《女诫》，包括“卑弱”“夫妇”“敬慎”“妇行”“专心”“曲从”“和叔妹”这七章，全书重在阐明三从之道和四德之义，为当时的女教之书。后世许多女教著述，无不受此书影响。《女诫》

---

① 史玉德. 名媛雅歌［M］. 郑州：中州古籍出版社，1999：261.

提出："妇行第四。女有四行，一曰妇德，二曰妇言，三曰妇容，四曰妇功。夫云妇德，不必才明绝异也；妇言，不必辩口利辞也；妇容，不必颜色美丽也；妇功，不必工巧过人也。"班昭深知女性地位在汉代的男权社会不可改变，于是完全站在男权立场来要求女性，宣扬礼教规范，开篇便道出"卑弱"，强调德行对女性的束缚，强调女性对男性的柔顺服从。《女诫》虽非专门的诗论，却因其对女子德行规范的强调，而对后世女性文学形成了深远的影响，也间接影响了明清女性诗论的发展，使得"尚德"观念深入人心，令"温柔敦厚"的诗教不仅成为古代女诗人的伦理规范，更成为她们诗歌的创作准则与美学标准。而班昭本人也成为"闺房之秀"的典范。

班昭还收下了一个有名的女弟子，即汉和帝的邓皇后。邓皇后自入宫掖之后，便跟从班昭学习经书，兼学天文算数，在邓皇后成为邓太后临朝之后，其师班昭也"与闻政事"。[①] 班昭在东观藏书阁修史时，《汉书》始出，未有能通者，当世大儒马融也尊班昭为师，"伏于阁下，从昭受读"。[②] 她不仅教授女弟子，还将男弟子收于门下。明末清初大量涌现的闺塾师这类所谓新型才女职业，其实早在汉代就已经出现。

二、创作动机之"援笔抒情"说

西晋女文学家左棻，自幼好学，善作文，晋武帝因闻其名，将其纳入宫中。左棻虽不得宠，却因为才学而深得晋武帝敬重，"言及文义，辞对清华，左右侍听，莫不称美"。左棻著述较丰，今存诗、赋、颂、赞、诔等 20 余篇。原有《左九嫔集》，惜已失传。

左棻出身寒微，其《离思赋》中言己"生蓬户之侧陋兮，不闲习于文符"，通过苦学而成为与兄长左思齐名的文学大家。但左棻进宫之后，姿陋无宠，体弱多病，常居薄室，思念亲人，仅以诗书自娱。她曾收到

① 游鉴明，胡缨，季家珍. 重读中国女性生命故事［M］. 南京：江苏人民出版社，2012：65.

② 谢无量. 中国妇女文学史［M］. 北京：中国书籍出版社，2023：62.

兄长左思《悼离赠妹诗》，悲伤之下，而作《答兄感离诗》，诗中描摹自己在宫中读兄长诗而悲伤难以自持的心境，其结语云："何以诉厥苦？告情于文辞。"左棻又受晋武帝之诏而作愁思之文，写《离思赋》。其结语云："援笔抒情，涕泪增零，诉斯诗兮！"① 在这两句诗文中，左棻有意识地用卒章显志的方式，提出了自己的诗学观念，即诗乃缘情之作，其"告情于文辞""援笔抒情"都是"诗缘情"的生动表述。左棻认为，诗歌的创作是为了情感的抒发，好的作品浸润着极真挚深切的感情，这一诗论秉承了许穆夫人"女子善怀"的观点。而左棻所创作的《答兄感离诗》和《离思赋》都抒发了自己离家后内心的痛苦和悲戚，读来缠绵悱恻，真挚动人，正是"援笔抒情"创作实践的生动写照。

左棻还作有一系列古代女性人物品藻诗，可以说她是第一位专事人物品藻的女诗人，但其品藻言语都偏向对德行的评论。如《班婕妤像赞》"恂恂班女，恭让谦虚"；《鲁敬姜赞》"于行则高，于礼斯明"；《孟母赞》"聪达知礼，敷述圣道"；等等，从各个方面赞美了女性的美德。② 人物品藻诗反映了左棻对女性人物的特别关注，表达了她希望凭借自己的文字帮助这些杰出的女性实现"万代遗馨"，其以诗存人的诗学观念也为后世的女性诗论，包括明清时大量涌现的女性选本、诗话以及诗传打下了良好的基础。

三、作品风格之"穆如清风"说

东晋女诗人谢道韫，出身陈郡谢氏家族，为谢安侄女、王凝之妻子，聪识有才辩，有《谢道韫集》二卷，惜已不传。她对诗学有独到见解，为谢安所称赞。而她本人"林下之风"的风范，如同班昭的"闺房之秀"一般，成为惊才绝艳的才女之象征，也成为后世女性诗论家品评女诗人时的典范和标准。

① 谢无量．中国妇女文学史［M］．北京：中国书籍出版社，2023：99．
② 谢无量．中国妇女文学史［M］．北京：中国书籍出版社，2023：105-106．

《晋书》卷九十六《列女列传》中记载，谢安曾经问谢道韫《诗经》哪一句最佳，谢道韫则答道："吉甫作颂，穆如清风。仲山甫永怀，以慰其心。"谢安听了之后大悦，盛赞谢道韫有雅人深致。① 谢道韫提到的这句诗出自《大雅·烝民》，歌咏的是周宣王卿士尹吉甫送别仲山甫往齐地筑城之事。此诗赞美尹吉甫所作送别诗歌穆如清风，即如同清风一般温和雅正，更赞美仲山甫忧国忧民之心。

谢道韫对《大雅·烝民》极其欣赏，表明她对国之贤才的敬慕之意，因此品评《诗经》佳句时特指出"穆如清风"句，以为最佳，显示了她对诗歌讽喻功能的自觉奉行。②《诗经》305 篇中，谢道韫所欣赏并品评的，并非那些民间自然感发的情感之作，而是"大雅"中具有儒家道德教化意义的诗作，显示出谢道韫的家国情怀与忧乐思想。谢道韫此番品评深得谢安之心，因此谢安赞她有"雅人深致"，即特别有高人雅士的深远意趣。

另据《世说新语》记载，谢安同样将此问抛给了谢家子弟，谢玄答道："昔我往矣，杨柳依依；今我来思，雨雪霏霏。"谢安则不以为然，特拣出"讦谟定命，远猷辰告"，并谓此句"偏有雅人深致"。③ 谢玄所提到并赞许的"杨柳依依"句，出自《小雅·采薇》，歌咏的是征夫个人的思乡之情，抚今忆昔，哀而不伤，颇具风人之旨。而谢安所欣赏的"讦谟定命"句出自《诗·大雅·抑》，意为宏大的政令关乎国家命运，必须提前告知众人，表现的是胸怀万民的国士情怀。可见谢安与谢道韫同样欣赏具有"雅人深致"风格之句，与谢玄之审美偏好大异其趣。

四、人物品藻之"林下风气"说

南朝宋刘义庆《世说新语·贤媛》中曾记载了一句济尼关于才女品藻的评语，类似于诗人论。济尼常出入于谢玄和张玄的府邸，谢、张二

① 房玄龄等. 晋书［M］. 北京：中华书局，1974：2516.
② 虞蓉. 中国古代妇女的文学批评［D］. 成都：四川大学，2004.
③ 刘义庆，刘孝标，余嘉锡. 世说新语笺疏［M］. 中华书局，2021：205.

人之姐妹皆是当世名媛，当他们分别夸耀自家姊妹并相持不下之时，请济尼来进行评判。济尼道："王夫人神情散朗，故有林下风气；顾家妇清心玉映，自有闺房之秀。"① 王夫人即王凝之的夫人谢道韫，顾家妇名则不传。《晋书》对此也有类似记载，并称张玄妹"亦有才质"，强调济尼此语是关于才女的品藻。

在济尼的评价语境中，顾家妇是"闺房之秀"，即女子之中的佼佼者，因才华过人而出类拔萃，如木秀于林一般，独自秀出闺房女子之中；谢道韫则是"林下风气"，其比较对象并不特指女子，而是泛指所有人，因超凡脱俗、淡泊潇洒而具有令人心折的韵致，其重点不在外表，而在由内而外散发的风神气质。有学者认为，"林下"一词源于竹林七贤。"竹林七贤"是魏晋风度的代表，"林下风气"可视为竹林七贤代表的风气，也就是魏晋士人的理想人格。竹林七贤的领袖嵇康，崇尚老庄，深谙玄理，被《世说新语》形容为"爽朗清举"，即"潇洒，脱俗，有独立、自由之人格"。②

用形容魏晋名士的"林下风气"来形容才女，具体可包括三层含义：第一，才女风格的去脂粉化，具有超越一般闺秀的名士气质，表现为敢于展示自身才华与真实性情，与杰出的男性士人相比亦不逊色，在名士之中亦是翘楚。第二，才女个性的去世俗化，具有老庄底蕴与玄学兴趣，表现为崇尚自然、超越世俗、淡泊名利，摆脱礼教束缚、向往潇洒人生，追求不受束缚的自由自在，即魏晋名士的"越名教而任自然"。第三，才女底蕴的去浅薄化，具有学者气质，表现为学养深厚，见识非凡，才情出众，谈吐高雅，因充分自信而显得淡定从容。因此，"林下风气"可以说是超越了"闺房之秀"的至高评价。"林下风气"也成为后人品评品性高洁、神韵脱俗的才女之代名词。

以谢道韫的生平来看，济尼的这句"林下风气"之评语非常中肯。《晋书·王凝之妻谢氏传》记载，当时魏晋清谈成风，王凝之之弟王献

---

① 刘义庆，刘孝标，余嘉锡. 世说新语笺疏［M］. 中华书局，2021：604.

② 陈洪. 从"林下"进入文本深处：《红楼梦》的"互文"解读［J］. 文学与文化，2013（3）：4-14.

之曾在家中与宾客清谈，辩之不过，词理将屈，谢道韫在帘后听到，便遣出小婢告知王献之："欲为小郎解围。"于是谢道韫用青色绫缎作为帘帐，便以王献之的论点与客人谈论起来，"客不能屈"。[①] 清谈以《老子》《庄子》《周易》三玄为主，需要对玄理的深刻理解以及高超的论辩技巧。谢道韫替"风流为一时之冠"的小叔王献之清谈辩论，客人不敌，只好甘拜下风，并深为钦佩。可见与当时的杰出名士相比，谢道韫的学识与辩才也毫不逊色，其超逸风采令人心折。

谢道韫晚年，林下风气依然不减。彼时匪盗孙恩率兵作乱，王凝之及其子女都被乱兵杀害。谢道韫依然临危不惧，冷静地带领家中仆人与之作战。虽最终因寡不敌众而被俘虏，但她依然从容淡定，毫无慌乱之态。孙恩早已听说过谢道韫的才名，于是改容相待，派人将她送回会稽。从此谢道韫寡居会稽，直至逝世。太守刘柳听闻谢道韫的名声，前来拜访，见她"风韵高迈，叙致清雅"[②]，也被她的林下之风所折服。身处险境而丝毫不惧、果敢勇决，面对权势也淡定清雅、从容不迫，令人"心形俱服"，这就是谢道韫身上所具有的林下风气。

谢道韫在后世的明清女性诗论中有着非同一般的影响，"集过人胆识、高迈才情、俊逸风神于一身"[③]，才华气度不在当时士林冠冕之下的她成了女子德才之争中"才"的象征。明清女诗人以谢道韫为标杆，追求潇洒脱俗的名士风度，"林下风气"后来成了明清时期诗论家品评女性诗人及作品的高频词。

第三节　唐宋元时期：女性诗论之拓展

唐宋元是中国古代女性诗论的拓展期。唐代是诗歌发展的巅峰时期，上至女皇、皇后、女官，下到普通百姓，无论是哪种身份，她们的

① 房玄龄等. 晋书［M］. 北京：中华书局，1974：2516.
② 房玄龄等. 晋书［M］. 北京：中华书局，1974：2517.
③ 王萌. 谢道韫研究［D］. 济南：山东大学，2012.

诗歌作品都在历史的长河中闪现了灼灼之光。《全唐诗》中收录了120余位女诗人创作的600多首诗歌，并且附有女诗人的小传及评论。此时女性诗论家在诗论中彰显出朦胧的自我意识。宋代统治者重文轻武，文学趋向昌盛，文人们热衷于撰写诗话词话，女诗人比唐代数量更多，《全宋诗》中载两宋女诗人200余人。但南宋末年程朱理学被定为官学，宣扬"存天理，灭人欲"，禁锢女性思想，遏制了女性诗论的进一步发展，女性自我意识也随之被抑制。元代历时短暂且统治者不鼓励文学艺术的发展，著名的女诗人和诗论家都较为稀少。

这个时期，女性诗论家的诗学意识大为加强，其诗论内容也渐趋丰富，除了诗歌创作动机、作品风格及审美追求之外，还涉及女诗人的才情品评。女性诗论形式渐趋多样化，女性诗论家的理论能力和理论深度也有所加强。

一、作品风格之"闺怨宗旨"说

唐初的女皇帝武则天，名曌，并州文水（今山西文水）人，杰出的政治家，同时也是文学家和书法家。她著有《如意娘》《游九龙潭》等诗篇，还曾为晋代著名女诗人苏蕙作了一篇文采斐然的传记《苏氏织锦回文记》。这一篇女诗人为女诗人所作的传记，着眼点在记录和评论女性的才情与作品上，与男性文人作传多强调德行不同，且武氏此篇记载本事详细，叙述情节生动，为之前典籍里较为简略的相关记载所不及。

苏蕙，字若兰，秦州刺史窦滔之妻。窦滔有宠姬赵阳台，因此冷落并离开苏蕙，苏蕙思念丈夫，将一腔缠绵感伤之意都绣于《璇玑图》上，致于窦滔。滔览锦字，感其妙绝，于是遣送赵阳台，迎回苏蕙，两人重修旧好。苏蕙流传于世的便只有这一幅《璇玑图》，上绣《回文璇玑图诗》。这些字纵横回旋反复逆顺读可组成三、四、五、六、七言各种体裁的诗。在这篇《苏氏织锦回文记》里，武则天详细记载了苏蕙的籍贯、生平，介绍了苏蕙作《璇玑图》织锦回文诗的缘由，并对《璇玑图》诗作出评价："其文点画无缺，才情之妙，超今迈古，名曰《璇玑图》。"[①] 武则天除了称赞苏蕙《璇玑图》诗篇之高妙，还称赞她才情之超今迈古，给予了这位才华卓绝的女诗人极高评价。

如武则天在研读了锦帕上的诗之后，评论道："观其宛转反复，皆才思精深融彻，如契自然。"[②] 武则天认为，《璇玑图》上的诗篇回环往复，才思精深又嵌入自然，男诗人难以作出，只有心思细密的才女才能完成。她还关注到，对于女性诗学特质明显的《璇玑图》上的诗篇，女诗人比男诗人更容易进行审美接受，并借苏蕙之口道出了这点："非我佳人，莫之能解。"武则天又评其织锦回文诗"是近代闺怨之宗旨"[③]，直接指出并点明了苏蕙创作这组诗的主旨与基调，即为"闺怨"。女子作诗，多因在闺阁之中思念丈夫而发幽怨之声，苏蕙作织锦回文诗是因为"闺怨"，而诗中体现的是思妇怀人之主题。此后苏蕙及其《回文璇玑图诗》成为典故并被广泛用于闺怨题材的诗词作品之中。

武则天在此传记中除了对人物与作品都有准确且精到的评点外，也表明了自身对女性诗歌的关注观照以及爱才惜才之情，亦有不忍才女湮灭烟尘，遂为之作传令其流芳百世之意。苏蕙著有文辞五千余言，但因战乱文字皆已散落。武则天听政之暇，偶见斯图，惊艳于苏蕙之才，"遂制此记，聊以示将来也"。武则天明确透露自己的创作目的就是要为苏蕙留名，以示将来，表明了她作此篇女诗人传论的自觉意识。她以皇帝之尊来为苏蕙作传，公开推崇女性才情，使得苏蕙的织锦回文诗得到了空前的传播，令苏蕙的知名度大为提升，也使得苏蕙的生平事迹、创作缘由及书写背景得以保存于世。

此外，亦有记录称唐德宗时期的宫廷女诗人宋若昭作女性诗人传记。她的《牛应贞传》记叙了女神童牛应贞的事迹。宋若昭系唐代诗人宋之问后裔，除了她外，若华、若宪、若伦、若荀姊妹也是宫廷女诗人，她们一道，形成了明清以前少有的家族性的才女群。牛应贞生活于

① 谢无量．中国妇女文学史［M］．北京：中国书籍出版社，2023：116.
② 谢无量．中国妇女文学史［M］．北京：中国书籍出版社，2023：117.
③ 谢无量．中国妇女文学史［M］．北京：中国书籍出版社，2023：117.

唐贞元、元和年间，少而聪颖，经耳必诵，涉猎百家，学富五车，“著文章百余首。后遂学穷三教，博涉多能”。[①] 但可惜的是，她只活了短短二十四年。宋若昭欣赏这位才女，爱惜她的才华，也叹息她的薄命，因此为她作传。《牛应贞传》全文仅几百字，但语言洗练，叙事简净，行文也颇为生动，反映出宋若昭出色的写作能力。但此传记主要对才女牛应贞本人进行记录和评点，旨在“存人”，使得才女留名于世，宋若昭虽记载这位才女著有诗文百余首，但该传记中并无对其作品的评点。相比而言，武则天的《苏氏织锦回文记》诗论意味更为浓郁。

二、审美标准之“新丽”“词气”说

唐初女官上官婉儿，是“上官体”的开创者上官仪的孙女，聪达敏识，才华无比。武则天召见掖庭中的婉儿试其笔墨，婉儿援笔立成，于是封婉儿为婕妤，内掌诏命。唐中宗即位后，婉儿被进拜昭容。婉儿诗才高妙，不仅继承了祖父上官仪重视技巧、追求辞藻华美的宫廷诗风格，其诗“绮错婉媚”（《新唐书》），强调“采丽益新”（《新唐书》）的诗学标准，而且还是六朝山水诗到王孟山水诗之间的重要过渡人物。[②] 她曾作《游长宁公主流杯池》二十五首，抒写其优游山水的情怀，注重健朗之风，强调“词气”的诗学标准。婉儿曾参与朝政，并参与品论诗文，“称量才士”，直接影响了初唐的诗风。

唐中宗时期，每次赐宴都会要群臣赋诗，上官婉儿代替皇帝、皇后、公主作诗，数篇同作，“采丽益新”。“采丽”即追求文辞华丽，“益新”则是求新求变，因此“采丽益新”是一种不拘泥于前代的诗学框架，有自觉的诗学思考从而给人以新意的诗歌美感，她以“采丽益新”作为自己作诗的标准，也作为群臣作诗的要求。[③]

---

① 谢无量. 中国妇女文学史［M］. 北京：中国书籍出版社，2023：241.

② 陈蕾. “男性化”：上官婉儿诗歌的审美旨趣［J］. 五邑大学学报（社会科学版），2021，23（3）：37-40，93.

③ 王梦鸥. 初唐诗学著述考［M］. 台北：商务印书馆，1977：25.

上官婉儿才思敏捷，不仅善于作诗，也善于评判诗歌，且判诗较为公允。其判诗高下之标准为“词气”，即对风骨的注重，对健朗之风的强调。唐中宗时某年正月最后一天，中宗驾临昆明池并令群臣赋诗，得百余首诗。于是中宗命人搭建了一个彩楼，让上官婉儿从中挑选最佳者作为新翻御制曲，百官都在彩楼下等候。上官婉儿看过百官之诗后，纷纷丢下他们的诗作，只留下了沈佺期和宋之问的诗作，认为二诗“工力悉敌”。经过再三权衡之后，上官婉儿在二者之间又挑出了宋诗，以为更佳。上官婉儿评判宋之问与沈佺期的诗歌高下的诗学标准便是“词气”。沈佺期的诗最后两句为“微臣雕朽质，羞睹豫章材”，词气已尽，再无可供人品读的余味，而宋之问的最后两句“不愁明月尽，自有夜珠来”则诗气犹在，余意袅袅，且意境阔大，风格俊朗，乃健举之作。上官婉儿以此为据，以宋之问之诗为佳。对于上官婉儿如此评判，沈氏亦心服口服，“不敢复争”。①

上官婉儿主张“新丽”“词气”的审美标准，实际上是主张绮丽与骨力相结合的审美标准，在一定程度上，引领了当时唐代诗坛的走向，进而影响到了唐朝诗歌的发展。

三、诗歌价值之“诗家利器”说

最早的论诗诗是来自唐代诗人杜甫的《戏为六绝句》。②《戏为六绝句》“以诗论诗”，融“理”于“诗”，开创了“论诗诗”这种诗论方式。受此影响，唐代女诗人也开始使用论诗诗来表达自己的诗学观点，薛涛便是自觉运用论诗诗的女诗人中较为成功的一位。她的论诗诗主要品评与之交往的男性诗人。

薛涛，字洪度，本长安良家女，后流落蜀中，以才学获得时任剑南西川节度使的韦皋赏识，从此出入幕僚，交际十分广泛，见识亦非一

① 计有功. 唐诗纪事［M］. 上海：上海古籍出版社，2013：28.

② 张伯伟. 中国古代文学批评方法研究［M］. 北京：中华书局，2002：388-394.

般。薛涛著有《洪度集》一卷传世，现存90余首诗篇。《全唐诗》称她“辨慧工诗，有林下风致”。薛涛与白居易、刘禹锡、元稹等诸多著名诗人多有赠答之作，这些诗人对她赞赏有加，提升了她的知名度。

在与男诗人的赠答诗中，薛涛不吝赞美之辞，品评男性诗人其人其才，但其品评并非完全用作应酬功能的吹捧，而是较为精准和到位的，显示了她深厚的诗学功底与较强的鉴赏能力。如她在《酬祝十三秀才》中说：“浩思蓝山玉彩寒，冰囊敲碎楚金盘。诗家利器驰声久，何用春闱榜下看。”① 蓝山之玉温和莹润，散发淡淡光泽，而碎囊之冰则晶莹通透，且入金盘时有碎冰相击的清脆之音。薛涛用“蓝山玉”与“碎囊冰”来评论十三秀才的诗歌语言之温润，音律之清美，比喻新巧而精准。另外薛涛又评论，一个人如有出众诗才，便如身怀利器一般，是为“诗家利器”，又何必让科举考试来证明自己的才华呢？薛涛充分肯定了诗歌的价值，她认为过人的诗才比金榜题名更为重要，诗才是诗人最大的福气和能力，它使人能傲立于世，光芒熠熠，不需用世俗的标准来再加证明，这表现出其对诗歌的热爱与珍重。薛涛此种说法相当于“诗福”之说，启发了后世明清女诗人关于诗人命运，主要是女诗人命运的思考。

在与诗人元稹相互往来的赠答诗中，薛涛也分享了自己的创作体会与创作心得，她在《寄旧诗与元微之》中说：“诗篇调态人皆有，细腻风光我独知。月夜咏花怜暗淡，雨朝题柳为欹垂。长教碧玉藏深处，总向红笺写自随。老大不能收拾得，与君开似教男儿。”②

薛涛在这首诗中提出，每个人都有自己独特的诗歌风格，而她偏好具有“细腻风光”风格的诗，也就是更擅长创作情感细腻、情景交融的诗。一个“独”字，展现了她非同一般的文学自信，同时也表现出“女子善怀”“援笔抒情”的创作倾向，唯有生性敏感的女诗人才会拥有如此细微而深切的体悟。女诗人热爱作诗，在不同的情景之中随着心境的

① 吴柯，吴维杰．李冶・薛涛・鱼玄机诗集［M］．北京：中国书店，2017：106.
② 吴柯，吴维杰．李冶・薛涛・鱼玄机诗集［M］．北京：中国书店，2017：236.

变化写出情感真挚细腻的好诗。她原本只是在红笺中随手写下诗句，并无意扬名，想将之像碧玉一般悄悄深藏，但年长之后，尤其与元稹这样的著名男性诗人相交相知后，受其鼓励与肯定，她便像个男子一般自在写诗，不再甘于默默无闻了。这里“与君开似教男儿”，指的是对自己有了文学自信，也有了像男子一样的求名意识与留名意识。

薛涛在这首诗中表明了自己身为女性诗人的创作偏好与创作特长，也反映出与男性诗人的诗歌交流对女性诗人文学自信与诗才进步的裨益。

四、创作话语之“罗衣掩诗”说

鱼玄机，性聪慧，好读书，尤工韵调。她本为良家女，后嫁与李亿做妾，为大妇所不容，于是出家做了女道士，与李郢、温庭筠等当时的著名诗人有诗篇往来。著有《鱼玄机集》一卷，现存50余首诗歌。

鱼玄机作有一系列论诗诗，对自己的创作态度、创作天赋及诗作的艺术价值都不加掩饰地做了高度评价。如《冬夜寄温飞卿》“苦思搜诗灯下吟，不眠畏夜怕寒衾”,[①] 描写自己在漫漫长夜里苦吟作诗，表明自己极其认真的创作态度。又如《次韵西邻新居兼乞酒》中“一首诗来百度吟，新情字字又声金”[②]，经过反复修改锤炼后写出的诗句，文辞优美，字字清新，声如金石，连鱼玄机自己都忍不住夸赞，流露出自得之情。而她所作之诗的确也当得起她的自评，清丽典雅，对仗工整，虽雕琢之意不免明显，如“白雪楼高题旧寺，阳春歌在换新词”等句。她认为诗才是自己最宝贵的财富，也曾将饱含情感的诗歌赠予曾经所爱之人：“别君何物堪持赠？泪落晴光一百首。”（《春晴寄子安》）[③] 她将触目可及的万事万物都写入笔下：“春花秋月入诗篇，白日清宵是散仙。”

① 史玉德．名媛雅歌［M］．郑州：中州古籍出版社，1999：464.
② 苏者聪．中国历代妇女作品选［M］．上海：上海古籍出版社，1987：135.
③ 嶙峋．阆苑奇葩：中国历代妇女文学作品精选［M］．北京：华龄出版社，2012：42.

（《题隐雾亭》）①

鱼玄机还在诗序和诗歌中对女性诗人及作品进行品评。《鱼玄机集》中收入《次韵光、威、裒》一诗，诗序云："光、威、裒姊妹三人，少孤而始妍。乃有是作，精粹难俦，虽谢家联雪，何以加之？有客自京师来者示予，因次其韵。"② 从诗序中看，光、威、裒三姐妹是当时颇有才名的女诗人，但并无典籍记载，她们三人之名以及联诗之诗句幸有玄机之诗得以流传于世。鱼玄机将光、威、裒三姐妹的联句与谢家咏雪联句相对比，认为三姐妹的联句不在其下，并且称赞其"精粹难俦"。除了称赞诗歌作品，鱼玄机在诗歌中也盛赞作者三姐妹的美貌，将之与蔡文姬和西施相比，无视班昭《女诫》中的"妇容不必颜色美丽"，对女性魅力进行欣赏与肯定，这反映出鱼玄机的女性主体意识。

鱼玄机对自我的才情极为自负，期待有一展所长的平台而不可得，才华无法施展，理想不能实现，因此她愤懑不平，在《游崇真观南楼睹新及第题名处》中喟然长叹："云峰满目放春情，历历银钩指下生。自恨罗衣掩诗句，举头空羡榜中名。"③

鱼玄机深信，如果有平等的机会让自己与男性竞争功名，想必自己不会在男性之下，可惜没有这样的机会。即使女诗人诗才出众，才华横溢，也受限于女性身份，不能参加科考，无法取得进士身份。诗句中的"罗衣"也就是女子身份，由于女性身份而不能让自己的诗句流传广泛，自己只能"举头空羡"，无可奈何地让出色诗才和文学成就就此被遮蔽住，犹如明珠被尘埃掩盖，光芒不为人知。

"自恨罗衣掩诗句。"鱼玄机已经表达出对女诗人成名之难的高度焦虑，以及对女诗人诗歌作品难以流传的深切忧虑，显示出强烈的性别意识。而这些才名焦虑，在明清女性诗论家沈善宝等人的身上，更为清晰地表现出来。

---

① 史玉德. 名媛雅歌［M］. 郑州：中州古籍出版社，1999：464.
② 张明叶. 中国古代妇女文学简史［M］. 沈阳：辽宁教育出版社，1993：166.
③ 苏者聪. 中国历代妇女作品选［M］. 上海：上海古籍出版社，1987：136.

五、诗歌文体之“诗是一家”说

李清照，号易安居士，山东济南人。李清照工诗善词还能文，为宋代乃至古代女词人之冠，男性文人也不得不承认其压倒须眉的实力。清人李调元评道：“不徒俯视巾帼，直欲压倒须眉。”[①] 除了是文学创作家之外，李清照也是唯一一个进入男性文人视野的女性文学理论批评家，著有《词论》，以自身的独到眼光来评论历代词家词作。

李清照在《词论》里“观澜索源”，开篇即回溯词发展的历史，推崇唐之乐府诗：“乐府声诗并著，最盛于唐。”[②] 而词就是在“乐府声诗并著”的情况下发展起来的。她研究了词的形式与特点，并与诗文进行比较，认为诗文只需讲究平仄即可，而词对音律要求之严格要远远超过诗歌。“王介甫、曾子固，文章似西汉，若作一小歌词，则人必绝倒，不可读也。乃知词别是一家，知之者少。”[③] 如以作诗文的方式来作词，定然不伦不类。《词论》还评析了词坛各大名家如晏殊、欧阳修、柳永、苏轼、秦观、张先、宋祁等人的创作特点，大胆地指出了他们的不足之处。《词论》里最大的创见是提出了词“别是一家”的观点，确立了词体不同于诗体的独立文学地位，虽然是针对词这一文体所作的理论分析，但也透露了李清照的诗论思想，即诗为一家，而词别是一家。李清照《词论》为诗、词之别首创界碑。彭玉平指出：“李清照梳理词史，从本质上说，并非要做一种文学史层面的学术研究，而是为她提出词需要尊体的观念蓄势。”[④] 李清照认为，词有词的文体特点，诗也有诗的文体特点，应该各有其创作规范与创作特性，应该有所区分，不应过分混淆。在文学功能上，诗言志，合为事而作，可叙事说理；而词抒情，当

① 苏者聪. 中国历代妇女作品选［M］. 上海：上海古籍出版社，1987：179.

② 嶙峋. 阆苑奇葩：中国历代妇女文学作品精选［M］. 北京：华龄出版社，2012：58.

③ 嶙峋. 阆苑奇葩：中国历代妇女文学作品精选［M］. 北京：华龄出版社，2012：59.

④ 彭玉平. 音情之悲与词体之尊：李清照《词论》新探［J］. 中山大学学报（社会科学版），2007（3）：24-30，125.

协和声律，比诗更富于音乐性，应更加纤巧婉转，传达出幽约怨悱的情思。因此，李清照在《词论》中对于苏轼等人以诗为词、以文为词的尝试不以为然，认为其过分混淆文体界限。

李清照的创作实践也直接印证了她的这一观点。她的诗歌《浯溪中兴颂诗和张文潜二首》借古喻今，影射了北宋末年的腐败朝政，表明了自己的担忧。此诗见识不凡、笔力雄健，融入了大量的历史典故，显示出李清照非同一般的文史修养与思想深度。又如《夏日绝句》之“生当作人杰，死亦为鬼雄”，铿锵有力，慷慨激昂，讥讽南宋王朝。而她的词作则幽微委婉、“轻巧尖新”，极细腻隽雅，善用叠字，富于音乐美。

李清照关于诗词的文体风格之辨启发和影响了明清女性诗论，譬如明末清初的王端淑就提出“诗老词秀”的观念：“作词与诗不同，诗老词秀。”① 她认为诗与词各有其意象、气质，诗的风格应该是苍健朴老的，而词的风格应该是秀丽婉转的，其诗学思想便是继承李清照《词论》而来的。

六、创作话语之“女子弄文”说

朱淑真，自号幽栖居士，浙江钱塘（今杭州）人，后迁居海宁。她博通经史、精通书画、通晓音律，诗词皆工，和李清照一样堪称多才多艺的全能型才女。但她所适非偶，婚姻不幸，婚后郁郁寡欢，最终抑郁而死。父母认为这是她读书太多，移了性情所致。朱淑真死后，父母将她生前苦心吟成的诗卷付之一炬。后宛陵魏仲恭惜其才华，费尽心力搜集其诗词作品，辑成《断肠集》传世，其中诗歌便有近 300 首。

朱淑真在《初冬书怀》里写道：“江上枫翻赤，庭前橘带黄。题诗欲排闷，对景倍悲伤。”② 其中“题诗欲排闷”句表明了她极为清晰和自觉的创作动机，即为纾解和排遣自己的苦闷之情，靠写诗来达到情感

① 王端淑．名媛诗纬初编［M］．清康熙年间清音堂刻本．

② 冀勤．朱淑真集注［M］．北京：中华书局，2008：198．

宣泄的目的。她在《掬水月在手诗序》中再次论述到自己的创作动机："翰墨文章之能，非妇人女子之事，性之所好，情之所钟，不觉自鸣尔。"① 宋代并不鼓励女子写诗，朱淑真写诗也并非如男子那般出于功利性的目的，只是爱好文学，兴趣使然而已，当情感浓郁到一定程度时，诗便诞生了。此论亦是对许穆夫人"女子善怀"说的呼应。而朱淑真的确也将自己的悲情苦绪付诸浅吟低唱的创作实践，诗歌之中，满蕴着哀怨与愁苦，可谓是满纸断肠语，春夏秋冬无时不有，园中湖上无处不生，"良辰美景俱成恨，莫问新年与旧年"②。

朱淑真自知才高，素怀有凌云之志，但在男权社会，无论朱淑真如何追求与抗争，都无济于事。她对现实认识得越是清楚，便越是失望。朱淑真曾作《自责》二首，慨叹"女子弄文诚可罪""始知伶俐不如痴"③，全诗纯用反语，表达自己对女子创作没有自由的激愤与抗议。这两首诗的意思其实是"女子弄文"应该是正当的，不应受到非议和责难。这是朱淑真对女子创作话语即创作合理性的辩解与争取。女性被剥夺了受教育以及施展才华的机会，她们被迫从公众场合退场，从此被束缚于狭小的闺阁之中。因此，朱淑真的"磨穿铁砚非吾事，绣折金针却有功"便是针对"才思非妇人事"之现实有感而发的讥讽。

朱淑真还作有《璇玑图记》，这是对苏蕙及其回文诗的记录与评传。朱淑真先用了小段篇幅作苏蕙的生平小传，由此引出《璇玑图》。与武则天的关注重点在女诗人苏蕙身上不一样，朱淑真的关注重点在其诗歌作品璇玑图回文诗上："于是坐卧观究，因悟璇玑之理，试以经纬求之，文果流畅。"④ 后文则以一个与苏蕙同样灵巧心思的才女视角，对璇玑图的三言、四言、五言、七言诗的读法做了详细解读。

① 冀勤. 朱淑真集注［M］. 北京：中华书局，2008：129.
② 冀勤. 朱淑真集注［M］. 北京：中华书局，2008：139.
③ 嶙峋. 阆苑奇葩：中国历代妇女文学作品精选［M］. 北京：华龄出版社，2012：82.
④ 谢无量. 中国妇女文学史［M］. 北京：中国书籍出版社，2023：118.

七、诗歌功能之“感发惩创”说

元代女诗人郑允端，字正淑，平江（今江苏苏州）人，“有容有言、有学有识”。元至正丙申年（1356）张士诚入平江，郑允端“贫病悒悒而卒”，年仅三十岁，宗族之士谥曰“贞懿”。其诗高素隽永，幽秀有风致，古体尤胜。

郑允端曾有论诗诗《读文山丹心集》：“血化三年碧，心存一寸丹。偶携诗卷在，把玩为悲酸。”[①] 郑允端并非以审美角度去衡量文天祥诗集，而是从道德角度出发去热情地赞颂文天祥爱国诗篇中的碧血丹心，其“悲酸”二字较为贴切地总结了自己读文诗之后的深切感受。郑允端又在《自拟挽歌辞》中云：“名苟可垂后，愈久愈芬芳。”这表现其鲜明的求名意识。如果才名与命运相妨的话，她宁愿付出生命的代价，以得到上天赐予的才名，其《漫兴》道：“天与才名不与寿，我生安得两兼之。”郑允端的才名意识对明清女性诗论家亦有启发。

郑允端有意识地留存自己的诗歌，编成诗集《肃雍集》，并自为之序，存诗共150首。其《肃雍集》自序表达了她关于诗歌功能的诗学观念：“尝怪近世妇人女子作诗无感发惩创之义，率皆嘲咏风月，陶写情思，纤艳委靡，流连光景者也。余故铲除旧习，脱弃凡近，作为歌诗，缄诸箧笥，以俟工宗斤正。”[②] 郑允端认为，女子作诗多吟风弄月，纤细艳巧，对此她深觉反感，故提倡“感发惩创之义”，也就是强调儒家的道德教化功能，不喜纯粹讲究艺术审美的纤巧之作，而是提倡有着真情实感、自然感发又对现实具有美刺作用的作品。这一论述类似于孔子关于诗歌功能的“兴观群怨”说中的“观”与“怨”，即注重对社会现实的关注与讽谏，对先秦时代《诗经》里缝裳女子的“风刺”说也有某种继承和发展的意味。

---

① 嶙峋．阆苑奇葩：中国历代妇女文学作品精选［M］．北京：华龄出版社，2012：102．

② 胡文楷，张宏生．历代妇女著作考［M］．李志生，译．上海：上海古籍出版社，2008：76．

郑氏自己在创作实践中也注意“铲除旧习，脱弃凡近”，即摆脱女性惯有的柔婉流丽之诗风。这一方面是追求女性诗风的突破，表示向男权文化与主流文学风格的示好与靠拢；另一方面则否定了女性作诗原本的闺房特色，这也是女诗人自觉规避“脂粉气”，即“去脂粉气”的诗论之语。从《肃雍集》看郑允端的诗歌创作实践，的确少有闺阁气的作品，显示了女诗人的现实目光和家国情怀。如“近水人家小结庐，轩窗潇洒胜幽居”“坐待成高节，清标出短墙”① 等句，可见郑允端诗论思想与诗学实践的统一。在自序之中，郑允端又一次明确表明了自己的求名之意，希望诗集能流传于世，自己也能借此扬名：“今抱病弥年，垂亡有日，惧没而无闻，用写别楮，诠次成帙，藏诸家塾，以示子孙。”②

郑允端的《肃雍集》是第一部由女性诗人自己作序的诗文集，郑氏之后，女性自序其文则蔚然成风。郑允端去世之后，其丈夫施伯仁先后邀请当时名士钱惟善和杜寅为诗集作序，使诗名得到进一步的提升。

小　结

在古代诗学发展历程中，女性诗歌与女性诗论的光芒和声音虽然总是被主流诗学遮蔽，但一直未曾缺席。从先秦，到汉魏晋，再到唐宋元，女性诗论由萌芽，到发展，再到拓展，直至明清而繁荣，有一条较为独立和清晰的发展脉络。各种文类形式，如诗传、序跋、论诗诗等，也陆续出现，并渐渐走向成熟。

上溯千年，早在先秦时，便有许穆夫人作“女子善怀”的诗学思考。女子善怀，指的是女子因其性别特征而比男性更加敏感细腻，更适宜于书写和创作，而同时“善怀”也是女子的创作动机。另有无名的缝裳女子作“维是褊心，是以为刺”，明确提出创作动机便是“刺”，即讥讽、讽刺社会黑暗面和人性阴暗面之意。《诗经》之中便有诸多“美刺”

① 张明叶. 中国古代妇女文学简史［M］. 沈阳：辽宁教育出版社，1993：292.

② 胡文楷，张宏生. 历代妇女著作考［M］. 李志生，译. 上海：上海古籍出版社，2008：76.

的作品。“美”即赞颂光明面，《诗经》中虽然有“美”之作，这是女性诗人在诗学实践中表明的诗学态度，但并未有女性诗论家明确提出“美”之思想。

汉魏晋时期，女诗人已经具有了初步的诗论意识，对创作动机、诗歌功能等具体的诗学问题进行了自觉的诗学思考，并提出了相应的诗学主张，甚至有些诗学主张还领先于男性文人。这个时期的女诗人不仅对作品进行了鉴赏与品评，还对女诗人进行了人物品藻，体现了存人存诗之意识，但其诗论还比较随意化和片段化，女性诗人多在自己的诗文作品中以只言片语的方式进行阐述，或者在与旁人的论诗对答中表达诗学见解。

唐宋元时期，女性诗论家的诗学意识大为加强，其诗论内容较为丰富，除了创作动机、作品风格及审美追求，还涉及女诗人的才情品评。女性诗论的文类形式也得到拓展。如唐代出现了第一篇女性论诗诗与女性所作的女诗人传记，女性诗论家开始在诗文中有意识地具体评价诗歌作品和藻鉴诗学人物。宋代出现了李清照所作的第一部辉耀男性词坛的女性词论，词论中大胆品评男性词人词作，提出词“别是一家”的词学主张，侧面反映了女诗人“诗是一家”的诗学主张，表现出鲜明的尊体意识。元代出现了第一篇以论诗为主题的女诗人自序。明清时期才出现选本与诗话这两类女性诗论家所作诗论的新型文类形式，论诗诗、诗传以及序跋在明清以前就已经出现，但在明清时期达到了成熟。

这些早期女性诗论家所作的女性诗论，尽管还比较简单和粗糙，但凝聚了她们的智慧与见识，体现了不亚于男性文人的远见卓识，改变了男性文人在诗论构建上拥有绝对话语权的格局。从发展脉络可以看出，女性诗论家的诗学意识与自我意识越来越强烈，诗学思想逐渐走向深刻，诗论文类形式也趋于丰富。顶着层层压力和沉重束缚，女性诗论家中的先行者艰难探索，不懈追求，使得明清时期的女性诗论终于大放光芒。

第二章　明清女性诗论概况

诗人在当世的诗坛地位主要是由诗论家来认定和确立的。诗论家通过各种诗论文类形式，以知人论世、理论阐发和美学鉴赏的评论方式来判断、评价诗人及其诗作的价值与意义，并有意识地宣传和传播其人其作，以扩大其影响力。因此，明清时期女性诗论的繁荣，意味着女性关于诗歌创作的自觉意识以及扬名意识逐渐苏醒，对女性诗歌的发展意义重大。

明清以前的女性诗论家在各种诗论文类上都进行了富有层次性的诗学探索，经过长期的积累，形成了初步的研究心得。女性诗论在明清时期遇到适宜的发展土壤之后，便积极开枝散叶，结出了阆苑仙葩一般的诗学成果。在不同的时期，明清女性诗论也呈现出不同的发展特点。女性诗论家从广泛的阅读和自身的创作实践中进行诗歌研究，总结了较为系统的诗学思想，又以诗论来指导自身的创作实践，形成了良性循环。这些保存至今的诗论文献，使得我们能清晰地看到明清女性诗论家的诗论思想由浅近走向深刻、由感性走向理性的过程，并且看到身兼研究者和创作者的她们的才情心思以及对诗心诗名的渴望。

第一节　明清女性诗论的发展轨迹

明清女性诗论发展的过程中，女性诗论家从内容到形式都受到男性文人的影响，她们以男性文人的诗论作品作为范本，学习其审美旨趣与诗学主张，久而久之，便不知不觉地浸润在男性诗学文化的判断标准之中。在诗歌研究的实践中，她们虽然不免迎合男性诗学的标准，但依然努力保持自己鲜明的女性特色，有着其相对独立的发展脉络。

明清女性诗论大致可以分为四个阶段：明初到明中期为第一阶段，女性诗论发展较为缓慢；第二阶段明末清初，女性诗论异军突起；第三阶段是清中期，包括盛清，古代女性诗歌创作到达了巅峰，同时也是诗论的巅峰时期；第四阶段清末，受到战争等因素影响，女性诗论渐趋衰弱，并进入文献总结阶段。不同的阶段，受朝代更迭、社会文化、文学思潮的影响，女性诗论呈现出不同的发展特色，诗学观念及美学标准也有所变迁。

一、明初到明中期：女性诗论之苏醒

第一个阶段，是明初到明代中期。俞士玲提出，中国古代女性文学以万历十八年（1590）为划分界限，前期较为平淡萧瑟，后期则开始趋向繁荣。[①] 古代女性诗论亦有同等趋势。明初到明代中期女性诗人如晨星寥寥，才女文化在经历绚烂前的平淡时光。

据胡文楷《历代妇女著作考》考订，明代女作家有 243 人，但多集中在晚明时期。明前中期作家之中有名的女诗人有黄峨、郭贞顺、张红桥以及“明初三秀”朱妙端、孟淑卿与陈德懿等，但即使是这些在当时有名的女诗人，传世作品也较少，且作品集多附在丈夫集后出版，如黄峨。当时能将自己的作品集出单行本的女诗人可谓凤毛麟角。此时的女诗人还有陈瑞贞、夏云英、沈琼莲、言氏、铁氏二女、端淑卿、田娟娟等。

此时女性诗论家更为稀少。女诗人只在只言片语中透露其诗学观念。明初孟淑卿，号荆山居士，苏州（今江苏苏州）人。她曾论朱淑真道：“作诗贵脱胎化质，僧诗贵无香火气，铅粉亦然。朱淑真固有俗病，李易安可与语耳。”[②] 孟淑卿认为作诗贵在不落窠臼，对于女性诗人来

① 俞士玲．论明代中后期女性文学的兴起和发展［M］//张宏生．明清文学与性别研究．南京：江苏古籍出版社，2002：172.

② 钟惺．名媛诗归［M］．明万历刻本．

说，无脂粉气的诗歌才是佳作。朱淑真还不能免俗，而李清照已有不俗之风。而她自己在创作实践中也力争无脂粉气，其作品多意境开阔，笔触厚重，有古朴肃穆之风。

朱妙端，字仲娴，又字令文，号静庵，海宁（今浙江海宁）人，聪慧善诗，博极群书，笔力雄健，以诗名于时，《碧里杂存》称之为“闺门之懿范，女德之文儒”。朱妙端所适非偶，在论诗诗《读李易安词》中她的关注重点便在李清照的婚姻之上，对其笔下的闲恨感同身受，发出了不平之叹：“一代才华真可惜，错将闲恨寄新诗。”①

明代初期的女诗人除了进行自发的诗歌创作，还已经开始把视线转向了自觉的诗歌理论研究方面，以自己独到的女性视角对他人的作品进行评论和鉴赏，并对自身的创作进行诗学反思。虽然这个时候女性诗论的声音还极为微弱，但女性诗学意识已逐渐苏醒。

二、明末清初：女性诗论之繁荣

第二个阶段，是明末清初，大约是从明万历年间到康熙末年，女性诗人的数量急剧增长，形成了古代女性诗歌史上的一次高峰，惊艳了此时的诗坛。此时北方女诗人较少，而江南地区闺秀和青楼两个阶层同时出现了诗歌的繁荣，女性诗人首次大规模以群体形式登上历史舞台，出现吴江叶氏午梦堂闺秀诗人群、嘉兴黄氏闺秀诗人群、会稽祁氏闺秀诗人群、嘉定侯氏闺秀诗人群、桐城方氏姐妹诗人群、秦淮青楼诗人群等才女群。她们彼此之间频繁地活动与积极地交流，最终形成了一个文学社交网络，在男性文人的文学空间中开辟了一个独属于自己的诗学空间，促进了女性诗论的发展。

青楼诗人与闺秀诗人并蒂齐芳，以柳如是为代表的“秦淮八艳”等名妓诗人的诗名及影响力远超过闺秀诗人。在青楼诗人和闺秀诗人之间还出现了闺塾师这一新型女性职业，闺塾师通过为精英阶层的女孩教授

① 张明叶．中国古代妇女文学简史［M］．沈阳：辽宁教育出版社，1993：336.

儒家经典、诗歌艺术和绘画来谋生。[①] 青楼诗人和闺秀诗人以及介于二者之间的闺塾师有着比较频繁的诗歌唱和与友好往来，青楼文化和闺秀文化彼此融合，界限渐趋模糊。[②] 如闺塾师黄媛介曾客居于名妓诗人柳如是的绛云楼，二人结成密友，多有互赠之诗。黄媛介入不敷出之时，柳如是仗义相助，助她渡过难关。后黄媛介又访闺秀诗人商景兰，商景兰便请黄媛介来梅市小住，并把臂同游，相互唱和。闺秀诗人陆卿子和徐媛均与青楼诗人有大量赠诗。青楼诗人在诗才及艺术方面的出色表现，让她们得到了具有一定地位和影响力的男性文人的认可，从而可以通过与他们成婚的方式实现阶层跨越。柳如是、董小宛、顾媚等名妓诗人都是因为嫁给名士而完成了身份上的转变，从而进入闺秀诗人阵营。这是其他时期所不具备的特殊局面。这个时期，青楼诗人才、色、艺俱佳，闺秀诗人德、才、色俱全，她们通常琴棋书画样样精通，呈现出名士化和文人化的风雅倾向，此时女性诗论家开始喜用“林下之风”与“闺房之秀”对女性诗人进行品评，并广泛使用“去脂粉气”或“无脂粉气”来褒奖女性诗作。

女诗人从闺内吟咏走向闺外结社，种种活动大大助长了成员之间的唱和吟咏行为。诗社按规模可分为家居式和社交式两种。家居式诗社主要出现在家族才女群之中，代表诗社为桐城方维仪的名媛诗社；社交式诗社则是由家族女性、邻居、朋友构成，代表诗社为钱塘蕉园诗社和吴中清溪吟社。青楼诗人则组成了另一类公众社交网，这类社交网与男性公众交际网牵绊更多。彼时名妓诗人可以进入士大夫的社交场合。如秦淮八艳诗人群，皆以与男性名士交往而出名，如柳如是与陈子龙、钱谦益，董小宛与冒辟疆，顾媚与龚鼎孳，李香君与侯方域，等等。柳如是曾经买下一艘画舫，与文人们饮酒论诗，诸多唱和。但青楼诗人的社交

① 高彦颐. 闺塾师：明末清初江南的才女文化［M］. 李志生，译. 南京：江苏人民出版社，2005：134.

② KO Y Y. Toward a social history of women in seventeenth cencury China［D］. Stanford University，1989：18-55.

网络到了清代渐渐湮灭无声。闺秀诗人所结成的诗社则发扬光大，影响深远。

此时，女性诗人更为自觉也更为积极地参与到诗论中来，引起了主流文人的关注与推崇，出现了有一定声名的女性诗论家，如沈宜修、方维仪、季娴、柳如是、王端淑等。女性诗论家的才华开始照射明清之际的诗坛。这个时期的诗论形式主要是选本、序跋、诗话以及女诗人传记。其时沈宜修编以明代女性诗歌为主体的女性诗歌选集《伊人思》，首开女性编选女性诗歌选本之先河。方维仪编《宫闺诗史》且多附自己的评语，是第一部真正意义上的女性诗话，也开了女性诗话之先河。此外还有季娴《闺秀集》、王端淑《名媛诗纬》、柳如是《历代女子诗词选》、归淑芬《名闺诗选》等。这个时期女性选本及女性诗话的诞生，为女性诗论的文类增添了新的形式，是女性诗论发展史上的一次飞跃。为女性诗集作序的人不再局限于男性名士和亲人，自序和请闺友作序蔚然成风。如李璧为自己所写的诗集《介庵集》作序，沈宜修为自己所编辑的《伊人思》作序，方孟式为其妹方维仪所写《清芬阁集》作序，等等。女性诗论家为女诗人作传的事例并不罕见，如沈宜修分别为张倩倩、叶小鸾作《表妹张倩倩传》《季女琼章传》，梁小玉著《古今女史》，等等。

受到朝代更迭与心学思潮的影响，加之闺秀诗人与青楼诗人彼此之间的友好交往，这个时期的女性诗论家选辑女性诗人诗作时部分表现出重“才”轻“德”的评判倾向，季娴、方维仪等闺秀出身的诗论家将闺秀诗人与青楼诗人的诗作悉数选入诗选，青楼出身的女性诗论家如柳如是、梁小玉尤其如此。但德行仍然是女性诗论家衡量女性诗人极其重视的诗学标准，王端淑选辑女性诗人诗作时就明确表示了以德为先的选辑标准。此时文学家叶绍袁提出“德、才、色”的女性新型评价标准，并被女性诗论家所广泛接受。因叶小鸾、冯小青等少女诗人的早逝，再加上乱世给女诗人带来的身世飘摇之命运，女性诗论家在诗论中常有“才遭天嫉”“才高命薄”之叹。女性诗论家已经有了初步的诗史意识，想要凭借自己的诗论作品为女性诗歌立传修史，使之不朽。比较典型的就是王端淑的《名媛诗纬》，提出以诗纬对诗经，试图“确定女性诗歌自成一脉的诗史地位”。①

三、清中期：女性诗论之巅峰

第三个阶段，是清中期，包括盛清时期，大概从雍正即位到道光末年。盛清时期是清代诗学的巅峰时期，此时神韵说、格调说、性灵说、肌理说等主宰诗坛，流派纷纭，而女性创作在乾嘉年间的兴盛使得女性文学特别是闺秀文学在嘉道年间走向了全面成熟，嘉道年间成为明清女性诗论的全盛时期。此时女性诗人创作最为繁荣，女性诗论也最为发达。

顺治、康熙时期废除了女乐官妓等种种制度，青楼文化有所衰落。盛清时期，闺秀文化正式取代了青楼文化。乾隆时期有所改变，但青楼才女文化再也不复往日风光，没有再出现如柳如是一样在全国都享有高知名度的名妓诗人。闺秀才女掌握了诗歌的话语权，才女文化继续由闺秀主导。胡文楷《历代妇女著作考》统计，清代女诗人中，青楼诗人的比例已不足 10%。闺秀诗人成为女性诗人的主体，女诗人写作也更加注意突出女性德行，更加提倡温柔敦厚之诗教。这个时期出现了骆绮兰、恽珠、潘素心、沈善宝、熊琏等在男性诗人之中也具有一定影响力和知名度的闺秀诗人和诗论家，她们乐于参加各种诗学活动，较为深入地进行诗学思考，积极发表自己的诗学见解。

全国各地地区性和家族性的女性诗人群继续发展，并出现了随园女弟子、碧城女弟子等跨性别、跨师门的女性诗人群，以及秋红吟社这种跨地区、跨血缘的全国性女性诗社及诗人群。家族性的女性诗社在当时依然比较普遍，几乎遍地开花。湖南湘潭郭氏闺秀诗人建梅花诗社，郭

① 聂欣晗．清代女性诗学与文化［M］．广州：世界图书出版广东有限公司，2017：3.

佩兰曾吟及此事："梅花初结社，旗鼓各争先。"① 四川成都的女诗人建浣花诗社，左锡嘉曾作《浣花诗社歌》曰："芳华照人香沁骨，清篇脱手思如何。"② 此外还有会昌湘吟社、海宁惜阴社、宜黄晚香社等较为知名的女性诗社。

此时的女性诗论形式也最为丰富，涉及诗歌选本、诗传、诗话、序跋、论诗诗等所有诗论的文类形式，可谓是各体皆备，且其数量和质量也大大超过前代。诗歌选本在这个时期达到极盛，出现了恽珠的《国朝闺秀正始集》。《国朝闺秀正始集》所选规模空前巨大，收入1500余位女诗人的4000多首诗，反映了盛清时期女性文学的昌盛，并强调"以德为先"的编选标准。另外还有汪端的《明三十家诗选》，此选本则专论明代男性诗人，显示了女性诗论家的学术眼光和鉴赏能力。诗话也出现了集大成者，即沈善宝的《名媛诗话》，这也是现存规模最大的女性诗话。③《名媛诗话》重点在于介绍道咸年间才女创作情况及其事迹，并收录其诗歌主张与诗学观念。女性诗话还有辛丝与王兰修《国朝诗品》、熊琏《澹仙诗话》、王琼《爱兰轩名媛诗话》等。此时也是女性诗话有史以来最为丰富的时期。女诗人自序诗文集或为他人诗文集作序更是形成了社会潮流。自序如顾若璞《卧月轩集自序》、顾静婉《钞韵轩诗稿自序》等。为其他女诗人或女性诗论家作序则有林以宁为梁瑛、徐德英作序，潘素心、翁瑛为恽珠《国朝闺秀正始续集》作序，等等。盛清时期的女性诗论家喜爱并娴熟运用论诗诗这一诗论形式。随园女弟子、碧城女弟子、湘潭郭氏闺秀群中就有不少擅长用论诗诗来发表自己的诗歌创作体会与诗学见解的女诗人。

这个时期女性诗论家的所有诗论文类都出现了典范之作，普遍倾向

① 郭润玉．湘潭郭氏闺秀集［M］//贝京．湖南女士诗钞．长沙：湖南人民出版社，2010：384.

② 左锡嘉．冷吟仙馆诗稿［M］//胡晓明，彭国忠．江南女性别集二编．合肥：黄山书社，2010：1358.

③ 沈沫．筱轩楮墨：清代才媛诗学与美学研究［M］．上海：华东师范大学出版社，2021：340.

于用“德”来评判女性诗人而非用“才”，女性诗论家甚至比男性诗论家表现出更加严格的道德自律。“林下之风”与“闺房之秀”依然是女性诗论家品藻女诗人时的常用评语。女性诗论家对于诗作“去脂粉气”的评论占据了主流位置，但也有少数女性诗论家对此感到忧虑并进行了反思，提出女性诗作要坚持“闺阁本色”。由于盛世繁荣，女才弘扬，女性诗论家具有了前所未有的文学自信，虽然仍有女性诗论家悲叹“才高命薄”，但已有女性诗论家认为诗可以使得女性诗人“福慧双修”，即使现实生活中并未得到幸福，诗也能使得女诗人得以不朽，获得身后之名和“诗福”。诗歌题材范围更为广泛。这个时期女性诗论家对于诗歌创作论的思考最为深入，对创作合理性、创作动机、美学标准、创作妙悟、创作方法、诗学话语等都进行了独立的探索。

四、清末：女性诗论之衰退

第四个阶段，是道咸之后，也就是清末时期。鸦片战争之后战火不断，经济文化也受到打击。救亡图存之际，以梁启超为代表的维新派人士对传统闺秀文学评价普遍较低：“古之号称才女者，则批风抹月，拈花弄草，能为伤春惜别之语，成话词集数卷。斯为至矣。若此等事，本不能目之为学。”[①] 他们提倡新型女性教育，反对古典意义上的才女，此时才女文化受到西方外来文化的重大冲击，女性诗人诗歌创作数量逐渐减少，[②] 女性诗论进入文献总结时期。

这时期出现了陈芸《小黛轩论诗诗》、施淑仪《清代闺阁诗人征略》、单士厘《清闺秀艺文略》《清闺秀正始再续集》等诗论专著。《小黛轩论诗诗》以诗论诗，亦以诗存人，共收入论诗诗 221 首，涉及女性诗人近 1500 位。《清代闺阁诗人征略》则是女性诗人的传记合集，主要

---

① 梁启超. 论女学［M］//饮冰室合集：第一册. 北京：中华书局，2019：39.

② REBOLLO-SBORGI F. Writing women in late imperial China［J］. Journal of Asian History, 1998, 32（1）: 83-85.

记录其生平事迹，共记载有 1260 余人，“以事迹为主，与选诗不同”。[①]《清闺秀艺文略》是清代女性著作目录专著，收录极富，共记载了 2260 位有作品集出版的女作家。《清闺秀正始再续集》共收录 309 位女性诗人诗作 1281 首。这个时期的女性诗论家对女性诗人及诗歌怀有一种温情留恋之感，在古典诗歌日薄西山的时代，她们依然倔强地绽放出女性诗论最后的光芒，态度依然认真严谨，收集的诗作数量可观，质量均属上乘。她们虽然自身也受到西方文化的影响，如薛绍徽是中国第一个女翻译家，多次走出国门，单士厘 1903 年随丈夫从东京到莫斯科旅行，并写下《癸卯旅行记》，为国内首部女性撰写的海外游记，施淑仪 1905 年被推举为放足会会长，为女性争取不缠足的权利，后来还担任崇明第一所女子学校的校长。但出于对保存并弘扬女性诗歌传统的情结，她们并没有消减创作古典女性诗论的热情。而且晚清女性诗论中亦不乏进步的观念。施淑仪便将男女平权之理念带入了《清代闺阁诗人征略》。恽珠《国朝闺秀正始续集》中未收入因丈夫殉节前朝而死的蔡玉倾和商景兰二位女诗人，认为女子从夫，属于前朝，故不选入；但施淑仪却认为女子亦有独立之人格，并不需要从夫，于是将她们选入了自己编选的清代女性诗学作品中。

但与此同时，也有才女在维新派思想的影响下对女性诗论家所钟爱的传统文学与诗学作出了激烈批判，刘纫兰 1898 年在《劝兴女学启》中道：“其上者，批风抹月，弄草吟花，写妖艳之词，发言情之句。”[②]刘纫兰从用世和功利的角度出发，全盘否定了传统文学，认为钟情于古典诗词创作的女诗人，只不过是沉浸在自己的世界里吟花弄月、无病呻吟，即使她们的才华能比肩谢道韫、蔡文姬这些杰出才女，也于“世”无补。刘纫兰的言论很能代表当时的新女性对于传统文学的态度。古典意义上的诗歌在清末徐徐落幕。

① 施淑仪. 清代闺阁诗人征略凡例［M］//施淑仪，张晖. 施淑仪集. 北京：人民文学出版社，2011：3.

② 郭延礼，郭浩帆. 中国近代女性文学大系：文学评论卷［M］. 济南：齐鲁书社，2021：483.

第二节　明清女性诗论的文类形式

在前代女性诗人的诗学积累以及明清男性诗人的鼓励支持下，明清时期的女性诗论趋向繁荣，出现了各种文类形式。女性诗人积极参与编辑女性文学史和诗歌史，并对女性诗歌进行评论，甚至有女性诗人大胆品评男性诗人的诗歌，其理论深度与批评广度是前代女性诗人所无法企及的。

关于诗论文类的形式，笔者从女性诗论文本出发进行了细致考察，认为大致有选本、诗传、序跋、诗话、论诗诗、书信以及其他形式，这些形式多受男性文人作女性诗论的影响，且彼此有交叉与融合。

一、选本

诗歌选本的编选，极其考验诗论家的诗歌理论修养与美学鉴赏眼光。从明代中后期开始，男性文人兴起了编纂女性作品总集的热潮，但以男性视角所选的诗歌，自然带有男性主观的偏好，是以男性诗学审美标准来选辑女性诗文的。在其影响下，自晚明开始，女性诗人也向选本迈出了重要一步。在明代之前，并没有一个女性诗人有编选女性诗歌总集的自觉，也没有一部属于女性诗人主编的诗歌总集出版。但到了明清时期，这个局面有了根本性的改变，明代的女性诗歌总集多达三十八部，清代所编辑的女性诗歌总集不下于一百种①，其中女性诗人所付出的努力有目共睹。

诗歌选本可大致分为个人选集和总集两种。个人选集主要是女性别集，即女性自己作品的诗歌选本。总集则是多个女诗人的作品精选合集。女性别集为总集重要的资料来源。诗歌选本不仅可以保存诗学文

① 胡文楷，张宏生．历代妇女著作考［M］．李志生，译．上海：上海古籍出版社，2008．

献，还可以表达选家的诗学倾向与价值崇尚，反映其文艺理念与审美旨趣。[①] 编选女性诗歌诗集，标志着明清女性诗论家开始自觉建构属于女性自己的诗论体系，对女性诗论发展意义重大。她们大多将编选女性诗歌选本当作一项严肃的事业而不仅仅是自娱自乐，她们倾尽心力收集大量文本，又细心筛选整理出具有典范性的代表之作。为了编辑选本，她们殚精竭力，花费几年甚至十数年的心血，其用心之诚、用力之勤，令人感佩。

最早编选女性诗歌总集选本的女诗人是晚明时期的沈宜修。沈宜修，字宛君，苏州吴江人，工诗善画，明代文学家叶绍袁之妻，著有《伊人思》1 卷、《绣垂馆遗稿》1 卷、《鹂吹》2 卷、《附集》2 卷。沈宜修八岁丧母，自幼由姑母抚养长大，“幼无师承，从女辈问字，得一知十，遍通书史”。[②] 沈宜修只活了 46 岁，却留下了诗、词、偈、拟连珠、骚、赋、序、传等共计 833 篇。她于 1636 年编成《伊人思》一书。《伊人思》强调选辑“当代”诗歌作品的重要性[③]，也是现存明代第一部女性选辑当朝诗作的诗文集，共收入了 46 位女诗人所著之诗词文赋等，其中 42 位为沈宜修同时代的女诗人。《伊人思》所收集的女诗人，大多来自江南，不知名的女诗人之作品因此得以保全流传。该选本带有选者个人的情感倾向，因沈宜修的女儿叶纨纨与叶小鸾早逝，她痛惜爱女，在选本中也多收入体现母女亲情之作，如王凤娴母女三人诗作。在张引元诗作上，沈宜修注云“绝类余家诸女情景”。[④]《伊人思》对作品进行编选，附有简短评注。

比沈宜修稍晚的季娴编选有《闺秀集》。季娴，字静姎，一字扆月，江苏泰兴人，适尚书李思诚子长昂，著有《雨龛集》。《闺秀集》自序所题时间为顺治九年（1652），选录明代闺秀诗人 75 家，搜罗女作家作品

① 蓝青. 17 世纪女性作品选集编纂研究［J］. 山东女子学院学报，2016（3）：79-83.

② 沈自征. 鹂吹集序［M］//叶绍袁，冀勤. 午梦堂集. 北京：中华书局，2015：19-20.

③ ROBERTSON M. Voicing the feminine: constructions of the gendered subject in lyric poetry by women of medieval and late imperial China［J］. Late Imperial China，1992，13（1）：63-110.

④ 沈宜修. 伊人思［M］//叶绍袁，冀勤. 午梦堂集. 北京：中华书局，2015：666.

的范围比《伊人思》更广，共收入诗360首，词27首。《闺秀集》编选体例较为独特，按诗体形式如乐府、律诗、绝句等来进行分类。虽然集名为“闺秀”，但收入集中的作品却不止于闺秀，且编排并无身份贵贱之分，唯以诗品论之，有闺秀诗人，如朱妙端；有平民女诗人，如薄少君；也有青楼诗人，如薛素素、景翩翩。并且季娴作为一位女性选家第一次以自觉的批评意识主动进入主流诗潮，评点之作就超过250首，“选中有评，句有圈点，篇有评赞”。[①] 与沈宜修编选目的是保存当代女诗人的诗作稍有不同，季娴虽然也是“既羡闺阁之多才，又每叹传人之绝少”，从而希望能保存女性诗作使之流传下去，但季娴希望能编选出一本令人读之产生审美愉悦的具备闺秀文学特质的女性诗选，于是她是从审美的角度来切入选辑，并加以自己的评论，宛若一部当代诗歌鉴赏随笔，具有一定的鉴赏水准与理论高度，较之沈宜修更具有女性主体意识。

明末清初的青楼诗人柳如是协助钱谦益做《列朝诗集》中明代女性诗词《闰集》即《香奁集》的编选。柳如是，本名杨爱，字如是，又称河东君，浙江嘉兴人，原为秦淮八艳之一，为名妓诗人，诗、书、画皆精，著有《湖上草》《戊寅草》等，后适钱谦益。《列朝诗集》旨在以诗存史，选录明代278年间1700余位诗人，成书于顺治九年（1652），与季娴《闰秀集》几乎同时成书。其中《闰集》共选入119位女诗人。与《伊人思》专选闺秀之作不同，柳如是选入的119位女性诗人中包括了28位青楼诗人，如王微、马湘兰、杨宛、薛素素、景翩翩等，所选诗歌也以青楼诗人诗作为多，如王微便被选入了61首诗，景翩翩被选入了52首诗，而闺秀诗人徐媛只被选入了2首诗。《闰集》有意提高青楼诗人的诗学地位，使得拥有不凡才华的青楼诗人之诗作得以传世，但其编排体例却是按德行来进行的，“香奁上”收宫廷女诗人及节妇之作，

① 陈启明．第一部女性论诗之选：季娴《闺秀集》［J］．古籍整理研究学刊，2016（2）：100-107.

"香奁中"收闺秀诗人及平民女诗人之作，"香奁下"收青楼诗人之作。柳如是虽言"承夫子之命，雠校香奁诸什，偶有管窥，辄加椠记"①，表明对女性诗作的求全之意，但实际上选诗依然根据其审美价值与艺术成就，所选之诗都具有一定代表性，较为偏重情感抒发而非道德教化。柳如是不仅收集筛选了这些女性诗歌作品，还撰写了关于女性诗人的小传及女性诗歌的评论文字，并题"柳如是曰"褒奖诗歌亮点，直接指其弊病。如《闰集》中批评陆卿子："晚年名重，应酬牵率，凡与闺秀赠答，不问妍丑，必以胡天胡帝为词，不免刻画无盐之诮。"② 女诗人小传中评述最为详尽的是吴江才女叶小鸾，有八九百字。柳如是还另外编选有《历代女子诗词选》（又名《古今名媛诗词选》）。

明末清初时影响最大的女性诗论作品莫过于王端淑的《名媛诗纬》。③ 王端淑，字玉映，山阴（今浙江绍兴）人，著有《映然子吟红集》《历代帝王后妃考》《玉映堂集》《无才集》《名媛诗纬》《名媛文纬》等。王端淑《名媛诗纬》成书于1664年，共编纂42卷，收录近1000名女诗人的2000多首诗。王端淑在书前凡例言明编选原则，并道选者苦心在于存名媛诗作，传名媛诗名："余选诗纬而汇遗集姓氏，何耶？盖不忍其能诗名媛无传故耳。"④ 又云："闺秀诗上自汉魏三唐，及于元宋，必广收博采，庶尽上下古今之胜。"⑤ 所选诗歌从秦末到清初，首重明代，《名媛诗纬》选入女诗人数量可谓空前。《名媛诗纬》在每位作者的诗选前都附有作者小传与以"端淑曰"为形式的编辑评语。王端淑将选本命名为"诗纬"，与经典诗歌选本《诗经》相对应，"不纬则不经"⑥，大胆指出诗歌的世界中不能缺少女性之声音。选本分类则按照

① 潘冬梅. 文本·作者·性别：浅议《列朝诗集·闰集》香奁部分的编选与时代［J］. 中国文学研究，2005（2）：54-57.

② 钱谦益. 列朝诗集小传［M］. 上海：上海古籍出版社，2008：751.

③ 聂欣晗认为，明清之际为中国诗学作出重要贡献的女诗家首推王端淑。聂欣晗. 清代女性诗学与文化［M］. 广州：世界图书出版广东有限公司，2017：14.

④ 王端淑. 名媛诗纬初编［M］. 清康熙年间清音堂刻本.

⑤ 王端淑. 名媛诗纬初编［M］. 清康熙年间清音堂刻本.

⑥ 王端淑. 名媛诗纬初编［M］. 清康熙年间清音堂刻本.

身份贵贱与社会地位进行，后妃、公主及宫女被收入“宫集”，由元入明的女遗民被收入“前集”，闺秀诗人的诗作被收入“正集”，为《名媛诗纬》之主体，明清易代的女诗人被收入“新集”，青楼诗人被收入“艳集”，其余还有“闰集”“缁集”“黄集”“外集”“幻集”“备集”“逆集”“遗集”“雅集”“绘集”“后集”等，可见其包罗之广。其中“后集”下也就是42卷中，收入王端淑自己的诗歌67首。为了扩大《名媛诗纬》的影响，加强传播效果，除了自己和丈夫作序之外，王端淑还邀请到当时名士许兆祥、钱谦益为其作序，并把王猷定、孟称舜所撰的王端淑传记附于之后。而《名媛诗纬》又称“初编”，王端淑在序中表示日后将作“续编”，并发起征稿启事，请女诗人将诗作寄往杭州临云阁书坊，希望将女性诗歌的编选事业一直做下去。但大型女性诗歌编选毕竟太耗精力，王端淑寄予希望的续编并未成书。晚明时的女性诗歌选本还有王谨的《闺秀诗选》、冒俊的《林下雅音集》等，但都属于小型诗选，如《林下雅音集》就只收集了四位女诗人的诗作。

清代女性承明代之后，继续编选女性诗文，所选作品时空范围更为广博，有全国性选本、地区性选本，也有家族性选本，所选作品质量也有明显提升。有归淑芬编选的《古今名媛百花诗史》，恽珠的《国朝闺秀正始集》，查昌鹓的《学绣楼名媛诗选》，归淑芬、黄德贞、申蕙编选的《名闺诗选》，王谨的《闺秀诗选》，刘淑玲的《安徽名媛诗词征略》，毛国姬的《湖南女士诗钞》，蒋机秀的《国朝名媛诗绣缄》，张允滋的《吴中十子诗钞》，施淑仪的《国朝闺阁诗人征略》，单士厘的《清闺秀艺文略》，等等。有“清代第一才妇”之称的汪端编选有《明三十家诗选》，品评的是男性诗人和男性诗作。虽然名为诗选，但重在评论，汪端对每一位入选的诗人都以“汪端论曰”的形式进行品评，并发表诗学观点，对诗人的诗作也附以眉批和尾批。

清代女性诗歌选本中规模最大、最为知名的为恽珠的《国朝闺秀正始集》。恽珠在儿媳和四位孙女的帮助下，花费15年时间，最终完成了这部巨著。该选本刊刻于1831年，收入1500余位清代女诗人的4000多首诗，选本包括正集20卷和续集10卷，所收入的女性诗人包括闺秀诗人、闺秀以外的平民女诗人、尼姑诗人、已从良的青楼诗人。《国朝闺秀正始集》只编选清代闺秀诗人诗作，“是集皆辑我朝闺秀所著，其前朝者概不刊入”①，其编辑体例跟《名媛诗纬》相近。《名媛诗纬》重点收入了汉族女诗人的诗作；而《国朝闺秀正始集》则收入了当时能收集到的所有民族女诗人的作品，其收集诗人及诗作的力度与广度比之前代大为加强。这就打破了民族之间的隔阂与界限，接纳和收录了各族女诗人的诗作，展现了清代女诗人创作的空前繁荣之态。恽珠认为女性创作之盛是国家文教昌明的表现，“更足征圣朝文教昌明，声教所讫，无远弗届”②，强调了女性诗学发展对国家教育发展与文明进步的重要意义。与王端淑不同，恽珠编选《国朝闺秀正始集》的目的主要是宣扬才女有德，因此更重德行，强调“温柔敦厚”的诗教传统，试图建立闺秀才女书写的典范。

比恽珠稍后的女诗人张孟缇，江苏武进人，因觉《国朝闺秀正始集》收诗太简，惋惜还有女诗人之诗作没有被收入，于是自己又编选了一本《国朝列女诗录》。《国朝列女诗录》录入女诗人 3000 多人，所收罗的诗人和诗歌数量更巨，几乎是恽珠《国朝闺秀正始集》的一倍，但这部选本并未付梓面世，如今更已失传。《名媛诗话》卷八对此亦有记载。③

二、诗传

女诗人传记④中既有对女诗人本人的评价以及对其作品的评点和鉴赏，又有其本事和生平的记载，是其生命故事的生动再现，可供“知人论世”之研究，如前文所述武则天为东晋女诗人苏蕙所作的《苏氏织锦

① 恽珠. 国朝闺秀正始集［M］. 清道光十一年（1831）红香馆刻本.

② 恽珠. 国朝闺秀正始集［M］. 清道光十一年（1831）红香馆刻本.

③ 沈善宝. 名媛诗话［M］//王英志. 清代闺秀诗话丛刊. 南京：凤凰出版社，2010：482.

④ 这里的诗人传记特指女诗人为女诗人所写的品论其人其诗的传记，不包括时人为女性所作的史传、墓志铭、寿序等.

回文记》。之前学术界关于古代女性文学批评的研究，甚少把传记归于其中，但明清时期的女诗人传记实际上也是重要的诗论作品，保存了重要的诗学文献。[①] 明清时期被单独立传的女诗人已不在少数。明清女诗人在这个时期并不被鼓励写传记，但她们对于传记的热情却被点燃了，如清代女诗人袁镜蓉就著有《月蕖轩诗草》和《月蕖轩传述略》。其中《月蕖轩传述略》收文二十二篇，主要内容为“先舅丧后处置夫族祭祀诸事并家人传记”。[②]

女性诗论家可以成为自传的作者，也可以充当闺友生平的记录人。[③] 在为其他女诗人作诗传时，女性诗论家多感同身受，从女性视角切入，从自身最真切的体会出发，去揣摩传主最真实的情感，去记录女性诗人具有温度和光亮的生命故事，以达到“知人论世”之效。通常意义上的“传记文”主要指具备正式传记形式的文献，而“诗传”更注重生动描写女诗人的生涯，一般包含作者对传主的人物品藻，还会保存其诗文。与其他诗论文类形式相比，“诗传”以述为主，评与论相对稀少，但立足于“知人论世”的批评理论，有助于读者结合传主的身世分析其创作风格。女性诗论的很多形式里，都有与诗传形式的融合，如选本之中多附有诗人小传。诗人评论与文学事略、文学生活与社会活动，经诗人传记的存录，得以流传后世。有的诗集序跋就是一篇完整的个人传记，有的女性诗文别集本身就类似于一部自传。

方秀洁曾指出，清代出现了女性书写传记的现象。[④] 但实际上，女性诗人书写女诗人传记的风潮在晚明的时候就已经开始了。如晚明时期沈宜修为表妹张倩倩、女儿叶小鸾立传，分别为《表妹张倩倩传》《季

---

① 游鉴明，胡缨，季家珍. 重读中国女性生命故事［M］. 南京：江苏人民出版社，2012：19.

② 袁镜蓉. 月蕖轩诗草［M］//胡晓明，彭国忠. 江南女性别集二编. 合肥：黄山书社，2010：901.

③ MA X. Herself an autobiographer: writing women's self-representation in the Qing［J］. China Review International，2015，22（2）：93-98.

④ 方秀洁. 性别与传记：清代自我委任的女性传记作者［J］. 社会科学，2020（1）：179-191.

女琼章传》。《表妹张倩倩传》中沈宜修赞美张倩倩风神气度，认为叶小鸾“清才旷致”，是受了舅母的教导和熏陶，有舅母之风。“清才旷致”是对叶小鸾的人物评价，也是对张倩倩的人物评价。《季女琼章传》中还记录了张倩倩对叶小鸾的母教。叶小鸾幼时，张倩倩便教授其《离骚》以及其他诗词，一个锦心绣口的才女母亲形象跃然纸上。《季女琼章传》也记录了叶小鸾十岁时敏捷的诗歌联吟。“余因语云：‘桂寒清露湿。’儿即应云：‘枫冷乱红凋。’尔时喜其敏捷，有‘柳絮因风’之思。”[①] 传记中评论叶小鸾作诗之风格，为淡雅清新、无脂粉气，虽不喜艳语，但创作中因咏物之兴的关系也不乏艳句：“作诗不喜作艳语，集中或有艳句。”后人较为全面地了解女诗人叶小鸾，多是从沈宜修的这篇小传中开始的。在这篇诗传中叶小鸾完全是作为一个女诗人形象出现的，脱离了男性文人所撰的传统传记中女性呆板的家庭角色的叙述。

晚明吴兴才女、青楼诗人梁小玉，字玉姬，号琅嬛女史，著述颇丰。她撰写《古今女史》，志在为女性文学修史，并且是构建通史，撰写方式类似于女性传记，主要记录女性生平事迹。此书现已不传，仅存序言。序言中将书中内容分为八个类别，第五类是才史，即为有才识的女子立言，第六类韵史，是为有诗词传世的女子立传。[②] 这两类便属于才女传记合集。

晚明时桐城方维仪，字仲贤，安徽桐城人，博学高才，工于诗画，著有《清芬阁集》《宫闺诗史》《宫闺诗评》等。其《宫闺诗史》，分《正》《邪》两集，“主于《昭明》《彤管》，刊落淫哇，览者尚其志焉”，惜已不传。从清代学者的评介来看，《宫闺诗史》应是一部集女性传记与诗作评论为一体，有诗史性质的女性诗传集，“其诗一洗铅华，归于质直，以文史当织纴，尚论古今女士之作，编为《宫闺诗史》”。[③]

到了清代，自觉自发为才女作传的女诗人更不在少数。清代合肥女

---

① 沈宜修. 季女琼章传［M］//叶绍袁，冀勤. 午梦堂集. 北京：中华书局，2015：246.

② 胡文楷，张宏生. 历代妇女著作考［M］. 李志生，译. 上海：上海古籍出版社，2008：162-163.

③ 朱彝尊，姚祖恩，黄君坦. 静志居诗话［M］. 北京：人民文学出版社，1990：725.

诗人赵景淑曾为古今400余位名媛作小传，名为《壶史》。清代上海女诗人赵棻曾为妹妹赵棻作《幼卿妹传》：“生有异禀，三岁识四声，五岁读四子书，至十岁而五经毕诵。闺中无师友……而妹能以深潜之思，默通群书之义。”① 才华横溢的赵棻只活到了十八岁，她在年少时所作的那些诗文也已经散失殆尽。赵棻为妹妹作传的意图便是不希望诗人妹妹被人遗忘，从此了无痕迹。

恽珠在《国朝闺秀正始集》出版后，又出版了女性传记《兰闺宝录》，共收入了518篇女性传记，分为“孝行”“贤德”“慈范”“节烈”“智略”“才华”六卷。恽珠在《兰闺宝录》例言中写道：“首录孝行、贤德、慈范，昭三从也；继以节烈，时穷而义见也；若夫智略、才华，亦金闺之彦，故又次之。”② 虽然恽珠出版《兰闺宝录》是为了强调妇德，但身为诗人与学者的她依然流露出对才女的推崇，在末两卷中对那些展现了学识、智慧以及文采的才女的肯定。

施淑仪，字学诗，崇明（今属上海）人，著有《冰魂阁诗存》2卷、《湘痕吟草》1卷、《湘痕笔记》、《冰魂阁野乘》等，编有《清代闺阁诗人征略》10卷，补遗1卷，共收入了1260多位清代女诗人，并对之以“淑仪按”的形式加以述评或补充材料，更类似于一部清代才女传略。施淑仪虽然在书名中点明选取范畴为“诗人”，但在“例言”中却说明收录之标准是“偏重文艺”，凡有一技专长者都予采录，并强调“以事迹为主”，带有鲜明的传记色彩，从而使得是编所有女诗人的形象更为完整和生动。

薛绍徽，字秀玉，号男姒，福建闽县（今福州）人，清末女翻译家、女诗人，译有《外国列女传》等，著有《黛韵楼遗集》等。薛绍徽著有《国朝女文苑小传》（以下简称《女文苑》），即为才女作传，但只作了百余篇便因病逝世。她的遗愿亦是修完《女文苑》，女儿陈芸所作的《小黛轩论诗诗》即是给《女文苑》作编目。按照薛绍徽的预想，

① 郭延礼，郭浩帆．中国近代女性文学大系：散文卷［M］．济南：齐鲁书社，2021：1972.

② 恽珠．兰闺宝录［M］．清道光十一年（1831）红香馆刻本．

《女文苑》与《小黛轩论诗诗》可互为补充，使得前代女性诗人的作品不至于埋没于荒烟蔓草之中。陈芸妹陈莛则表示如有可能自己将继承母亲的遗志，完成母亲才女传记《女文苑》的撰写。[①]

其他女诗人作的诗传或者类诗传数量较多。昭阳李清取古籍中有关女性的掌故，辑为《女世说》。仁和严衡取当朝才女故事，辑为同名书籍《女世说》。常州张纨英受长姐张孟缇之邀为女性诗歌汇编作传，并把这些女诗人传记收入自己的《餐风馆文集》之中，归入“诗传”一类，名《国朝列女诗传》，共47篇，包括方维仪、顾若璞、毕著等著名女诗人的传记。此外还有丹徒曹雪芬著《廿四史列女合传》，苏州贾靓芬辑历代女子事迹为《女聊斋志异》，陈敬辑《古今名媛考略》，汪清辑《国朝列女征略》，等等。

三、序跋

序跋，包括序和跋两种形式，兼具叙事、抒情和议论的功能，分别出现在诗集正文的前后，表达和传播作者的文学意旨与文学思想，为文学理论与文学批评的重要文献资源。明代万历以后，女诗人自作序跋和为其他女诗人作序跋已经较为普遍，清代更是蔚然成风，形成一种社会潮流。“明清妇女著作”数据库就收录了60余位明清女诗人书写的序言。[②]

作序跋的女性诗论家大多为女诗人的闺友或者亲人，对其性情及生活轨迹都比较了解，因此序跋的内容情真意切，笔触甚为细腻亲切。这些序跋或诠释作者的创作意图，说明作品的大致内容，或褒奖友人的诗歌风格，或表达自己的诗学倾向，或回忆诗学交流的具体情况，理论思辨性较强，颇有卓识隽语，形式上有散文、有骈文，文质皆美，兼有文

① 陈芸. 小黛轩论诗诗［M］//王英志. 清代闺秀诗话丛刊. 南京：凤凰出版社，2010：1521.

② 方秀洁. 性别与传记：清代自我委任的女性传记作者［J］. 社会科学，2020（1）：179-191.

学价值和学术价值。这些序跋能据实而论，针对熟悉的女诗人及其作品作评，使得女性诗论的气氛大为活跃。除了闺友、亲人之外，女诗人也会邀请当时拥有一定影响力的著名女诗人，如潘素心、关锳、吴藻等为诗集写序跋，自然是希望借助其影响力提升自己的名声。

晚明时期沈宜修为周挹芬诗集作《周挹芬诗序》。在序中，她对这位早逝的同乡才女表达了自己的赞赏之情，称其“聪颖倩丽，善画，工诗、词”。因聪慧绝伦的早逝才女而勾起了对自己两位早逝女儿的怀念，沈宜修对周挹芬寄予了无限的同情与哀悼：“余固恨未识挹芬，今读其诗若词，益悲伤无已。且又因挹芬而益潸潸，为两女湿衫袖矣。”① 沈宜修堂姐沈大荣为其作的《叶夫人遗集》作序，则追忆和褒奖了沈宜修母女的教育经历与诗学成就，笔触无比痛惜，赞其一家都是“美慧英才”。② 山阴女诗人商景兰现留存于世的两篇文章，都是为女性诗集所作的序跋，其中一篇是为诗友张槎云《琴楼遗稿》作的序，另一篇是为女儿祁德琼诗集《未焚集》所作的序。

晚明时的女诗人梁小玉为自己所编撰的《古今女史》作序，言明自己要为女性立传修史之心：“二十一史有全书，而女史阙焉。挂一漏百，拾大遗纤。飘零纸上之芳魂，冷落闺中之玉牒。是以旁摭群书，厘为八史。”③ 梁小玉深刻认识到历史上女性声音的微弱以及女性位置的缺席，因此才在博览群书的基础上辑成《古今女史》，希望能保存这些才女的事迹：“亦香奁之水镜，淑媛之志林也。”吴江女诗人沈静专为自己所写的诗文集《适适草》作序，阐明作诗意图，乃是诗可以让自己萧然自适，得到怡心之乐：“但抚孤影之空寂，志先人之寤歌，缘景会心，借

① 沈宜修．周挹芬诗序［M］//叶绍袁，冀勤．午梦堂集．北京：中华书局，2015：244-245.

② 沈大荣．叶夫人遗集序［M］//叶绍袁，冀勤．午梦堂集．北京：中华书局，2015：26.

③ 胡文楷，张宏生．历代妇女著作考［M］．李志生，译．上海：上海古籍出版社，2008：162.

情入事，殊有萧然自适之趣。”① 她认为写诗要“风行水上，自成至文”，若是刻意为之，不仅自己形神俱困，而且还适得其反，诗无灵性。这是沈静专从自己的诗歌创作实践中得出的结论。

清代张似音为顾若璞《卧月轩集》作序，称其如同儒生一般刻苦，“自经史百家及国朝典故之属，无不驰骤贯穿”。② 以闺友之眼记录并赞美女诗人的勤奋博学。林以宁为徐德音作《绿净轩诗钞序》云：“细读咏史诸篇，可废董狐之笔；再绎回文妙制，定掩若兰之机。瞻望白云，时有怀亲之作；偶聆黄鸟，即生求友之心。”③ 序言总结了徐德音诗歌的题材，主要为咏史、咏怀、闺情、怀亲、和友等。严永华为母亲王瑶芬《写韵楼诗钞》作跋，道：“永华侍母最久，我母性情、心术，亦惟永华知之最深也。”④ 跋中尽显母女亲情。潘素心序恽珠《国朝闺秀正始集》，称她花费十几年的时光编选女性诗歌，“搜罗既富，选择必精”，并点明了恽珠的编选意图，即建立闺中典范，所谓“微显阐幽，垂为懿范”，令学诗之女子，能够遵循温柔敦厚的诗教，“发乎情，止乎礼义”。⑤

其他清代女性诗人自序还有顾若璞《卧月轩集自序》、陈芸《小黛轩论诗诗自序》等。为他人作序再如翁瑛为恽珠《国朝闺秀正始续集》作序，顾若璞、张似音为黄鸿《晚闺吟》《广寒集》作序，江珠为张允滋《潮声阁集》作序，冯娴、柴静仪为林以宁《墨庄诗钞》作序，等等。

---

① 沈静专. 适适草［M］//胡晓明，彭国忠. 江南女性别集五编. 合肥：黄山书社，2019：26.

② 顾若璞. 卧月轩集［M］. 清顺治八年（1651）刻本.

③ 林以宁. 绿净轩诗钞序［M］//胡晓明，彭国忠. 江南女性别集初编. 合肥：黄山书社，2008：4.

④ 严永华. 写韵楼诗钞跋［M］//胡晓明，彭国忠. 江南女性别集四编. 合肥：黄山书社，2014：1065.

⑤ 恽珠. 国朝闺秀正始集［M］. 清道光十一年（1831）红香馆刻本.

四、诗话

诗话创始并流行于宋代，后成为我国古代诗歌鉴赏评点“最主要的文学形态”。[①] 明清时期，尤其是清代，诗话创作空前繁荣，其数量之多，远远超过了以往朝代诗话的总和，目前可考的有1483种，[②] 这“在中国诗话史上是空前绝后的”。[③] 诗话多以笔记体写成，形式较为轻松随意，其中不仅以臻于理论化、系统化、专门化的论诗方式表达诗学观念，还真实记录了诗人们的生平事迹、文化心态以及审美情趣，亦有“知人论世”之价值，充满了浓厚的文人气息。明代江盈科著《闺秀诗评》，开论女性诗话之先河，其自序云：“余生平喜读闺秀诗，然若易忘。近摘取佳者数首，各为品题，以见女子自攄胸臆，尚能为不朽之论，况丈夫乎？”[④] 清代文人如袁枚等涉足女性诗话，其《随园诗话》中有大量点评女诗人诗歌的内容，但其有意展现的是男性文人的诗学观念，并非女性诗人的诗学思考。

明清之际便开始有女性诗论家创作的女性诗话问世，至清代，女性诗话渐趋丰富。女诗人模仿男性诗人所作的女性诗话来进行女性诗话的创作，结构多为诗人小传、诗人作品、逸事记载以及诗学评论。诗话作品中，女性论诗更加思辨化、系统化，她们把片段式的感性体会加以梳理和理论提炼，展现出更强烈的女性意识和理论功底。女性诗话的出现，标志着女性诗论开始走向成熟。

明清之际的方维仪曾著有《宫闺诗评》一卷，为第一部女性所作的女性诗话。《宫闺诗评》也是第一部关于中国古代女诗人的文学批评专著，惜已不存，只有片段文字保存在其他诗学典籍里。

---

① 沈沫. 筱轩楮墨：清代才媛诗学与美学研究［M］. 上海：华东师范大学出版社，2021：340.

② 清诗话见存书目977种，待访书目506种，合计1483种。蒋寅. 清诗话考［M］. 北京：中华书局，2005：5.

③ 蔡镇楚. 中国诗话史［M］. 长沙：湖南文艺出版社，2001：31.

④ 蔡镇楚. 中国诗话史［M］. 长沙：湖南文艺出版社，2001：319.

熊琏，江苏如皋人，字商珍，号澹仙，又号茹雪山人，作《澹仙诗话》四卷，主要关注家乡如皋本地诗学，书中多叙当时男性诗人之诗，“内载闺秀诗亦少”。[①] 在《澹仙诗话》中，熊琏记载了部分才女的诗歌作品和生平事迹，并附上评论。如袁枚的妹妹袁机，熊琏评价其诗“神韵飘逸”，评论王琼所辑的《名媛同音集》“类皆清超澹远，不落脂粉艳习”。[②] 熊琏还在《澹仙诗话》中表明了自己的诗学主张：“诗本性录，如松间之风，石上之泉，触之成声，自成天籁。”[③] 熊琏认为诗歌应该取法自然，从心而发，至情至性，首重一个“情”字，若能倾注真挚的情感便是好诗，可见熊琏是袁枚“性灵说”的赞同者。

女性诗话中，也有女性诗人全部品评男性诗人诗作的，如嘉定女诗人王兰修与辛丝撰写《国朝诗品》，“各为题词，并加论断”，共评点清代男性诗人二十余人，对其作品风格及艺术成就进行了较为精到的分析。如评吴伟业“感怀身世，凭吊沧桑”，评施闰章“人品高洁，诗境亦如秋水寒潭”，评吴兆骞“瓣香梅村，能自立帜”。[④] 可见王兰修与辛丝对诗人道德品质、诗歌师承以及诗歌个性风格的重视。

道光二十六年（1846），沈善宝《名媛诗话》刊刻出版，为女性诗话的集大成之作。沈善宝，字湘佩，钱塘（今浙江杭州）人。《名媛诗话》对清初至道光年间的700多名女诗人进行了介绍和评述，重点介绍了道咸年间的才女创作情况，记载范围以江南诗人为主，同时也兼顾全国各地的女诗人。沈善宝有感于闺秀诗“湮没无闻者，不知凡几”[⑤]，致力于收集整理女性文学创作，因此撰写《名媛诗话》。《名媛诗话》大多站在女性立场，以女性诗人的生存体验与亲身创作实践来进行评点，记录的多是自己的诗学观念与曾亲自参与的闺秀诗学活动，同时收载其他

---

① 沈善宝. 名媛诗话［M］//王英志. 清代闺秀诗话丛刊. 南京：凤凰出版社，2010：349.

② 张寅彭. 清诗话三编：第四卷［M］. 上海：上海古籍出版社，2014：2424.

③ 熊琏. 澹仙诗话［M］. 清嘉庆年间刻本.

④ 施淑仪. 清代闺阁诗人征略［M］//王英志. 清代闺秀诗话丛刊. 南京：凤凰出版社，2010：2044.

⑤ 沈善宝. 名媛诗话［M］//王英志. 清代闺秀诗话丛刊. 南京：凤凰出版社，2010：4.

闺秀诗人的论诗观点与诗学评论。其“诗皆性灵”“天籁自鸣”之诗学思想虽明显受到袁枚“性灵说”影响，但结合了自己与闺友的诗学实践，有独到的诗学阐发与内涵延伸。《名媛诗话》中，沈善宝还记录了与闺友分韵唱和之事，记录了女性诗人与袁枚、陈文述等男性文人的交往。沈善宝的意图是不仅要保存诗人及诗歌，还要保存女诗人群体的历史。在编选过程中，沈善宝并不厚古薄今，她“把跨越朝代的女性写作理解成女作家共通的关怀”。①

根据聂欣晗在《清嘉道年间女性的诗学研究》中整理的“清代闺秀所撰诗话简表”，清至民国时期女性所作的诗话共有 24 部，其中比较有代表性的有方维仪的《宫闺诗评》、王端淑的《名媛诗纬》、熊琏的《澹仙诗话》。在这些作品中，最负盛名、评价最高的是沈善宝的《名媛诗话》。吴永萍称目前确定由清代女性撰写的诗话共有 32 种，可以考见的有 15 种。② 这些女性诗话在当时的诗论界已有一定影响力，并成功引起了男性诗人的关注与称赞。例如，陈文述对杨芸的《金箱荟说》评价极高，认为她此作具有班昭续《汉书》的价值。即具有为女性文学修史的价值：“网罗琼笈，采集珍文……七始晏娭，非值唐山之作歌，十志沉研，无异班昭之续史。”③ 这一时期，女性诗话论著理论的成熟度都是此前任何朝代所无法比拟的。④

五、论诗诗

论诗诗在唐代就有女诗人涉足，如前文提到的薛涛与鱼玄机。此后女诗人极少尝试论诗诗。时至清代尤其是清代中叶，论诗诗迎来了一个

① 方秀洁，魏爱莲．跨越闺门：明清女性作家论［M］．北京：北京大学出版社，2014：94.

② 吴永萍．清代女性诗话研究［D］．兰州：兰州大学，2019.

③ 陈文述．颐道堂文钞［M］//续修四库全书：第 1505 册，上海：上海古籍出版社，2002：597－598.

④ 穆薇．论清代中叶妇女诗话繁荣的特征及成因［J］．齐鲁学刊，2011（6）：126－130.

“光辉灿烂的时期”①，这一时期的论诗诗被诗论家们所广泛运用。这个时期，论诗诗作为一种灵活的诗论形式也受到女性诗人的青睐，“至少有上百家女性参与了论诗诗的创作”②。

论诗诗具有较强的理论意识，是明清女诗人进行诗歌研究的重要阵地。但与男性诗论家的论诗诗相比较，女性诗论家的论诗诗笔触更加细腻，情感倾向较浓，多感悟式评语，理论阐发也有所加强，同时更加关注性别视角。在女诗人选本之中，论诗诗常有出现。如《湖南女士诗钞》就曾录入郭漱玉《论诗》十首、罗金淑的《论诗示外》以及王寿春的《书〈渔洋山人集〉后》等。《论诗》提出了自身“有波澜处十分清”“百八珍馐总要鲜”的诗歌旨趣，《论诗示外》表现了“句贵性灵”和“派无唐宋”的诗学倾向，《书〈渔洋山人集〉后》则对当代诗坛上王士祯盟主地位表示了肯定，对其评价极高，如“才华自合齐朱宋，风格何曾掩性情”③，朱家玉《读杜工部蜀中诗有感》，赞美杜甫“浣花客舍半伤秋，一代精魂万古留”④。

随园女弟子席佩兰著有《与侄妇谢翠霞论诗》与《论诗绝句四首》，探讨诗歌创作技巧等诗学问题。沈彩在《与夫人论诗偶成》诗中对含蓄蕴藉、一唱三叹，言有尽而意无穷的“神韵”诗风表示认同，其中写道：“羚羊挂角处，无迹少人知。偶尔成佳句，泊然何所思。”⑤ 项蘅在《夜读随园女弟子诗》中写道：“嫌他金屋薰香句，录入仓山唱和辞。”⑥这是对随园女弟子中部分女诗人笔下的香艳诗风表达了不满。其中一些篇幅较长的组诗还有高篃《论宫闺诗十三首》、汪端《论宫闺诗十三首

① 纪锐利. 清代论诗诗史［D］. 苏州：苏州大学，2007.

② 聂欣晗. 清代闺秀论诗诗的性别文化启蒙［J］. 广西大学学报（哲学社会科学版），2011，33（6）：115-118.

③ 毛国姬. 湖南女士诗钞所见初集［M］//贝京. 湖南女士诗钞. 长沙：湖南人民出版社，2010：253.

④ 毛国姬. 湖南女士诗钞所见初集［M］//贝京. 湖南女士诗钞. 长沙：湖南人民出版社，2010：268.

⑤ 沈彩. 春雨楼集［M］//胡晓明，彭国忠. 江南女性别集三编. 合肥：黄山书社，2012：50.

⑥ 徐世昌. 晚晴簃诗汇［M］. 民国十八年（1929）退耕堂刻本.

和高湘筠女史》、沈彩《论妇人诗绝句四十九首》、张佩纶《论闺秀诗二十四首》等。

女性论诗诗的集大成者，当是清末陈芸的《小黛轩论诗诗》。《小黛轩论诗诗》创作动机一是为娱亲，二是为方便其母薛绍徽《女文苑》编目之用。宣统三年（1911）闰六月薛绍徽病殁，四十天后陈芸去世。陈芸妹妹陈荭整理并完成《小黛轩论诗诗》小注。《小黛轩论诗诗》共有221首，论及清代女性诗人1489人。[①] 这部作品以“存人存诗”为主旨，在七言绝句之中嵌入所论女诗人的名号、诗名、诗句。

六、书信及其他

除了上述文类形式之外，明清女诗人还在书信、笔记以及只言片语之中透露出自己的诗论意识和诗学思想。

明末清初的商景兰《示媳书》中有云，她因年老已久不作诗，偶然见到闺友张槎云的诗稿《琴楼合稿》，读后赞叹不已，认为“其诗忠厚和平，出自性情”，即温柔敦厚，深得《诗经》之韵。她告诫儿媳，张槎云其才其美、其孝其纯，值得后辈女诗人学习和效仿。[②] 明末方孟式不喜徐媛之诗，认为其以口语入诗过于直白浅浮，在与妹妹方维仪的书信里相当犀利地批评徐媛，“偶尔识字，堆积龌龊，信手成篇”，甚至认为是因为彼时天下才女未出，所以让徐媛成为知名女诗人，徐媛是“好名而无学”。[③] 清代汪端幼时作诗诗格即尚高雅，尝取唐宋元明及国朝人诗，阅后弃去，只留高启、吴伟业之诗集，不久又舍去了吴伟业的诗集，只留下高启诗集，并评道：“梅村浓而无骨，不若青邱淡而有品。”[④] 此论诗之语被记录在她的个人传记《汪允庄女史传》中。

① 吴永萍. 清代女性诗话研究［D］. 兰州：兰州大学，2019.

② 静寄东轩. 名媛尺牍［M］. 清刻本.

③ 周亮工，乔继堂. 尺牍新钞：二集［M］. 上海：上海科学技术文献出版社，2022：184.

④ 胡敬. 汪允庄女史传［M］//胡晓明，彭国忠. 江南女性别集二编. 合肥：黄山书社，2010：303.

清代周浣月《与姊书》云："吾姊娴笔墨，工诗文，可称绝世。以妹言之，虽则绣虎嘉名，实非祥鸾本色，戒之慎之。"[①] 周浣月一方面肯定了姐姐出色的创作才能，认为姐姐可以称得上惊才绝艳，另一方面却又要姐姐"戒之慎之"，认为女子有才并非祥瑞之兆。这反映了她惜才爱才却又担心"才能妨命"的矛盾心理。清代女诗人张倩听闻朋友李白华忙于照顾家姑，渐远诗书，并将前作焚烧殆尽，深感可惜，特地写了一封《寄李夫人书》劝之，表明自己对女性写作的独到见解。"《诗》不云乎，'无非无仪，惟酒食是议'，则妇人女子之吟诗非分矣。然读《葛覃》《卷耳》诸什，半出妇人女子之手。谓闺阁之不可有诗者，又非也。近闻夫人因侍姑病，遽然废吟，将前作焚尽，岂不误哉！……且夫人之诗，大有可传，加以学力，定足名家。倩虽不得攀龙，聊以附骥可耳？我辈谪作女流，不能效丈夫之有为，又无以学曹大家之见至尊，已属不幸，而又无一二笔墨流传人口，终与三家村中拾柴打麦者同没没焉。卒见困于造化小儿，究无补于阎王老子，岂不愧死！"[②] 张倩指出，写诗是女子应有之权利，"妇人女子之吟诗非分矣"和"闺阁之不可有诗"的观念不可取，而作为闺阁之中的女子，既不能像男子那样有一番作为，又不能像班昭那样能够面圣发挥自己的才能，如果还没有文章流传的话，便会和拾柴打麦的村夫一般消逝在历史长河里。张倩认为，女子如若有笔墨能流传于世，不至于碌碌无为地湮灭于芸芸众生之中，方是幸事。

明清也有和丈夫合著进行诗学思想阐发的才女，其作可视为明清女性诗论的又一形式。清代女诗人王照圆在年少时读《诗经》颇有心得，随想随写，录下《葩经小记》一书，但未完稿。王照圆出嫁后，与丈夫郝懿行一起对《诗经》进行研究考订，以闲居问答的形式，著成《诗说》《诗问》。《诗问》一书多次称引王照圆的诗学观点，全书433则。《诗说》则采用漫谈的体例形式，多对诗文进行赏析。王照圆从女性视角出发解读《诗经》，这是有史以来第一次有女性诗论家专门研究《诗经》。[③]

① 静寄东轩. 名媛尺牍［M］. 清刻本.

② 张倩. 留香集［M］. 清道光十二年（1832）刻本.

③ 于少飞. 王照圆研究［D］. 济南：山东师范大学，2016.

小　结

由此看来，明清女性诗学大致可以分为四个阶段：第一个阶段，是明初到明代中期，此时女性诗人如晨星寥寥，虽然有明初三秀以及黄峨这样杰出的女诗人，但较之前代并不为多，女性诗人在只言片语或者书信中透露其诗学观念，如孟淑卿。第二个阶段，是明末清初，女性诗人出现井喷式增长，女性诗人更为自觉也更为积极地参与到诗论中来，并引起士林关注，如方维仪、沈宜修、季娴、王端淑等。此外，还出现了叶氏午梦堂、秦淮青楼诗人群、蕉园诗社等女性诗群与女性诗社，女诗人也从闺内吟咏走向闺外结社。第三个阶段，是清中期，这时的女性诗人创作最为繁荣，女性诗论最为发达，可以说这一时期是古代女性诗论的全盛时期，出现了骆绮兰、恽珠、潘素心、沈善宝、熊琏等优秀的女性诗论家。此时的女性诗学理论批评形式也非常丰富，女性诗学著作成就较高，出现随园女弟子、碧城女弟子等女性诗群，以及秋红吟社这种跨地区、跨血缘的全国性诗社。第四个阶段，是道咸之后一直到清朝灭亡，也就是清末时期，女性诗学进入文献总结时期。这时有陈芸《小黛轩论诗诗》、施淑仪《清代闺阁诗人征略》等诗论专著问世。

明清女诗人作女性诗论的文类形式大致包括选本、诗传、序跋、诗话、论诗诗、书信等。这些文类形式彼此之间也有交叉与融合，例如选本之中也有诗评与小传，诗话之中有诗选，序跋部分相当于作者小传，等等。这些女性诗论家所编选和创作的诗论作品，或以诗存人，或以人存诗，或以事存人，或通过编选和评论具有典范意义的诗歌来表现编者的诗论主旨与审美倾向，为考察明清女诗人诗歌诗论的重要文献。但可惜的是这些标志着女性诗歌文学水平和审美态度的文献大部分已经失毁，好在从存世之作中，研究者依然可以探求明清女性诗论家所想要传达的诗学思想与诗学智慧。

第三章　明清女性诗论繁荣的背景与原因

传统妇德闺范教育中，男性对女性严加束缚，用男权思想来愚化她们，要求她们完全依附男性。而妇德之中，妇言尤其是男性重点约束的对象，男性用“内言不出于阃”来严格要求女性，不允许她们发出自己的声音，在文学史上也是一再轻视和忽略她们的地位。但值得庆幸的是，古代社会仍涌现出一批敢于真实表达自己思想与情感的女诗人，她们从重重束缚和日常琐碎中挣扎而出，追求精神层面的超越，以女性视角来反映女性的欢喜与悲苦，以其超凡才气与敏捷才思发出了属于女性自己的声音。明清以前的女性诗歌，是为星星之火，到了明清时期，终于呈现部分的燎原之势。一大批女性诗人走上了创作之路，并开始以群体的形式出现在中国古代文学史的舞台之上。

明清女性诗人中尤为博学敏思的一部分开始自觉地进行诗学思考，一群优秀的女性诗论家也由此产生，女性诗论迅速发展并趋于昌盛。明清女性诗论之所以能获得如此大好局面，得益于当时经济的繁荣与发展、思想和文学环境的改变、女教氛围的浓郁、男性文人对女性创作的支持、女性诗人群体的大量出现，得益于当时得天独厚的经济、社会、思想、教育与文化背景。

第一节　经济的繁荣与发展

明清时期经济的迅速发展，给社会思想和文化的发展提供了温床。明朝中后期开始，产业结构有所调整，手工业发展较为迅速，从而使得商品经济在明清时期也颇为兴盛。出版印刷技术的发展，出版成本的降低，商业化的出版渐渐成为出版印刷业的主流。此时女性比之前任何一个朝代都要更为积极地参与到经济活动中来，她们经济地位有所提高，她们的生活空间也有所扩大。

一、明清时期社会经济水平的整体提高

自北宋以来，经济重心已经由北方转移到了南方，经济带动了文化的发展，南方凸显出文化发展的优势。明清时期，中国社会经济发展极其繁荣，在明中叶以后，全国商业市场已经形成。到了“康乾盛世”时期，中国的财富总量约占据全世界的三分之一。[①] 其中，江南经济发展全国领先，江浙一带成为全国经济最为发达的地区。[②] 江南经济的发达，吸引了全国各地商贾聚居于此，而江南商人也遍布天下，又进一步促进了江南经济的发展，形成了良性循环。商品经济的发展，市镇的大量崛起，使得城市里的人们拥有了更多的闲暇时间与购买能力，精神追求随之提升，对于知识与娱乐的社会需求扩大，继而刺激了文化事业的发展，形成良好的社会文化氛围。城市中的居民渐渐形成了享受休闲时光并热衷娱乐生活的习惯，追求精神生活的满足，“看戏、听书、读小说迅速进入他们的日常生活”[③]。而士大夫阶层更是“凡百诸艺均有广泛的爱好”[④]，文人不仅博通经史、吟诗作赋，还能书善画，文学家普遍“诗书画”二绝，甚至“诗书画印”四绝。

经济的发达造就了诸多望族世家，望族家中配有奴仆和婢女专门服侍，令女性尤其是尚未出嫁的女性能从烦琐的家务中暂时解放出来，得以专心于诗书阅读与诗歌创作。一些并不算豪富的普通书香之家也有一定经济实力聘请婢女帮佣，如吴江叶氏中的沈宜修与叶纨纨、叶小纨、

① 麦迪森. 中国经济的长期表现：公元960—2030年［M］. 伍晓鹰，马德斌，译. 上海：上海人民出版社，2011：21.

② 段继红. 清代闺阁文学研究［M］. 天津：南开大学出版社，2007：48.

③ 许婉璞. 明代中晚期刻书业的特色及文化意义［J］. 中国出版，2005（7）：54-55.

④ 夏咸淳. 晚明士风与文学［M］. 北京：中国社会科学出版社，1994：69.

叶小鸾四位诗人，从她们诗词中可知，家中尚有随春、红于等婢女服侍，除了母亲沈宜修需要管理并操持家事外，女儿们不用将宝贵时间全部浪费于琐碎家务，从而可以醉心吟咏风雅之事。叶小纨中年以后曾作诗回忆："深闺从小不知愁，半世消磨可自由。"正是这种娴静温文的闺阁生活，使得叶氏女诗人得以全身心投入诗文创作之中，成为当世瞩目的才女。又如常州张曜孙在《棣华馆诗课》序言中所记，常州张氏三代才女都有文集传世，她们并无"米盐井臼之劳"，也无"膏粱文绣之好"，于是便有了足够的时间来沉浸书香，醉心阅读，"遂日以读书为事"，陈说古今，研求事物，并作诗文书画以及女红。[①] 家庭经济能力和生活水平的提高，使得书香家族聘请男性名师和女性闺塾师以提高文学水平的局面成为现实中的可能，有的女诗人还不只拜过一个老师，如骆绮兰、方芳佩就都先后拜过三个老师。

社会经济水平的整体提高也使得平民家庭的女儿有了读书习字的条件。女性诗论作品中记录了不少出身商贩、农家、渔家、走卒等普通家庭的才女。泰州沈村村女邵笠，跟随庶母学诗，后嫁给四壁萧然的穷秀才，依然"炉香茗碗，静坐读书"。蕉园七子之一的张昊，出身平民家庭，父亲"授经"，母亲"女红"，以养家糊口，而张昊自幼"喜读书，览典籍"，工于诗词，因才华出众而嫁给举人胡大濙，并留下《琴楼合稿》等作品集传世。长春姐婢女出身，却文采斐然，作有一卷《惜春记事》。寒山闺秀诗人陆卿子称赏并赠诗："剪破楚山云，绘作芙蓉履；有时渡湘江，片片随流水。"[②] 她们虽然家境普通，却无衣食之忧，在平常琐碎的生活之中依然怀有对书香墨香的向往，在繁重忙碌的劳作之余依然抱有对闲情逸致的追求。

---

① 王晓燕. 清代女性诗学思想研究［M］. 成都：四川大学出版社，2014：10.

② 胡文楷，张宏生. 历代妇女著作考［M］. 李志生，译. 上海：上海古籍出版社，2008：210.

二、出版印刷业的成熟

明代洪武年间免除书籍税，对出版印刷业也没有针对性的约束政策，因此明代的出版印刷业获得了一个相对自由的发展空间。但这时出版印刷业发展较慢，书籍刻本印量较低，价格较贵，书籍的购买和阅读还是相对奢侈的行为。在明代嘉靖以前，女诗人诗集多以手抄本的形式流行。如明初金陵周洁，被称为“江东一才妇”，有《云朝诗集》一卷，时金陵人竞相传抄。

到了嘉靖之后，出版印刷业渐渐趋向成熟，万历时期更是迎来了出版印刷业的全盛，全国出版印刷业的重心由福建转向江南地区。随着大规模印刷的出现，印书机构急剧增多，书籍供应量增大，品种繁多，价格也随之急降，即使是普通人家，也能承担得起购书费用。此外，江南地区发达的水运和专用的书船，可以把印刷的书籍方便地运往全国各地，因此，人们对于书籍的需求，都能及时得到最大限度的满足。各类书籍，包括旅游指南、识字课本、绣像小说、诗词读本等，都能在市场上轻松买到，市场对书籍的供给与需求反应都较为迅速。清代出版印刷业更加发达，官府、私家都重视刻印书籍，书坊、书铺、书市在 17 世纪后半期兴盛起来，几乎遍及全国各地。晚清时期，西方的铅活字版印刷等技术相继传入中国，印刷效率再一次提高。据不完全统计，中国历代著作约有 25 万种，清代出版的就占了一半以上。① 明清时期的南方印刷业比北方更为发达，虽然全国都遍布印刷点，但印刷重心仍然集中在南方，这使得南方的文化发展远超北方。清代商业出版已成出版印刷业的主流。此外，随着印刷技术的提高，还出现了彩色印刷，设计越来越精美，深受市场欢迎的畅销书也越来越多。

出版印刷业的迅猛发展，书籍出版数量的急剧增多，使得书籍价格

① 白寿彝，周远廉，孙文良．中国通史：第 10 卷［M］．上海：上海人民出版社，2015：467-468．

日渐下降，人们不用再靠手抄书以保存流传文学作品，轻松购买并收藏大量书籍成为可能。书香家庭更是热衷于藏书。当时出现了许多著名的藏书家和藏书楼，如浙江山阴祁承㸁的澹生堂、江苏太仓王世贞的小酉馆、浙江鄞县（今浙江鄞州区）范钦的天一阁、江苏常熟毛晋的汲古阁等。藏书丰富的家庭，极大地增加了女子耳濡目染接受教育的机会，营造了沉静读书与醉心写作的书香氛围。女性通过阅读书籍，即使足不出户，也能认识和感受到一个博大的世界，因此，她们乐此不疲，如痴如醉。阅读对才女来说，“既是一种发自内心的精神需求，也是一种充实灵魂的精神满足”①。正如季娴在《闺秀集》自序中所云，她自谦“幼非颖慧”，但母亲疼爱，并教以诗书。而舅氏宗伯公“藏书满架，缥帙烂然”，她也得以肆览。② 在众多藏书的熏陶和滋养之下，女性诗人拥有了非凡的见识与过人的才华，也有了表达与交流的欲望，她们创作出如同明珠美玉、秋风夜露一般的诗文佳作，在全国各地掀起了刊刻女性诗集之风。

印刷成本和出版成本的降低，也使得家庭或者个人有能力负担出版资金，愿意出资刻书以扩大影响力。出版印刷业商业化的发展，有利于满足市场对女性诗集及相关诗论作品日益增长的需求量。明清时期的出版业主要有官刻、家刻和坊刻。官刻侧重于儒家教义，同时也印刷日历、方志、医书等官府必需的东西。③ 坊刻是出版商印刷以谋利为目的的畅销书，“‘两京十三省’，无处不刻书”。④家刻则是家族自费出资印刷，用以提高家族声望或者获得商业利益。⑤ 女性别集和合集的出版以家刻为主，也有坊刻。女性诗人的男性亲属积极辑刻她们的作品，以彰

① 郭英德. 学而不厌：明清成年女子的家庭文学教育［J］. 社会科学研究，2009（2）：165-174.

② 季娴. 闺秀集［M］//四库全书存目丛书编纂委员会. 四库全书存目丛书：集部第414册. 济南：齐鲁书社，1997：330.

③ 高彦颐. 闺塾师：明末清初江南的才女文化［M］. 李志生，译. 南京：江苏人民出版社，2005：40.

④ 许婉璞. 明代中晚期刻书业的特色及文化意义［J］. 中国出版，2005（7）：54-55.

⑤ 高彦颐. 闺塾师：明末清初江南的才女文化［M］. 李志生，译. 南京：江苏人民出版社，2005：40.

显家族的声望。如叶绍袁编辑的《午梦堂集》、袁枚编辑的《袁氏三妹诗稿合刻》、屠隆编辑的《留香草》、杨书霖辑刻的《长沙杨氏闺秀诗》、左宗棠出资和左孝威刊刻的《慈云阁诗钞》等大量家族女性诗歌合集。坊刻以名士编辑的女性诗文总集为主，如袁枚、陈文述等结集出版的女弟子作品集，这些选本因有名人效应再加上迎合当时人们追捧女性诗人的心理，在市场上大为畅销，成了热门读物。女性诗歌作品也因此得以大量出版和传播，提升了女性诗人的知名度与美誉度。

印刷出版业的繁荣，直接引起了图书文化产业的繁荣，书籍阅读增加了女性受教育的机会，塑造了女性的自我认知，给予了女性情感满足，发掘了女性之才智潜力。具有文学天赋的女性更是借此完成了从读者到作者，又从作者到学者的巨大飞跃。女性诗人通过阅读，吸收了丰富的精神养料，接受了新鲜的文化信息与学识见闻，又通过书写与社会大众进行交流与对话，加强了与外界跨地域的联系与交流，拓展了自己的阅读视野，扩大了作品的文学影响力，从与世隔绝的闺房走进了大众的视线。正如魏爱莲所说：“出版始终都是江南闺秀与北京才媛保持联系的重要手段。”① 女性诗文集的大量编选也为女性诗论家提供了丰富的素材，促进了诸多序跋、诗传、诗话和论诗诗等各种文类形式之女性诗论作品的诞生。

三、女性经济地位的提高

女性经济地位主要包括社会经济地位和家庭经济地位两个方面。经济地位的提高是女性整体地位得以提高的根本原因。职业女性群体的出现，使女性的能力得到发挥，才华有了舞台，也取得了相应的经济收入，也使得她们经济独立，从而获得了相对的社会认同，提高了她们的家庭地位。

① 魏爱莲．美人与书：19 世纪中国的女性与小说［M］．马勤勤，译．北京：北京大学出版社，2015：14.

明代中后期，商品经济得到进一步发展，海上贸易也比较活跃，一部分女性也参与创造社会经济的商业活动，出现了“职业女性群体”，其中“三姑六婆”在明清时期的世情小说里多被讥讽为贪财者，这也侧面说明了她们获取经济利益的能力。这些活跃于市井巷陌的“三姑六婆”见多识广，与闺阁之中的女子素有接触，可以增加闺秀才女之见闻，为她们提供无限的心灵空间。[①]

与此同时，才女的经济地位也有所提高。明清时期，一些学识丰富、拥有较高文艺素养的才女为了生计，从闺房走出，或担任闺塾师，或卖文，或鬻画，或凭借着其他才能来养活自己及家人。众多著名才女如黄媛介、王端淑、沈善宝等都曾担任过闺塾师。毛奇龄曾描述王端淑随着丈夫“牵车出门”，卖诗画以供家用。黄媛介适杨世功，杨世功一贫如洗，黄媛介娴于书画，辗转吴越间，通过担任闺塾师、出售诗词字画获取收入，“卖书画以自给”。沈善宝幼有诗才，通过卖文鬻画养活母弟，并独立筹足资金，把众多死去的亲人归葬祖坟。[②] 其《自伤》诗云：“敢矜笔墨作生涯，菽水难谋事可嗟。”[③] 虽然是感叹自己的辛苦，但也从侧面反映了她凭借笔墨立足于世的客观现实。这样的例子在明清才女中数不胜数。吴江汪玉轸所适非偶，工诗善书，“乃卖文以自活”。[④] 善化周寿龄年轻守寡，为了奉养婆母，迎夫归葬，她“教授女弟子，人呼为蒋先生”。[⑤] 江珠因家贫设帐授徒以自给，据法式善《梧门诗话》记载：“碧岑授徒于虎阜绿水桥侧以自活。”[⑥] 福州闺秀许琛晚年家贫难以为继，以卖自己的诗画过活。沈善宝《名媛诗话》载：“素心爱写梅菊，

① 衣若兰. 三姑六婆：明代妇女与社会的探索［M］. 上海：中西书局，2019：183.

② 张宏生. 才名焦虑与性别意识：从沈善宝看明清女诗人的文学活动［J］. 阜阳师范学院学报（社会科学版），2001（6）：1-7.

③ 沈善宝，珊丹. 鸿雪楼诗词集校注［M］. 北京：中国社会科学出版社，2012：87.

④ 沈善宝. 名媛诗话［M］//王英志. 清代闺秀诗话丛刊. 南京：凤凰出版社，2010：401.

⑤ 毛国姬. 湖南女士诗钞所见初集［M］//贝京. 湖南女士诗钞. 长沙：湖南人民出版社，2010：284.

⑥ 法式善，许征. 梧门诗话［M］. 乌鲁木齐：新疆大学出版社，2006：201.

晚年窘甚，售诗画以自给。”①

经济的独立导致思想的独立，明清女性经济地位的提高使其自立自强意识得以树立，自信心也得以增强，也令其有足够的勇气和胆识去批评和鉴赏其他女性以及男性的诗作，并提出自己独到的诗学见解，传播自己的诗学主张。即使遭到非议与质疑，很多女性诗论家也不畏惧他人的眼光，而是坚持自己的主张，对非议加以驳斥。

四、女性生活空间的扩大

儒家性别伦理在空间上对男女有着严格的要求，“女正位乎内，男正位乎外”。② 自南宋末年程朱理学兴起之后，女性被更严格地限制在了闺阁之内，所谓“大门不出二门不迈”。但明清时期经济文化的发展，令女性生活空间较前代大为拓展，也使得她们的视野随之开阔。很多女性暂时能走出闺门，将视线投向家门之外，看到更广大的天地。她们的精神寄托也不再局限于家庭，其社会交游已经由家族之内拓展到了家族之外，甚至具有了现代进步因素。她们的生活空间并不是今人想象的那么沉闷拘束，而是有了丰富灵动之色彩。

女性诗人踏出闺门、扩大生活空间的方式，其一是出游。明清时期，女性诗人在节日或者参禅拜佛时均有出游之机会。明万历时“都人好游，妇女尤甚”。晚明才女沈宜修和叶小鸾分别曾于杭州拜佛期间作下记游诗词。叶小鸾就曾有《游西湖》诗，描写西湖堤岸、柳絮青山、画楫笙歌的美景。③ 江南景色嘉美，因此家族中也常有游宴活动。沈善宝《名媛诗话》中详细记载了家族游宴活动，她母亲在世之时，每年六七月时，必定招来自家姐妹带着儿女泛舟游玩，一家人觞咏达旦。彼时

① 沈善宝. 名媛诗话［M］//王英志. 清代闺秀诗话丛刊. 南京：凤凰出版社，2010：414.

② 蓝青. 女涉外业：晚明闺阁生活之新动向［J］. 山东女子学院学报，2017（6）：60-67.

③ 叶小鸾. 返生香集［M］//叶绍袁，冀勤. 午梦堂集. 北京：中华书局，2015：376.

兄长也会邀请亲人中擅长音乐之人，远远地在万籁皆寂时“竹肉竞发”，歌声笛声在山水之中穿空而来，“愈觉空灵缥缈”。[①] 除了家族游宴，女性诗人也有随父兄或者丈夫宦游的经历。行旅途中，她们常有佳作。蕉园七子之一的林以宁自述其十五岁时便随父亲宦游关西，所见极广，“旷观宇宙，可谓胜游”。[②] 清代张之万序女诗人严永华《纫兰室诗钞》，指出严永华曾随父夫宦游湖南、广西等地，见多识广，“得名迹之胜助，发思古之幽情”，因此笔触有大家之风，“蔚成诗史，无愧大家”。[③] 还有飘摇于江湖之中四处授课的闺塾师，如黄媛介、王端淑、沈善宝等，其游历经验则更加丰富。清末女性甚至有随夫出国旅行的经历。薛绍徽随夫曾游学日、英、法等国，单士厘也曾随夫从日本经朝鲜至俄国。这些旅行的经历让她们得以领略自然风光，观赏名山大川，视野因此开阔，笔下诗歌的意境也得以焕然一新。单士厘于 1903 年宦游途中写下了《癸卯旅行记》以记录旅程，这是我国第一部由女子撰写的出国游记。其二是交游。明清女性诗人借助文学平台与社交网络，与其他社会名流与闺秀作家进行交游。自晚明起，文人士大夫都热衷于修建园林，到了清代苏州园林更为一时之胜。这些园林也成为女性诗人诗社酬唱的所在地。譬如商景兰绍兴家中的“寓山”别业。商景兰经常和她的闺友们来此山间游玩，举行饮酒宴会。又譬如清初杭州的蕉园诗社，据考证，蕉园应是柴静仪家的一处私家园林，诗社便以此为名。蕉园诗社的成员在蕉园中分题拈韵，互相唱和，是当时文坛的盛事，七子之名，颇蜚声于西子湖滨。蕉园诗社是个极具灵性和诗意的组织，社中闺秀们经常结伴出游，徘徊于小园香径之中。她们或对弈抚琴；或泼墨挥毫；或举行诗会。蕉园诗社成员也相约坐船出游，赏湖光山色，咏锦绣诗词，意气风发、顾盼神飞间，引得路过的画舫女子看了只觉自惭形秽。[④]《名

① 沈善宝．名媛诗话［M］//王英志．清代闺秀诗话丛刊．南京：凤凰出版社，2010：473.

② 林以宁．墨庄诗钞［M］．清康熙年间刻本.

③ 张之万．纫兰室诗钞序［M］//胡晓明，彭国忠．江南女性别集三编．合肥：黄山书社，2012：783.

④ 吴颢．国朝杭郡诗辑［M］．清嘉庆年间刻本.

媛诗话》中也记录了秋红吟社的闺友们丙申（1836）初夏时一同在皋亭交游酬唱的情形。[①] 皋亭在杭州城东北，群山连绵，风景秀丽，因远离市区，更有世外桃源之意趣。闺友五人乘着三叶小舟前来观景联句，初夏时清赏绿叶，水天一碧，比之春日里看烂漫春花，又是一番情趣，五人看风景的同时也成了当地村民眼中的风景。

出游与交游让女性诗人不再囿于闺阁之中，而是见识到了一个更加博大而美妙的世界。虽然这相比于男性所见来说，是如此的有限，但毕竟可以使她们得以诗意栖居并扩大生活空间，不再一直被迫拘束在闺房之中默默度过窘迫平庸的人生，正如袁绶所言："四时多佳日，遨游豁胸襟。"[②]

第二节　思想和文学环境的改变

明清时期，男性文人的思想呈现出复杂多变的情形，同时存在着难分高下的两种矛盾的声音。一方面，受程朱理学影响，保守文人继续宣扬"女子无才便是德"的陈腐观念，对女性从思想到行动都加以束缚防范；另一方面，许多文人，包括当时的代表性文坛大家，不再一味压抑女性才学，而是转为同情女性，赞同且支持女性创作，使得女性又面对着一个相对较好的文学创作环境。对于明清女诗人来说，这是一个最坏的时代，同时也是一个最好的时代。这些转变直接受到晚明时期的个性解放启蒙思潮的影响。

① 沈善宝. 名媛诗话［M］//王英志. 清代闺秀诗话丛刊. 南京：凤凰出版社，2010：451-452.

② 袁绶. 瑶华阁集［M］//李雷. 清代闺阁诗集萃编：第七册. 北京：中华书局，2015：4047.

一、心学的兴起

古代男权思想一直钳制着女性文学及女性诗学的发展。《太平御览》中言："妇人以顺从为务，贞慤为首。"这便已将两性关系定性，男性处于主导地位，而女性处于依附地位，女性沦为男性的附属物，无法在精神上实现独立自主，成为被男权社会所遮蔽着的失语者。在这样的奴化教育中，女性集体失落了女性的主体意识，甚至还帮助男性撰写女教书籍以加强女性卑弱的地位。如汉代班昭的《女诫》，唐代宋若昭的《女论语》，等等。她们引导广大古代女性跳进男子给她们设置的道德陷阱，甘于站在男子身后默默牺牲、默默付出，无声无息地泯灭自己的灵性与智慧，丧失自己的个人意志与自我意识。

晚明时期，这一局面得到了很大改变。此时王阳明心学崛起，心学强调"心即理"，主旨举"致良知"，包含"致知"和"实行"。他认为人应该服从自己的内心，而无须外求，就像花的存在是因为人的观赏而有了意义一般，人心的存在才使得万物有了价值。因此，判断是非的标准是人内心的良知："夫学贵得之心，求之于心而非也，虽其言之出于孔子，不敢以为是也，而况其未及孔子者乎。"①

王阳明的弟子王艮更加肯定个体的生命价值和意义，提出"明哲保身"的观点："明哲者，良知也。明哲保身者，良知良能也。"② 王艮还进一步提出了"格知身之为本"③ 之观点，强调"身"为家国天下的根本。

李贽继承并发展了王阳明的学说："夫私者，人之心也，人必有私，而后其心乃见，若无私，则无心矣。"④ 李贽在承认个体欲望的基础上提出了"童心说"，主张人要拥有真实的自我，失去童心即是失去真心：

---

① 王守仁. 传习录［M］. 苏州：古吴轩出版社，2023：138.
② 黄宗羲，沈芝盈. 明儒学案［M］. 北京：中华书局，1985：715.
③ 黄宗羲，沈芝盈. 明儒学案［M］. 北京：中华书局，1985：710.
④ 李贽. 焚书［M］. 清光绪三十四年（1908）上海国学保存会铅印本.

“童心者，真心也。”他认为“天下之至文，未有不出于童心焉者也”[①]，认为好文章是用真性情写就的。

心学主张人的心灵和意志不受束缚，肯定人的情感与欲望的存在，提倡一种独立和自由之精神，因而带来文人士大夫对自我意识、个体价值、真性情的重视和肯定，能够正视且平等对待女性才学。正是由于心学的兴起，王阳明及其后继者相关哲学思潮的影响，使得文学领域也受到影响，发生了剧烈变革。明代著名戏曲家汤显祖曾师从王阳明的学生罗汝芳，从而接受了王阳明的思想学说，而“性灵派”的主将袁总道、袁宏道、袁中道则曾师从李贽，文学观念也受其思想影响。男性文人开始同情女性的境遇，肯定女性的智力，认可女性的诗才，支持给予女性适当的文学发展空间与文化教育环境。

二、文学环境的适宜

明清时代，随着男性文人思想观念的转变，对女性才学的肯定，女性诗歌创作呈现出一派欣欣向荣之景。正是女性诗歌创作的繁荣，给女性诗论研究提供了足够多的素材，而女性诗歌的理论又指导着女性创作的实践，形成了良性循环。明代李梦阳的“情真说”、徐渭的“本色论”、袁宏道的“性灵说”、汤显祖的“至情论”等，都对女性诗学的发展具有正面影响，为女性创作的繁荣和女性诗人群体的壮大提供了可能。到了清代，公开支持女性创作的男性文人数量大大增加，其中还包括在文坛具有重大影响力的领袖人物，他们为女性诗学的发展繁荣创造了一个适宜的环境。

明代中期的李梦阳认为“情”是诗歌等文学作品产生的根源：“窍遇则声，情遇则吟……而诗生焉。”徐渭先后创作了肯定女性才华的《雌木兰》《女状元》等杂剧，表彰花木兰和黄崇嘏一武一文两位女杰，并颂扬道：“世间好事属何人？不在男儿在女子。”他还印行了文学家杨

① 李贽. 焚书［M］. 清光绪三十四年（1908）上海国学保存会铅印本.

慎夫人黄峨的集子，赞道："夫以升庵之通博，著述甲士林，而又得贤媛才艺冠女班，何修而臻此?"①

晚明时期的袁宏道发展了李贽的"童心说"："当其为童子也……人生至乐，真无逾于此时者。"② 他主张率性而为，表现出对个性自我和本色性情的尊重。在文学上他提出了以"情"为宗的"性灵说"，论及诗歌创作时说："大概情至之语，自能感人，是谓其诗，可传也。"又道："独抒性灵，不拘格套，非从自己胸臆流出，不肯下笔。"③ 性灵说为女子提供了适宜女性诗歌创作的诗学标准与审美要求，因此进一步激发了女子作诗的积极性与主动性。

晚明文人冯梦龙编辑了一本收录了800余个爱情故事的通俗读物《情史》，更多从情、理对立的角度肯定情的价值功用，并宣称要成立"情教"："我欲立情教，教诲诸众生……"④ 他的《古今谭概》《情史》《智囊》还引述了李贽肯定女性智识和自由情感的言论，并加以发展。

"至情论"在晚明时期影响尤其深远。汤显祖的至情思想清晰地表达在他的名作《牡丹亭》中。当时出现了一大批因阅读《牡丹亭》而痴迷不已的女子，还出现了女性评点《牡丹亭》的诗，如沈善宝、冯小青等女诗人都写过关于《牡丹亭》的评论之诗，甚至还出现了《吴吴山三妇合评牡丹亭》这样的文学批评专著，并由蕉园七子之一的林以宁为其撰写序跋。这表现了女性对《牡丹亭》这部作品的喜爱与接受。《牡丹亭》对明清女性的情感教育有着重大意义。

"至情论"以及男性文人当时关于人世间"情"的肯定给了明清女性诗人前所未有的精神鼓励，也完成了对女性的情感教育。"性灵说"则为明清女性诗人提供了适宜她们创作的诗学标准与审美追求。虽然明清女性诗人大多被局限在闺房之内，但她们可用极其敏感的心来感知周

① 胡文楷，张宏生. 历代妇女著作考［M］. 李志生，译. 上海：上海古籍出版社，2008：180.

② 袁宏道. 叙陈正甫《会心集》［M］//袁中郎全集. 明崇祯二年（1629）武林佩兰居刻本.

③ 袁宏道. 叙《小修诗》［M］. 袁中郎全集. 明崇祯二年（1629）武林佩兰居刻本.

④ 冯梦龙. 情史［M］. 南京：凤凰出版社，2011：3.

围环境细微美妙之变化，并将清新流丽之语体现在诗歌之中，让人们惊叹其心灵世界之丰富蕴藉。男性文人们多欣赏女性才华、支持女性创作、推赞女性作品。毛奇龄、钱谦益、沈德潜、张惠言、姚鼐、阮元、陈维崧、吴伟业、王士禛、王文治、杭世骏、郭麐等著名文士都曾公开声援女性书写。当时的明清小说，也反映了男性文人对女性诗歌创作的积极态度，如冯梦龙的“三言”“二拍”中婢女也能吟诗；李汝珍《镜花缘》中写百花托生的百名才女考科举并中第入朝；《红楼梦》海棠诗社、桃花诗社中，大观园才女个个毫端蕴秀、口齿噙香，其诗才均胜过贾宝玉；等等。

男性文人对女性创作的肯定与支持，使得女性文学得到积极发展。虽然当时的文坛上对女性创作也存在着很多的反对之声。章学诚就曾在《章氏遗书》中直接抨击袁枚招收女弟子的行为，并批评这些女弟子“妇学不修”，为邪人所惑，慨叹“人心世道，大可忧也”。[①] 但反对的声音已经阻挡不了女诗人学诗写诗的热情。虽然她们中的一部分受其影响，认为写作有损妇德，最终停笔或者焚稿，但更多的女诗人依然凭着不可遏制的热情坚持写作，给女性诗论家提供了数量极丰的评论和研究素材。

第三节　女教氛围的浓郁

中国古代女性教育起源甚早，以妇德与女红教育为主，女教几乎成了女德的同义词。虽然女教的初衷是加强女德，但渐渐受到重视的却是女性的文化教育，尤其是诗词教育。明清时期，正是从官方到民间对于女教的重视，客观上提高了明清女性的教育水平与文学素养。

明清时期尤其是盛清时期才女所受的传统文化教育程度较高。《红

① 王英志．袁枚闺秀诗话前言［M］//王英志．清代闺秀诗话丛刊．南京：凤凰出版社，2010：53.

楼梦》中十几岁便精通诗词、满腹诗书的才女，如让宝玉望尘莫及的黛玉、宝钗、湘云，并非凭空捏造，而是当时社会女诗人形象的真实投射。在这样崇尚读书的风气之下，富于才德、能够胜任教导子女重任的女性成为贤妻良母的必备人选，才女在婚姻市场上极具竞争力，因此，世家望族都希望把女儿培养成温婉聪慧、才识出众的大家闺秀，以期获得更好的婚姻与美满的人生，从而更加重视女教。明清女教为女性才识打下了坚实的基础，使得女性创作和女性诗论的发展和繁荣成为可能，推动了女性文学的发展，令女性诗人和诗论家得以在当时的诗坛相互辉映。

一、官方对女教的重视

明清统治者对于教育与人才培养非常重视。明太祖朱元璋从建立明王朝开始，就极重视教育，他承袭传统的科举制度，从全国各地网罗英才，继承者们也都以醇儒立朝右，参与机政，振兴教化。[①] 清代更是整个社会都弥漫着浓重的读书氛围，在中央设立有最高学府国子监，在地方则沿用明朝旧制设州府县学。除了官学之外，清代还设立书院、社学和义学，帮助寒门学子接受教育。明清统治者对女性教育也较为重视，明代朝廷编辑发行女教书，以德才选用女官，清代则公开奖掖有才女性。官方明确表示支持与弘扬女才，这为女性教育营造了一个较为良好的环境，促使了才女文化的繁荣。

第一，官方编辑女教书，直接促进了女教的发展。官方女教书多由皇后、太后编著，明太祖马皇后著有《太祖高皇后内训》，明成祖徐皇后作《内训》“以教宫壸”。明成祖颁发《内训》给大臣及天下臣民，作为官方的女教书。此外，官修女教书还有《古今列女传》《女训》《女鉴》等。[②] 明代宫廷女教也极为严格，凡嫔妃宫婢均被课以经书，学

① 蔡石山. 明代的女人［M］. 北京：中华书局，2011：71.

② 李国彤. 女子之不朽：明清时期的女教观念［M］. 桂林：广西师范大学出版社，2014：30.

习出色的宫女可以升女秀才或女史，升宫正司六局掌印。清代更是妇学兴盛，最高统治者曾多次下令编撰、出版女教书。康熙在《庭训格言》中还提出应强化对女子德行的教育。

在官方女教书的影响下，明清民间也出现了大量的女教书籍，作者有男性也有女性。如赵南星的《女儿经注》、夏树芳的《女镜》、吕坤的《闺范》《闺戒》、王敬臣的《妇训》等。这些女教书图文并茂、可读性强，成为市场畅销书，广为流行。吕得胜的《女小儿语》采用诗歌体，分四言、杂言两部分，语言通俗易懂，朗朗上口，更易于学习和传播。这些女教书的目的虽然是以通俗的文字和精美的图像来宣传女德，告诫女性应该遵从三从四德等传统闺范，但客观上对女性起到了教育普及的效果。

第二，官方对女性才学的重视与认可，侧面支持了女教的繁荣。明代女官机构在内廷设置了六尚局，广招才女掌管文籍，并授予“女史”官职。后洪武元年（1368），宫中又正式设立女官六局一司，皆正六品。洪武末年，女官制度臻于完备，人数达 283 人。这些女官多从民间以才学征选，要求能读书写字，并精通算法。后宫的嫔妃宫女们皆尊之为师。明代女官重才不重貌，有才但貌丑的仍可选用，如洪武二十九年（1396）时规定，对于在京城能写能算的未嫁女子或者无夫妇人，“不论贫富丑陋，皆许进用”。[①] 再如天顺时期，统治者在挑选宫女时更加偏好较有文化素养的江南女子：“不独取其美丽，亦以慧黠堪给事左右也。”[②] 宫廷之中，她们虽然远离家乡父母，但是获得了一方施展才能的平台，并可因其才能而获得职位上的晋升。明初朝廷便开始举行“女秀才”的考试，选拔有才学的女性进入朝廷担任女官。这些女官都颇有文才，如龙玉英、易渊碧等留下了不少诗篇。“女秀才”沈琼莲曾官三朝，历资给事中至女学士，著有《女阁老集》。清代已经取消了女官制度，却给了才女更多潜在的精神支持，“或谕呈诗册，或赐诗旌奖，皆足以使闺

① 申时行. 明会典［M］. 北京：中华书局，1989：405.

② 沈德符. 万历野获编［M］. 北京：中华书局，1959：805.

阁生光”。[①] 官方的《四库全书提要》有专门的“闺秀”著作门类，康熙年间满族人揆叙曾奉敕编选《历朝闺雅》。乾隆曾赞美八十岁的女诗人堃秀诗歌为“彤管芳规在，千秋耀简编”，并封其为一品夫人。[②] 明清宫廷及统治者对才女的肯定促进了女教的繁荣。

二、民间对女教的认同

因统治者对女教的重视，较前代而言，民间也对女子的教育更为注重。尤其在江浙一带，一些文化世家重视女学，强调女教。这时的女教观念与前代不同，出现了一些新的观点。

章学诚在《妇学》中认为，男女智力上并无差异，女性同样需要接受教育：“夫聪明秀慧，天之赋异，初不择于男女，如草木之有英华，山川之有珠玉，虽圣人未尝不宝贵也，岂可遏抑?”[③] 陆烜《春雨楼集序》道：“盖女人心思，专一不分，加以勤敏，事半功倍矣。”[④] 陆烜认为，女子用心专一，如果勤奋，则能“事半功倍”。

明清女性的启蒙老师一般是由家庭长辈来充当，如父母、兄长以及叔父、舅父、姨母、姑母等。本身就具有文才的父母通常亲自教女，将一生才学倾囊相授。郭润玉在诗集自序中提到父亲亲自教己以诗：“时阿父家居，督吾辈为诗课，糊名易字，第甲乙甚严。”[⑤] 同邑邹缃也是受父亲教导：“幼随父任，偕兄学，通四子五经，书法东坡，能古文。”[⑥] 书香家庭的女子出嫁之后，来到另一个书香家庭，即可继续接受诗学影

① 钟慧玲. 清代女诗人研究［M］. 台北：里仁书局，2000：32.

② 沈善宝. 名媛诗话［M］//王英志. 清代闺秀诗话丛刊. 南京：凤凰出版社，2010：378.

③ 章学诚. 章学诚遗书［M］. 北京：文物出版社，1985：49.

④ 沈彩. 春雨楼集［M］//胡晓明，彭国忠. 江南女性别集三编. 合肥：黄山书社，2012：6.

⑤ 毛国姬. 湖南女士诗钞所见初集［M］//贝京. 湖南女士诗钞. 长沙：湖南人民出版社，2010：427.

⑥ 毛国姬. 湖南女士诗钞所见初集［M］//贝京. 湖南女士诗钞. 长沙：湖南人民出版社，2010：79.

响和教育。如阮元之妻孔璐华便受到丈夫诗教的影响："于归后，夫子喜言诗，始复时时为之。又因宦游浙江，景物佳美，得诗转多。"汪端适陈小云，陈小云乃陈文述之子，一门风雅，讨论切磋。汪端得竟其学，"诗派神似乃舅，专以选色、炼声为主，而用意亦能深婉"。①

除了家庭内部的教育，明清女子还可接受家庭之外的教育。明清塾馆亦有女馆、女塾，甚至存在男女共塾的情形。如王端淑幼时就跟着家中兄弟一起学习"四书"和《毛诗》，且她记性极好，"过目即成诵"。②女性诗人还走出闺门，主动拜享有盛名的男性文人为师。如袁枚收下的随园女弟子大约有五十人③，成就突出者有席佩兰、金逸、王倩、孙云凤、孙云鹤、骆绮兰、吴琼仙等。

明清女性接受教育的内容，主要是女教及闺范，但除此之外，她们也学习吟诗作赋、经史子集、琴棋书画，尤其重视具有审美意义的诗词之学。文学和艺术渐渐成为女性教育的重要内容，这使得明清女诗人不仅擅长吟诗作赋，还具有多方面的文艺才华。彭俪鸿《琴清阁词叙》云："大江之南，闺秀多秀，由来久矣。"出身于名门望族的女诗人，更是具有"翩如织锦之才，婉若飞鸾之貌"，从小就能"妙解琴声""问名能赋"。④可见在家族教育下，江南闺秀多才貌双全，能琴善赋。华亭张引元，"容止婉娈，天资颖拔"，六岁能诵宋代周弼所编的《三体唐诗》，另《左传》《离骚》等书，她都能"一一了悟"。⑤嘉兴桑贞白在《香奁诗草》自跋云自己从小接受母亲的教诲，学习历代才女的诗词，叹服于她们的隽才巧思、异句奇章，"心甚企慕"，由此走上诗歌创作之

① 沈善宝. 名媛诗话［M］//王英志. 清代闺秀诗话丛刊. 南京：凤凰出版社，2010：441-442.

② 王献定. 王端淑传［M］//王端淑. 名媛诗纬初编. 清康熙年间清音堂刻本.

③ 关于随园女弟子的人数说法并不统一，据王英志结合《随园诗话补遗》《十三女弟子湖楼请业图》及其他记载考证，认为随园女弟子总数目为52人。秦天. 清中叶三大女弟子群与男性文人互动研究［D］. 南京：南京师范大学，2015.

④ 徐乃昌. 小檀栾室汇刻百家闺秀词［M］. 清光绪二十二年（1896）南陵徐氏刻本.

⑤ 胡文楷，张宏生. 历代妇女著作考［M］. 李志生，译. 上海：上海古籍出版社，2008：157.

路。[①] 阳湖恽冰，工花鸟画，总都尹继善曾将其画送入宫中呈给孝圣太后，乾隆赞叹不已并题诗嘉许，因此其声名大振，登门求画者数不胜数。[②] 长期的文墨书画熏陶与涵养，使得女性诗人形成了丰富的知识储备与敏锐的审美感受力。吴江沈宜修凡经史词赋，过目皆可不忘，喜爱作诗，溯古追今，“几欲追步道蕴、令娴矣”。[③] 张岱在《赠黄皆令女校书》中盛赞黄媛介：“未闻书画与诗文，一个名媛工四绝。”[④] 可见黄媛介乃是书画诗文四绝的才女。武进恽珠除了工于诗词，还通医善画，著有诗集、医书等，绘有《百花手卷》等。据称闽县薛绍徽在母亲教导下，五岁学写字，六岁读“四书”《毛诗》，八岁在学作诗词文的同时，还兼学画画、洞箫等。[⑤]

第四节　男性文人对女性创作的支持

明清时期，男性对女性创作有着相当程度的宽容与支持。所谓才女，指有着超凡才华和广博学识的女性，在明清时期终于获得了较为广泛的尊重与认同，其文学成就可转化为家庭的文化资本，使得家族声名愈盛。最为显著的是男性诗人编选女性诗集时，不再以平淡的“妇人”二字名之，而是冠以“名媛”“彤管”“女史”“闺秀”等更加生动且富于欣赏意味的称呼。

虽然男性尊重并支持才女的主观出发点是为了巩固自身地位或者维护家庭和谐，使得具有才华的女子能更好地为自身服务，但客观上极大

① 胡文楷，张宏生．历代妇女著作考［M］．李志生，译．上海：上海古籍出版社，2008：148.

② 施淑仪．清代闺阁诗人征略［M］//施淑仪，张晖．施淑仪集．北京：人民文学出版社，2011：148.

③ 叶绍袁．亡室沈安人传［M］//叶绍袁，冀勤．午梦堂集．北京：中华书局，2015：276.

④ 张岱，夏咸淳．张岱诗文集［M］．上海：上海古籍出版社，1991：51.

⑤ 王宜春．“黛韵楼”才女薛绍徽［J］．福建乡土，2014（3）：54.

地促进了才女群的发展，鼓励了她们进行创作和评论。“自古妇女作家之众，无有逾于此者矣。”① 不过，男性文人对才女的支持，固然有力推动了女性文学及女性诗学的发展，与此同时也影响到女性诗学的精神独立，使得女性诗论家不得不依靠男性诗学的诗学表达，难以摆脱其精神引领。

一、男性文人鼓励女性创作

明清女性诗人的分布有一个显著的特点，那就是女性诗人与男性诗人的分布有着趋同的规律，江南为明清时期全国男性文人最多的地区，而这里同时集中了全国最优秀的女性诗人。这深刻地说明，才女群体的出现与壮大，与男性文人的支持与推崇有着紧密的联系。

明清以来，支持和认可女性诗人创作的男性文人呈增多趋势。由于古代女性在两性关系中处于附属地位，男性对女性诗歌创作起着决定性的作用。当男子刻意打压她们的才学时，她们便远离书墨，泯灭灵性；当男子推崇才女、鼓励创作，认为“佳人无才，亦不得为佳”② 时，女子便在男子的支持下，大胆地展示自己的才华，并表现出学术化与文人化的倾向。

其一，男性诗人公开支持女性进行诗歌创作，充分肯定其创作合理性，并努力提高女诗人诗歌作品的地位，试图将其由边缘化推向经典化。明代邹漪在《红蕉集》的序中写道：“三百删自圣手，二南诸篇，什七出后妃嫔御，思妇游女。”③ 邹漪认为《诗经》里《周南》《召南》等诗歌作品，十之有七是女性所作，包括贵族女性和平民女性。既然《诗经》中的作品大多出自女性之手，可见女性写作自古以来便是正当合理的，而且《诗经》这样的典范之作中就有女性的作品，那么女子的

---

① 梁乙真. 中国妇女文学史纲［M］. 上海：上海书店，1990：374.

② 邹漪. 诗媛八名家集［M］. 清顺治十二年（1655）邹氏鹭宜斋刻本.

③ 胡文楷，张宏生. 历代妇女著作考［M］. 李志生，译. 上海：上海古籍出版社，2008：897.

诗作能成经典也是顺理成章的。后世文人也沿用了这一说法来支持女性创作。明代王凤娴之弟王献吉反对王凤娴焚烧其作，帮助出版并亲自为其诗集《焚余草》作序，云："《诗》三百篇，大都出于妇人女子……删《诗》者采而辑之，列之《国风》，以为化始。"① 并道："所幸家学一线，得随名媛千秋。"袁枚也以同样的理由公开支持女性作诗，道："俗称女子不宜为诗，陋哉言乎！圣人以《关雎》《葛覃》《卷耳》，冠《三百篇》之首，皆女子之诗。"② 桐城派领袖姚鼐也公开声援女性作诗，在《郑太孺人六十寿序》云："儒者或言文章吟咏非女子所宜，余以为不然……言而为天下善，于男子宜也，于女子亦宜也。"③ 男子能言，女子也能言，言论并不是男子独有之物，女子也可以享有作诗写文之权利。女性诗论家论述女性作诗合理性时，便沿用了男性文人的这类说法。

其二，男性诗人对女性诗人的诗才态度表现出明显的转变，公开表示称赞与褒扬。明代中期以后，男性诗人便开始公开肯定女诗人的才情。明代中期的文学家张问陶曾写诗称赞妻子林佩环的才能为自己所不能及："一编尽有诗情味，夫婿才华恐不如。"晚明女诗人沈宜修曾作《梅花绝句百首》，丈夫叶绍袁认为其为"聊以言志"之作，他不认为女子之作是"小道"，将之提高到"言志"的高度。钱谦益在为王端淑《名媛诗纬》作序时，引用唐代《昭容书楼歌》"自言文艺是天真，不服丈夫服妇人"之诗句，表示对她的褒奖。④ 陈子龙为柳如是诗集《戊寅草》作序，称柳如是为"柳子"，并道："乃今柳子之诗，抑何其凌清而峒远，宏达而微恣与？"⑤ 到了清代，这种褒扬之风更浓。王曾《女中七才子兰咳集序》道："男子日也，女子月也，女子之文章，则月之皎

① 胡文楷，张宏生. 历代妇女著作考［M］. 李志生，译. 上海：上海古籍出版社，2008：91-92.

② 袁枚. 随园诗话补遗卷一［M］//王英志. 袁枚全集：第三册. 南京：江苏古籍出版社，1993：570.

③ 姚鼐. 郑太孺人六十寿序［M］//惜抱轩文集清嘉庆六年（1801）刻本.

④ 王端淑. 名媛诗纬初编［M］. 清康熙年间清音堂刻本.

⑤ 孙康宜. 情与忠：陈子龙、柳如是诗词因缘［M］. 北京：北京大学出版社，2012：31.

极生华矣。"[①] 王曾以富于诗意的语言对女性创作的水准进行褒扬，并肯定其不同于男性风格的美感特质。李星沅为妹妹李星池《澹香阁诗钞》所作序中则称"父尝以手抚之曰：'此掌珠也，吾以门楣望汝矣。'"[②]，记录了父亲对女儿寄予了光耀门楣的厚望。孙原湘钦佩妻子席佩兰之诗才，甘心尊妻子为师，而自己为"诗弟子"："绛帖愿称诗弟子，红楼许拜女先生。"[③] 吴伟业对吴山赞赏有加："紫府高闲诗博士，青山遗逸女尚书。卖珠补屋花应满，刻烛成篇锦不如。"[④] 吴伟业将吴山拔高为"诗博士"和"女尚书"，以抬高其诗名，扩大其影响力。王士祯更是曾公开赏识提携过王璐卿、朱中楣、吴若华、赵慈、王慧等多名女诗人。以陈子龙、王士祯等人在文坛的声誉和影响力，经他们提携和推介的女诗人往往可"身价十倍"。此外，其他男性文人对女性诗人的赞赏可谓不胜枚举。仅以沈善宝为例，佟景文赞沈善宝："闺阁中有此如椽巨笔……岂惟巾帼中不易得，正恐翔步木天，入金马玉堂之选，亦不数数觏也。"[⑤] 李世治则感慨沈善宝之才令人惊叹："于巾帼中得遇此奇伟之才"。[⑥] 此种赞赏，已不止于对温婉秀丽的传统闺秀才女小慧之玩味欣赏，而是以平等之目、惊艳之心而作出的爱才惜才之语。

其三，男性诗人推崇琴瑟和鸣的伙伴式婚姻，欣赏且肯定妻子的诗才。他们不把妻子看作自己的附属品，而是平等待之，且深为伊人之才而感到自豪。高彦颐提出"伙伴式婚姻"概念，这是一种和谐美满的新型夫妻关系，夫妻双方因为有相近的文化素养与强烈的精神共鸣而表现得异常恩爱融洽。沈宜修十六岁与叶绍袁成婚，从此他们相濡以沫，相敬如宾，"伦则夫妇，契兼朋友"[⑦] 整整三十年。时人称其"琼楼玉宇，

① 王英志. 总序［M］//清代闺秀诗话丛刊. 南京：凤凰出版社，2010：1.

② 李星池. 澹香阁诗钞［M］. 清光绪四年（1878）刻本.

③ 孙原湘. 怜才［M］//天真阁集. 清嘉庆五年（1800）刻本.

④ 吴伟业，李学颖. 吴梅村全集［M］. 上海：上海古籍出版社，1990：150.

⑤ 沈善宝，珊丹. 鸿雪楼诗词集校注序二［M］. 北京：中国社会科学出版社，2012.

⑥ 沈善宝，珊丹. 鸿雪楼诗词集校注序三［M］. 北京：中国社会科学出版社，2012.

⑦ 叶绍袁. 百日祭亡室沈安人文［M］//叶绍袁，冀勤. 午梦堂集. 北京：中华书局，2015：257.

交相映带”。震泽才女吴琼仙与任翰林院待诏的才子夫君徐山民被吴锡麟赞为“明月前身，神仙眷属”。[①] 徐山民称妻子“生而淑令，兰质天成；长更徽华，慧心玉映”，“答拜而礼敬如宾，却扇而词翰早接”。[②] 湘潭女诗人郭润玉与夫君李星沅有唱必和，后来李星沅辑二人唱和之作为《梧笙馆联吟集》。清代蕉园诗社里的蕉园七子，如林以宁、柴静仪、朱柔则等，婚姻都比较圆满幸福，也多留下夫妻唱和之作。这种夫妻关系，已经突破了传统“才子佳人”模式，而被新型的“才子才女”模式取而代之[③]，男子娶妻更看重其才，看中两人精神是否投契，已经具有了现代婚姻的进步元素。众多夫妻唱和诗歌，为传统婚姻增添了新亮色。

此外，男性诗人对女性诗人的支持还包括招收女弟子，对其诗艺进行具体指导；将女诗人诗歌收入大型诗歌总集和诗话，使之成为诗史中不可或缺的一部分，或者加入自己的诗文集，令其作品得到更大范围的传播；与女性诗人在社集中唱和诗歌，促使她们诗歌的公开化；为女性诗人撰写墓志铭，使其去世后得到认可；等等。

二、男性文人作女性诗论

男性文人热衷于作女性诗论，并带动了女性诗论的发展。在明代以前，在历代诗论中散落着男性文人对女性诗作的批评，零碎且不成章。明代开始，男性文人大力推举女性才情，积极作女性诗论研究，从而为女性诗人诗论研究提供了可供模仿和学习的范式。男性文人公开表示了对女性诗人诗才的爱惜以及对于她们诗作散落失传的遗憾。他们以各种各样的方式来表示对女性创作的支持。

---

① 吴琼仙．写韵楼诗集［M］//胡晓明，彭国忠．江南女性别集五编．合肥：黄山书社，2019：825.

② 吴琼仙．写韵楼诗集［M］//胡晓明，彭国忠．江南女性别集五编．合肥：黄山书社，2019：834.

③ 李晓愚．明清才女文化与女性读书图研究［J］．学术月刊，2017，49（10）：114-127.

第一，男性文人积极为女性诗人编辑诗文选本。明代之前，专门收录女性诗歌作品的总集加起来不足十种，且几乎没有影响力。明代开始，文人渐渐热衷于作女性诗歌选本。据朱彝尊《静志居诗话·闺门》所列，明代辑录的妇人诗集有十九种，其中明晚期为十四种[①]，但实际上男性所编选的女性诗歌选本数目还要远超他统计的这个数字。明隆庆年间，俞宪所编的《淑秀总集》选编了明代女性诗人诗作，但仅录入明代女诗人 17 位，诗赋词 72 首。嘉靖三十三年（1554），华亭张之象所编的《彤管新编》8 卷采录自周迄元，凡诗歌铭颂辞赋赞 654 首，未收入明代女诗人。嘉靖三十六年（1557），钱塘田艺蘅编选的《诗女史》则辑录了上古迄明代的女性诗作 14 卷，拾遗 1 卷，只收录明代女诗人 26 人。明末屠隆将家中闺秀作品合刻为《留香草》。明末叶绍袁将家中闺秀作品分别编辑，并收入《午梦堂集》出版。清代诗歌总集数目相当可观，据胡文楷统计清人所编闺秀诗文总集不下一百种，既有小规模的选集，也有规模惊人的鸿篇巨制。如邹漪编选有《红蕉集》，王士禄编选有《然脂集》，袁枚编选有《随园女弟子诗选》，陆昶编选有《历代名媛诗词》，任兆麟编选的《吴中女士诗钞》，汪启淑编选的《撷芳录》，陈文述编选有《碧城仙馆女弟子诗》，蔡殿齐编选有《国朝闺阁诗钞》，黄秩模编选有《国朝闺秀柳絮集》，许夔臣编选有《国朝闺秀香咳集》，徐乃昌编选有《闺秀诗钞》，等等。地方性的女性诗选则有蔡殿齐专录江西女性诗作的《豫章闺秀诗钞》、梁章钜专录福建女性诗作的《闽川闺秀诗话》等。男性诗人选编态度认真，编选范围也较为广泛，以王士禄《然脂集》（又名《宫闺氏籍艺文考略》）为例，王氏于顺治六年（1649）开始着手编辑此书，耗时十五年，凡 235 卷。大型女性诗歌总集还有收录女诗人 2000 人左右的《撷芳集》，以及收录女诗人 1948 人的《国朝闺秀诗柳絮集》等。男性文人诗选的编排体例大多为生平小传、所辑作品、诗家的简短评论，为女性诗论家作诗选的编排体例提供

① 朱彝尊，姚祖恩，黄君坦．静志居诗话：下［M］．北京：人民文学出版社，1990：717．

了范式，而其作女性诗选的激情与毅力也影响与激励了女性诗论家。

第二，男性文人纷纷撰写女性诗话。先后有钟惺《名媛诗归》、江盈科《闺秀诗评》、刘士鏻《闺秀诗评》、郑文昂《古今名媛汇诗》、万梦丹《彤管遗编》等选评闺秀诗歌的著述面世。晚明江盈科的《闺秀诗评》共评论明代28位女诗人。郑文昂所编选的《古今名媛汇诗》是晚明收录女性作品最丰富的诗文集，共收录337位女性的1705首作品，而且在评论中表现出了重文质轻德行的女性诗学批评观。晚明钟惺所编选的《名媛诗归》选录了从上古神话人物皇娥嫘祖到明代王微等350位女诗人，其1600首作品。该书以明代女性诗作为主，特别提出以“清”为审美核心的诗学思想，赞美女性因无功利性创作而表现出来的清新之风，希望以女性诗歌创作之“清”来矫正当时文坛浮躁、刻板之风。钟惺感叹：“嗟乎！男子之巧，洵不及妇人矣！”但又说：“阅女人诗，当观其性情，不当以才力求之。才力在男子且难，况于妇人乎？”这显示出男性文人对女性诗人评价的矛盾性：一方面褒奖她们的创作，认为她们作诗有男子所不及的清新特质；另一方面又轻视她们的才学，认为女子实际上并不如男子，因此不能以男子作诗的要求来要求她们。虽然《名媛诗归》并不考虑女诗人身份贵贱，而是按照时代顺序编排，但钟惺明确表现出对德行的推崇，对温柔敦厚的诗教的推崇：“三百篇自登山涉砠，唱为怀人之祖。其言可自歌自咏，要以不失温柔敦厚而已。”①明末清初的陈维崧的《妇人集》虽然只有两卷90余条，却为后来的清代女性诗话确立了基本模式，即诗选、小传及简评。清代袁枚《随园诗话》选用并评点了大量闺秀的诗作。毛奇龄在《西河诗话》《西河词话》等著作中评论了多位女性诗人。钱泳《履园丛话》中特辑《闺秀诗》一章，类似的还有吴骞的《拜经楼诗话》、查为仁的《莲坡诗话》等等。男性文人所作的女性诗话中所透露出来的诗学思想对女性诗论家影响深远。

① 钟惺. 古今名媛诗归叙［M］//四库全书存目丛书编纂委员会. 四库全书存目丛书：集部第339册. 济南：齐鲁书社，1997：1.

第三，男性文人为女性诗文集作序跋。王端淑《名媛诗纬》刊印后，名士丁启光为其作序，周之道为其作跋。王稚登为马湘兰的《湘兰子集》作序。屠隆曾为秀水姚青娥《玉鸳阁集》、金华陆静专《兰雪斋集》等作序。吴伟业为黄媛介作《黄媛介诗序》。钱谦益有《黄皆令新诗序略》《士女黄皆令集序》。王士祯、阮元、洪亮吉、杭世骏、沈德潜、法式善、俞樾、赵翼、钱谦益等人也多为女诗人作序跋。毛奇龄为自己得意女弟子徐昭华的诗集先后作了两篇序，序中不吝夸奖之辞："昭华尤独擅山川之秀""昭华必有以传予""昭华已能诗多才"[①]，他认为徐昭华已得到自己真传，是自己的衣钵传人。方以智为姑姑方维仪《清芬阁集》题跋时感叹："女子能著书若吾姑母者，岂非大丈夫哉！"[②]叶小鸾舅父沈自炳为其《返生香》作序，盛赞其为"笔墨精灵，庶几不朽"。[③] 李世治为沈善宝《鸿雪楼诗集》作序则称赞曰："吐属风雅，学问淹博，与之谈天下事，衡量古今人物，议论悉中窾要。"[④] 男性文人为女性诗集作序跋时固然有褒奖之意，却非一味吹捧，而是基于对女性诗人本人的了解，并立足于其诗歌文本所作出的推崇与称赞。

第四，男性文人开始为才女立传修史。明清时期女性传记极为兴盛，文人文集里大量保存着以墓志铭、寿序、行状为代表形式的女性传记。[⑤] 这些以塑造女性道德典范为目的的传记千人一律，无法具体表现女性的思想与灵魂。王士祯就曾为 33 位女性立传。[⑥] 但王氏也着重赞颂传主的贤良淑德，并非表彰才女。不过，为才女才华所惊艳，明确表示想要为闺秀作家作才传诗传的男性文人也并不在少数。明代吴震元编辑有《奇女子传》，为 108 位奇女子作传，将女子分为"奇节""奇识""奇慧""奇谋""奇胆""奇力""奇文学""奇情""奇侠""奇癖"

① 徐昭华．浣香阁遗稿［M］//胡晓明，彭国忠．江南女性别集五编．合肥：黄山书社，2019：372.

② 方以智．浮山文集前编［M］．清康熙年间此藏轩刻本.

③ 沈自炳．返生香集序［M］//叶绍袁，冀勤．午梦堂集．北京：中华书局，2015：362.

④ 沈善宝，珊丹．鸿雪楼诗词集校注序三［M］．北京：中国社会科学出版社，2012.

⑤ 王苗．试论明代中后期女性创作的兴起［D］．南京：南京大学，2011.

⑥ 李敏．王士祯与妇女文学研究［D］．成都：四川师范大学，2015.

等类别，表明明代文人对女性胆识、智慧、谋略、才情等特质的关注，其中“奇文学”便为才女传记。明末陈维崧《妇人集》重点也在于为88位女诗人撰写小传，录诗不多。钱谦益《列朝诗集小传》中专列“香奁”一门，收入120多位明代女诗人的传记。清代王初桐辑《奁史》，辑录从上古到清代有关女性的记载，其中包括不少与才女相关。闺秀才女屠瑶瑟替父亲屠隆应答前来求教的来访者，声名外传，名士程嘉燧因听闻屠瑶瑟之名，专程上门为其作传。沈自征在为外甥女叶小鸾所作《甥女琼章传》中说，叶小鸾十三岁时曾经寄了两首词以及几首七言绝句到燕台，“其词见者炙口。社友争录其绝句”，深以外甥女才华为荣。陈文述为金逸作小传称她：“生而慧丽……诗囊砚匣，罗列玉台绣床间。”并记录金逸论诗之事：“纤纤论诗极严，于时贤心折尤罕。”①蒋坦为妻子关锳作忆传文《秋灯琐忆》，对关锳之生平雅趣及隽秀诗才做了生动呈现。田艺衡曾为朱桂英《闺阁穷玄录》作序，又曾与扬州青楼诗人柳依依相恋，作《依依传》。另有叶绍袁为妻子沈宜修作《亡氏沈安人传》、文人顾苓和沈虬为柳如是作传，传名都是《河东君传》。清代王献定为王端淑作《王端淑传》，传文被收入《名媛诗纬》的序中。史震林在《西青散记》中详细记录贺双卿事，实为为其作传。

但不少男性文人所作的女性诗论作品有着明显的缺陷，便如《四库全书》编者所说，其内容重复，大段类同，有品艳的倾向，且相互抄袭。有些诗歌总集的编选和出版具有明显的商业化特征。但正是因为男性文人对女性诗论作品的支持与引导，女性文人也开始涉足诗论，在各种诗论方式中体现了具有女性特色的诗论思想，从模仿中慢慢形成了自己的风格。

① 金逸. 瘦吟楼诗稿［M］//胡晓明，彭国忠. 江南女性别集五编［M］. 合肥：黄山书社，2019：927.

第五节　女性诗人群体的大量出现

较之前代，明清女诗人所呈现出来的最大亮点或者特色，就是出现了女诗人群体。明清以前的女性诗人，大多以个体的形式登上文坛，颇有一枝独秀、遗世独立之感，而明清女诗人则形成较大规模，出现了前所未有的群体化特征。在群体之中，她们积极参与诗歌创作实践，彼此联吟酬唱，进行诗歌交流以及诗学思想的碰撞，在文坛上散发出比个体更耀眼的光芒。

当男性文人再无法忽略女性的创作成就和文学活动时，他们便开始研究她们的作品并作诗论。女性诗人并不满足于“被看”，也展开了对自身诗歌的研究，进一步扩大了知名度。她们因此进入主流诗学视野，并以群体的力量影响着明清诗学的发展。虽然这种影响力是比较微弱且有限的，但相对于前代来说已经强大了很多。清代文人钱栻便道：“我朝闺阃之诗，远迈前代。”① 甚至有学者认为“整体看有清一代女性诗人文学成就不亚于男性”，② 虽然这种说法未免有夸大之嫌，但也可以看出当时女性文学十分昌盛，而女性文学的昌盛正是女性诗论繁荣的重要原因。

一、女诗人群体的区域化和家族化

关于女诗人群体，在明代以前有过零星的记录，如南北朝时期的刘令娴三姐妹，唐代的宋若昭五姐妹等，但女性诗人真正以群体形象登上

① 钱栻．画理斋诗稿序［M］//胡晓明，彭国忠．江南女性别集三编，合肥：黄山书社，2012：909.

② 尹玲玲．“女士”：清代女性诗人独立意识觉醒的标志：以《清代闺秀诗话丛刊》为例［J］．阜阳师范大学学报（社会科学版），2021（1）：81-88.

文坛却是在晚明时期。[①] 到了清代，女性诗人的数量更是呈井喷式爆发，才女辈出，女性文化一时繁盛，“不仅名门闺秀学诗作文，而且小户女子也执笔以试……反映一时之风尚”[②]。她们的创作已初步成气候，并表现出“家族化”和“区域化”的特征，女诗人的出现往往骈萼连珠、一门风雅，产生了群体规模效应。

明清时期文学发展一个最大的特征就是作家分布呈现出较为明显的地域性。[③] 女性诗人也不例外，呈现出清晰的地域性。据胡文楷《历代妇女著作考》所统计的女性作家数量，明代为241人，清代3644人。其中，明清时期，南方女作家人数约占女作家总数的88.8%，占据了压倒性的优势，而江浙两地女作家又占了南方女作家人数的70%以上；北方女作家人数约占女作家总数的8.75%；其他地区女作家人数约占女作家总数的2.45%。[④] 胡适曾根据单士厘《清闺秀艺文略》所收录的2098位才女进行统计，结果发现就人数而言，“江苏和浙江各占全国近三分之一”[⑤]。江苏与浙江境内苏州、松江、常州、嘉兴、湖州五府，向来被称为天下“财富之薮”，是全国女性创作群体最为集中之地。沈善宝《名媛诗话》就记录了地域性的女性诗人群：“吾乡多闺秀，往者指不胜屈。……诗文字画，各臻神妙。”[⑥]

晚明以降，多数女性诗人出现在文化世家，至清代女性诗人的主体已由青楼诗人转变为闺秀诗人，女性诗人群体多出现在一个家族之中，明显呈现出家族化的特征，尤以江浙为最。时至清代，对家学传承的看重更逾从前。书香家族重视女性教育与文化传承，也注重保存和传播家族女性的文学作品。冼玉清曾在《广东女子艺文考》中总结女诗人成名

① 王萌．明清时期女性笔下的姐妹情谊［J］．河南教育学院学报（哲学社会科学版），2005（4）：119-122.

② 许周鹣．论明清吴地女性自强意识的初醒［J］．学术月刊，1995（5）：62-66.

③ 蒋寅．清代诗学史［M］．北京：中国社会科学出版社，2019：37.

④ 王萌．禁锢的灵魂与挣扎的慧心：晚明至民国女性创作主体意识研究［M］．开封：河南大学出版社，2009：44-46.

⑤ 胡适．三百年中的女作家［M］//胡适文存．台北：远流出版公司，1986：161.

⑥ 沈善宝．名媛诗话［M］//王英志．清代闺秀诗话丛刊．南京：凤凰出版社，2010：439.

之因："其一名父之女，少禀庭训，有父兄为之提倡，则成就自易。其二才士之妻，闺房唱和，有夫婿为之点缀，则声气易通。其三令子之母，侪辈所尊，有后嗣为之表扬，则流誉自广。"① 闺秀诗人作品的保存和传播，多依赖于父兄、丈夫以及儿子等家族男性的支持与帮助，家族对于女性诗人成才成名有着至关重要的作用。

据相关学者统计，明清时全国出现了70余个以女性文人群体闻名的文学家族，尤以江南地区分布最为密集。② 而江南地区最为瞩目的家族首推苏州吴江的沈氏和叶氏。吴江沈氏自沈奎六世至九世共诞生28位闺秀诗人。叶氏家族的"午梦堂"被誉为文学史上第一个"以女性为创作群体"的文学家庭。③ 书香家族彼此之间进行联姻，客观上促进彼此的文化发展与交流，从而壮大了女性创作队伍。叶、沈两家通过联姻还形成了以沈宜修为中心的女性作家创作群体。沈氏才女沈静专外甥王瑞国为其《适适草》作序："吾外祖铨部公风流擅代，词赋名家，两舅既绍青箱，三女皆传彤管。"④ 华庭张氏，也是一门风雅，女诗人辈出。张拱端的七个女儿，张学雅、张学鲁、张学仪、张学典、张学象、张学圣、张学贤，都善于诗文。张氏姐妹的创作体裁多样，内容丰富，成绩斐然，都有各自的作品集。《苌楚斋随笔》道："七女皆能诗，亦闺阁中之佳话也。"桐城方氏姐妹，方维仪著有《清芬阁》《宫闺诗史》《宫闺诗评》《静志居诗话》等，方孟式著有《纫兰阁》，方维则著有《抚松阁》。

湖南有长沙杨氏、湘潭郭氏、湘阴周氏、湘乡曾氏、衡阳夏氏等闺秀才女群。湘潭的郭氏闺秀诗人，从郭步韫到郭秉慧，四代都是有作品

---

① 王晓燕. 清代女性诗学思想研究［M］. 成都：四川大学出版社，2014：8-9.

② 娄欣星. 明清江南文学家族女性群体研究综述［J］. 盐城师范学院学报（人文社会科学版），2014，34（4）：92-98.

③ 周淑舫. 沈宜修辑撰《伊人思》的价值［J］. 湖州师范学院学报，2014，36（5）：33-38.

④ 王瑞国. 适适草序［M］//胡晓明，彭国忠. 江南女性别集五编. 合肥：黄山书社，2019：23.

传世的女诗人。[①] 郭润玉为姑祖母郭步韫《独吟楼诗》作序云："吾家诗事，以姑祖母为先导，一传而至两姑母，再传而至诸姊妹，皆嗜诗若性成焉者。"[②] 衡阳夏氏姐妹，夏明琇有《四如楼诗》《佩玉诗草》，夏明琬有《含英轩诗》，夏明瑶有《笛韵楼诗》，夏明珰有《明月楼诗》。湘阴左氏闺秀才女左孝瑜、左孝琳、左孝琪、左孝瑸皆有作品集存世，刻于外祖母慈石老人王氏《慈云阁集》后。

其他如会稽商周祚之家、钱塘袁枚之家、太仓毕沅之家等，均以女性诗人群体知名。她们被载入各种方志、族谱和文集中，被当作家族和家乡的骄傲。

二、女诗人之间的酬唱与交流

明清女诗人通过阅读和书写，心智得到启发，视野随之增广，她们从狭窄的闺阁之内抬起头来，把视线投向闺阁之外，渴望通过交往找到同类而获得精神上的共鸣，希望分享自己的阅读感悟与创作体验，也学习别人的书写经验与新鲜见识。她们寻求各种方式，依赖各种形式，来进行酬唱与交流。数量可观的家族化和地区化才女群使她们社交愿望的实现成为可能，正如顾太清所道："诗卷经年富唱酬。"在不断的诗艺切磋之中，女诗人逐渐形成较为成熟的诗歌理念与作诗技巧，并发表在诗论作品中，"闺秀文学已极端兴盛，如日中天"[③]。

第一，明清女诗人通过文学结社进行酬唱和交流。明清时期文士结社现象极为普遍。明代文学社团超过三百家，到了清代诗社雅集活动仍然风行，尤以康乾时期最盛。诗歌的社交功能在诗社里得到了淋漓尽致

---

① 李姣玲，周滢芳. 闺秀文学视域下家族意识的书写：以《湘潭郭氏闺秀集》为例［J］. 老区建设，2021（12）：69-75.

② 毛国姬. 湖南女士诗钞所见初集［M］//贝京. 湖南女士诗钞. 长沙：湖南人民出版社，2010：350.

③ 赵厚均.《名媛诗话》与乾嘉道时期的闺秀文学活动［C］. 古代文学理论研究（第三十四辑）：中国文论的思想与情境. 华东师范大学中文系，2012：373-390.

的发挥，诗社也成了建立社交网的重要途径。在男性文士的支持与影响下，明清女性也通过诗歌唱和、举办诗社的方式来加强诗学交流。正是由于女性诗人群体呈现地域化和家族化的特征，在同一地区或者同一家族、具有相近审美趣味和相同情感体验的女性诗人相互进行诗歌酬唱和交流成为常见之事。酬唱交流让女性诗人得以从埋头劳作、温良恭俭的家庭角色中暂时跳出来，暂时告别女儿、妻子或者母亲的身份，仅以独立的女诗人身份立足于世并进行自我表达。她们接触和了解不同风格的女性诗歌，进入志趣相投的文人圈子，并也因此训练了诗学思维，为进行诗论研究打下了良好的基础。

晚明叶氏午梦堂一门风雅，沈宜修与三个女儿彼唱此和，是为家庭诗社。沈宜修着意引导，家中经常举行诗词雅会，围绕同一个题材写出精彩绝伦的作品来，尔后相互欣赏，相互品评，满纸都是清词丽句，佳作妙语。诗社之中，吹箫弹琴、烹茶下棋、围炉夜话、吟咏飞笺、诗笔畅答、翰墨书香……种种风雅之事，也记录在了她们的诗歌之中。晚明山阴商景兰姑嫂婆媳都是才女。每当闲暇之时，在商景兰的带领下，女眷一同出游，角韵分题，竞相唱和，商景兰也骄傲地称自己的儿媳和女儿为“才妇淑媛”。[①] 和沈宜修较为封闭的家居式诗社相比，商景兰的家族诗社更进一步，呈现了某种公众化的倾向，家族之外的嘉兴黄媛介等闺塾师也纷纷慕名造访，吟诗唱和。除了以上家族诗社，桐城方孟式、方维仪、方维则、吴令则、吴令仪等常聚在一起吟诗作画，被称为“名媛诗社”。这些都是家族性的诗社。明代时像这样亲友之间的唱和是女性文学社交活动最主要的形式。[②]

到了清代，部分女性走出闺门，开展文学活动，拓宽文学视野，因此便促成了地区性、全国性的诗社的出现。著名的地区性女性诗社有杭州地区的“蕉园诗社”、苏州地区的“清溪吟社”等，全国性女性诗社则有顾太清和沈善宝等在京城组建的“秋红吟社”等。地区性的诗社成

① 朱彝尊，姚祖恩，黄君坦．静志居诗话：下［M］．北京：人民文学出版社，1990：727.

② 王翼飞．清代女性文学批评研究［D］．武汉：武汉大学，2014.

员不再局限于家族，而是扩大至同里，远近名媛皆相呼应。包兰瑛在《锦霞阁诗词集》自序中写道："春秋佳日，遨游六桥、三竺间，一二扫眉才子，就湖上结吟社，擘素分笺，秀夺山绿，一时雅集，甚乐也。"①女诗人在江南水乡的湖光山色中雅集分韵，甚觉其乐。恽珠在《国朝闺秀正始集》中分别记录了"蕉园诗社"和"清溪吟社"，称："亚清能文章，工书善画，尤长墨竹，与同里顾启姬姒、柴季娴静仪、冯又令娴、钱云仪凤纶、张槎云昊、毛安芳媞倡蕉园七子之社，艺林传为美谈。"又载："（张允滋）与同里张紫蘩芬、陆素窗瑛、李琬兮嫩、席兰枝蕙文、朱翠娟宗淑、江碧岭珠、沈蕙孙纕、尤寄湘澹仙、沈皎如持玉，结清溪吟社，号吴中十子，媲美西泠。"②沈善宝《名媛诗话》中对"蕉园诗社""清溪吟社""秋红吟社"都有记录，对自己亲身加入的"秋红吟社"的描述尤为详细。秋红吟社是中国第一个跨越了家庭与地区限制的全国性诗社。成员之间并无血缘关系，也无同乡关系，是真正以诗会友的诗友，这是女性诗社的一大突破。

女性诗社诗人的交往以雅集为主，也有出游和送别，还会通过书信来传递诗词以及交流创作经验。明清女性诗友之间彼此结下了深厚的友谊。就算是在家庭诗社之中，家庭成员之间也保持着一种朋友般平等交流的默契之感，像沈宜修就称女儿叶小鸾"乃我小友"。

第二，明清女诗人闺友间的笔谈唱和与信件来往。明初女诗人陈德懿，通晓古典，著作甚富，时与朱妙端相唱和。明中期女诗人徐媛适范允临，婚后始学吟诗。范允临中进士后，徐媛随之游宦在外。后徐媛随夫隐居于天门山。陆卿子适赵宧光，赵宧光素有"高士"之称，读书稽古，精六书，工诗文，擅书法，尤精篆书。中年时陆卿子随赵宧光隐居于寒山之中。徐媛与陆卿子因经历相似，性情相投，多有唱和之作，一时间传为美谈，徐媛和陆卿子也被称为"吴门二大家"。陆卿子的酬唱社交圈要大过徐媛，她在山中接待了很多慕名来访的闺秀才女，她们酬

① 包兰瑛．锦霞阁诗词集自序［M］//胡晓明，彭国忠．江南女性别集初编．合肥：黄山书社，2008：1437.

② 恽珠．国朝闺秀正始集［M］．清道光十一年（1831）红香馆刊本.

唱清谈，“客子坐谈玄”。她还与其他女诗人笔墨传书，评论作序，如为项兰贞《咏雪斋》作序。徐德音为徐若冰《南楼吟稿》作序曰：“美人丽玉，林下盘桓；仙子飞琼，云端翰札。香灯小社，托豪素以题襟；花月深宵，话水天而接席。”① 丽玉指的是方芳佩，飞琼指的是钱浣青，徐德音描绘的是徐若冰、方芳佩、钱浣青三人分韵唱和的风雅之事。徐德音与林以宁多有唱和，其《绿净轩诗钞》中就收有《美人梳头歌次亚青韵》《咏物幻诗和林亚青韵》等。沈善宝与顾太清多有诗函往来，间有论诗之语，《名媛诗话》中记载顾太清诗函常至，沈善宝认为其《白虎港观耕》《新开口看春园》等诗“直化去笔墨之痕，全以神行矣”②，借评论顾太清不着雕琢痕迹的诗风，来阐述自己对性灵之作的偏好。汪玉轸读闺友吴珊珊诗，赞叹之余写下三绝句，感叹相识恨晚：“神交苦恨识君迟，传出深情赖有诗。”③ 郭润玉《簪花阁诗》中有多首与闺友的唱和赠答诗，如《和浣香妹寄怀原韵》《和淑仪寄韵》《赠瓜尔佳夫人》等，并有“彩笺诗共咏，绣阁酒同醺”“多君雅兴寄诗筒，满幅珠玑点缀工”“谢庭雅集共飞觞，风露生愁秋夜凉”等佳句记录分韵共吟之雅事。张因所撰的“姊妹耽诗癖，清才发异香。联吟夸锦绣，相伴拟鸾凰”④，正是对当时这种风雅之极的才女联吟之事的记录。

因为有文字可神交，女诗人之间即使是未曾谋面，也成了知心好友。徐德音之母、餐霞老人楼氏《绿净轩诗钞序》，曾记录女儿徐德音和林以宁相知相交的过程。林以宁倡“蕉园诗社”时，听闻徐德音诗名，便邀之入社，因徐德音出嫁，只能作罢，但赋诗贺喜。二人虽未谋面，却相互倾心，多有诗歌赠答。徐德音随宦入京，才得以与林以宁会

---

① 徐德音. 南楼吟稿序［M］//胡晓明，彭国忠. 江南女性别集初编. 合肥：黄山书社，2008：176.

② 沈善宝. 名媛诗话［M］//王英志. 清代闺秀诗话丛刊. 南京：凤凰出版社，2010：599.

③ 汪玉轸. 宜秋小院诗钞［M］//胡晓明，彭国忠. 江南女性别集五编. 合肥：黄山书社，2019：797.

④ 张因. 绿秋书屋诗钞［M］//胡晓明，彭国忠. 江南女性别集五编. 合肥：黄山书社，2019：652.

面，十余年笔墨神交，终得相见，“始得把臂定交，辄相见恨晚”。[①] 钱塘才女方芳佩作品《在璞堂吟稿》结集，徐德音并未与其谋面，却因笔墨倾心而欣然为之作序，云：“爰识数语于简端，用为他日相见之资云。”[②] 王琼与骆绮兰同为随园女弟子，对彼此的诗作颇为欣赏，虽未谋面却已神交。王琼曾寄诗给骆绮兰云：“同是龙门久识名，神交频觉梦魂萦。”[③]

女诗人常把彼此酬唱之作整理成籍并出版，徐媛将自己与陆卿子等闺友的唱和作品编成《倡和集》。商景兰、祁修嫣与黄媛介等就唱和有《梅市唱和集》，毛奇龄为其作跋。吴琪和周琼唱和有《比玉新盛集》，陆卿子作其序。顾若璞与弟媳黄字鸿诗词竞胜，闺中酬答，遂有《闺晚吟》《卧月轩》面世。顾若璞还为黄字鸿的《闺晚吟》作序，为《卧月轩》自序。归安钱云辉教授两位儿媳诗词，姑媳常于家中分咏酬唱，并结集为《九秋吟》本，单士厘赞道：“慈姑贤妇兼师友，闺阁能诗萃一家。”[④] 在这些酬唱与交流之中，女诗人的诗学思想相互渗透、相互融合，诗学见解不断更新，诗学视野持续拓展，审美品格渐渐提升，最终促进了女性诗论家的大量诞生，也促进了她们诗论作品的发展与繁荣。

小　结

明清女性诗论的繁荣，有其得天独厚的条件。首先，经济的繁荣与发展，包括社会整体经济水平的提高、出版印刷业的成熟、女性经济地位的提高以及女性生活空间的扩大，这是明清女性诗论繁荣的重要原因。经济繁荣，生活稳定，人们才会追求精神文化生活，追求更高层次

① 餐霞老人．绿净轩诗钞序［M］//胡晓明，彭国忠．江南女性别集初编．合肥：黄山书社，2008：6．

② 方芳佩．在璞堂吟稿［M］．清乾隆刻本．

③ 骆绮兰．听秋轩闺中同人集［M］//胡晓明，彭国忠．江南女性别集二编．合肥：黄山书社，2010：706．

④ 刘甜甜．单士厘的文学创作与文学活动［D］．广州：暨南大学，2019．

的需求，女性也得以从沉重的束缚和压力下微微挣脱，有条件接触到新鲜的思想，呼吸到新鲜空气。

其次，思想与文学环境的改变。个性解放启蒙思潮的涌动，王阳明及后继者相关哲学思潮的影响，男性文人对人性与欲望的肯定，对女性教育与创作的认可，使得明清女诗人有机会遇到一个较好的文学发展环境，才女如雨后春笋一般出现，呈现出前所未有的才女文化现象。

明清时女教氛围的浓郁与从官方到民间对才女的尊重，表明了男性的认同与推崇对女性诗学发展的重大意义，使得明清女性诗论的繁荣有了现实的可能性。有了最高统治者以及民间对教育的重视，才女文化才有了得以萌生发展的土壤；有了男性文人对才女从精神到经济上的大力支持，才女诗歌才有了蓬勃发展的空间。而母教、夫教和师教，使得诗学观念有了某种继承。男性文人所作的女性诗论，又给女性诗人作女性诗论提供了示范和指导，两性诗学进行了有效互动，形成了良性发展。

明清女诗人群体的大量出现，使得女性诗歌的数量大幅度提升，极大丰富了女性诗歌作品，给女性诗论的诗人论与作品论提供了可观的素材。而女诗人之间的酬唱和交流，各类正式和非正式诗社活动的开展，种种分题拈韵、推敲风雅之事，使得女性诗论家诗学观念的交融、诗学思想的碰撞成为可能，形成了丰富的创作论。

明清以前，读书作文是精英阶层男性的专利和特权，而到了明代以后，尤其是晚明之后，女性尤其是精英阶层的女性有了接触文学并投身文学的机会。正因为环境宽松，女诗人受到良好的教育，她们的文史修养十分深厚，兼多才多艺，兴趣广泛，思维较为活跃；再加上男性文人的大力支持，女诗人之间的交往逐渐密切，使得女性诗论在理论形态和理论深度方面均有突破，呈现出繁荣之态。

第四章　明清女性诗论之诗人论

在诗歌研究中，对作者的研究从未缺席。诗文品评源自人物品评。对诗人的研究，一直是中国传统诗论的重要着眼点。作者的个性对作品的风格与内容有着极其重要的影响，因此孟子提出："颂其诗，读其书，不知其人，可乎？"① 只有充分了解作者，才能真正领会其笔下创作的作品，理解其中的深意，即所谓"知人论世"。诗论家们注重从"以人论诗"的诗学角度出发，从诗人的家世、生平、身份、个性等各个方面观照诗歌作品。

明清女性诗论家也继承了"知人论世"的传统，对诗人的生平经历与生命体验极为关注。诗人和诗论家的双重身份使得她们在进行诗人论的同时更容易感同身受，更容易进行自我代入，融入更多感情。她们少有男性诗论家的旁观与玩赏之意，对女性诗人更有精神领域的惺惺相惜之心。

第一节　新型评价标准：德、才、色

晚明时，对于女性的新型评价标准浮出水面，那就是晚明吴江文学家叶绍袁所提出的"德才色"观，高彦颐称之为"才德美"观。② 叶绍袁认为"德""才""色"是女子之三不朽。相对于当时"女子无才便是德"的主流观念，叶绍袁此论有着某种进步色彩和反叛意识，是对以

① 方勇. 孟子［M］. 北京：中华书局，2010：209.

② 高彦颐. 闺塾师：明末清初江南的才女文化［M］. 李志生，译. 南京：江苏人民出版社，2005：273.

往正史只重贞烈德操的女性观的突破，对女性诗人的自我认知以及后来女性诗论的繁荣发展都意义重大，从某种意义上甚至可以说是现代女性观的先声。①

围绕着“德才色”观，主要是“德才”观，明清女性诗论家有着不同程度的接受，有的甚至内化为自己关于女性诗论的评价标准，认为女子应德才并重，如明末女诗人梁小玉在《古今女史》自序里说：“夫无才便是德，似矫枉之言；有德不妨才，真平等之论。”② 道光初期的女诗人夏伊兰也强调女子应才德兼备：“人生德与才，兼备方为善。”③ 德才兼备的女性形象渐渐受到社会尤其是精英阶层的普遍认同。值得关注的是，受“德才色”观的影响，女性诗论家还常在诗论中论及作者的容貌，并加以真心赞许。明清女性诗论家对“德、才、色”新型评价标准的接受及内化，使得她们发现了沉睡已久的自我，并努力在女德约束之外表现出令人惊叹和惊艳的才、色。

一、“德才色”观的提出

古代女性一直被视为男性的附庸，被要求谦卑顺从。男性普遍推崇女子之德，以“德”作为衡量女性的重要标准，曰“妇德、妇言、妇容、妇功”，后三者并不突出才貌，依然是前者的体现，并曰“娶妻娶德”，压抑女子之才，讳谈女子容色。长久以来对女德的强调，让女子沦为只是为家庭服务与付出的工具。宋代程朱理学兴起，更加强调女子德行，并将其与贞节联系在一起，泯灭她们的情感与欲望，从而更加扼其灵性与才气。

中晚明时期，一种不同于过往的新型女性观在社会思想中萌芽并发展壮大。在评判女性的标准里除了德行之外，人们还加上了重要的两

① 石晓玲．表彰与追怀：清人女性忆传文研究［D］．上海：复旦大学，2010．

② 胡文楷，张宏生．历代妇女著作考［M］．李志生，译．上海：上海古籍出版社，2008：162．

③ 夏伊兰．吟红阁诗钞［M］．清道光九年（1829）刻本．

项——才华与美貌，即“德、才、色”兼具，甚至更加强调“才、色”，这反映了主流社会对女性新的审美取向。最初发出这种声音的是明代万历年间的谢肇淛，谢肇淛就曾在《五杂组》中道：“妇人以色举者也，而慧次之，文采不章，几于木偶矣。”“女之色犹士之才也，今反舍色而论才，则士亦论以色举，而龙阳、弥子列游夏之上矣，岂理也哉？但佳人之难得，较之才士为甚耳。”[①] 用“慧”与“色”作为评价标准来衡量女性，与前代较为普遍的“色又欲讳于言”“女子无才便是德”的观念相比，具有某种思想解放的意味。

明代文学家叶绍袁正式提出女子的“德、才、色”新型评价模式。他极其欣赏兼具才、德、美的妻子、女儿，积极支持她们的创作。叶绍袁在为以妻女作品为主的家庭诗文集《午梦堂集》作序时指出：“丈夫有三不朽，立德、立功、立言，而妇人亦有三焉，德也，才与色也，几昭昭乎鼎千古矣。”[②] 叶绍袁将德、才、色并列为女子之三不朽，建立起一种全新的女性观，亦是新型的女性评价模式。这种新型评价模式被叶氏午梦堂家族女诗人及当时的女诗人普遍接受，促使女性主体意识苏醒，并直接影响了叶氏家族女性文学的兴盛。这种新型女性评价模式广泛反映在了叶绍袁所编辑的家庭女性文集《午梦堂集》中。

叶绍袁特别强调才华的地位，认为与德行相比，才华更能衡量女性价值，因此考德不如衡才：“考德故弗若衡才实矣。”叶绍袁又认为美色当与德行、才华一样，如一鼎三足比肩而立，缺一不可：“故自冶容讳谈，折鼎一足，而才与德乃两尊于天下。”[③] 他认为色是女性之美的外在表现，不必忌讳谈论。如果只推崇才德，不强调色，那么无异于“折鼎一足”。在诗文之中，他也盛赞自己妻女的容貌之美，并为此而感到自豪和骄傲。

叶绍袁“德、才、色”的新型女性观也深深影响了他的妻女，使得家族之中“门内人人集，闺中个个诗”，促成午梦堂叶氏家族女性诗歌

① 谢肇淛．五杂组［M］．上海书店出版社，2009：152，154.
② 叶绍袁．午梦堂集序［M］//叶绍袁，冀勤．午梦堂集．北京：中华书局，2015：1.
③ 叶绍袁．午梦堂集序［M］//叶绍袁，冀勤．午梦堂集．北京：中华书局，2015：1-2.

的繁荣，使其取得空前丰硕的文学成果。她们全面接受了“德、才、色”观，亦是身体力行者——她们可以说都是兼有“德、才、色”的佳人。沈宜修在撰写《周挹芬诗序》时提及女儿叶小鸾道：“季女琼章，才色并茂，德容兼备。”① 强调女儿之德、才、色，并为此而自豪。叶绍袁则在《祭亡女小鸾文》中沉痛写道：“古今名媛闺淑，列于记载多矣，未有如汝美而慧，慧而多才，多才而朗识，备幽闲静贞之懿。”② 认为女儿因为德、才、色兼备，而遭到了上天的嫉妒。沈宜修去世后，叶绍袁在《亡室沈安人传》中盛赞其德行，又说：“余之伤宛君，非以色也。”随后，他又写道：“然秀外惠中，盖亦雅人深致矣。”③ 他说自己与妻子是“月舍良朋，花期好友”“伦则夫妇，契兼朋友”。沈宜修弟弟沈自征也称赞姐姐是德、才、色兼具的佳人，是理想女性的典范：“姊淑德丽才，掩嫭风人，擅徽来哲，克为女范之宗。”④

二、以“德”护“才”

对待德与才，明清女性诗论家呈现出复杂的态度。她们长期受到男权社会的压制和男性文人的影响，更趋向于“德”，但由于受到良好的教育，具备了出色的才华，从而萌生了朦胧的自我意识。她们不愿放弃“才”这一让心灵得以自由呼吸、灵魂得以暂时放松的窗口，甚至在当时男性文人的帮助下，巧妙地争取以“德”护“才”，以才德兼备来取代之前的才德对立，反对“女子无才便是德”的陈腐观念。

明清时期科举制度的强化，使得整个社会对教育越发重视。“学而优则仕”成为书香家庭的目标和追求。在明清社会普遍崇尚读书风气的影响下，腹有诗书、胸藏万卷，能够为丈夫在科举考试方面排忧解难，

---

① 沈宜修. 周挹芬诗序［M］//叶绍袁，冀勤. 午梦堂集. 北京：中华书局，2015：245.

② 叶绍袁. 祭亡女小鸾文［M］//叶绍袁，冀勤. 午梦堂集. 北京：中华书局，2015：443.

③ 叶绍袁. 亡室沈安人传［M］//叶绍袁，冀勤. 午梦堂集. 北京：中华书局，2015：281.

④ 沈自征. 鹂吹集序［M］//叶绍袁，冀勤. 午梦堂集. 北京：中华书局，2015：19.

又能够承担起教导子女任务的女性，无疑更为男性文人所推崇。这时的女子之才可以被男权社会所用，因此不但不妨碍妇德，还成为妇德的一部分，于是就和以往所独独推崇的“德”一样成为家族的荣耀。

正因如此，官方女教书甚至公开推崇女性才学，并指明女子有才可以更好地服务于男性，使得家庭受惠，是德的另一种表现，所谓“才以成德”，如明代女教书《女范捷录》中道：“女子无才便是德，此语殊非……夫德以达才，才以成德……妇人之明识，诚可谓知人免难，保家国而助夫子者欤。”① 当时的男性文人也较为普遍地持有这一观点。如清代黄光彬为陶安生《清绮轩诗剩》作序之言：“宇宙秀灵之气，钟于男亦毓于女；古今闺阁之良，优于德而亦裕于才。”② 但是男性文人对女子之“才”的范畴也作出了有利于男性利益的限定。清代章学诚在《妇学》篇中肯定了女子之“才”，但这“才”并非文学创作之才，而是以“礼”为本之才：“妇学之名，见于天官内职。德言容功，所该者广，非如后世，只以文艺为学也。”③ 他认为：“才而不学，是为小慧。小慧无识，是为不才。”清代翁方纲为虞友兰《树蕙轩诗钞》作序云：“而言非徒口说之谓，苟能于妇职余闲，流览典籍，形诸咏歌，因以抒写性情，发挥义理，即于治家、相夫、课子，亦非无助。”④ 这完全是从女才有利于襄助男性的角度出发，认为女子在不耽误操持家务的本职情况下博览群书，吟诗作文，抒发情感，通晓伦理，有利于她相夫教子。一旦女性之才具有了自我性，失去了利他性，影响到男性文人的利益，他们便会警觉地予以压抑或者制止，如清代石成金《家训钞》认为，女子识字明义可为贤德，但看曲本小说、舞文弄墨则是大忌，乃伤风败俗之行为，归根究底是担心女性被启发心智具有独立意识之后作出不利于男性的行

① 刘氏．女范捷录［M］//王相．女四书．清光绪十八年（1892）善成堂刊本．

② 黄光彬．清绮轩诗剩序［M］//胡晓明，彭国忠．江南女性别集初编．合肥：黄山书社，2008：1336．

③ 章学诚．章学诚遗书［M］．北京：文物出版社，1985：46．

④ 虞友兰．树蕙轩诗钞［M］//胡晓明，彭国忠．江南女性别集五编．合肥：黄山书社，2019：535．

为。“反不如不识字，守拙安分之为愈也。”① 因此男性文人会强调女性应当温柔和顺、安分守拙，以此来限制和约束才女的创作。

明清女诗人也聪明地意识到了这一点。她们所留下的大量诗文之中有不少冠以“绣余”“焚余”的名字，以示操持家务之余才进行创作，并未轻视妇德，以此来寻求妇德与才学的平衡，不动声色地在“德”的护持下争取创作的主动权与话语权。于是，女子的德行反而对她们的才学形成了保护。女诗人在现实中大多为了家庭而无私付出，其才情灵气默默地损耗在日复一日、年复一年的琐碎生活之中，忙完家务她们才能回归自己的心灵空间，“女红妇事之余，即拈翰苦吟”②，回归到拥有独立才女身份来进行阅读和书写。一旦才与德有所冲突，也就是自我创作与服务家庭、家人之间发生冲突时，她们就会自觉地将才让位于德，“德为才先”，缩减自己从事文学创作的时间，甚至放弃自我的精神追求与价值追求。

沈宜修在遭受婆母反对作诗时，并不敢违抗，便放弃了自己视为生命寄托的诗词创作。她只是为叶绍袁抄写科举应试的文章，成为支撑帮助他的力量，直到他中第后婆母解禁，方才重新提笔，叶绍袁因此赞她“其性孝而柔如此”③。放弃创作给她带来了极大的精神痛苦以至于“清宵夜阑，衫袖为湿”。这样的例子数不胜数。袁枚的妹妹袁机，原本擅长作诗，嫁给高氏之后，因为丈夫反对，便暂时放弃了文学爱好。因此袁枚曾写道：“见书卷怒；妹自此不作诗。”④ 也有女诗人唯恐才能妨德，真的遵守“内言不出于阃”等言语，不肯以手稿示人，甚至在临终前将心血之作焚烧殆尽。孔淑成在女红之余，焚香披卷，终日作诗不辍，不

---

① 王利器．元明清三代禁毁小说戏曲史料［M］．上海：上海古籍出版社，1981：175.

② 仙嵯老人．南楼吟稿序［M］//胡晓明，彭国忠．江南女性别集初编．合肥：黄山书社2008：177.

③ 叶绍袁．亡室沈安人传［M］//叶绍袁，冀勤．午梦堂集．北京：中华书局，2015：276.

④ 袁枚．女弟素文传［M］//胡晓明，彭国忠．江南女性别集四编．合肥：黄山书社，2014：193.

肯示人，曾对人说“此非女子所应为事也”。[1] 尽管是费尽心力写下的诗稿，孔淑成却收藏于深闺不予示人。

以“德”护“才”，德才兼备，是明清女性诗论家进行诗人论时所认为的理想状态。但现实中一旦才德有所冲突，即使是惜才爱才的女性诗论家也会赞同舍“才”而取“德”。作诗乃女诗人心悦之事，女性诗论家却因为“德”之束缚，无奈地同意放弃“才”，这说明了女性诗论家对“德”十分重视，这也是她们在男权社会中不得不作出的妥协与让步。

三、重“德”与崇“才”

明清时期，尤其是在江南地区，才与德被视作女子特性之中“能够和谐共存的属性”。[2] 明清才女同时接受妇德教育与文化教育，而“德”“才”孰轻孰重，则是女性诗论家争论的焦点。在明清不同的历史发展阶段，女性诗论家对女性诗人德才的不同偏重，导致她们选诗的标准也有了不同。绝大多数女性诗论家作诗论时自觉接受儒家道德的熏陶并加以宣扬，普遍将“德”置于“才”前，倡导雅正之风。

明代前中期，女性诗论作品中直接反映女诗人德才之辩的较少，“德”无可争议地置于“才”之上。明末清初，由于心学的兴起、个性思想解放思潮的影响以及名妓诗人的大量涌现，选诗标准倾向于“才”重于“德”，如沈宜修、季娴、柳如是，偏重从审美角度而不是从道德角度来甄选和品评女性作品，作品编排也未完全按女性身份贵贱排序。同一时期的方维仪所编《宫闺诗史》中便分“正”“邪”。王端淑在《名媛诗纬》中阐明女性诗歌的道德教化作用，必先“扬节烈”，然后才“爱惜才华”，强调“以德为先”的选文及编排标准。[3] 但方维仪、王端

① 徐泳．山东通志艺文志订补：集部 第2册［M］．济南：山东人民出版社，2016：232.

② 高彦颐．闺塾师：明末清初江南的才女文化［M］．李志生，译．南京：江苏人民出版社，2022：228.

③ 王端淑．名媛诗纬初编［M］．清康熙年间清音堂刻本.

淑收集、编排诗歌之时，除了收录闺秀诗人的作品，青楼、尼道等诗人的诗作也一并收录在内。

到了盛清时期，德行又重新回到了评判女性诗人的决定性位置，女性诗论家选诗时普遍认为“德重于才”。恽珠在《国朝闺秀正始集》中严格遵循社会价值标准，“强调女性的德性懿行高于才情文笔”[①]的编选旨趣，拒收青楼诗人及女尼、女道之诗作，虽然其中不乏能诗之人，却“多风云月露之作”，虽被前人津津乐道，恽珠却坚持自己的原则，“兹集不录”。[②]“德正言顺”是恽珠编选的基本准则，其编辑体例也旗帜鲜明地表现了这一点，《国朝闺秀正始集》卷一中所选辑的诗歌中便注明编排目的是“述祖德”“美贤淑”“昭慈范”“扬贞烈”“彰苦节”。但青楼诗人如“柳如是”等人，因“能以晚节盖”，所以“选入附录，以示节选”。沈善宝《名媛诗话》虽秉承爱才惜才之心，但“忠孝节烈”之事迹亦记录不少，如：“佩芬至性过人，母病剧，曾刲股和药以进，母赖以愈。”[③]毛国姬《湖南女士诗钞所见》例言中也说明“有关节义者”必收入其中，强调“女史之箴”与“性情之正”。而青楼诗人及尼道之作，“虽有雕镂风月之作，概不收录”。[④]其表达话语与恽珠如出一辙，即重在女诗人德行，若是尼道诗人或者青楼诗人，即使所作之诗再好，也不予收入。《湖南女士诗钞所见》录入众多表彰女性德行的雅正之作，如清代湘潭闺秀诗人石承楣出嫁后撰写组诗《善行》以训闺中，包括《女道》《妇道》《母道》等共120首，提到了曹娥救父、杨香扼虎、木兰从军等孝女孝妇事迹。

清末时对女诗人的评判及选诗标准又偏向“才”重于“德”。清末施淑仪在《清代闺阁诗人征略》里明确标榜“才”为“德”先，与恽

① 马珏玶，高春花.《国朝闺秀正始集》浅探［J］.南京师大学报（社会科学版），2005（6）：119-124.

② 恽珠.国朝闺秀正始集［M］.清道光十一年（1831）红香馆刻本.

③ 沈善宝.名媛诗话［M］//王英志.清代闺秀诗话丛刊.南京：凤凰出版社，2010：454.

④ 毛国姬.湖南女士诗钞所见初集［M］//贝京.湖南女士诗钞.长沙：湖南人民出版社，2010：4.

珠编选的原则恰好相反："凡诗、文、词、赋、书、画、考证之属，有一艺专长，足当闺秀之目者，皆录之。非是，虽有嘉言懿行，概不著录"。[①] 但同一时期的单士厘在编纂《国朝闺秀正始再续集》时依然遵循了恽珠编选的诗学精神，其《凡例》云："兹选一遵恽例，以雅正为主，故袭名正始。"[②] 她强调女诗人作诗的雅正醇厚。

总体而言，在德才兼备的基础上，明清女性诗论家更注重"德"，"德"是始终强调的重点，"德、才、色"的新型标准只是在德行内涵上的适度延伸，她们还是以维系儒家传统道德为最高追求。[③] 这是受到当时社会文化以及男性文人思想影响的缘故。男性文人虽然支持女性之"才"，但女性的"才"必须是建立在"德"的基础之上的。女性的"才"，也是为了更好地取悦男性，使女性成为男性更理想的伴侣，而并不是谋求女性自身的成长与发展，寻找自我心灵的舒展与自由。也就是说，男性文人虽然同意为女性诗人打开灵性的创作之门，但又以"德"为名将通往才女之路的创作之门轻轻掩上大半。即使创作环境不尽如人意，只要有了才学萌发和舒展的机会，女性便努力向狭窄的创作之门迸发，梦想着成为以笔写心的才女，其平凡琐碎的生活因有了精神的追求而焕发熠熠光彩。"写作永远意味着以特定方式获得拯救。"[④]

四、"色"与女性意识

"色"是对外在魅力的肯定与强调。明清时期，男性文人赞美女性容貌的诗文大大增多。对"色"的公开推举主要是由于明清时期包括男性和女性在内的文人审美意识的提升。许多男性文人会在诗学的品评文字中强调女诗人的美貌，把编选女性诗文当作对理想佳人的向往。保守

① 施淑仪．清代闺阁诗人征略凡例［M］//施淑仪，张晖．施淑仪集．北京：人民文学出版社，2011：3.

② 单士厘．国朝闺秀正始再续集［M］．清刊本.

③ 刘展．明清江南女性文化与《红楼梦》女性观解读［J］．江西社会科学，2012，32(4)：93-97.

④ 张京媛．当代女性主义文学批评［M］．北京：北京大学出版社，1992：223.

文人如章学诚等对此极为不满，说："其叙述闺流，强半皆称容貌，非夸国色，即诩天人，非赞联珠，即标合璧，遂使观其书者，忘为评诗之话，更成品艳之编，自有诗话以来所未见也。"[①] 这从侧面反映了文人在诗论作品中对"色"的标举，从而影响了女性诗论家在诗论中相关诗学话语的表达。

晚明盛行的个性解放思潮和明清时期经济的繁荣发达，使得人们开始正视人性和欲望。李贽曾道："穿衣吃饭，即是人伦物理。"袁枚《随园诗话补遗》道："'女子以色为主，而才次之。'李笠翁则云：'有色无才，断乎不可。'"[②] 陈文述曾在《西泠闺咏》中有多首诗描摹女子容貌之美，如《可花轩咏缪秀芝》："新妆桃靥晕梨涡，高格寒梅寄女萝。"[③] 明清文人认为悦色是人之本性："美色当爱也，美色而不爱，非人情也。"[④] 并云："人只患无才耳。若果有才，任是丑陋，定有一种风流，断断不是一村愚面目。"[⑤] 强调"色"并不只是容貌之美，还有丰赡才华的外显，即使外表不够美艳，若才内蕴其中，也能形之于面目，焕发神采气韵。

明清男性文人对"色"的公开赞美，有助于闺阁之中的女性发现自己的女性魅力，进一步唤醒了女性意识，致使其对自身价值的认同。明清女性诗论家对女性之美普遍怀着推崇和妙赏之心，显示出其审美意识与审美追求，也标举出其沉睡已久业已苏醒的自我意识与朦胧的女性意识。与男性文人对女性诗人美貌称赏中带有玩味不同，女性诗论家对女性诗人容貌的赞美，其实亦如照镜窥人，顾影自怜，其中亦是隐藏了对自身容貌之美的关注，具体表现出以下几个特点。

第一，女性诗论家注重女诗人风神气韵的灵动之美。沈宜修曾模拟南朝文学家颜延之的《五君咏》，描摹家中的五位女性的容颜之美。第

① 章学诚. 文史通义［M］. 长沙：岳麓书社，1993：189.

② 袁枚. 随园诗话补遗卷二［M］//王英志. 清代闺秀诗话丛刊. 南京：凤凰出版社，2010：110.

③ 陈文述. 西泠闺咏［M］. 清光绪十三年（1887）西泠翠螺仙馆刻本.

④ 天花才子，朱眉叔. 快心编［M］. 沈阳：春风文艺出版社，1985：181.

⑤ 李致中. 平山冷燕［M］. 沈阳：春风文艺出版社，1982：140-141.

一首写表妹张倩倩，说她“巧笑思庄姜，宜颦羡西子。沉香倚画栏，独立谁堪比”。[①] 沈宜修连用三个绝代佳人庄姜、西施、杨贵妃来与张倩倩相比，可见对张倩倩美貌评价之高。诗中着重描摹她宜喜宜嗔的灵动，凸显其风姿绰约之美。沈宜修在《表妹张倩倩传》中称赞张倩倩十二岁时，“春含瑶蕊，秋映琼辉，美丽已无堪并”，到了十八岁，“光艳惊目，娟冶映人，亭亭若海棠初绽，濯濯如杨柳乍丝”。[②] 沈宜修以花喻人，突出张倩倩整体风神之美，直言其美若海棠初放，杨柳新芽，清新娟秀，光彩照人。沈宜修还曾赞美堂妹沈智瑶“珠辉映月流，玉彩迎花度”，“一笑绕春风，含情低黛绿”，[③] 极具亭亭风致之美。对于女儿叶小鸾，沈宜修更是不吝赞美之辞：“儿鬒发素额，修眉玉颊，丹唇皓齿，端鼻媚靥，明眸善睐，秀色可餐。无妖艳之态，无脂粉之气。”她将女儿比作梅花，又觉梅花太瘦，将女儿比作海棠，却觉海棠少清，“故名为丰丽，实是逸韵风生”。[④] 从五官颊发到整体气韵，细细刻画小鸾外表之美，特别突出其“逸韵风生”。沈善宝《名媛诗话》中赞温如玉“风神绝世”[⑤]，赞梅碧兰“人甚秀雅”[⑥]，赞朱荣珍“丰神秀美”[⑦]，强调了她们的风神隽秀之美。

第二，女性诗论家强调女诗人内外兼修之美。叶小鸾对女性之美有独到见解，认为女子之美应该是天然风韵的整体之美，并非胭脂水粉可以堆砌出来的，女子之美出自内心，因此她“衣服不喜新”，“然又非纤啬，视金钱若浼，淡然无求，而济楚清雅所最喜矣”。（沈宜修语）其风流别致之态，似是《红楼梦》中的黛玉，而其淡妆雅韵之风，又似是

① 沈宜修. 鹂吹集［M］//叶绍袁，冀勤. 午梦堂集. 北京：中华书局，2015：47.

② 沈宜修. 表妹张倩倩传［M］//叶绍袁，冀勤. 午梦堂集. 北京：中华书局，2015：250.

③ 沈宜修. 鹂吹集［M］//叶绍袁，冀勤. 午梦堂集. 北京：中华书局，2015：47，104.

④ 沈宜修. 季女琼章传［M］//叶绍袁，冀勤. 午梦堂集. 北京：中华书局，2015：247.

⑤ 沈善宝. 名媛诗话［M］//王英志. 清代闺秀诗话丛刊. 南京：凤凰出版社，2010：467.

⑥ 沈善宝. 名媛诗话［M］//王英志. 清代闺秀诗话丛刊. 南京：凤凰出版社，2010：536.

⑦ 沈善宝. 名媛诗话［M］//王英志. 清代闺秀诗话丛刊. 南京：凤凰出版社，2010：608.

《红楼梦》中的宝钗。叶小鸾还曾仿六朝刘孝绰之《艳体连珠》作《艳体连珠》诗，赞颂青春少女自然散发出的魅力。这表现了女诗人对女性生命的审美观照以及对自身青春之美的欣喜赞叹。沈宜修览后，也和诗一组，但自认为不及女儿之作："然女实仙才，余拙不及也。"这个时期男性文人对女性之美的细细描摹，远不如女性诗人自己表达得惊艳，正如顾若璞引武玉言："闺中之美，非闺中之笔不能搜隐剔幽。"[①] 清代仁和孙荪意撰《刘杭姐传》，写闺友刘杭，赞其"亭亭玉立，举举可怜，星眸射人，鬒发覆额。刘家三妹，本擅才思；左氏娇娃，逊其白皙"。[②] 前四句刻画其整体神韵，后四句以南朝女诗人刘令娴和晋代文学家左思之女来进行比较，暗示其貌美才高，表现了具有灵动诗心的少女内外兼修之美。

第三，女性诗论家推崇女诗人的个性与情感之美。女性诗论家赞美女诗人容貌之美，在凸显其形象时刻画其个性与情感。许延礽《即席和韵》曰"绝世才华绝世姿，樽前脱手写新词"[③]，称赞沈善宝之才华卓绝，容颜秀美。龚自璋《和湘佩姊韵》云"水月襟怀冰雪姿，二王书法六朝词"[④]，也是赞美沈善宝襟怀清澈，姿容出众。王端淑在《名媛诗纬》中多次称赞女诗人的容貌，如称吴绡"吴夫人有才色，自诗文书画以及百家技艺无不通晓，即缁黄内典亦皆究心。盖千古聪明，绝代佳人也，为吴中女才子第一"；称马如玉"修洁美艳，倾动一时"；称冯紫云"丰姿绝世，与姊后先辉映"。[⑤] 沈善宝《名媛诗话》在记载商景徽这位好学勤奋的女诗人时，不忘强调她虽然年华老去（"年八十"）但看上去依然具有年轻的容颜（"如二十许"）。[⑥]《名媛诗话》还记载沈善宝

---

① 顾若璞. 卧月轩稿［M］//胡晓明，彭国忠. 江南女性别集五编. 合肥：黄山书社，2019：174.

② 孙荪意. 贻砚斋诗稿［M］//胡晓明，彭国忠. 江南女性别集五编. 合肥：黄山书社，2019：1226.

③ 傅瑛. 明清安徽妇女文学著述辑考［M］. 合肥：黄山书社，2010：556.

④ 傅瑛. 明清安徽妇女文学著述辑考［M］. 合肥：黄山书社，2010：440.

⑤ 王端淑. 名媛诗纬初编［M］. 清康熙年间清音堂刻本.

⑥ 沈善宝. 名媛诗话［M］//王英志. 清代闺秀诗话丛刊. 南京：凤凰出版社，2010：350.

之妹沈善芳，言其“性甚敏慧，玉貌珠颜，端庄静默”,[①] 极精要地勾勒了沈善芳的美貌与性情。刘元瑞有《题花间女士卷》诗云：“卷幔焚香若有思，藐姑山畔想丰姿。小栏花韵午阴静，一缕轻风拂绣丝。”[②] 女性诗论家因读隽秀诗卷而想见风姿绰约的女诗人，见字如面，同时也不忘刻画在清幽环境中自身的个性与气韵之美。这类诗句被毛国姬收入了《湖南女士诗钞所见》。

明清女性诗论家将“色”纳入评论视野，与“德”“才”并举，并表现出对女性才色的关注与欣赏，这从另一个侧面反映了明清女性诗论家女性意识的觉醒。在女性诗论中结合文本盛赞作者本身的美貌，把“文”和“人”结合起来，使作者的形象变得更为饱满，同时也使得读者感受到作者作为一个“人”，尤其是一个“女人”的真实存在，这是女性诗论家“知人论世”的一种表达方式。

第二节 人物品评：林下之风与闺房之秀

明清女性诗论家常以“林下之风”“闺房之秀”来赞美女诗人，与此相应的是，以“谢女班姬”，也就是谢道韫和班昭，作为“林下”“闺房”的典范人物，分别代表着“才女”与“贤媛”。

谢道韫所代表的潇洒不羁的林下之风，为明清女性诗论家所普遍向往，在晚明时期的才女中表现得更加突出。然而在公开的文字中，她们更加偏向班昭，以表明自己对“闺范”的执守以及对“妇德”的尊崇，这在盛清女性诗文集中体现得尤为明显。

---

① 沈善宝．名媛诗话［M］//王英志．清代闺秀诗话丛刊．南京：凤凰出版社，2010：449.

② 毛国姬．湖南女士诗钞所见初集［M］//贝京．湖南女士诗钞．长沙：湖南人民出版社，2010：38.

一、林下之风：女诗人的名士化与文人化

“林下之风”即“林下风气”，源自晋代济尼品藻才女之语。虽然“林下之风”备受文士推崇，但谢道韫之后，仅《全唐诗》中载薛涛“辨慧工诗，有林下风致”，而后典籍中论女诗人时少有提及，大规模以“林下风”论女性及女性诗词则自明代始。

明人所编《古今词统》中，徐士俊评李清照《凤凰台上忆吹箫》词云：“亦是林下风，亦是闺中秀。”① 此后林下风气被广泛引用以称赏明清女诗人，不仅用来形容闺秀才女，也用来形容名妓诗人。彼时名妓诗人有着良好的文学修养与艺术底蕴，在日常行为与诗词创作中化脂粉气为书卷气，风格转向清隽磊落。她们衣着简净雅致，并不刻意靓妆，居住之地也清幽脱俗，在社交之中甚至还会着男装，淡化性别特征，凸显超逸洒脱的名士之风。

明清女性诗论家自身也对谢道韫的林下风气心驰神往，谢道韫成为女诗人诗学理想的化身，历史上曾出现过多首品评谢道韫的诗歌。如高篃《论宫闺诗十三首》第八首：“郗女才华竟弃捐，可怜门第误姻缘。妒他柳絮因风起，一句诗成万古传。”② 此诗盛赞谢道韫，认为其诗才卓绝，仅“柳絮因风”句便可流芳千古。沈善宝曾作《谢道韫》：“林下高风世所推，联吟柳絮擅新诗。晋人都被清谈误，杀贼雄心属女儿。”③ 此诗褒扬谢道韫超凡脱俗的风度与出类拔萃的诗才，在男性文人都在清谈误事之时，作为闺阁女儿的谢道韫却上场杀贼，英姿飒爽。沈善宝赞美谢道韫的风神气度，大有压倒须眉之势。

与此相对应的，女性诗论家常在品评时用“林下之风”来表示对女诗人的褒奖。沈善宝题张孟缇《陶山赠别吟卷》道：“林下风高思不群，

① 黄晓丹. 从林下之风到闺房之秀：盛清女性写作背后的身份认同［J］. 齐鲁学刊，2013（5）：123-128.

② 郭绍虞，钱仲联，王遽常. 万首论诗绝句［M］. 北京：人民文学出版社，1991：869.

③ 沈善宝，珊丹. 鸿雪楼诗词集校注［M］. 北京：中国社会科学出版社，2012：169.

词坛笔阵扫千军。即看此日珊瑚网，收尽金闺锦绣文。”[①] 这首诗赞张孟缇有林下之风，笔扫千军。其时张孟缇正在编辑闺秀诗歌选本，沈善宝以撒下珊瑚之网收罗锦绣文字作比，衬托出张孟缇超凡脱俗、清逸出众的林下之风。沈善宝还曾赞张孟缇“潇洒丰神异俗流”，又言其“对酒难消才子气，读书常抱古人愁”，[②] 这些都是林下之风的表现。施淑仪《清代闺阁诗人征略》亦以“林下风者”评黄媛介，认为黄媛介遭遇大变之后，“家被蹂躏”，于是独自漂泊，跋涉于吴越。江湖之间，风餐露宿，其中风霜之苦可以想见，因此笔下“多流离悲戚之辞”，而温柔敦厚，含蓄蕴藉，怨而不怒，足见其清淡逸远的林下之风。因此施淑仪称黄媛介为“此闺阁而有林下风者也”[③]。再如吴藻序汪衡《红豆轩诗词》云：“采湘清标玉映，有林下风。”[④] 这也是直接称赞汪衡具有林下之风。

有时，女性诗论家在品藻人物的诗论中并未直接出现“林下之风”之词，但句句评论都是围绕“林下之风”而展开的。如顾太清《题钱塘女史沈湘佩鸿雪楼诗集二首》曾以“巾帼英雄异俗流，江南江北任遨游”“平生心性多豪侠，辜负雄才是女身”[⑤] 中的“豪侠”“雄才”来赞沈善宝，称她是不同凡响的巾帼英雄。沈善宝辗转遨游于江南江北之间，其潇洒脱俗之风，反映的正是林下风气的特质。恽珠在《赠潘夫人虚白四律》中以“谩夸彩笔焕摛文，丰度天然迥出群”“翩翩逸兴见精神，雅重清流气味亲”来赞潘素心。[⑥] 潘素心出类拔萃、清雅飘逸之神采，即林下之风的气度。归懋仪序江珠《小维摩诗稿》道：“有名士风，

---

① 沈善宝，珊丹．鸿雪楼诗词集校注［M］．北京：中国社会科学出版社，2012：190.

② 沈善宝，珊丹．鸿雪楼诗词集校注［M］．北京：中国社会科学出版社，2012：198.

③ 施淑仪．清代闺阁诗人征略［M］//王英志．清代闺秀诗话丛刊．南京：凤凰出版社，2010：1733.

④ 吴藻，江民繁．吴藻全集［M］．杭州：浙江人民出版社，2020：278.

⑤ 奚彤云．闺中造物有花仙：顾春诗词注评［M］．上海：上海古籍出版社，2004：81.

⑥ 恽珠．红香馆诗草［M］//胡晓明，彭国忠．江南女性别集五编．合肥：黄山书社，2019：1119.

无巾帼气，实当代闺中之名彦。”① 归懋仪所言的“有名士风”也指“林下之风”。

综上可见，明清女性诗论家在作诗论时常秉承着谢道韫的林下风气来品藻女诗人。这些女性身上拥有超逸潇洒、卓尔不凡的名士风范，拥有不逊色于须眉的风神与气度。千年之前的魏晋风流在明清女诗人身上再度呈现，她们给时代与性别赋予了新的特质。

二、闺房之秀：女诗人的雅正与温厚

“闺房之秀”亦是源自晋代济尼品藻才女之语，但“闺房之秀”评语的出场频率在明清时明显低于“林下之风”。虽然明清女性诗论家在品评人物时更喜用“林下之风”，但在实际生活中她们更认可“闺房之秀”，清中期时这种认同感就更加强烈了。“林下之风”往往偏向于女诗人自我意识的显现，更倾向突出女诗人之才；“闺房之秀”往往偏向女诗人在闺阁之中对家庭的付出，更倾向突出女诗人之德。对女诗人“林下之风”和“闺房之秀”的品评，正是女子新型评价标准中才德之辩的进一步深化与升华。

“闺房之秀”相对于“林下之风”，更注重家庭乃至社会的道德责任感。具体表现在以下几个方面。

第一，闺房之秀更强调性情的贞静贤淑。与男性向外扩展的竞技场相反，闺房之秀的舞台往往局限于闺中。她们遵守三从四德，拥有幽闲温静、贤良淑德的品格，呈现出一种静默柔和而非张扬不羁的温润之美，如同沉淀了时光的碧玉。她们在夫婿面前是持家有道的贤妻，在子女面前是谆谆善教的慈母，也就是能胜任“相夫、教子、持家”之责任，秉承对女道、妇道、母道的遵守。如清代常州左锡蕙序其妹左锡嘉《冷吟仙馆诗稿》中提到，“相夫教子”是身为闺秀的妹妹之职责，而夫

① 江珠．小维摩诗稿［M］//胡晓明，彭国忠．江南女性别集二编．合肥：黄山书社，2010：866．

忠子孝，是妹妹的极大成功，也是两个家族的荣誉，“此固曾氏幸，亦吾左氏荣也”①。

第二，闺房之秀重在一个“秀”字，是闺阁女子中的出类拔萃者。明清时“闺房之秀”的要求是遵守女教闺范，举止有礼、谦卑贞静，但同时也强调文史修养、才高德懿。因此，“闺房之秀”通常拥有令人惊叹的出众才华与深厚底蕴。她们的才华也不囿于诗词领域，而是涉猎广泛，诗文字画无所不精。

沈善宝《名媛诗话》中记载顾若璞：“文多经济大篇，有西京气格。常与闺友宴坐，则讲究河漕、屯田、马政、边备诸大计，每夜分，执卷吟讽。”② 顾若璞之才，并不止于工诗善词，还在于其博雅内涵与过人见识。顾若璞曾道：“使吾得一意读书，即不能补班昭《十志》，或可咏雪谢庭。”③ 顾若璞将补班昭《十志》置于咏雪谢庭之前，这表明相对于个人才华的呈现来说，顾若璞更注重自身对于家庭乃至社会的贡献。与林下之风的潇洒不羁相比，顾若璞更推崇闺中之秀的端凝稳重。徐映玉在《赠钱塘芷斋方姊》中称方芳佩为“闺中秀质顾夫人”，并用闺秀中的杰出者、东晋女诗人苏蕙之才来与她相比，“若兰才思擅回文，吟罢令人齿亦芬”，赞其“风雅莫言闺阁少，称诗几辈得如君”。④ 毛国姬赞石承楣其诗“庄肃宏博”，其人有“班姑之懿范也”。⑤ 曹贞秀称同乡女诗人陈太安人：“壸行笃修，兼工词翰，不以自名。论者以为吾家大家之流也。”⑥ 陈太安人修养颇深、温柔静默，虽然工于词翰，却不以此彰

① 左锡嘉. 冷吟仙馆诗稿［M］//胡晓明，彭国忠. 江南女性别集二编. 合肥：黄山书社，2010：1256.

② 沈善宝. 名媛诗话［M］//王英志. 清代闺秀诗话丛刊. 南京：凤凰出版社，2010：349.

③ 沈善宝. 名媛诗话［M］//王英志. 清代闺秀诗话丛刊. 南京：凤凰出版社，2010：349.

④ 徐映玉. 南楼吟稿［M］//胡晓明，彭国忠. 江南女性别集初编. 合肥：黄山书社 2008：183.

⑤ 毛国姬. 湖南女士诗钞所见初集［M］//贝京. 湖南女士诗钞. 长沙：湖南人民出版社，2010：89.

⑥ 曹贞秀. 写韵轩小稿［M］//胡晓明，彭国忠. 江南女性别集初编. 合肥：黄山书社，2008：420.

显自身声名。世人将之比之曹大家，也就是闺房之秀的典范人物班昭。归懋仪《题梅卿夫人诗集》赞其“班谢同时成合璧，闺中佳话足千秋”①，认为梅卿同时具备班昭与谢道韫的风格，其诗才乃是闺中佳话。张纶英评其姐张孟缇：“岂知擅风教，本以淑明性……吾姊希古贤，纯美冰雪净。”② 此诗盛赞张孟缇淑慧贞静之质，称她处处将古代贤女作为自己效仿的榜样，修养德行，心如冰雪一般洁净。张纶英外甥女王采蘩则赞其“读书慕伏班，千载溯高节”③。此亦言其读书行事皆以班昭为楷模，为一代闺房之秀。胡德彝序包兰瑛《锦霞阁诗词集》，称其“德言兼至，福慧双修，以温柔敦厚之旨，写和平庄雅之音”④，这些品评之语正体现了闺房之秀的特质。

闺房之秀以妇德为行为尺规，自觉强化责任意识，但同时，闺阁也是她们诗意栖息的空间，创作是使她们精神愉悦的审美活动。她们自小醉心读书，以诗文吟咏为闺中之娱。多才多艺再加上学识渊博，使得她们普遍具有高雅的生活情趣，常将日常生活艺术化、审美化，也就是“雅”化。她们遵从温柔敦厚的诗教，讲究哀而不伤、怨而不怒，呈现柔和委婉、雅正和谐之音。她们的诗作多写才艺相关内容，展现出风雅之趣，如湖南宁乡闺秀诗人黄婉璚记录日常生活之作就有《临帖》《读书》《调琴》《焚香》《煮茗》《种花》等。《名媛诗话》中亦记载了许多闺阁之中的女诗人之雅趣，她们在闺中生活随处可拈得诗意之事，如汤姚卿以蛋壳制萤灯、以金圆玉作贴瓣梅花面等。不过，明清女性诗论家认为除玲珑小慧之外，闺房之秀还需胸有丘壑，具备大情怀与大格局。在咏史诗《续题仕女图》中，沈善宝称赞班昭诗云：“史笔如椽三

---

① 归懋仪. 绣余续草［M］//胡晓明，彭国忠. 江南女性别集初编. 合肥：黄山书社，2008：764.

② 张纶英. 绿槐书屋诗稿［M］//胡晓明，彭国忠. 江南女性别集初编. 合肥：黄山书社，2008：1094.

③ 张纶英. 绿槐书屋诗稿［M］//胡晓明，彭国忠. 江南女性别集初编. 合肥：黄山书社，2008：1130.

④ 胡德彝. 锦霞阁诗词集序［M］//胡晓明，彭国忠. 江南女性别集初编. 合肥：黄山书社，2008：1433.

绝该，阿兄边塞得生回。金闺七戒真希圣，啸月吟风那算才。”① 沈善宝指出，像班昭那样为国修史、为家国出力、具有大格局意识的才女才是真才女，仅仅吟风弄月算不了闺房之秀。施淑仪曾语：“兰闺寂寂正黄昏，壮志当年喜共论。莫道无才便是德，大家续史至今存。”② 他认为闺秀也须重大才，正如闺房之秀的代表人物班昭，其修史之举千古流芳。

正如女诗人理想的状态是才德兼备一般，她们渴望得到的评价，包括“林下之风”和“闺房之秀”两个方面。在明清女性诗论家的人物品评中，“闺房之秀”的出场率仅次于“林下之风”，在很多品评文字里，它们是一起出现的。沈宜修评叶小鸾：“总之王夫人林下之风，顾家妇闺房之秀，兼有之耳。”③ 许延礽有《即席和韵》称赞沈善宝：“闺门雅颂留名久，林下风仪学步迟。”④ 李淑仪序徐德音《绿净轩诗钞》云：“生其地者，恒多林下清标；今有人焉，夙号闺中秀质。”⑤ 这都是赞女诗人同时具备林下之风与闺房之秀的气质。清代女诗人吴文媛在其诗集《〈女红余绪〉自序》中写道：“试看巾帼刚强，偏多奇女子；漫道衣冠文绣，未许秀闺人。”⑥ 这表达出其林下风和闺秀气兼而有之的自信。

第三节 诗人命运：才高命薄与福慧双修

随着女诗人以群体方式登上文学舞台，令世人瞩目且惊叹的同时，她们的生命形态也随之得到了男性文人以及女性诗论家自身的关注，形成了“才高名薄”与“福慧双修”两种命运说。

① 沈善宝，珊丹．鸿雪楼诗词集校注［M］．北京：中国社会科学出版社，2012：166．

② 施淑仪，张晖．施淑仪集［M］．北京：人民文学出版社，2011：616．

③ 沈宜修．季女琼章传［M］//叶绍袁，冀勤．午梦堂集．北京：中华书局，2015：247．

④ 傅瑛．明清安徽妇女文学著述辑考［M］．合肥：黄山书社，2010：556．

⑤ 李淑仪．绿净轩诗钞序［M］//胡晓明，彭国忠．江南女性别集初编．合肥：黄山书社，2008：3．

⑥ 李国彤．女子之不朽：明清时期的女教观念［M］．桂林：广西师范大学出版社，2014：97．

“才高命薄”之说并非单对女子提出，晚唐李商隐在《有感》中就有“由来才名两相妨”的诗句。而更早时期的屈原、贾谊，都属于“才华出众而与世多违”之人。① 宋代之后，此种说法更为流行。苏轼诗云：“诗人例穷苦，天意遣奔逃。”悲剧似乎成了诗人的宿命。但宋代又有欧阳修提出诗“穷而后工”，许棐表示“不信诗人一例穷”，陈师道则进一步提出“诗能达人，未见其穷”，这表达了与“才能妨命”截然相反的观点。曾有学者论及“诗能穷人”与“诗能达人”，这个“达”字，既可以表示诗在后世的流传与影响，也可以表示诗使得作者在现世的显贵。② 而在才女辈出的明清时期，这种说法又被运用到了女诗人身上。才华究竟给女诗人带来了怎样的命运，到底是“才高命薄”还是“福慧双修”，女性诗论家进行了较为深入的思考。

一、清才浓福难两全

针对才女的才高命薄说由男性文人首先提出。胡应麟《诗薮》中一口气举出了历史上十多个著名的才女，包括蔡文姬、刘令娴、薛涛等人，指出她们命运多舛，或早夭，或守寡，或晚景凄凉，“信造物于才，无所不忌也”。③ 男性文人认为，不独男子才高命薄，女子亦是，何况“才藻非女子事”，导致上天忌才，使得历史上的才女结局无不悲惨。

在清代女性诗文集中，女性诗论家也有着相当多的类似表述。如孙诒经序孙佩兰《吟翠楼诗稿》指出，自古通晓辞章的名姝淑媛享有盛名且生活幸福的屈指可数，其余的才女或者早夭，或者早寡，或者无子，或者穷病，大都遭到了残酷命运的折磨。张慧《读史有感》道：“蛾眉

① 吴承学.“诗能穷人”与“诗能达人”：中国古代对于诗人的集体认同［J］. 中国社会科学，2010（4）：178-192，224.

② 吴承学.“诗能穷人”与“诗能达人”：中国古代对于诗人的集体认同［J］. 中国社会科学，2010（4）：178-192，224.

③ 胡应麟. 诗薮［M］. 上海：上海古籍出版社，1958：133.

自古遭天妒，更有才为造物憎。阅遍宫闺金粉册，双兼福慧几人能。”①张慧感叹，翻遍古今女性历史，又有几人能够福慧双修呢？其实境遇的好坏与女性诗人本身的才学并无必然关联，然而在男性文人的影响和一些女诗人的渲染下，才女“才高命薄”一说获得了广泛的认同。

总结女性诗论家所评论的“才高命薄”，主要有以下几种情形。

第一，少女早夭。晚明时期叶小鸾、冯小青等少女诗人的早夭事件强化了这一认知。沈宜修《伊人思》中亦记载了早夭的少女诗人周挹芬。袁枚女弟子严蕊珠年幼工诗，袁枚赞其“芬芳悱恻，才思清鲜，真扫眉才子也”，惜未嫁而亡，年仅二十。嘉定闺秀王兰修，颇有诗才，却十八而亡。嘉兴黄双蕙，髫年喜禅，有《禅悦剩稿》，年十六而逝。

第二，所适非偶。才女若所嫁非偶，未免有天壤王郎的薄命之叹。沈宜修长女叶纨纨痛心妹妹叶小鸾之死，加之婚姻不谐，一直郁结于心，竟也病死，时年二十三岁。王凤娴长女张引元六岁能诵唐诗，嫁杨安石，年二十七岁卒。袁机嫁给如皋高氏子，高氏子身有恶疾，又性格暴虐，对袁机非打即骂，甚至使用炮烙酷刑虐待袁机。袁机不得已解除婚约，郁郁寡欢，整日以泪洗面，后抑郁而死。袁机堂弟袁树在袁机死后所作的《哭素文三姊》诗序中写道：“遇人不淑，抑郁终身……合族齐悲，众口同叹。”吴中颜宛在，适愚笨公子，结缡之后，郁郁成疾，遗诗二绝。江珠读其诗而悲之，因此作了四首绝句《书宛在遗诗后》，评道：“造物疾人知有种，文章终古吝蛾眉。”②

第三，早年守寡、晚景凄凉。娄东薄少君，丈夫早逝，薄少君写了百首悼亡诗，不久也伤心而死。熊琏嫁给天生残疾的陈氏子，陈氏子早逝，熊琏生活贫困，只能依母弟而活，老来设馆任闺塾师来养活自己。骆绮兰30岁守寡，膝下无子无女，只得收养一个女孩聊解凄凉。归懋仪早寡，“穷老且病”，靠担任闺塾师谋生。

---

① 张慧. 冷香阁遗稿［M］//胡晓明，彭国忠. 江南女性别集初编. 合肥：黄山书社，2008：1065.

② 江珠. 青藜阁集［M］//胡晓明，彭国忠. 江南女性别集二编. 合肥：黄山书社，2010：842.

由上可知，才高命薄是部分才女生存境遇的真实写照。因此，她们自称薄命人，或认为诗才导致自己薄命，以致最后放弃了文学创作。如徐秀芳幼承父教，本以作诗为乐，创作颇丰。但去世之前，她却尽焚其诗稿，并言："薄命人无留此为后人笑也。"① 才女已经在自己的生命意识中默默地接受了"薄命"意识。连旨在为闺阁昭传的《红楼梦》中为众才女所设的也是"薄命司"，并在小说中渲染出"千红一哭""万艳同悲"的悲情氛围，这正是那个时代集体认知的反映。支如增为《女中七才子兰咳二集》所写序言中提道："女子无才便是德……女子福薄故才见"②。王端淑也是如此评价冯小青，"小青笔舌灵妙情才两足，怅恨其不多见耳。才人沦落，古今皆然，况女子乎"③。一句"况女子乎"，表明王端淑对"才女薄命"这一说法的认同。

才华真的是导致女子薄命的原因吗？段继红对《名媛诗话》四卷中所载的 170 多位女诗人作了统计，其中约 30 人早寡，10 人早夭。④ 再据宋清秀对《清代闺秀集丛刊》的统计，230 位确知生卒年的女作家中，早夭的 80 多人，50 岁至 80 岁去世的约 80 人。⑤ 早夭、早寡的女性诗人并未占据过半比例，才女命薄的说法没有说服力。应该说，才高和薄命并没有直接的联系。古代医学并不发达，体弱女性若有重大疾病难以得到根治，而女性在男权社会又处于被压制的地位，被礼法及忠孝节义观所束缚，难以掌控自己的命运，生命无法舒展，因此，如果单是从这个层面来看，薄命实际上是明清时期大多数女子的普遍命运，而不单单是才女。只不过才女更加能引起人们的关注，因此就有人把薄命与才高建立起了必然联系。

---

① 胡文楷，张宏生．历代妇女著作考［M］．李志生，译．上海：上海古籍出版社，2008：472.

② 胡文楷，张宏生．历代妇女著作考［M］．李志生，译．上海：上海古籍出版社，2008：845.

③ 魏爱莲．晚明以降才女的书写、阅读与旅行［M］．上海：复旦大学出版社，2016：61.

④ 段继红．清代女诗人研究［D］．苏州：苏州大学，2005.

⑤ 宋清秀．"才女命穷"与"福慧双修"：清代江南才女的文学生态与诗学理想［J］．浙江师范大学学报（社会科学版），2020，45（5）：1-10.

二、不信红颜都薄命

其实，与命运多舛的部分薄命才女相比，明清才女家庭美满见载于典籍的也并不在少数。袁枚就曾称赞钱孟钿“天为佳人破常例，清才浓福两无妨”①；陈文述曾称赞潘素心“才子佳人双福慧，金童玉女美姻缘”。再如蕉园诗社的前五子和后七子家庭大多幸福，如林以宁、柴静仪、毛媞等，均拥有琴瑟和鸣的伙伴式婚姻。即使是夫婿早逝的顾若璞，也活了九十多岁，儿孙满堂，且享有盛名，称不上薄命。

但正如人们习惯将诗人悲剧化的命运加以夸张与渲染一般，“才高命薄”也成了对才女生命形态的认知。吴承学指出，如果单纯从数字统计的角度来看，“诗人薄命并不是普遍的事实，而仅仅是片面的真实：‘诗能达人’和‘诗能穷人’同时构成事实的整体”。② 虽然部分女性诗论家发出“清才浓福两难全”的悲观之论，但部分身处精英阶层的女性诗论家对“才高命薄”这一说法也颇不以为然，她们提出了截然相反的观点。恽珠就不认为才学是女子薄命的原因，她认为娴于笔墨反而能获取福气。恽珠自己就是才学的受益者，原本想要“读书论道以终其身”的她，因少女时代宴中吟诗显露才华而被满洲贵族完颜廷鏴的母亲看中求亲，从而缔结了一桩美满姻缘。她博学多才、教子有方，又因儿子麟庆的显赫功业，被诰封为一品太夫人，晚年也甚是荣耀。在儿子儿媳以及四个孙女的帮助下，恽珠得以完成《国朝闺秀正始集》及续集的编纂工作，从而赢得赫赫声名。恽珠在《国朝闺秀正始集》里也收入了不少“福慧双修”的女诗人，“福慧双修”是她给予女性的最高赞誉。③ 孙荪意为闺友沈德渊诗集作序，首先称道其诗才：“德渊女史，绮阁仙才，

① 袁枚. 浣青诗草题辞［M］//胡晓明，彭国忠. 江南女性别集初编. 合肥：黄山书社，2008：228.

② 吴承学. “诗能穷人”与“诗能达人”：中国古代对于诗人的集体认同［J］. 中国社会科学，2010（4）：178-192，224.

③ 聂欣晗. 论《国朝闺秀正始集》在“教化”与“传世”间游走的诗学思想［J］. 满族研究，2009（2）：92-96.

苏台艳质。工传三绝，诗书画各擅其奇；早辨四声，风雅颂最娴其旨。”[①] 其次则认为沈德渊是福慧双修之人：“清才浓福，护此婵娟；锦瑟瑶弦，寄将情愫。”[②] 郑兰孙《赠何浣碧夫人》亦赞何浣碧福慧双修：“如此清才谁得似？羡君福慧是双修。”[③] 林以宁自己夫妻恩爱、家庭幸福，亦赞闺友徐德音“文与福齐，才兼德茂”。[④]

博学多才的明清女性诗论家更多地是乐观而自信地面对所谓的“薄命”之说，较之前代女诗人，她们拥有着更多自我意识及独立精神，拥有着更大的创作热情。甘立媃曾为才女命薄抱不平，道“女子有才天亦忌，欲将此事问苍穹”[⑤]，表达出不甘被命运摆布的倔强。沈善宝在其诗《读〈红楼梦〉戏作》中也为此发声：“不信红颜都薄命，惯留窠臼旧文章。”[⑥] 表示对薄命之说的不认同，认为红颜薄命不过是老生常谈。钱希在《云在轩笔谈》中称：“俗云：‘女子有才便损福命。’余谓不然，天下贫苦妇人不可胜数，岂皆有才焉。……古人所以有是言者，因一二才人偶逢不幸，为之慨叹耳，非通论也。”[⑦] 明确提出才女命薄只是个例而已，女子有才并不会损伤福命。钱希后又提出：“略能吟咏者，遂自谓有才，自愁损福，此与戴逵求死有何异耶？”[⑧] 钱希不无戏谑地指出，略通文墨的女子也自以为有才而担心自己遭遇不幸命运，其实她们才疏学浅，还根本称不上才女。钱希不认同才女与薄命之间有着必然联系，

① 孙荪意．贻砚斋诗稿［M］//胡晓明，彭国忠．江南女性别集五编．合肥：黄山书社，2019：1225．

② 孙荪意．贻砚斋诗稿［M］//胡晓明，彭国忠．江南女性别集五编．合肥：黄山书社，2019：1225．

③ 郑兰孙．莲因室诗词集［M］//胡晓明，彭国忠．江南女性别集二编．合肥：黄山书社，2010：1065．

④ 林以宁．绿净轩诗钞序［M］//胡晓明，彭国忠．江南女性别集初编．合肥：黄山书社2008：4．

⑤ 甘立媃．咏雪楼诗存［M］//方秀洁，伊维德．美国哈佛大学哈佛燕京图书馆藏明清妇女著述汇刊：第一卷，桂林：广西师范大学出版社，2009：392．

⑥ 沈善宝，珊丹．鸿雪楼诗词集校注［M］．北京：中国社会科学出版社，2012：39．

⑦ 钱希．云在轩集［M］//胡晓明，彭国忠．江南女性别集初编．合肥：黄山书社，2008：1424．

⑧ 钱希．云在轩集［M］//胡晓明，彭国忠．江南女性别集初编．合肥：黄山书社，2008：1424．

其分析可谓一语中的。

更有女性诗论家认为，只要文字能流传下去，便是人生之福。严永兰著《纫兰室诗钞》三卷与《鲽砚庐》三卷，“寿诸枣梨，以垂不朽，可不谓之诗福也哉”。[①] 诗集能得以出版，文字为人所知，女诗人就可以不朽，这是才学带给女性的最大福气。那逊兰保在《题冰雪堂诗稿》中道：“诗人世每谓多穷，我道穷时诗乃工。请看后世流传者，多在忧愁愤激中。”[②] 她认为坎坷的经历能磨砺诗笔，千古流传的佳作也多在忧愁激愤中写成，诗穷乃工。对于热爱诗歌如同热爱生命一般的女诗人来说，即使要遭受无数艰难与痛苦，只要文字能在人心中散发永恒的光芒，付出再多心血也是值得的。沈善宝道：“敢望千秋传丽藻，自怜一卷聚精神。悲欢离合十余载，心血呕干终不改。”[③] 沈善宝在诗中谓虽然自幼颠沛流离，为了作诗呕心沥血，但只要诗作能流传下去，那么即便是付出再多心血也绝不后悔。归懋仪为因病去世的闺友曹锡淑《晚晴楼诗稿》作跋云：“才诚为造物忌，遂乃及于女子耶?”又云：“惟立言者可以不朽，造物纵忌才而夺之算，岂能忌才而灭其名？则姊年虽短，亦得藉是以不泯也夫!”[④] 归懋仪认为曹锡淑是才被天嫉因而早逝，但随即又提出，立言可以使其不朽，造物即使忌才而夺去曹锡淑的生命，也无法夺去她的才名。她的生命虽然短暂，她的才华却能凭借这部诗稿而流传于世，乃至于不朽，正所谓“一编珠字胜琼瑶”。[⑤] 从这个角度来看，归懋仪并不认为曹锡淑是薄命之人。俞绣孙为郑兰孙的《莲因室诗词集》题辞：“咏絮才华付逝波，幸留诗卷未消磨。《莲因》一集流传广，

① 严永兰. 纫兰室诗钞［M］//胡晓明，彭国忠. 江南女性别集三编. 合肥：黄山书社，2012：787.

② 那逊兰保. 芸香馆遗诗［M］. 清同治十三年（1874）刻本.

③ 沈善宝，珊丹. 鸿雪楼诗词集校注［M］. 北京：中国社会科学出版社，2012：111.

④ 曹锡淑. 晚晴楼诗稿［M］//胡晓明，彭国忠. 江南女性别集五编. 合肥：黄山书社，2019：482.

⑤ 曹锡淑. 晚晴楼诗稿［M］//胡晓明，彭国忠. 江南女性别集五编. 合肥：黄山书社，2019：483.

荣比笄珈九命多。”[①] 俞绣孙指出，虽然郑兰孙早逝，其惊人才华也随着她生命之火的熄灭而付诸流水，但幸好她留下了记录诗才的诗卷。她的诗集流传越广，她生命的质量就越高，其价值比普通女子的九辈子还要高。钱希认为，才华超越世间一切庸俗之福，人生聚散如戏，只有文字是永恒的：“处世求名眼要明，人间庸福古来轻。英雄事业才人笔，传到千秋尚有声。”[②] 女性诗论家不屈从命运的摆布，不放弃对于才学的追求，希望通过文字的不朽来实现自身的生命价值。

小　结

纵观之，明清女诗人普遍接受了“德、才、色”的新型评价标准，女性诗论家也以“德、才、色”来评价女性诗人。明清才女所受的教育主要为妇德教育和文化教育，一方面要求她们承担家庭责任做个贤妻良母，另一方面又赋予了她们读书的权利以及培养了其写作的能力。她们不愿将“德”“才”对立，而是巧妙地在“德”与“才”之间寻求着平衡，使得女诗人的“德才兼备”成为可能。而对“色”的关注与评论则彰显了她们对于自身女性魅力的欣赏与认可。在人物品评中，“林下之风”与“闺房之秀”为当时女性诗论家常用之词，“林下之风”代表了女诗人的名士化与文人化倾向，显现了女诗人不逊士林冠冕的风神与气度，而“闺房之秀”则彰显了谨遵传统女教与闺范的女诗人之雅正与温厚。《红楼梦》中也有这两种才女类型，“可叹停机德”的宝钗，才高学博，藏拙守愚，正是闺房之秀的代表；而“堪怜咏絮才”的黛玉，灵动率真，诗才敏捷，落落而有林下风，则是林下之风的代表。

才华究竟给女性带来了怎样的命运，是“福慧双修”，还是“才高命薄”？对于女诗人的命运，女性诗论家也结合自己及闺友的亲身体验

① 郑兰孙. 莲因室诗词集［M］//胡晓明，彭国忠. 江南女性别集二编. 合肥：黄山书社，2010：1033.

② 钱希. 云在轩集［M］//胡晓明，彭国忠. 江南女性别集初编. 合肥：黄山书社，2008：1395.

进行了深入思考。面对“清才浓福难两全”的评论倾向，部分女性诗论家发出了“不信红颜都薄命”的呐喊，认为“才高”与“命薄”并无必然关系，她们认为诗不但不会穷人，诗还能带来诗福，使得女诗人福慧双修，拥有诗才本身就是福气，凝聚着才气与灵性的诗句流传后世，会令才女的自身价值得到最终实现。

在明清女性诗论家的品藻中，明清女性诗人不再是男性话语中低眉顺眼、毫无主见的形象，而是努力在女教教条的约束下尽力寻找能施展才华的一方天地的存在。女性诗论家对女性诗人的品评以褒奖为主，透露着她们对女性才华的认同，以及让女性才华得到主流诗学认可的渴望。

第五章　明清女性诗论之作品论

明清女性诗论家同时具有女诗人的身份，她们注重对女诗人作品文本的收集、选取、鉴赏与批评，从内容层面和艺术层面对诗歌作品进行了较为深入的分析和探讨。她们尽最大努力去收集更多的女性作品，存录、品评女性诗人及其作品，为的就是不让才女的声音为历史的烟尘所湮灭。

明清女性诗论家在作品论中所表现出来的诗学探索，包括关于对作品的批评与品鉴中所体现的审美追求、审美倾向以及选用作品所涉及的代表性题材，真实地呈现着明清女诗人的心灵史、生命史。女性诗论家通过对主流诗学的追随，通过对自我性别审美特色的探寻与反思，努力为女性诗人开辟更为广阔的诗学空间。

第一节　审美追求：去脂粉气、闺阁本色与双性同体

明清女诗人因朦胧的自我意识觉醒，其写作风格较之前代更多变，或雅致轻盈，或婉约轻灵，或渊博秀美，或明丽欢快，甚至还出现了主流风格以外的格调，使作品呈现出宏大气魄和脱俗风度。明清女性诗论家对女诗人的写作风格表现出不同的审美倾向，分别体现为对“去脂粉气”和“闺阁本色”的推崇，这反映出她们兼具自觉性和依附性的诗学意识。

女性因其性别特征而“善怀”，更加擅长细腻情感的抒发之作，是

为“闺阁本色”。但在男性诗歌作品与男性诗学标准的影响下，女诗人一方面努力突破传统风格，超越闺阁固有之风，追求“去脂粉气”，丰富女性诗歌内涵，境界趋广，格局渐大，取得了主流诗学的肯定与推崇；另一方面走向极端，以否定自我性别、牺牲真实感受与体验来模仿男性创作，以迎合主流诗学标准，造成其在诗文创作中自我性别的失落与迷茫。除了去脂粉气与闺阁本色，诗论家们还提出了“双性同体”的观点，虽然持有这一观点的诗论家不多，但对于研究明清女性诗论仍具有意义。

一、去脂粉气

“去脂粉气”或者“无脂粉气”是明清女性诗论家们在诗论中经常提及的词语。她们试图突破传统的女性风格，努力要为女性诗人争得一席之地，但因为缺少独立的女性诗学话语体系，只能以男性诗学标准来要求女性诗歌，尽量淡化性别色彩，追求中性化、文人化的诗学风格。这也是女性诗论家们将女性诗歌经典化的策略之一。

“脂粉气”一词，有时也称“巾帼气”“闺阁气”“女郎气”“香奁体”，用于诗学评价始于宋代，为男子作闺音之语。后来到了明清时期，“脂粉气”则专指以闺阁为题材，骨气柔弱、风格软媚、轻盈纤巧之女性诗作，后泛指具有女性特点的诗作。如苕溪生《闺秀诗话》中道：“大凡闺秀诗，清丽者多，雄壮者少；藻思芊绵者多，襟怀旷达者少。”①因此，也有学者称“脂粉气”即“女性化”，在通行的诗学话语中，“脂粉气”常含有贬义。男性文人认为女性诗人单纯表现闺阁之中趣味的诗歌作品意境狭小逼仄、感情隔膜疏离，因此对其评价较低。乾隆时人王嵩高曾道：“闺秀诗总有习气，非调脂弄粉，剪翠裁红，失之纤小，

① 苕溪生. 闺秀诗话［M］//王英志. 清代闺秀诗话丛刊. 南京：凤凰出版社，2010：1681.

即妆台镜阁，剌剌与婢子语，俚俗尤多。”① 那些超越了女诗人擅长的闺中物语和感伤情怀之诗便被认为是“去脂粉气”的作品，在当时，对于女诗人的最大褒词就是“脱离闺阁习气”。在明清诗学评价体系中，“绝无脂粉气”甚至是对女性进行诗歌批评的最高标准。如果要对女诗人的诗作表示肯定，评论者往往会率先指出：“无一语涉香奁体，无一字染脂粉气。”② 没有脂粉气和香奁体，令人无法判断是否出自女诗人之手的诗作，在男性文人眼中可归为好的作品一类。如毛鹤舫评堵霞诗：“有烟霞想，无脂粉气。”③

因男性诗人对有女性风格和特点的诗歌的轻视，以及对“去脂粉气”诗歌作品的大力推崇，明清女诗人在创作时较为普遍地存在着对“脂粉气”的有意规避，自觉地向“无脂粉气”靠拢。具体表现在以下几个方面。

第一，以深厚学养来规避绮丽柔靡之气。因为性别特征的不同，女性诗人天生比男性诗人更为细腻敏感，在智力水平和勤奋程度上，女诗人并不亚于男性诗人。才高学博使得女性诗人在诗中突破狭小意境，展现学问化趋向。明末邹赛真曾说：“俨然笄帏中道学宿儒，不当以词章取之也。”④ 博学多识的女诗人可具有宿儒之风，底蕴深厚的她们可以在创作中自觉规避脂粉气，因成渊雅沉酣之佳作，甚至令男性文人“敬佩叹服不能已已”。⑤《明三十家诗选》序言道：“所著自然好学斋诗沉雄古厚、绵渺悱恻，扫尽脂粉习气，每一篇出，惊倒耆宿。”⑥ 女性诗人的

---

① 王嵩高．清娱阁诗钞评跋［M］//胡晓明，彭国忠．江南女性别集三编．合肥：黄山书社，2012：335.

② 方秀洁，伊维德．美国哈佛大学哈佛燕京图书馆藏明清妇女著述汇刊：第一卷［M］．桂林：广西师范大学出版社，2009：109.

③ 胡文楷，张宏生．历代妇女著作考［M］．李志生，译．上海：上海古籍出版社，2008：626.

④ 钱谦益．列朝诗集小传［M］．2版．上海：上海古籍出版社，2008：728.

⑤ 王嵩高．清娱阁诗钞评跋［M］//胡晓明，彭国忠．江南女性别集三编．合肥：黄山书社，2012：336.

⑥ 汪端．明三十家诗选初集［M］．清同治十二年（1873）蕴兰吟馆刻本．

诗作有男性诗人醇厚雄浑之风，不似闺中手笔，令满腹诗书的老学者惊叹不已。

第二，以博大襟怀来提升诗歌品格。林以宁少女时代跟着母亲学习，母亲常以古代贤女为范教导她，因此她立下志向：“愿为大儒，不愿为班、左。”① 林以宁不愿为班、左，愿为男性中的大儒，希望自己不仅拥有丰富的学养，而且拥有兼济天下的胸怀和抱负，关注国家与民生，具有忧乐情怀。林以宁“愿为大儒”的心愿其实也是当时才女之心声，她们希望主流诗坛能忽略她们的女性身份，仅以学识与才华来衡量她们，使她们与男性诗人平等相待，而不是要在她们的诗人身份上强调“闺阁”“脂粉”这些女性特质，突出一个“女”字。前文提到的王嵩高虽不屑于具有脂粉气的闺秀诗作，但对于无脂粉气、有儒者风的闺秀诗作是颇为推崇的，因此有评论道：“巾帼中乃有名儒。”②

第三，以丰富阅历来开阔诗歌意境。明末的女诗人，陡遭家国之变，诗中多了沉郁顿挫之意，诗中情感也趋向沉痛与深刻。如王端淑，将朝代更迭的兴亡之叹凝成一部《吟红集》，颇多黍离之痛与身世之悲，其作自然超越了普通闺阁女子的温软柔弱之风。又如沈善宝，幼时丧父便独力养家，交游广泛，见识亦多，其作自然无脂粉气，如她的《渡黄河》便具有豪迈俊逸之气：“放开眼界山川小，付与文章笔墨狂。”③

第四，以宗教情怀来涤荡诗歌语言。明代佛教兴盛，从王公贵族到民间百姓，无不拜神礼佛。④ 晚明时期，三教合一的思潮高涨，佛禅思想中通常还融合了儒道两家的思想。才女也受到了影响。清代女诗人大多熟读佛经，精通佛理。因此，明清时参禅礼佛的才女，在诗歌创作上不喜“绮语艳歌”，偏好清幽深远，佛道之教中的空灵静谧浸润到女诗

① 施淑仪．清代闺阁诗人征略［M］//王英志．清代闺秀诗话丛刊．南京：凤凰出版社，2010：1797.

② 王嵩高．清娱阁诗钞评跋［M］//胡晓明，彭国忠．江南女性别集三编．合肥：黄山书社，2012：335-336.

③ 沈善宝，珊丹．鸿雪楼诗词集校注［M］．北京：中国社会科学出版社，2012：44.

④ 谢肇淛．五杂组［M］．上海：上海书店出版社，2009：158.

人笔下，便给诗歌带来了淡然与超脱之感。如叶小鸾“作诗不喜作艳语”①，诗中多有“瑶池”“隐芝”“飞琼”这样清空别致之词。

明清女性诗论家论诗时也有意规避脂粉气，认为有脂粉气的诗歌是落入了俗套的作品，对“去脂粉气”的诗歌作品大加称赞。这是由于女性诗论家担心女性的身份特征有可能会在主流诗学中遭到否定，也是女性诗论家潜意识中所存在的对女性身份的否定。早在明初，女诗人孟淑卿就曾论诗道：“作诗贵脱胎化质，僧诗贵无香火气，铅粉亦然。朱淑真固有俗病，李易安可与语耳。”② 孟淑卿显然更加推崇“无脂粉气”的“女诗”，因此认为李清照之诗在朱淑真诗之上。而她本人之诗也曾被评为“无铅粉气”，其诗学实践与其诗学观念基本保持一致。女诗人的诗歌创作实践非常明晰地展现了这一诗学意识。吴山《自遣》诗道：“一自知春不喜春，因春一味媚无伦。天生侠骨从来傲，耻听人间称美人。”③ 吴山不愿以“美人”的柔媚形象示人，自觉地追求“侠骨”，向名士化、文人化风格靠拢，“吐辞温文，出入经史，相对如士大夫”。④ 王端淑在《名媛诗纬》卷三中说道：“官家有冠冕气，仙家有瓢笠气，僧家有蔬笋气，女士家有脂粉气，俱未脱凡性耳。”⑤ 女子作诗若是有脂粉气，便是未摆脱固有习气，不免落了窠臼。王端淑特别推崇“女士中之有骨力者”，以“无脂粉气”来对女性诗作进行褒奖，评镏氏“毫无女郎习气”，评李今莲“犹喜其无脂粉气”。⑥ 赵棻充分认可顾若璞无脂粉气的文风：“其文爽朗苍坚，无澳涊脂粉态。”⑦《名媛诗话》中，沈善宝评柴静仪“诗落落大方，无脂粉习气，”赞蔡琬“诗笔极其雄健”，

① 沈宜修．季女琼章传［M］//叶绍袁，冀勤．午梦堂集．中华书局，2015：248.
② 钟惺．名媛诗归［M］．明万历刻本.
③ 邹漪．诗媛八名家集［M］．清顺治十二年（1655）邹氏鹭宜斋刻本.
④ 魏禧，胡守仁．魏叔子文集［M］．北京：中华书局，2003：461.
⑤ 王端淑．名媛诗纬初编［M］．清康熙年间清音堂刻本.
⑥ 王端淑．名媛诗纬初编［M］．清康熙年间清音堂刻本.
⑦ 赵棻．黄夫人卧月轩集跋［M］//滤月轩文续集．清光绪刻本.

言王慧“沉雄深厚，尤为杰构”，都是洗尽闺阁之气的诗语表达。[①] 熊琏《澹仙诗话》称：“近见管夫人罗霞绮《习静轩遗稿》，全无香奁气息，时出警句。”[②] 熊琏赞罗霞绮的诗较有思想深度，因此常有令人深思的警句闪现，“全无香奁气息”也就是“无脂粉气”。赏佩芳《倚翠楼吟草·序》赞朱素贞之诗“古香冷艳，卓有盛唐风，或以沉雄入妙，或以洒落见长，绝无一点脂粉气”。[③] 朱素贞虽是女诗人，作诗却有盛唐之沉雄洒落之风，更无女性脂粉气。席佩兰《题宛仙诗稿》云其“扫眉笔上无脂粉，脱口吟时有佛香”，[④] 也是赞美宛仙诗作因清幽无尘的宗教情怀而无脂粉气。

与推崇“去脂粉气”相对的，女性诗论家对有闺阁之气的“女郎诗”颇为反感，席佩兰在《题归佩珊绣余诗稿》中称赞闺友归懋仪的诗歌袅袅有禅意，清雅脱俗，有仙佛之气，不是女郎诗的风格：“脱口定兼仙佛气，高情不作女郎诗。”[⑤] 高篃在《论宫闺诗十三首》其五中表明更欣赏雄浑苍凉的边塞风格，不喜温文尔雅的女郎诗：“弓弦拂月宝刀随，扑朔雌雄未辨时。铁骑成群河水咽，不须更作女郎诗。”[⑥]

二、闺阁本色

明清时期大多数女性诗论家主张去脂粉气，但也有少数女性诗论家坚持女性要有闺阁本色，并以女性视角来编选女性诗文。所谓“闺阁本

---

① 沈善宝．名媛诗话［M］//王英志．清代闺秀诗话丛刊．南京：凤凰出版社，2010：355，359，370.

② 熊琏．澹仙诗话［M］．清嘉庆年间刻本．

③ 胡文楷，张宏生［M］．历代妇女著作考．李志生，译．上海：上海古籍出版社，2008：279.

④ 席佩兰．长真阁集［M］//胡晓明，彭国忠．江南女性别集初编．合肥：黄山书社，2008：486.

⑤ 席佩兰．长真阁集［M］//胡晓明，彭国忠．江南女性别集初编．合肥：黄山书社，2008：525.

⑥ 郭绍虞，钱仲联，王遽常．万首论诗绝句［M］．北京：人民文学出版社，1991：869.

色”，是诗歌作品中所投射出来的女性特有的敏感细腻之气质，对情感满足的追求，对唯美意象的偏好，但其明显不足为所咏无非闺阁事物，女诗人的视野、见识因被囿于闺中而难以提升其格局和意境，易流于纤巧绮丽之气。“闺阁本色”的诗歌体现出女性生理和心理的特点，以及社会环境的限制与社会性别的需求而形成的女性性别特征。但脂粉气原本就是闺阁之气，如果太过于强调“去脂粉气”，则会走向另一个极端，即全盘否定女性诗歌的脂粉气。如果全盘否定脂粉气，那么就否定了女性诗人的性别特征，这并不是女性诗歌发展和前行的正确方向。坚持闺阁本色的女性诗论家认为，不能用男性惯用的评价标准来要求女性诗歌，只有坚持书写有女性特色诗歌，认同女性身份，反对刻意泯灭女性的性别特征，主张发表有女性特征的审美见解，才能建立女性自己的诗学标准和诗学体系。

明末女诗人梁孟昭曾在写给弟弟的信《寄书》中言其见解：“我辈闺阁诗，较风人墨客为难。”① 梁孟昭认为，女性诗人作诗，比男性诗人要难得多。男性诗人可以肆意游历山水，阅历丰富，因此笔下题材便多，视野和胸襟也开阔，文字中自然可以见到大气象。而闺秀作家足不出户，所见的人也有限，又受到各种限制，即使是要抒发性情，也要符合温柔敦厚的诗教，必须含蓄蕴藉，怨而不怒，因此，要作出好诗来，相当不容易。原本居于闺中的女性诗人，作诗有闺阁气是符合她们的身份和处境的，她们刻意规避“脂粉气”，向李、杜这样的风格靠近，而李白之轻脱奔放，杜甫之沉郁悲壮，“是岂闺阁所宜耶”②？梁孟昭这番论诗之语可谓独到，在众多诗论家对女性诗人“无脂粉气”的赞誉中保有了清醒的思考，她立足于女性诗人作诗的现实境遇，强调作诗不能脱离女性的实际情况。

与沈宜修同时期的季娴编选《闺秀集》，就带有对闺阁本色风格作

① 乔以钢. 中国女性与文学［M］. 天津：南开大学出版社，2004：53.

② 乔以钢. 中国女性与文学［M］. 天津：南开大学出版社，2004：53.

品的偏好。《闺秀集》着眼于女性诗歌的风格特色，强调其柔婉绮媚之特色，因此选辑出来的诗歌多是富于闺阁气息的清美之作。季娴《闺秀集》中有言："若纤细一种，诗家深忌，在闺阁中不妨收之。声美新莺，枝摇初带，犹胜于三家村妇，青铅绿裾也。"① 季娴认为，闺秀诗本色纤巧，如若用男性诗学标准考量的话难以得到认可，所谓"诗家深忌"。但以女性视角来看，这些纤巧小诗也有其如同"声美新莺，枝摇初带"的审美特征，自成一番摇曳生姿之美。季娴在评诗之中亦突出女性诗人的性别特征，褒奖其秀丽婉转的抒情风格，如评景翩翩之《闺情》道："全在齐梁艳情诗中摹写，所以极深、极俏、极韵、极有情。"② 又如评项兰贞《送外赴试》："依依惜别之情，发而为声，何限婉转。"③ 景翩翩诗风带有齐梁艳情，项兰贞诗中满是缠绵之意，但其情也真，其意也深，以闺阁本色的审美眼光去看，就都是极具韵味的佳作。

清中期女诗人沈彩在《与汪映辉夫人论诗书》中表示："夫诗者，道性情也。性情者，依乎所居之位也。"沈彩指出，写诗原本是为了抒发真实的性情，女子写诗反映的就应该是女子的性情，原本就是居于闺阁之中的女子，却不能发闺阁中语，偏偏要改变自己纤柔婉媚的风格，硬去模仿男性的豪迈雄浑，不就跟"牝鸡司晨"一样吗？"其为诞且怪孰甚，尚安得谓之诗哉？"④ 沈彩主张，女性诗人就应该表达女性独有的情思，不能为了迎合男性诗学标准而抹杀女性特有的风格。清末女诗人吕碧城对此有更加深刻的阐述，她认为女性诗人具有爱美且情真的特质，无须羡慕并刻意模仿男子风格，如果刻意模仿，无法表现真实的感情，也就无法写出性情之真，即"使此辈而为诗词，必不能写性情之

---

① 季娴. 闺秀集［M］//四库全书存目丛书：集部第414册. 济南：齐鲁书社，1997：331.

② 季娴. 闺秀集［M］//四库全书存目丛书：集部第414册. 济南：齐鲁书社，1997：368.

③ 季娴. 闺秀集［M］//四库全书存目丛书：集部第414册. 济南：齐鲁书社，1997：372.

④ 王力坚. 清代才媛文学之文化考察［M］. 台北：文津出版社，1995：47-48.

真，可断言矣”①。

而实际上，在诗歌创作的实践中，长久居于闺阁之内的女诗人大多难以规避脂粉气。对脂粉气的厌恶与否定，最终会导致她们迷惘与迷失。晚清女诗人薛绍徽感叹：“吾生平最恶脂粉气。三十年诗词中，欲悉矫而去之，又时时绕入笔端。甚哉，巾帼之困人也！”② 薛绍徽虽然厌恶脂粉气，刻意去规避它，却无法做到，这是因为诗人创作时意识总会受到性别特征的影响，这是理性所控制不了的客观存在的影响，这些论点都是强调女性创作要保持自己的本色，但持此种观点的女性诗论家只是少数。

男性文人也有部分赞同“闺阁本色”的观点，给予了那些坚持性别特色的女性诗论家以有力支持。况澄《仿元遗山论诗三十首》之十七道：“芍药蔷薇笑女郎，温柔诗教试推详。要知品格分题目，楚霸虞姬各擅场。”他认为具有女性特质的诗也有其独特优势。黄秩模在《国朝闺秀诗柳絮集》中认为秀慧幽艳本是女子本色：“何况秀外慧中，世无逾于脂粉；幽思艳骨，天本厚于裙衩。”③

女性诗人因闺阁环境的单纯更易写出纯粹的性情之作，因此笔下诗风清丽。淮山棣华园主人阐明《闺秀诗评》的收录标准为：“取其温柔袅娜，不失女子之态者居多。”并言：“女子自言性情大都丰韵天然，自在流出，天地间亦少此种笔墨不得。”④ 棣华园主人认为要以女性诗学标准来选女性诗作，否定沿用男性诗学标准，女子诗歌不事雕琢，抒发自身真实的性情，有浑然天成、丰韵亭匀之美，闺阁本色自有男子不及之处，因此天地间不能少了女子笔墨。

---

① 吕碧城，李保民. 吕碧城诗文笺注［M］. 上海：上海古籍出版社，2007：477.

② 薛绍徽，林怡. 薛绍徽集.［M］. 北京：方志出版社，2003：158.

③ 黄秩模. 自叙［M］//黄秩模，付琼. 国朝闺秀诗柳絮集校补. 北京：人民文学出版社，2011：2.

④ 棣华园主人. 闺秀诗评［M］//王英志. 清代闺秀诗话丛刊. 南京：凤凰出版社，2010：2270，2286.

三、双性同体

明清女性诗论家对“去脂粉气”和“闺阁本色”均有深入思考。对女诗人“去脂粉化”风格诗歌的褒奖，与对“女郎诗”风格的排斥，反映了女性诗论家急切想让女性诗学得到男性文人的尊重与认可，渴望得到主流诗学的肯定与推崇之心情，表现了对男性诗学的依附。一方面，“去脂粉化”虽然表现的是男性化的审美旨趣，但有助于女性诗人诗歌境界的开拓，抒发理想抱负与生命意志，摆脱柔顺纤媚之气，从而给女性诗歌注入了新鲜的内容与气力，有利于诗歌境界气象的升华，也有助于女性诗人获得主流诗学的认可与肯定并获得声名。另一方面，对男性诗人风格的刻意模仿与过多追随反倒让女诗人迷失了自己。明清女诗人毕竟多居于闺中，闺阁之中的事物才是她们最为熟悉的，因闺阁所囿而表现出来的诗学局限也是客观存在的，因此女诗人不可能完全避开闺阁之气。强行与本性背道而驰，必定会限制甚至削弱其艺术表现力。如果女诗人在女性诗论家“去脂粉气”的呼声之中走向了另一极端，则会渐渐失落真正的自我，丢掉真挚的性情，强行模仿男性诗人之作会使得女性诗作流于苍白无力，从而阻碍了女性诗学的进一步发展。

但从另一角度来说，如果女性诗论家一味主张保持“闺阁本色”，让女性诗人只在自己的舒适区里自由挥洒，固然可以表现出女性独有的细腻柔情、淡远清雅之风格，但并未在开辟其他风格上作出探索与努力，也会使得女性诗歌的内涵与意境难以获得新的突破。久而久之，诗歌风格便易流于千篇一律，缺乏新鲜感和活力，容易令人感到单调乏味，思想与情感都会渐渐失于浅薄，最后只能停滞不前。显然，这会阻碍女性诗歌的进一步发展。

明清女性诗论家中，也有极少数为了解决这一诗学发展矛盾，主张调和“去脂粉气”与“闺阁本色”两种风格的有识之士。她们认为只要是遵循本心，抒发真我，个性天然流露的，就都是好的诗歌作品。“去脂粉气”与“闺阁本色”只是两种不同审美倾向的风格，并无高下之分。“风格的多样性正是女诗人艺术上高度成熟的标志”,[①] 懂得欣赏多样化则是女性诗论走向成熟的标志。诗学观念的丰富与复杂性标志着完整的诗学文化生态之构建。她们认为，只要是基于自我独特生命体验而发出的本真表达，不论是“去脂粉气”还是“闺阁本色”，都可以算作风格多样的上乘之作。既可以有“碧桃满树，风日水滨”的纤秾，“落花无言，人淡如菊”的典雅，“不着一字，尽得风流”的含蓄；也可以有“行神如空，行气如虹”的洗练，“天风浪浪，海山苍苍”的豪放。“去脂粉气”的男性化风格和“闺阁本色”的女性化风格若能集中于一身，便是“双性同体”[②] 风格。也就是说，女诗人的笔下，可以体现出男性的阳刚气质，风格豪迈俊朗，有博识骨力，又可以体现出女性的阴柔气质，显示出柔情缱绻、真挚清婉的性灵之美。有着丰富人生经历和坎坷遭遇的女性诗人，如王端淑、黄媛介、沈善宝，她们本是闺秀出身，却因闺塾师的身份而见多识广，再加上交际广泛，其视野与见识早已远远超出传统的闺阁范围，因此书写视域扩大、诗歌作品呈现多样化是很自然的事情，并非刻意为之。如《草堂漫咏》序里记载王端淑集中诸咏有陶渊明的淡远诗风，有王昌龄的媚秀诗风，有孟郊的整肃诗风，有王维的敏捷诗风，有李白的灵爽诗风，有韦应物的峭洁诗风，有杜甫的隽爽诗风，有李贺的险仄诗风。只有“双性同体”而不是“双性对立”，才能创作出具有永恒生命的诗歌，诗人也才能达到艺术创作过程中的最佳心灵状态。同样，具有“双性同体”思维的诗论，其批评视角也是“双重性”的，是比较完善的。

有“双性同体”意识的女性诗论家并不多，江珠为其中之一。江珠为席蕙文《采香楼诗集》作序时道：“雕刻云烟，搜抉花鸟，要不失闺

① 蓝青. 论江南才媛王端淑的诗歌创作［J］. 苏州科技学院学报（社会科学版），2016，33（2）：45-50.

② 文学创作中的“双性同体”是指作家可以兼备男性思维和女性思维。

人本色。至蜀中诸作，沉雄苍老，即杂之杜陵集中，几几莫辨。嗟乎！以耘芝之才，足为我闺人吐气矣。”① 江珠称席蕙文诗有对云、烟、花、鸟等闺阁中人喜爱意象的雕琢刻画，不失闺阁本色，但同时她也具备“沉雄苍老”的诗风，放在杜甫诗集中也难以辨别，“足为我闺人吐气”。显然她也很欣赏这种突破闺阁诗风的诗作。但江珠并不赞成女性诗人对男子诗风的一味模仿，主张要有真性情的表达，如果单纯效仿男性诗人，而不能形成自己的风格，并不是真正会作诗的女诗人。在《清溪诗集题词》中江珠就发表了这一论点：“余尝与心斋先生论诗，言今之作者必曰学李杜，效王孟，拘牵心力，刻画古人，反不能自道性情，此未知诗耳。”江珠认为张允滋就做到了这点，她评点张允滋“深悟诗旨”，其《潮生阁集》“言之温厚，有风有雅，出入三唐，而不名一家”，② 做到了博采众家之长，其清超之致，深得诗之三昧。

沈善宝主张各种风格相互兼容，多种并存，并以怜才之心对各种风格进行肯定与赞美。她在《名媛诗话》中以花来论诗，认为诗便如同花儿一般，像牡丹、芍药、梅花、水仙、桃杏、兰菊等名花便各有其特色之美，诗同此理，只要读起来有赏心悦目、摇曳生姿之感，何必限定一个标准将作诗之人给束缚住。然而作诗最忌讳毫无神韵，让人见之生倦：“然最怕如剪彩为之，毫无神韵，令人见之生倦。”③ 沈善宝强调，诗要有“神韵”之美，不能拘泥于某一框架或者范式，不管什么样的诗歌风格，只要有动人之处，便是赏心好诗。郭漱玉在《论诗》中写道：“玉溪獭祭非偏论，长吉鬼才亦妙评。侬爱湘江江水好，有波澜处十分清……厨下调羹已六年，酸盐情性笑人偏。近来领略诗中味，百八珍羞

① 江珠．青藜阁集［M］//胡晓明，彭国忠．江南女性别集二编．合肥：黄山书社，2010：854.

② 江珠．青藜阁集［M］//胡晓明，彭国忠．江南女性别集二编．合肥：黄山书社，2010：854.

③ 沈善宝．名媛诗话［M］//王英志．清代闺秀诗话丛刊．南京：凤凰出版社，2010：467.

总要鲜。"① 郭漱玉论诗围绕"清""鲜"二字展开，认为李商隐和李贺风格不一致，但其作品都是绝妙之作，并以厨下调羹的经验比喻，无论哪种风格的诗，只要能给人清灵、新鲜之感，便是好诗。沈善宝在《名媛诗话》中引用郭漱玉此番论诗之语，并评论道："可谓实获我心矣。"沈善宝曾在《雨中访云林姊》一诗中赞许云林的诗歌："一卷新诗锦样工，吟来如坐百花中。金闺俊彦谁能匹，只有璇玑巧思同。"② 可见沈善宝对许云林笔下花团锦簇般的闺秀小诗亦是欣赏的，并用璇玑巧思来赞美她。沈善宝又曾评潘虚白之诗："绿阴庭院寂无哗，制锦才高出大家。读罢新吟香沁齿，笔端应有妙莲花。"③ 这同样也是赞美闺友诗作清雅秀丽。

《名媛诗话》中亦记载了一些诗作具备"双性同体"的风格。如明末才女毕著，曾手刃清兵为父报仇，并作下《纪事》诗，记录自己杀敌复仇之事，并希望众多勇士同仇敌忾，保得国家太平。她曾作诗："相期智勇士，慨焉赋同仇。蚁贼一扫尽，国家固金瓯。"④ 而脱下戎装之后，毕著布衣荆钗，隐居乡野，又有温婉恬静之作，如《村居》："席门闲傍水之涯，夫婿安贫不作家。明日断炊何暇问，且携鸦嘴种梅花。"《名媛诗话》中又记录顾若璞："文多经济大篇，有西京气格。"但同时又收入了顾氏清婉旖旎之诗，如《湖上》："恰欲抱琴轻别去，芰荷分绿上罗衣。"《名媛诗话》中另记录陈嫦生之诗"绵丽雄浑兼而有之"记录王韫徽之诗"古诗感时叙事，委婉有情；近体吊古怀人，苍凉多致"⑤ 沈善宝在《名媛诗话》中收入并点评这些女诗人不同风格的诗作，进一步表明了她对"双性同体"风格的认可。

---

① 郭润玉．湘潭郭氏闺秀集［M］//贝京．湖南女士诗钞．长沙：湖南人民出版社，2010：415-416.

② 沈善宝，珊丹．鸿雪楼诗词集校注［M］．北京：中国社会科学出版社，2012：154.

③ 沈善宝，珊丹．鸿雪楼诗词集校注［M］．北京：中国社会科学出版社，2012：203.

④ 沈善宝．名媛诗话［M］//王英志．清代闺秀诗话丛刊．南京：凤凰出版社，2010：350.

⑤ 沈善宝．名媛诗话［M］//王英志．清代闺秀诗话丛刊．南京：凤凰出版社，2010：350，403，436.

第二节 审美倾向：清、灵、逸、愁

相对于男性诗人作品中的教化色彩与理性光芒，女性诗人作品总体而言更趋向婉约纤细，更倾向于心灵的真实表达和感情的自然流露，更能给人带来审美愉悦。她们体物入微，想象丰富，力图在诗歌中建立一个超然物外的宁静世界，可供心灵诗意栖息。明清女性诗论家在品评女诗人作品中多样化的审美倾向时，“清”“灵”“逸”“愁”可谓其中的高频词，此外还有“秀”“雅”“苍”“老”“幽”“韵”“娇”“丽”等。

“清”“灵”“逸”是女性诗论家推崇的女诗人“林下之风”在作品之中的具体展现，表现出女性诗人不同于前朝的名士之风与文人之气；而“愁”则是对古代女性诗人诗歌作品客观上存在的缠绵忧愁之态、苦闷伤怨之情的普遍呈现，可谓“满纸愁言”。闺阁生活毕竟是狭窄的，生活环境也是封闭的，而女性诗人的情感又是极其丰富细腻的。女性诗论家精准地把握住了女性诗人所作诗歌的各种风格，并以理论提炼和感性鉴赏的方式将自己的诗学观点和美学倾向作了具体呈现。

一、清：以“清”为核心的审美旨趣

“清”意味着情感真挚，发自内心，呈现出一派空灵自然、清新淡泊的风格。明清乃至唐宋以前，“清”基本上是用来形容男性的美质。① 据蒋寅考证，最先将“清”作为文学理论的概念来使用的是晋代陆机的《文赋》，《文赋》中“清”六次被作为文章的审美概念来使用。南朝梁刘勰《文心雕龙》中已以“清”来表示审美概念“风骨”的基本含义：

① 孙康宜. 明清文人的经典论和女性观［J］. 江西社会科学，2004（2）：206-211.

“风清骨峻。”① 唐代“清”作为评诗范畴分外活跃，《河岳英灵集》和《中兴间气集》两部重要的诗歌选本均喜用“清”评诗，如评“李颀发调既清”，于良史“诗体清雅”等。明代胡应麟《诗薮》将“清”定义为超凡脱俗之气质：“清者，超凡绝俗之谓。”清代厉鹗提出“未有不至于清而可以言诗者，亦未有不本乎性情而可以言清者”②，强调“清”的审美特质，甚至无“清”不言诗。蒋寅指出，“清”基本的审美内涵为明晰澄净，其次是超脱尘俗，还包括新颖、凄冽、古雅等含义。

明清时期，“清”被男性文人频繁用来形容才女，他们认为女性本身就有诗的特质，“女性成为诗性的象征”。③ 清代《红蕉集》中邹漪道：“乾坤清淑之气不钟男子，而钟妇人。”明清女性长期居于深闺之中，诗词创作最初不过是为了自抒怀抱，并无科举中第、光宗耀祖的功利性目的。她们本来就心思细腻，感情丰富，创作冲动主要源自自身的心灵诉求，因此其所作诗歌能真实反映内心的情感，具有天生的清淑之气。采云山人在为《国朝闺秀诗柳絮集》所作序中认为，女诗人“即或托情于月白风清，寄兴于花红柳绿”，因此风格“秀丽纤秾、清新流利”。④ “清”成了明清男性文人推举和标榜女性的一大特质。如晚明叶绍袁称妻子沈宜修的文才“琴徽共箫管俱清，彩笔与墨香相映”。诗句突出了一个“清”字。他还概括沈宜修的创作特点为“诗词清丽，文致淹雅”。⑤

正因受男性文人的影响，女性诗论家们在诗学品评中亦喜用“清”字来评价女性诗歌作品，集中体现出以“清”为核心的审美旨趣。归懋仪赞曹锡淑诗“清”：“今夜挑灯披卷诵，恍从林下侍清游。”⑥ 挑灯夜

---

① 蒋寅．古典诗学中“清”的概念［J］．中国社会科学，2000（1）：146－157，207－208.

② 厉鹗．樊榭山房文集［M］2版．上海：上海古籍出版社，2012：737.

③ 孙康宜．文学经典的挑战［M］．南昌：百花洲文艺出版社，2002：313.

④ 黄秩模，付琼．国朝闺秀诗柳絮集校补［M］．北京：人民文学出版社，2011：5.

⑤ 叶绍袁．百日祭亡室沈安人文［M］//叶绍袁，冀勤．午梦堂集．北京：中华书局，2015：256－257.

⑥ 曹锡淑．晚晴楼诗稿［M］//胡晓明，彭国忠．江南女性别集五编．合肥：黄山书社，2019：483.

读闺友之作，觉有林下风清之意。江珠赞席耘芝淡雅清新之风：“神如秋水淡，文似玉壶清。”① 陈昌凤读蒋采苹《秋花阁诗集》后道：“湿云初散小窗明，喜读新诗格调清。”② 亦以格调之“清”来形容蒋采苹之诗。周治繁《静一斋诗草》中有读淑荃女史九章之诗后的题咏之作，诗题中便夸赞郑业娽的《云傲阁诗稿》中的九首诗“清婉”。王端淑云：“孰知从繁华富贵中来，剥落推迁，所谓绚烂归平淡也。”③ 繁华落尽方见真淳，绚烂之后归于平淡，构成了具有诗格美学意义的“清”。王端淑认为女性的清灵之笔，可扫除当时“诗必盛唐”的诗学习气，曾评潘碧天“下笔清隽，运墨灵动”，“取词清薄一路，或可救今之时弊也”。《名媛诗纬》中喜用“清”品评女性诗歌，多次用到“清正”“清空”“清婉”“清幽”“清越”“清隽”等范畴。汪端在《明三十家诗选初集》中也拈出“清”“真”二字作为选诗标准：“尝谓诗不可不清，而尤不可不真。清者，诗之神也。王、孟、韦、柳如幽泉曲涧，飞瀑寒潭，其神清矣。李、杜、韩、苏如长江大河，鱼龙百变，其神亦未尝不清也。”④ 汪端指出，诗之佳者，无论是怎样的风格，都有“清”之特色，如王维、孟浩然、韦应物、柳宗元等人的诗淡远幽静，得“清”之神，而李白、杜甫、韩愈、苏轼等人的诗气魄宏大，亦得“清”之神。熊琏《澹仙诗话》中引用金标霞《与友人论诗》道：“诗格清真是作家，那争冠冕与繁华。”⑤ 熊琏也拈出“清”“真”二字论诗，认为诗并非要错金镂空，而是要洗尽铅华，取其清水出芙蓉之美，便如金诗所云：“要知越女堪怜处，不在吴宫在浣纱。”沈善宝收到浙江乌程女诗人庄瑞红诗集，评道：“琢句清新，不愧玉台之咏；选声哀感，恍聆子夜

---

① 江珠．青藜阁集［M］//胡晓明，彭国忠．江南女性别集二编．合肥：黄山书社，2010：848.

② 毛国姬．湖南女士诗钞所见初集［M］//贝京．湖南女士诗钞．长沙：湖南人民出版社，2010：194.

③ 王端淑．名媛诗纬初编［M］．清康熙年间清音堂刻本．

④ 汪端．明三十家诗选初集凡例［M］．清同治十二年（1873）蕴兰吟馆刻本．

⑤ 熊琏．澹仙诗话［M］．清嘉庆年间刻本．

之歌。"[①] 她认为庄瑞红精于炼字，匠心独具，因此诗句清新，如同六朝名作。沈善宝在《名媛诗话》中也常用“清”对女性诗歌进行点评，如赞胡蒨桃“诗才清卓”，周琼“诗才清逸”，黄香冰“极清脆可爱”，王采薇“诗亦清超”，金逸“诗极轻清”，汤瑶卿“不假雕琢，自然清雅”。密集出现的“清”字，也表明了沈善宝以“清”为核心的审美旨趣。[②] 毛国姬《湖南女士诗钞》的品评文字中，“清”同样频频出现，如评宋华“思寓清峻”，李桂仙“清骨珊珊”，赵孝英“吐韵亦清”，等等。[③]

明清女性诗论家这些有关于“清”的诗学评论反过来又指导和引领了女性诗人的诗歌创作风格，她们较少堆砌辞藻或者炫耀技巧，“多发天籁之音”，构思巧妙，出语清新。无论是山水田园，还是日常咏物等题材，明清女性在诗歌创作实践中常表现出清新淡泊的风格，这些诗歌往往显示出极其细腻的审美感受。她们在闺阁内外随手拈来清美意象，渲染清美诗境，虽然选材不免平凡琐碎，缺乏深刻的社会意义和恢宏的宇宙意识，却发自内心，情感真挚动人，语言灵动清澈。“清”成为17世纪诗歌女性选本批评的核心话语。[④]

二、灵：自然流露的审美感情

“灵”作为审美范畴，最初源自古老的巫文化信仰，先秦《庄子》将“灵”的外在精神性内化到人生体验与境界当中。[⑤] 经历长期的历史嬗变，“灵”衍生出性灵、空灵、灵机、灵趣等审美内涵。魏晋南北朝

---

① 沈善宝，珊丹．鸿雪楼诗词集校注［M］．北京：中国社会科学出版社，2012：4.

② 沈善宝．名媛诗话［M］//王英志．清代闺秀诗话丛刊．南京：凤凰出版社，2010：395，365，415，429，410，486.

③ 毛国姬．湖南女士诗钞所见初集［M］//贝京．湖南女士诗钞．长沙：湖南人民出版社，2010：228，124，162.

④ 蓝青．17世纪女性作品选集编纂研究［J］．山东女子学院学报，2016（3）：79-83.

⑤ 余雪．中国古典美学“灵”范畴探微［J］．安徽理工大学学报（社会科学版），2014，16（5）：60-64.

时期，“性灵”一词开始见于文艺批评当中。明代王阳明提出：“天地万物，与人原是一体，其发窍最精处，是人心一点灵明。”这确立了“灵明”之地位。传统美学从关注自然景物转向关注人的内心，于是，“灵”成为完全内在于人的审美概念，得益于个人的性情与才情，贵在自然妙悟，非学力可及。清代“性灵说”的代表人物袁枚在《遣兴》诗中道：“但肯寻诗便有诗，灵犀一点是吾师。夕阳芳草寻常物，解用都为绝妙词。”① 进一步诠释了“灵”在创作中的重要性。即使是寻常之物，也能因创作主体的妙悟与灵性点染成绝妙好辞，而这种“灵”完全是创作主体自然流露的审美情感，是难以强求和模仿的。

明清女诗人的作品往往透出灵性，强调心有灵犀，注重不同于流俗的个性表达。正因为有着高雅的审美情趣，又注重真挚感情的自然抒发，明清女诗人可以不囿于各种文学派别的门户之见，自由书写心灵之意。加上她们心思又特别细腻婉转，善于发现自然之美和身边的细微事物，她们的笔下往往灵气四溢，令人赞叹。明末赵世杰曾云：“海内灵秀，或不钟男子而钟女人。其称灵秀者何？盖美其诗文及其人也。”② 对女诗人而言，她们比男性诗人心思更为细腻，能迅速捕捉到周围环境细微轻妙的变化，将其提炼为素材写入诗中，并赋予个性化的灵气表达。因此“灵”也代表了当时女性诗论家的审美倾向以及女性诗歌作品的美学特质，令男性文人心悦诚服。男性诗论家对此论述颇多。袁枚就曾称赞女弟子席佩兰“字字出于性灵，不拾古人牙慧，而能天机清妙，音节琮琤”。③ 左晨赞陈蕴莲“生平灵秀之气，性情之真，悉于是诗见之”。④

女性诗论家对此也有评述，“灵”也成了女性诗词品评之中常见之字眼。席佩兰《与侄妇谢翠霞论诗》云：“性情其本根，辞意属枝节。

---

① 袁枚，周本淳. 小仓山房诗文集［M］. 上海：上海古籍出版社，1988：932.

② 赵世杰. 古今女史序［M］//胡文楷，张宏生. 历代妇女著作考. 李志生，译. 上海：上海古籍出版社，2008：889.

③ 袁枚. 长真阁集序［M］//胡晓明，彭国忠. 江南女性别集初编. 合肥：黄山书社，2008：433.

④ 左晨. 信芳阁诗草跋［M］//胡晓明，彭国忠. 江南女性别集三编. 合肥：黄山书社，2012：510.

本根如不厚，芬葩讵能结？"[①] 主张以性灵为本，不事雕琢为工。王端淑《名媛诗纬》卷三十五云："词家口头语，正写不出，在笔尖头，写得出便轻松流丽，淡处见浓，闲处耐想，足以供人咀味。何必苏、刘、秦、柳始称上品？"正是女诗人的灵心巧慧、诗情画意让她们的书写意趣盎然。她们创作情真性灵，抒写真实的生命体验，具有自然天成之美。王端淑评黄幼藻诗时认为，诗歌往往在"遣烟运墨"中展现出非凡的灵趣，而浅薄之人只知道咬文嚼字，"诗之趣尽矣"。她又云："趣之外有骨、有韵、有声、有光，皆不离于趣也。"诗有灵趣，则在落笔之中成生动之语，骨力、气韵、声律、光彩皆因灵趣而在，若无灵趣，诗便毫无灵动光泽。王端淑评价王微："落想空灵，吐句慧远，他人说尽千行纸，不若修微寥寥数字。"[②] 王微善于运用清隽淡静的意象来营造闲雅空灵的意境。只要有灵性表达，那么寥寥数句便有空灵之境，慧远之意，便醇然悠然，意趣盎然，胜过他人千言万语。沈善宝《名媛诗话》则称："诗皆性灵，结撰无堆砌斧凿之痕为可贵也"，没有雕琢之意，没有堆砌之感，全凭灵性自本心而出的诗作才是可贵之作。

再如王端淑《名媛诗纬》卷二十三评价吴琪"灵气飘渺，如梦中变幻"[③]；施淑仪《清闺阁诗人征略》评价李佩金"空灵杳渺"，孙漪蕙"别有性灵"，金礼盈"清灵凄婉"；张因《答王爱兰夫人》道"一卷冰雪诗，字字本性灵"；王琼《读净因夫人诗集》云"秉此贞静德，匪徒矜性灵"[④]；无不紧扣"灵"来论诗。

三、逸：个性化的审美风格

"逸"酝酿于先秦两汉的隐逸思想，作为审美范畴是唐代朱景玄首

---

① 席佩兰. 长真阁集［M］//胡晓明，彭国忠. 江南女性别集初编. 合肥：黄山书社，2008：505.

② 王端淑. 名媛诗纬初编［M］. 清康熙年间清音堂刻本.

③ 王端淑. 名媛诗伟初编［M］. 清康熙年间清音堂刻本.

④ 张因. 绿秋书屋诗钞［M］//胡晓明，彭国忠. 江南女性别集五编. 合肥：黄山书社，2019：651.

先提出的。宋代黄休复便提出“逸品第一”，将“逸”的地位进行拔高。且唐朝的“逸”倾向于大气磅礴的“雄逸”，而宋代的“逸”则是“平淡天真”的“淡逸”。“逸”的审美范畴到了元代趋向成熟，元代的“逸”则是“逸笔草草”的“高逸”。[①]“逸”也内化为士大夫高远淡泊的人格追求和散朗脱俗的精神特质，以及澄明虚静的审美心境与逍遥自在的审美境界。

明清女诗人之诗歌具有前代少有的超逸之风。她们热衷于读书，书籍对她们来说已经不可或缺，诗书陶冶着她们的性情，丰富着她们的表达。再加上与前代女诗人相比，明清女诗人见识更为广博，心胸更为开阔，这也使得她们在诗歌创作之时表现出超逸脱俗的特性。彼时，她们具有了对独立精神与人生价值的朦胧追求，努力自觉地向名士化的风格靠近，并不介意在诗歌之中显露自己的个性。她们因“排调品题，颇能压倒一座客”的才华得到众多男性诗人的认可与推崇。男性诗论者也常以“女中名士”来评价她们，称赞她们不让须眉的超逸姿态。

“逸”在明清女性诗论家所作的评论之中也是常见之字，具体可表现为“高逸”“韵逸”“隽逸”“俊逸”“飘逸”等。季娴《闺秀集》评朱静庵《白苎词》“结有逸致”，评沈纫兰《江干春泊》“结语飘逸有致”。[②]这都是赞女诗人作诗结语飘逸有致，袅袅余味不绝。毛国姬《湖南女士诗钞所见》里评湘潭石氏诗云：“诗掞才隽逸，酿理宏富，高寄元淡，以启扃鐍，故跌宕之音，具见抗爽。”[③]石氏存世之诗仅有七首，其“兴酣摇笔驱风雷”“燕栖风月秋自爽”之句的确当得起“隽逸”“元淡”的评价。《湖南女士诗钞所见》中又评江峰青“情韵逸远”，评

① 唐果. 试论中国古代审美范畴“逸”的演变及其影响［J］. 太原师范学院学报（社会科学版），2009，8（4）：116-118.

② 季娴. 闺秀集［M］//四库全书存目丛书：集部第414册. 济南：齐鲁书社，1997：334，371.

③ 毛国姬. 湖南女士诗钞所见初集［M］//贝京. 湖南女士诗钞. 长沙：湖南人民出版社，2010：30.

凌兴凤“才逸韵流”，评吴又仙“其性情至处，神韵自逸”。[①] 沈大荣在《叶夫人遗集序》中评论叶纨纨同其母步韵李沧溟《秋日八咏》道：“清新俊逸，俨然一代诗史。”[②] 特别拈出“清”“新”“俊”“逸”来赞叶纨纨之诗风。席蕙文读江珠诗，神往不已，特写成小诗寄送给江珠，称其“展卷琳琅笔似椽，清新俊逸见斯篇”[③]，也同样拈出“清”“新”“俊”“逸”四字来赞美江珠之诗。海昌郑佩香年仅十四岁，工诗善画，诗学三李，其诗稿被许云林推荐给沈善宝。沈善宝披读后，即收入《名媛诗话》，并赞道：“秀逸之气，扑人眉宇”，特点出一个“逸”字。沈善宝还赞许云林之诗“皆俊逸可喜”，落脚点仍在一个“逸”字上。[④] 张蘩为熊湄的《碧沧道人集》作序，特拈出“高”“丽”“远”“逸”四字为其作评：“高者如孤云离岫，素鹤凌空；丽者如春葩竞秀，秋月呈辉；远者如叔度千顷，汪洋莫测；逸者如穆王八骏，驰骋无穷。”[⑤] 序言指出熊湄诗歌创作的四个境界，即孤高空灵、摇曳多姿、幽深杳渺及潇洒飘逸。张婉仪为文蘅作《绮香阁诗词钞》序，评其诗有四美，“一曰真挚，二曰高逸，三曰灵秀，四曰幽洁”[⑥]，以真挚、高逸、灵秀、幽洁四词来总结其诗歌的品格，亦着重点出“高逸”。

其他又如熊琏在《澹仙诗话》中评袁机的诗“神韵飘逸”，评王琼所辑的《名媛同音集》“类皆清超澹远，不落脂粉艳习”，[⑦] 论诗终不离一个“逸”字。

---

① 毛国姬. 湖南女士诗钞所见初集［M］//贝京. 湖南女士诗钞. 长沙：湖南人民出版社，2010：39，148，196.

② 张明叶. 中国古代妇女文学简史［M］. 沈阳：辽宁教育出版社，1993：353.

③ 江珠. 青藜阁集［M］//胡晓明，彭国忠. 江南女性别集二编. 合肥：黄山书社，2010：840.

④ 沈善宝. 名媛诗话［M］//王英志. 清代闺秀诗话丛刊. 南京：凤凰出版社，2010：500，440.

⑤ 胡文楷，张宏生. 历代妇女著作考［M］. 上海：上海古籍出版社，2008：699.

⑥ 雷瑨，雷瑊. 闺秀诗话［M］//王英志. 清代闺秀诗话丛刊. 南京：凤凰出版社，2010：1262.

⑦ 熊琏. 澹仙诗话［M］. 清嘉庆年间刻本.

四、愁：挥之不去的审美基调

明清女诗人诗歌中“愁”的审美基调，远非男性假托闺音写“愁”可比。女诗人写“愁”，是对自身生活境遇的情感诉说，是女诗人内心深处痛苦和忧愁的真实体现，带有私语化和自我化的特征，主题为愁，意象为愁，意境也为愁。沈大成《南楼吟稿序》便指出古代女诗人的诗歌：“欢愉之辞少而愁叹之音多。”①

明清女诗人推崇“尚情”“性灵”，以诗载写自己的情感心路历程，满纸悲苦正是其生命意识的自然流露。她们笔下的愁绪，甚至比前代女作家来得更加深刻，这是因为虽然明清时已有不少文人对于女子的聪明才智给予了充分肯定，但是毕竟并没有真正把女性从现实生活的桎梏中解脱出来。而女性思想得到启蒙，智慧得到开发，自我意识趋于苏醒，却仍找不到施展才华的平台，她们中的绝大多数仍然被限制在家庭之中，依然是男性的附属品，这就更加深了她们的精神痛苦。生性敏感的她们从物候流转中悟到生命的脆弱与易逝，在狭小的闺阁和漫长的岁月中感到无法言喻的孤寂，自然笔下有着挥之不去的“愁”。离情与闺怨，更是明清女诗人作品中主要抒发的生命之痛。她们诗歌中来自生命体验的真实痛楚，是男性诗人作闺音时所无法模拟和效仿的。沈宜修一部《鹂吹集》，“愁”字就出现了 244 次；叶纨纨婚后“七年之中，愁城为家”②，其诗词集便名为《愁言集》，《愁言集》所收录的 95 首诗中，“愁”字就出现了 21 次。

女性诗论家在诗论中频频使用“愁”字来对诗歌作品进行评价，因同为女性的共同视角，她们的感受也更为深刻，评价时笔端会渗入更多的主观感情，甚至借他人之故事，浇自己心中之块垒，诉说自我人生。翻阅明清女性诗论作品，“愁”字之外，“凄”“悲”“哀”“怨”“独”

① 徐映玉. 南楼吟稿［M］//胡晓明，彭国忠. 江南女性别集初编. 合肥：黄山书社，2008：175.

② 叶绍袁. 愁言集序［M］//叶绍袁，冀勤：午梦堂集. 北京：中华书局，2015：290.

等都是常见的字。明清女性诗论家在评论自身以及其他女诗人作品时，也多有愁思。她们的诗作绝非风花雪月、不痛不痒的无病呻吟之作，而是表达了来自生命的真实痛苦与哀愁，所抒发的情感细腻而浓烈。冯桂芬序吴茝《佩秋阁诗稿》，道“其声凄然以悲，其光黯然以幽”①，指出吴茝笔下满是凄凉悲伤之意，诗虽自带光芒，却幽微黯淡。黄媛介《读叶琼章遗集》云：“字字叙其真愁，章章浣其天趣。”② 叶小鸾虽正当妙龄，却愁深情悲。黄媛介在称赞她诗文之天趣不亚于唐宋著名诗人的同时，也叹息她文字里透出的愁思实在过于悲凉，仿佛预示着她未嫁而亡的悲剧命运。叶小纨在《病中检杂稿付素嘉女》诗中评价自己二十多年来所作之诗：“伤离哭死贫兼病，写尽凄凉二十年。付汝将归供洒泪，莫留闺秀姓名传。”③ 叶小纨的长姐叶纨纨和三妹叶小鸾都因病早逝，母亲沈宜修也因伤痛而死，叶小纨哭姐妹又哭母亲，诗中浸满哀愁伤感，她以“写尽凄凉”四字来对自己收集整理的诗稿进行总结。宁乡宋华评衡阳凌兴凤《清湘楼诗钞》：“不堪重读遗编句，千古犹看血泪新。”④ 凌兴凤为节妇，诗中多悲语，因此宋华心酸评其字字血泪，千古之后犹有悲伤透纸而来。在另一首诗里，宋华也给予了《清湘楼诗钞》“伤心诉灵瑟，余韵咽湘波”⑤ 的评语。毛国姬《湖南女士诗钞所见初集》评湘潭石氏云“诗虽不多见”“如聆幽咽焉”。石氏幼字曾氏，未嫁而曾氏子殁，石氏守贞终身，孤独至死，其凄凉哀怨可想而知。毛国姬评其“扬韵凄楚”“孤洁之操”，可谓精准，而评语中满蕴同情之意。郭步韫的《夜坐偶成》道：“虫声夜月凄凉院，帘影西风寂寞楼。”郭润玉对此评曰：“如秋天别鹤，长空哀鸣。”而毛国姬亦评郭步韫“如城笳戍角，

---

① 冯桂芬. 佩秋阁诗稿序［M］//胡晓明，彭国忠. 江南女性别集三编. 合肥：黄山书社，2012：1182.

② 叶绍袁. 彤奁续些［M］//叶绍袁，冀勤. 午梦堂集. 北京：中华书局，2015：830.

③ 叶小纨. 存余草［M］//叶绍袁，冀勤. 午梦堂集. 北京：中华书局，2015：920.

④ 毛国姬. 湖南女士诗钞所见初集［M］//贝京. 湖南女士诗钞. 长沙：湖南人民出版社，2010：229.

⑤ 毛国姬. 湖南女士诗钞所见初集［M］//贝京. 湖南女士诗钞. 长沙：湖南人民出版社，2010：233.

寒泉幽咽，孤鹤夜警者也”。[①] 郭步韫早年失恃，年十八归邵氏，家贫，夫亦早逝，独自赡养舅姑，晚年依弟而居，以诗授诸女侄。其一生孤苦，劳作不休，因此多凄婉之音。方维仪多感怀之诗，字字心酸，忧愤悲婉，王端淑在《名媛诗纬》中品评方维仪《清芬阁集》："玩其清芬阁诗，愁音苦绪，读不能竟矣！"[②] 沈善宝《名媛诗话》记载桐乡颜宛在所适非偶，郁郁而终，遗稿二绝叹道“梧窗坐听潇潇雨，挑尽残灯独黯然”“对镜尚疑非是我，可能描取旧时容”。同为女性的沈善宝在评诗之时笔触中不免满含怜惜之意，评道：“凄楚之音，令人酸鼻。”《名媛诗话》又评黄幼藻、黄幼蘩姐妹“诗笔颇清，似工于愁者”，并赞黄幼藻《咏孤雁》一律“沉着悲凉”。[③] 黄氏姐妹俱擅才名，然夫亡早寡，以清节称，诗中悲愁之意也因凄楚身世而生。

第三节　诗歌题材：突破与发展

相对于前朝来说，明清女诗人在创作题材和写作方式上有了新的突破，已不止于闺阁幽情与相思缱绻，她们的笔触更多地转向日常生活，努力从身边平凡琐碎的事物中寻找诗意的存在。前代女诗人常见的闺怨诗、即景诗、咏物诗、题画诗等依然是她们热衷的题材，且写作数量远远超过了之前女诗人作品的总和，但她们也开始写作前代闺秀诗人所从未涉及或涉及较少的题材，如课子、闺友、家国以及游仙等。她们从专注于捕捉和感受生活中细碎的美好与幽微的情感，到倾注慈母柔情，歌颂闺友友谊，再到抒发家国情怀，寻找精神家园。这些题材内容从女性视角与生命体验出发，从琐碎现实到家国情怀，再上升到普适性的哲学

---

① 毛国姬. 湖南女士诗钞所见初集［M］//贝京. 湖南女士诗钞. 长沙：湖南人民出版社，2010：44.

② 王端淑. 名媛诗纬初编［M］. 清康熙年间清音堂刻本.

③ 沈善宝. 名媛诗话［M］//王英志. 清代闺秀诗话丛刊. 南京：凤凰出版社，2010：352.

关怀与哲学思考，对女性的心灵空间与精神世界进行了更加深入的探索和更为真实的呈现，展现出丰富多彩的生命图景与成熟深沉的艺术品质。而这些题材和内容，也为女性诗论家们所激赞。

从女性选本以及女性诗话中囊括的这些题材，可以看到女性诗论家追求诗歌多样化表达及个性化表达的努力。题材的丰富性与多样性，表明女性诗人视野渐广，感慨遂深，从而颠覆男性文人对女性诗歌作品诸如“唐、宋以还，妇才之可见者，不过春闺秋怨，花草荣凋”① 的固化印象。

一、课子题材

因为具有出色的才华与过人的才识，明清女诗人在家庭教育之中占据了举足轻重的地位，甚至在丈夫缺席的情况下，女性诗人也能顺利地完成对子女的早期教育。盛清时更是出现了一批饱读诗书、颇有文采的才女母亲。明清时期男性文人对母教推崇备至，也多有记录。左宗棠曾叙岳母慈石老人丈夫早逝，抚孤课女，女儿长大又继续课孙之事：“自先外舅撤瑟后，惟课女及诸孙读书史及女工杂作而已。”② 从明清文人文集中为女子所作的墓志铭来看，女教母道为其记载和赞颂的重点内容，如袁宏道的《祭李母呙太孺人文》。

明清女诗人有着这样的生活体验，也常以课子教女的题材来作诗，笔触中满是慈母情怀，课子诗渐渐成为诗歌创作的重心之一。在此之前，虽然有孟母三迁、画荻教子等母教传说，但未有女诗人所创作的相关诗歌传世，可以说课子诗具有填补女性诗歌创作题材空白的价值。沈宜修曾把教导孩子读书的过程写成诗歌，并收入自己的诗词集《鹂吹集》中，如《漫兴》一诗中有“竹影渐看移日影，窗前稚子读《离骚》”之句。顾若璞《修读书船》被认为是清代女性教子诗的开端：

① 章学诚. 文史通义［M］. 长沙：岳麓书社，1993：180.

② 左孝威. 慈云阁诗钞［M］. 清同治十二年（1873）刻本.

“闻道和熊阿母贤，翻来选胜断桥边。亭亭古树流疏月，漾漾轻凫泛碧烟。且自独居杨子宅，任他遥指米家船。高风还忆浮梅槛，短烛长吟理旧毡。”① 这既是对儿子的谆谆教诲，又是对自我襟操的表白流露。骆绮兰尝作《秋灯课女图》，请到袁枚等多位名家题咏赠诗三百余首，并自题“老屋半间灯一盏，夜深亲课女儿书”，鲍之兰题诗评论“谁识闺中女傅贤，严师慈母一身全”②，赞其课女之举，集严师与慈母于一身。张凌仙《岁暮感怀》记录其课子情形，宛若一幅温馨生动的寒门教子图：“灯前课子诵芸编，百事萦心逼岁阑。”再如陈淑兰《绣余吟》：“绣余静坐发清思，煮茗添香事事宜。招得阶前小儿女，教拈针线教吟诗。”该诗写的便是在煮茶焚香的清雅氛围中教女儿和儿子作诗。顾太清叮嘱女儿家务闲暇之余毋忘读书，“女红倘有暇，切勿废书篇”，更不要因为无聊言论耽误了写作，“女子无才便是德，莫因斯语废文章”。③ 张佩兰《课儿夜读》写道：“机杼深更伴未眠，不辞辛苦对青毡。看他把卷能忘倦，未免移心半爱怜。”④ 母亲一边纺织一边陪儿子夜读，作者将细腻温柔的母性情怀刻画得十分到位。

课子题材的诗歌也为明清女性诗选家所乐于搜集的内容。在女性诗选与诗话中，这类题材的诗歌比比皆是。毛国姬的《湖南女士诗钞所见初集》就收入了不少课子诗，如张氏《示儿》“大块光阴须爱惜，休将事业让前贤”⑤，教导儿子要爱惜时间，为未来事业努力奋斗；朱瑞妍《偶成，示持谦持谨两儿》“绡囊萤火在，莫遣夜光虚”⑥，则是勉励儿子学习晋人车胤囊萤夜读之学习精神，莫让大好光阴虚度。沈善宝《名媛诗话》特别点明课子教女之诗乃前代所未有，是女性诗歌的全新题

---

① 顾若璞. 卧月轩稿［M］. 清顺治八年（1651）刻本.

② 骆绮兰. 听秋轩闺中同人集［M］//胡晓明，彭国忠. 江南女性别集二编. 合肥：黄山书社，2010：698.

③ 张璋. 顾太清奕绘诗词合集［M］. 上海：上海古籍出版社，1998：144.

④ 黄秩模，付琼. 国朝闺秀诗柳絮集校补［M］. 北京：人民文学出版社，2011：898.

⑤ 毛国姬. 湖南女士诗钞所见初集［M］//贝京. 湖南女士诗钞. 长沙：湖南人民出版社，2010：18.

⑥ 毛国姬. 湖南女士诗钞所见初集［M］//贝京. 湖南女士诗钞. 长沙：湖南人民出版社，2010：20.

材："古来贤母教子成名者颇多，而无诗文著述见于后世，惟国朝贤母之诗流传颇盛。"① 不过此话略失偏颇，因为在明末已有沈宜修的课子教女诗，但清朝课子诗之多，的确是前朝罕见。沈善宝在《名媛诗话》之中也收入了诸多课子诗，如选入恽珠课子之句："科名虽并春风发，心性须如秋水平。"② 恽珠的《国朝闺秀正始集》选用李含章《慰两儿下第》，表现了母亲对落第儿子的劝慰与教诲："当年蓬矢桑弧意，岂为科名始读书。"③

明清女性诗论家诗论中所收集的课子教女诗淋漓尽致地表现了女诗人的慈母情怀，充分展现了她们的文化素养和道德修养。

二、闺友题材

明清以前，才女以个体姿态出现于文坛，未免形单影只，若有社交也大多是和男性诗人唱和，比如鱼玄机、薛涛等。因此赠送闺友、反映闺谊的作品寥寥无几，创作主要是表达个体内心的情感诉求，彼唱此和的作品就更是少之又少。著名的只有南朝刘令娴的《答唐娘七夕所穿针诗》，唐代鱼玄机的《赠邻女》等少数篇章。但明清时由于女性作家以群体的姿态登上文学舞台，闺友之间进行文学交流，彼此惺惺相惜、相互欣赏，她们因志同道合而结下亲密情谊，在诗歌往来之中寻找情感认同，形成了专属于女性诗人的社交网络，反映在她们的诗作之中，就是表现闺友情谊的作品数量大大增多。④ 记录闺中友谊以及闺友唱和的诗篇也被明清女性诗论家所关注，并收入了各类选本和诗话。

明清女诗人充分发挥了诗歌的社交功能，借由诗歌跨越了时间与空

① 沈善宝. 名媛诗话［M］//王英志. 清代闺秀诗话丛刊. 南京：凤凰出版社，2010：379.

② 沈善宝. 名媛诗话［M］//王英志. 清代闺秀诗话丛刊. 南京：凤凰出版社，2010：421.

③ 恽珠. 国朝闺秀正始集［M］. 清道光十一年（1831）红香馆刻本.

④ 王萌. 明清时期女性笔下的姐妹情谊［J］. 河南教育学院学报（哲学社会科学版），2005（4）：119-122.

间，建立了一个独立于男性世界之外的女性诗人社交圈。通过对彼此诗歌作品的阅读与回应，女诗人进一步发展和深化了她们的友谊。福州许琛与绍兴胡慎仪为知己好友，许琛曾有一首《酬胡卧云姊见赠元韵》："拥卷每嗟知己少，半生深慰得逢君。"① 这种因懂得与欣赏而结下的姐妹情谊，其程度之深刻甚至超过了爱情的刻骨铭心，便如沈善宝写给顾太清的诗句"感君雅谊太缠绵"。

沈宜修和张倩倩多有诗词唱和，沈宜修将张倩倩所作诗词收入《伊人思》诗选中，使之得以留存于世。此外，《鹂吹集》共收入沈宜修怀张倩情诗九首，哭张倩倩诗十一首。沈宜修《怀表妹张倩倩》中有"故园春色还如许，携手同君梦里看"② 句，写的就是回忆儿时与张倩倩共同游玩的岁月。沈宜修《伊人思》中收入了屠瑶瑟赠给沈天孙的《秋夜赠七襄》："常得与君酬白雪，夜阑清露在蒹葭。"③ 沈天孙和屠瑶瑟是姑嫂，天孙嫁到屠家，二人结为闺友。瑶瑟出嫁后经常归宁，二人一起论诗，分题授简，其诗中所写的正是令两人倍感温馨的唱和时光。沈静专诗集《适适草》中有许多以女伴为题的诗歌。如《秋日别女伴》《题别女伴》《忆别女伴》《初夏集女伴家》《早春怀女伴》《秋闺怀远代女伴作》等。季娴《闺秀集》中选入了多首表现闺友感情的送别诗。如王微《女伴期入法相予以他事未往赋寄》"差池无翼去，共听晚烟钟"④，以此表达自己未能与同伴同往的遗憾。毛国姬《湖南女士诗钞所见》选载宁乡翁碧梧和丁梅娥的赠答之作，她们和沈天孙与屠瑶瑟一样，既是姑嫂又是闺友。翁碧梧《寄怀丁梅娥小姑》以荒园之月刻画自己的怀友之意："离心忍见荒园月，犹照春风姐妹花"，⑤ 丁梅娥《别翁碧梧嫂

① 许琛. 疏影楼稿［M］. 清刻本.

② 沈宜修. 鹂吹集［M］//叶绍袁，冀勤. 午梦堂集. 北京：中华书局，2015：75.

③ 沈宜修. 伊人思［M］//叶绍袁，冀勤. 午梦堂集. 北京：中华书局，2015：658.

④ 季娴. 闺秀集初编［M］//四库全书存目丛书：集部第414册. 济南：齐鲁书社，1997：358.

⑤ 毛国姬. 湖南女士诗钞所见初集［M］//贝京. 湖南女士诗钞. 长沙：湖南人民出版社，2010：295.

氏》则抒发“往事从今劳梦想，此行赢得是相思”[①] 的思念之情。《湖南女士诗钞所见》又录有夏继芬赠闺友宋德如之作，二人“聚首月余，情意款挚”，别后夏继芬依韵奉和，其一为“知己招邀画阁中，浮云流水忽西东。别来泥雪难回首，踪迹依稀认去鸿”。[②] 诗中开篇便称呼宋德如为“知己”，可见二人相知相交的情谊。沈善宝《鸿雪楼诗初选》中也有多首寄给闺友的诗歌，回忆与闺友共度的诗意时光，情深意浓，如《寄赵蓉裳表姊》：“忆得月明凉露下，瑶阶同采海棠花。”[③] 沈善宝《名媛诗话》中选入钱凤纶寄给闺友林以宁之诗《秋日简林亚清》云：“同人清秋不同赏，却凭青鸟寄相思。”同在清秋，却不能与闺友同赏秋景，只能寄信聊表相思，其思念之情跃然纸上。《名媛诗话》中又选入顾太清赠沈善宝之诗：“十载交情如手足，一朝别我去匆匆。”闺友相知相交足有十载，友情历久弥新，已经融成了生命中不可或缺的部分。沈善宝亦在《名媛诗话》中记载：“余寓春明已十二载，最相契者太清、孟缇，不减同气之谊。”[④] 她把最好的两个朋友记录在诗话作品中，言语之中不禁流露出脉脉温情。恽珠《国朝闺秀正始集》中收集的廖云锦《喜高平表妹至》：“晚来又恐轻言别，月底灯前系梦思。”[⑤]

明清女诗人描写闺友之间情谊的诗歌，多写闺友间结伴游玩之乐，依依惜别之情，别后思念之意，以及悼亡时撕心裂肺之痛，其感情之深沉真挚，是前代女诗人所难以企及的。闺友对于女诗人来说，不仅仅是朋友，甚至还是精神寄托与灵魂知己，是生命中不可或缺的一部分。与同时代的男性诗人描写男性之间的友谊相比，女性友谊的情感深度是丝毫不逊色的。因此，明清女性诗论家极乐于收集此种题材的诗歌，她们

① 毛国姬. 湖南女士诗钞所见初集［M］//贝京. 湖南女士诗钞. 长沙：湖南人民出版社，2010：307.

② 毛国姬. 湖南女士诗钞所见初集［M］//贝京. 湖南女士诗钞. 长沙：湖南人民出版社，2010：293.

③ 沈善宝，珊丹. 鸿雪楼诗词集校注［M］. 北京：中国社会科学出版社，2012：6.

④ 沈善宝. 名媛诗话［M］//王英志. 清代闺秀诗话丛刊. 南京：凤凰出版社，2010：585.

⑤ 恽珠. 国朝闺秀正始集［M］. 清道光十一年（1831）红香馆刻本.

记录、描述并评论着这些温暖过女性心灵的闺友诗歌。

三、家国题材

明清时期的部分女诗人因博通经史、学养深厚，她们的目光已不再局限于闺阁之中，她们的笔触也不再只是注重个人之情感，围绕一己之悲欢，而是突破了狭小的格局，对政事与民生表现出强烈的兴趣，其视野和胸襟均有极大提升。明末和清末的女诗人又陡遭家国之变，感慨尤深，痛楚尤重，她们将身世之感融入深沉的家国之叹，扩大了诗歌的格局，走出了私语化的空间，成功实现了女性诗歌的感怀题材由家到国的转变，使之不再一味轻灵虚幻、柔美婉约，而成为具有厚重感和历史意义的诗史作品。

这些具有家国情怀的作品也是女性诗论家乐于收集并评论的题材。明清女诗人笔下的家国情怀首先体现在咏史诗数量的增多，凝聚了女性诗人对历史兴衰和王权变更的深入体悟，也表现出对历史人物的政治思考。明初已有女诗人感故怀今，如明初海宁朱妙端曾作下《白纻词》："君王沉醉乐未央，台前月落天苍苍。"① 此事讽刺了吴王夫差之荒淫，方维仪评其"虽乏新奇，而句句铿锵"。清代女诗人所作之咏史诗更是数不胜数。沈善宝《名媛诗话》中就曾载桐城吴氏女"秉性高洁，好读历代史鉴，《金陵怀古》诗最佳"，并收入了《南齐》《梁》《陈》《南唐》等咏史诗。以2015年中华书局出版的《清代闺阁诗集萃编》为例，据相关学者统计，集内80位清代女诗人共有传诗篇30358首，其中咏史诗占据了3.8%。此比例并不逊色于当时的男性诗人。② 清代以前的女诗人虽然也有创作咏史诗，但只是个例，到了清代，女诗人咏史诗的创作

① 张明叶. 中国古代妇女文学简史［M］. 沈阳：辽宁教育出版社，1993：336.

② 马昕. 清代女性诗人的历史歌咏与性别意识［J］. 苏州大学学报（哲学社会科学版），2019，40（2）：138-146.

蔚然成风，“达到了全面成熟繁荣、作者众多、体裁多样、见解精到的境况”。[①] 家国情怀表现在明清女诗人不回避战乱题材，反而创作众多反映现实的诗作，作品被烙上了鲜明的时代印记。崇祯十七年（1644），清兵入关。清初，侯氏女诗人共筑岁寒亭，与祁氏女诗人唱和遥相呼应，在诗词中抒发家国之痛。沈善宝《名媛诗话》中就收入了侯怀风《感昔》云：“居延蔓草萦枯骨，太液芙蓉失旧颜。成败百年流电疾，苍梧遗恨不堪攀。”沈善宝言其为前明文节公侯岐曾女，并评诗云：“感慨沉雄，各极其妙。”家国情怀在女诗人作品之中表现为关心国计民生，虽然处江湖之远，但依然忧庙堂之高，抒发报国之志。毛国姬《湖南女士诗钞所见》记载湘潭慈石老人在《七十生辰作》中殷殷嘱咐子孙：“官名父母须慈祥，家有子孙要蕃硕。呜呼六歌兮歌思迟，筵前看酒民膏脂。”[②] 慈石老人虽年已七十，仍然忧国忧民，并提醒子孙要遵从为官之道，思民之苦，爱民如子。

女性诗论家对具有家国情怀的诗歌极为推崇。施淑仪在《清代闺阁诗人征略》中提到她本人有“崇拜女豪杰之微意”，而该书亦选入上马杀敌的毕著、有鉴湖女侠之称的秋瑾等女豪杰的诗篇，表现出施淑仪对女性豪杰的大力赞许，对家国情怀的推崇。沈善宝亦云：“造物于侬数太奇，凌云有志限蛾眉。”[③] 沈善宝的《名媛诗话》中收录并评论了大量具有家国情怀、关心百姓疾苦的诗歌。高景芳写《输租行》，她对此评道：“笔力雄健，巾帼中巨擘也。”并云：“古诗闺阁擅场者虽不甚少，而畅论时事恍如目睹者甚难多得。”[④] 徐治都的夫人许氏，精韬略，善骑射，作有《马上歌》：“快马轻刀夜斫营，健儿疾走寂无声。归来金镫齐敲响，不让须眉是此行。”沈善宝赞曰：“侠气豪情，溢于楮墨。”毛国

① 张海燕，赵望秦．清代女作家咏史诗创作考论［J］．云南社会科学，2013（3）：178-181.

② 毛国姬．湖南女士诗钞所见初集［M］//贝京．湖南女士诗钞．长沙：湖南人民出版社，2010：31.

③ 沈善宝．鸿雪楼诗选初集［M］．清道光十六年（1836）刻本．

④ 沈善宝．名媛诗话［M］//王英志．清代闺秀诗话丛刊．南京：凤凰出版社，2010：371.

姬《湖南女士诗钞》中收入家国情怀诗作亦较多，如江峰青《刘巡按熙祚》道："瞻岳城头夜火然，敢辞碧血洒湘川。"又道："题诗一字千行泪，长得丹心映楚天。"① 下笔壮怀激烈，描摹宏大而悲壮的战争场面，歌颂巡按刘熙祚为国为民的付出。覃树英《题秦良玉像》："英雄更胜男儿胆，绝塞能驱十万兵。"② 赞美秦良玉的英姿飒爽、为国请命。又录湘潭石氏《读史》十六首、覃光瑶《读史》等。

四、游仙题材

由于生活空间的扩大，以记游为主题的诗歌在女性创作中分量渐渐加重。在前朝女诗人中，记游诗词较少，这是女性生活空间受到限制所致。而明清时期，女性生活空间相对扩大，她们有机会跨越闺门，可以暂时脱离狭小沉闷的闺中生活，走向更广大的天地，从而拥有更开阔的视野。但是，女性诗人只是有了跨越闺门的机会，出游对于绝大多数女性诗人来说并没有形成常态，她们更多的时间依然被囿于闺阁之中，但她们渴望自由的心灵却不会被闺阁所束缚住，这个时候，大量游仙诗诞生了。

"游仙"是中国文学史上一种特殊的题材，始于先秦，唐宋时趋于兴盛，明清时犹有余韵。游仙诗也常被认为有"烟霞"之思，"烟霞"即是山水，而山水则是仙人隐居之地，是仙境所在之处。如果说记游诗反映了明清女诗人现实生活空间的扩大，游仙诗则反映了明清女诗人精神空间的升华。山水之思和游仙之意结合起来，让诗歌有清幽出尘之感。游仙诗里，她们可以用文字构建一个属于自己的桃花源，表现对自由与美好的向往。游仙诗让她们在虚构的桃花源里去经历现实生活中无法体会到的畅快与浪漫，从而获得了精神层次的超越与自由。在这个精神世界里，她们的焦虑得到了缓解。"游仙"也成了女性诗选和女性诗

① 毛国姬. 湖南女士诗钞所见初集［M］//贝京. 湖南女士诗钞. 长沙：湖南人民出版社，2010：41.

② 毛国姬. 湖南女士诗钞所见初集［M］//贝京. 湖南女士诗钞. 长沙：湖南人民出版社，2010：168.

话中的新型题材。

女性诗论家本人也喜创作游仙题材。如沈善宝，就曾写有游仙诗："无端就枕作游仙，海上三山到眼前。"她在诗中写自己在梦中到了海山神山，见到澄澈精英的琉璃世界，波光万顷，碧海青天，汪汪一碧，待到日出东方，更是绮丽之景。"海水都作胭脂红"，彩云锦缎一般如同被仙人裁成，令人心旷神怡；"冯夷忽启水晶宫，银涛雪浪飞千尺"，描写场面瑰丽，气魄宏大，其中所着意表现的是一种向往自由、无拘无束的憧憬之情。沈善宝又作有《女游仙》十首，想象自己到了瑶池仙台，与许飞琼、嫦娥等仙女俯瞰人世，种植紫芝。骆绮兰曾作有《纪梦诗》八首、《女游仙》二十首，皆写女子游仙之事，想象亦是奇特瑰艳，"辄飘飘有凌云之意"，其诗歌序言说明自己写诗是为了"志私心之景向"，即表达内心之向往。骆绮兰才华卓越，又有着强烈的求名意识，却早寡无子，只得领养一个女儿以解膝下凄凉，生活艰辛坎坷。而在游仙诗中，她得以超越这辛酸的俗世，进入瑶台仙宫，与众仙女一起自由自在、无拘无束地生活。现实中所不能实现的一切梦想在游仙诗之中得到了弥补和满足，才女心中的创伤也从而得到了抚慰。

恽珠《国朝闺秀正始集》中收入江峰青的《纪梦》："添香永昼小游仙，路入蓬壶别有天。洞口云深无犬吠，山头鹤懒伴松眠。棋闲静对余花落，果熟新偷异味鲜。留得清音鸾啸在，一回吟赏一逌然。"① 毛国姬《湖南女士诗钞所见》也收入了此篇。篇前有诗序，为文笔清逸的散文，详细讲述了梦中游仙所见，可视作诗的注解。女诗人"梦乘小舟，因风吹泊，登岸缓步，憩大树下，见二青衣"，由此步入一个缥缈旖旎的游仙梦境，与仙人携手芳园，唯闻香气，"见林峦耸翠，楼阁缥缈，风鬟雾鬓，络绎来逆，相顾而笑，皆若素识"。梦境之中仙境奇遇，自不消言。结句道："语未竟，忽狂风一阵，众俱不见，余亦惊醒而起，则夕阳西堕，月上帘钩，追忆胜会，历历宛如在目，因援笔纪之。"② 毛

① 恽珠. 国朝闺秀正始集［M］. 清道光十一年（1831）红香馆刻本.

② 毛国姬. 湖南女士诗钞所见初集［M］//贝京. 湖南女士诗钞. 长沙：湖南人民出版社，2010：42-43.

国姬《湖南女士诗钞所见》又录入醴陵文廷凤《梦游仙》，女诗人在玉宇瑶池中遇见众女伴并共读《法华经》，以雪为餐，余香满口，可谓风雅逍遥："绛雪餐余口尚香，灵璈奏彻景初长。果然兜率多离憾，不为繁华也断肠。"① 再有罗瑞琼《桃源洞》："漫说桃源道路赊，红云绕洞是仙家。渔郎犹自凭春信，流水溶溶问落花。"② 诗人表现出对世外桃源的向往。王浣香《题月明林下美人来图》："昨夜梦游罗浮乡，梅花万树成梅庄。香云艳拥不知处，只觉耳目皆芬芳……"③ 取唐代《龙城录》"罗浮梦"，即赵师雄梦中邂逅梅仙之典故，从女性角度对游仙之境进行更加细腻风雅的呈现："醒来霜月半窗寒，满地梅花香不扫。"沈善宝《名媛诗话》中亦收入陈筠湘《夏日游仙诗》、江峰青《纪梦》、王兰佩《游仙曲》等多首游仙诗。

游仙是明清女诗人对传统闺阁题材的重大突破。女性诗论家还把"才华"跟"成仙"进行了具体对接，在品诗评诗时产生"才媛仙化"之说，认为才女不仅梦中可以游仙，死后亦可以进入仙境。如沈纫兰悼念叶小鸾的诗中就有"一偿诗债游仙去，可到三山伴紫云"④ 之句，汪端题《叶琼章自写双美图》其三也有赞叹叶小鸾是仙才故命不长之句："落花风是返生香，自古仙才命不长。"⑤ 在游仙诗中，她们摆脱了现实与身份的重重束缚，展现了独立的思想意识，表现了她们对美好生活的向往以及对人生意义的终极追求。

小　结

一般来说，诗论家对诗歌作品的鉴赏与评论，会赋予作品新的生

---

① 毛国姬．湖南女士诗钞所见初集［M］//贝京．湖南女士诗钞．长沙：湖南人民出版社，2010：266．

② 毛国姬．湖南女士诗钞所见初集［M］//贝京．湖南女士诗钞．长沙：湖南人民出版社，2010：313．

③ 毛国姬．湖南女士诗钞所见初集［M］//贝京．湖南女士诗钞．长沙：湖南人民出版社，2010：388．

④ 叶绍袁．彤奁续些［M］//叶绍袁，冀勤．午梦堂集．北京：中华书局，2015：820．

⑤ 汪端．自然好学斋诗钞［M］//冒俊．林下雅音集．清光绪十年（1884）刻本．

命。明清女性诗论家对女性诗人作品的细心解读，犹如拂去玉石上的尘埃，使之呈现出更温润莹洁的光泽。这些诗歌作品题材之广泛，内容之深刻，为前代女诗人所难以企及。

女性诗论家品评作品风格时，大多偏好“去脂粉气”的风格，这是向男性诗学风格的自动靠拢，体现了女性诗论家试图让女性诗歌融入主流诗学并获得认可的决心和努力。但也有少部分女性诗论家认识到一味以男性诗学标准要求女性诗歌，会导致其在性别特征上的迷失，并不利于女性诗歌的发展，因此提倡坚持“闺阁本色”。更有女性诗论家主张多种风格兼收并取，赞同“双性同体”。主张诗歌风格的多样化正是女性诗论走向成熟的标志。

女性诗论家在品评作品审美倾向时，多用“清”“灵”“逸”“愁”等审美范畴。“清”表现出女诗人以“清”为核心的审美旨趣，“灵”体现出女诗人受到性灵说影响后作品表现出的灵趣，“逸”则表现出女诗人个性化的审美风格，而“愁”是女性诗人诗歌中千古不变的主题与基调。

女性诗论家关注女性诗人所创作的所有题材，较为特别地为本书拈出的这四种。课子为前人未曾涉及过的新型题材，表现了她们对母教角色的认同，对妇德女道的自觉遵守；闺友题材的诗表明了一个崭新的女性社交网络与诗学空间的形成；家国抒发了她们心忧天下的情怀以及报国救民的愿望，并从女性视角重新审视历史中被男权社会忽略的女性命运；游仙题材的诗则投射了她们对自由和美好的永恒向往，以及超越现实世界的浪漫情怀。这些题材反映了她们的家庭责任感、社会责任感、历史使命感，以及对自身精神层次的哲学追求。

与男性诗论家对女性诗歌的标签化不同，女性诗论家在品评时常有自身角色的代入，对文本的解读更为细致和具体，更契合女性诗歌的实际情况。明清女性诗论家作品论中所展现的丰富的作品风格，多样化的审美倾向以及前代女诗人诗作中少有的新型题材，都表明明清女诗人的诗歌作品并非梁启超所描绘的仅仅“批风抹月、拈花弄草”而已。

第六章　明清女性诗论之创作论

创作论方面，明清女性诗论家的探索比前代女性诗论家来得更加全面。从创作合理性、创作动机、创作的美学标准、创作的灵感妙悟、创作的具体方法到创作所要秉承的诗学话语等方面，明清女性诗论家都进行了较为深入的探索和研究，并形成了一系列较有理论指导意义的诗学结论。

明清女性诗论家在创作论上仍然深受男性文人影响，在她们的诗学思想中男性诗论的烙印清晰可见，但女性视角和独特的生活体验依然让她们的诗学思考展现出不同于男性诗论的特质。她们关于创作的诗学理论是从自身和闺友的创作实践中总结而来，更契合女性创作心理，更适合指导女性诗人进行创作。

第一节　诗实我辈分内物：创作合理性

明清女诗人面对的处境较为复杂，一方面，“妇言不出于阃”“女子无才便是德”的说法根深蒂固，女性的灵性依然被压抑；另一方面，官方和民间又大力推崇女才，支持女性创作。两种声音同时存在，难分高下。不少女性诗论家在这喧嚣的话语场中上下求索，希望探求出一条适合女性发展的诗歌之路，寻找一方让女性能够自由发挥诗才的天空。

由明到清，精英阶层越来越赞同让女性读书和创作，在这样浓郁的读书氛围和友好的文化环境里，女诗人耳濡目染，具有了女性创作的自觉性与使命感。为此，在遇到反对之声时，女性诗论家迫切需要找到支持她们作诗合理性的依据来进行有力反驳，从而为女性诗人从事诗歌创作扫除思想障碍。

一、二南留得后妃诗

男性文人支持女性创作，大多从《诗经》中为女性寻找创作合理性的源头。受男性诗人影响，女性诗人也以《诗经》之中多录女子之诗来肯定女子作诗的正当性与合理性，试图构建一个以《诗经》为源头的女性诗学传统。

序跋之中，女性诗人对此多有阐发。骆绮兰在《听秋轩闺中同人集》序言中说："兰思三百篇中大半出乎妇人之什……而仍存之于经者，何哉？"[①] 骆绮兰认为，《诗经》三百篇大半出自社会各个阶层的女子之手，如果圣人孔子拘泥于内言不出的迂腐之见，则早把这些诗篇给删尽了。如今还能在《诗经》中看到女子手笔，证明女子作诗在圣人看来亦是合理的。江阴陈蕴莲在《信芳阁诗草》自序中道："或谓词章非闺阁所宜，则古作充栋汗牛，未尝弃巾帼而悉取冠裳也，则无待余之置辨矣。"[②] 陈蕴莲强调，如果女诗人不宜作诗的话，为何古人还要留下女诗人的作品呢？因此，女子作诗的合理性就显而易见了。恽珠也提出同样观点："昔孔子删《诗》，不废闺房之作。"[③] 阳湖钱希则直指言女子不宜作诗之人乃"俗人""笨伯"。她说："俗人每云女子不宜吟诗，此辈笨伯之言，不知出何经典。人所珍重者三百篇。然三百篇中，后妃何尝无诗耶？"[④] 苏州华浣芳在其诗集《挹青轩稿》自怡录中亦有以《诗》三百多女子之作来反驳丈夫空明先生的女子不宜作诗之论。空明先生道："女子有甚好诗？随意做首便了。"浣芳道："先生差矣。只看《诗》三百篇，《周南》《召南》尤为妇人之作居多，又安见女子之不胜

① 骆绮兰．听秋轩闺中同人集诗序［M］//胡晓明，彭国忠．江南女性别集二编．合肥：黄山书社，2010：695．

② 陈蕴莲．信芳阁诗草序［M］//胡晓明，彭国忠．江南女性别集三编．合肥：黄山书社，2012：394．

③ 恽珠．国朝闺秀正始集［M］．道光十一年（1831）红香馆刻本．

④ 钱希．云在轩集［M］//胡晓明，彭国忠．江南女性别集初编．合肥：黄山书社，2008：1419．

丈夫耶?”①

在论诗诗中女性诗论家对此也多有提及，如沈彩在《论妇人诗绝句四十九首》中云：“诗三百首首关雎，淑女闺房窈窕思。乐不淫兮哀不怨，原来诗首妇人诗。”② 沈彩指出，《诗经》开篇就是歌咏窈窕淑女的《关雎》，其诗温柔敦厚，乐而不淫，哀而不怨。整部《诗经》都贯穿了这一风格，正是得益于开篇这首妇人之诗的引领之功。方静云《与儿媳夏玉珍言诗》云：“闲吟风雅绣余时，谁道诗非女子宜。不解宣尼删订意，二南留得后妃诗。”③ 静云直接反问“谁道诗非女子宜”，连孔子删《诗经》时都留下了女子之诗，可见女子创作乃天经地义之事。蒙古族女诗人那逊兰保在《题冰雪堂诗稿》中亦云：“《国风》《周南》冠四始，吟咏由来闺阁起。漫言女子贵无才，从古诗人属女子。”④

女性诗论家从《诗经》中的女性创作进行追本溯源，充分肯定女诗人拥有书写的正当权利。她们热情鼓励女子作诗，试图解除女诗人作诗的思想包袱与妇德束缚。

二、彤管与箴管并陈

明清女性诗论家将作诗纳入“妇言”，从而将作诗纳入“四德”之内，作诗也就理所当然地成为女性诗人的分内之事。曹贞秀《写韵轩小稿》中跋《合杏楼诗册》云：“夫三代有公宫之数，诗亦妇言之一也。”⑤ 曹贞秀明确指出，诗乃妇言，当然属于四德之一。“宋儒著论，

① 华浣芳. 挹青轩稿［M］//胡晓明，彭国忠. 江南女性别集五编. 合肥：黄山书社，2019：362.

② 沈彩. 春雨楼集［M］//胡晓明，彭国忠. 江南女性别集三编. 合肥：黄山书社，2012：40.

③ 沈善宝. 名媛诗话［M］//清光绪五年（1879）鸿雪楼刻本.

④ 那逊兰保. 芸香馆遗诗［M］. 同治十三年（1874）刻本.

⑤ 曹贞秀. 写韵轩小稿［M］//胡晓明，彭国忠. 江南女性别集初编. 合肥：黄山书社，2008：420.

乃谓妇人不宜作诗。夫作诗若陈太安人，又宁可废乎？”[①] 曹贞秀又据此反驳宋人反对女子作诗的陈腐观点，并充分肯定陈太安人的诗歌价值，女子作诗若能达到这样的高度，又如何能停止不作？嘉庆年间的甘立媃在《咏雪楼稿》自序里说：“予幼从父受书，闻先大夫训词，以为‘妇德’首‘德’次即‘言’，‘言’非口舌出纳之谓。人各有心，在心为志，发言为诗，则诗即‘妇言’之见端也。”[②] 这亦是指出妇德之首是“德”，其次是“言”，而诗就是女性的心声，作诗乃是女性正当的权利。

陆卿子为明代女诗人项兰贞的《咏雪斋遗稿》作序时认为，家务劳作固然是女子之职，但在不耽误本职的情况下“效往古女流，遗风剩响而为诗”也是合理的，作诗乃女子正当之权利，不仅男子可为诗，女子亦可为诗，因此“诗固非大丈夫职业，实我辈分内物也”。[③] 恽珠认为，作诗乃妇言，与妇德并行不悖，其实也就是陆卿子诗“实我辈分内物”的另一阐发。恽珠在《国朝闺秀正始集》弁言中说：“后世乡先生每谓妇人女子职司酒浆、缝纴而已，不知《周礼》九嫔掌妇学之法，妇德之下，继以妇言。言固非辞章之谓，要不离乎辞章者近是。则女子学诗，庸何伤乎？”[④]

顾若璞指出，作为闺秀，自然知道妇人之职在于管理好家务，并不在于娴弄笔墨，但是“物有不平则鸣”，因此古往今来，都有才女诞生，并以班昭、左棻为依据，认为“彤管与箴管并陈”[⑤]。文学写作并不属于女性的分外之事，而是与家务琐事可以并行不悖的，其语与陆卿子之言如出一辙。女子作诗并非要与男子一较高下，而是因为有着“物有不平则鸣”的创作冲动。顾若璞在为弟妇黄孝昭《闺晚吟》题词时亦道：

---

① 曹贞秀. 写韵轩小稿［M］//胡晓明，彭国忠. 江南女性别集初编. 合肥：黄山书社，2008：420.

② 甘立媃. 咏雪楼稿［M］. 清道光二十三年（1843）半偈斋刻本.

③ 陆卿子. 题项淑《裁云草》序［M］// 胡文楷，张宏生. 历代妇女著作考. 李志生，译. 上海：上海古籍出版社，2008：176.

④ 恽珠. 国朝闺秀正始集［M］. 清道光十一年（1831）红香馆刻本.

⑤ 顾若璞. 卧月轩稿［M］//胡晓明，彭国忠. 江南女性别集五编. 合肥：黄山书社，2019：100.

“妇德兼妇言，古识之矣。”

第二节　乐足以抒写：创作动机

与明清之前的女性诗人相比，明清时代的创作环境宽松了很多。她们写作不是为了取悦特定对象而发出的言不由衷之声，不是为了像男子那样一举中第，而是为了抒发自己的情怀志向，真实地表达自己的情感，记录自己对生命和生活的细腻体验，是自然而然的事情，是为“物有不平则鸣”和“言所欲言”。女性诗论家研究考察女诗人的创作动机，多发出“乐足以抒写”的声音。

创作对于明清女诗人来说起初更大程度上是一种纯粹的审美活动，因审美的愉悦而进行的非功利性之创作。她们异常勤奋地书写，其动机并非一定要从书写中获得什么功名利益，而是抒发本心的情感，创作带来的快乐本身就是最大馈赠。而随着自我意识的逐渐苏醒，女性诗人渐渐不只将诗歌创作当作消遣娱乐，还将其视作自身的生命寄托与精神归宿，从而萌发了对才名的渴望与追求。

一、创作发乎性情

明清女性诗论家认为创作是发乎性情的，无论男性还是女性，都会有创作的冲动。陈蕴莲就曾意识到“（诗）皆存乎人之性，发乎人之情”，并以“古作充栋汗牛，未尝弃巾帼而悉取冠裳”来反驳“词章非闺阁所宜”。[①] 作诗本来就是存于人性之中，将所知、所感、所想诉诸文字是人之常情，男子如此，女子亦如此。她们在创作及诗论作品中也言明这一点。王微曾道：“参诵之余，一言一咏，或散怀花雨，或笺志水

① 陈蕴莲．信芳阁诗草自序［M］//胡晓明，彭国忠．江南女性别集三编．合肥：黄山书社，2012：394.

山；喟然而兴，寄意而止。妄谓世间，春之在草，秋之在叶，点缀生成，无非诗也。诗如是，可言乎？不可言乎？”① 不事雕琢的诗歌从女性心里自然流淌而出，是心声的表达，所谓“喟然而兴，寄意而止”。清代汪端将自己的诗集取名为《自然好学斋时钞》，意思是自己创作诗歌纯粹是出于天然之心，自然而然，水到渠成而已。

吴藻为《翠螺阁诗词稿》作序云：“自来韵语之作，所以发抒性情，不仅才人有集，抑亦吾辈所不废。或专事女红不暇旁及耳。”② 吴藻指出，由于诗歌创作是为了抒发人的性情，男子乐于创作，女子也热衷于此，是自然而然之事。也有女子虽有诗才但忙于女红等事无暇顾及，如若有暇，定然也会自然而然地投入创作。黄友琴为《国朝闺秀正始集》作序云“女子之于诗，较男子为尤近”，女子与诗歌的关系比男子与诗歌的关系更为亲近，也更为纯粹，女子不担任社会职务，她们的创作之心更为纯粹与通透。在诗歌中，她们观照自我的生命历程，反映自己的内心世界，释放自己的真实性情，分外真挚动人。“一任天机，了无足异。”③ 因此，女诗人极其珍爱自己的作品，甚至视它们为自己精神的化身。清代蕉园七子之一的女诗人毛媞，幼承庭训，才名卓著，但年近四十仍无子嗣，她曾自持其诗卷曰：“诗乃我神明为之，即我子矣。”④ 她认为自己的作品是智慧与心血的凝聚，便如她的孩子一般，是她心灵的反射，是她生命的延续，是她人生价值的体现，因此她并不感到孤单。

据沈善宝《名媛诗话》记载，闺友温如玉曾道：“他日结邻邗上，作闺中之元、白，讨论诗文以娱暮景，于愿足矣。”⑤ 她憧憬自己的晚景便是和闺友如同白居易和元稹一般唱和联吟，讨论诗文，如此便心满意

① 胡文楷，张宏生．历代妇女著作考［M］．李志生，译．上海：上海古籍出版社，2008：88.

② 吴藻．翠螺阁诗词稿序［M］//胡晓明，彭国忠．江南女性别集初编．合肥：黄山书社，2008：866.

③ 恽珠．国朝闺秀正始集［M］．清道光十一年（1831）红香馆刻本．

④ 施淑仪．清代闺阁诗人征略［M］//施淑仪，张晖．施淑仪集．北京：人民文学出版社，2011：103.

⑤ 沈善宝．名媛诗话［M］//王英志．清代闺秀诗话丛刊．南京：凤凰出版社，2010：468.

足，再无遗憾。创作和呼吸一般成了女诗人生命中再自然不过的事情。

二、尽把诗篇消永日

女性诗论家认为，诗歌创作让女诗人的情感得到了寄托，心灵得到了慰藉。正是诗歌令女诗人超越日常生活的限制，获得了精神层次上的满足，得到了最大程度的放松与快乐。王佩华《愿香室笔记》中论写诗说：“诗之为道，乐足以抒写，闷足以排遣，躁足以断退，倦足以驱除，病足以消减，懒足以振作，岂独吟弄而已。”① 吟诗可以给精神带来极大的慰藉，从而对身心都有裨益。这也是女性诗人动笔创作的一大动机。

在女性诗论家叙述女诗人的创作缘起时，经常会提到“自遣”“自娱”。沈善宝《名媛诗话》记载宋婉仙“早寡，以诗自遣”。“自遣”说明宋婉仙写诗只是为了自抒怀抱，驱散早寡带来的痛苦与寂寞，其《煮茗》诗句“推出落梅风，关门煮香雪”，其风雅之情，清新之意，的确有涤荡心灵、治愈灵魂之效。② 王凤娴早寡，“遇其愁苦抑郁，亦间一抒写于诗。俯仰三四十年间，荣华凋落，奄忽变迁，触物兴情，警离吊往，无不于诗焉发之”。只要遇到令人哀愁忧伤之事，都在诗中倾诉，而胸中郁结也因此得到纾解。陈蕴莲在《信芳阁诗草》自序中道：“少长，觉女红之外，惟翰墨足以涵养性灵，而通我诚款，畅我襟怀，尤于诗有偏嗜焉。”③ 书墨滋养心灵，诗歌足矣畅怀，因此她便爱好作诗。而陈蕴莲病中亦以诗为伴，颇觉怡然：“独坐深闺谁是伴，半床诗史数瓶花。”④ 正是读诗、作诗令她获得了单纯的审美愉悦，并使其获得了心灵的超脱，有助于身体的疗愈。严永华在《春闺杂兴》中道：“尽把诗篇

① 王佩华. 愿香室笔记：内编［M］. 民国十年（1921）刻本.

② 沈善宝. 名媛诗话［M］//王英志. 清代闺秀诗话丛刊. 南京：凤凰出版社，2010：382-383.

③ 陈蕴莲. 信芳阁诗草自序［M］//胡晓明，彭国忠. 江南女性别集三编. 合肥：黄山书社，2012：394.

④ 方秀洁，魏爱莲. 跨越闺门：明清女性作家论［M］. 北京：北京大学出版社，2014：31.

消永日，不知庭外落花深。"[①] 深闺清静，花香袅袅，女诗人以作诗自娱，沉浸在这样的审美意境之中，竟不知落花已深。郭润玉在《簪花阁诗》自序中道自己幼时曾患顽疾，卧床足有四五年，"顾独喜诵诗。闻阿父论诗，则凝思寂听，若有所得，神志都爽"。[②] 郭润玉"既而疾渐愈"，诗歌对精神的治愈抚慰之效不可忽略。后来郭润玉对诗的热爱持续了一生，"嗜诗最笃，日手一帙，寝食与俱"。[③] 王贞仪在刊刻诗集时表明自己写诗只是为了"自娱"："剑头一映，聊用自娱。犹之鸟之鸣春、虫之语秋，言所欲言而已。"归懋仪作《夜坐》诗写道："绣罢吟诗消夜，新泉试取烹茶。绮阁箫声明月，空庭人影梅花。"[④] 此诗描写自己在新泉烹茶、明月梅花的静雅环境中吟诗，浸满娴雅悠然之意。对疲于奔波、四处授徒的闺塾师归懋仪来说，吟诗让她精神上得到放松，她的创作目的也是自娱。吴文媛在《女红余绪》自序中道："虽曰声名有限，人焉能知；须教韵事无穷，我还生受。"[⑤] 吴文媛阐明自己并非为了声名，而是作诗时喜乐无限的感觉，使得她愿意投入自己的时间与热情，为之沉醉不已。顾若璞在《卧月轩稿》自序中云："冀以自发其哀思，舒其愤闷，幸不底于幽忧之疾。"[⑥] 顾若璞中年丧夫，终日操劳，她认为是读书写作使得她得以自抒其思，免于得疾。随园女弟子金逸体弱多病，但沉迷作诗，诗友郭麐写诗称她"赖有诗篇能过日，不然病骨奈三年"，正是写作，减轻了她的痛苦。沈善宝诗中也有"幸得诗魔送病魔"

① 严永华. 纫兰室诗钞［M］//胡晓明，彭国忠. 江南女性别集三编. 合肥：黄山书社，2012：815.

② 郭润玉. 湘潭郭氏闺秀集［M］//贝京. 湖南女士诗钞. 长沙：湖南人民出版社，2010：427.

③ 郭润玉. 湘潭郭氏闺秀集［M］//贝京. 湖南女士诗钞. 长沙：湖南人民出版社，2010：458.

④ 归懋仪. 绣余小草［M］//胡晓明，彭国忠. 江南女性别集二编. 合肥：黄山书社，2008：822.

⑤ 胡文楷，张宏生. 历代妇女著作考［M］. 李志生，译. 上海：上海古籍出版社，2008：299-300.

⑥ 顾若璞. 卧月轩稿［M］//胡晓明，彭国忠. 江南女性别集五编. 合肥：黄山书社，2019：100-101.

之句。[①]

甚至部分女性诗论家作诗论的动因也在于此。季娴在《闺秀集》自序中曾道她钟爱读闺秀之诗，因此阅读之余便手录一编，“用自怡悦，兼助女婧”[②]，完全是因为读诗让自己心生喜悦，所以才选诗作诗论。柳如是《古今名媛诗词选》自跋道：“山庄无事，辄亲笔砚，间录古今名媛诗词以遣兴。”[③] 这是因为诗歌的创作与评论起到了审美愉悦、情志宣泄的效果，能让女诗人和女性诗论家不用郁结于心，还有着有益身心的效果。

三、寄忧愁以抒意

女性诗论家认为，诗歌是女诗人生命存在的证明，也是慰藉其灵魂的生存方式。女诗人靠写诗来超越苦难，继而使生命得以升华。正是写诗给她们苦难的生活增添了一抹亮色，令她们“生如蚁而美如神”，敏锐感知并记录下生活中的忧苦悲伤以及点滴美好，记录下个人的心灵痛史和生命轨迹，从而领悟生而为人的价值与意义，获得心灵的平静与满足。

仁和徐鸿谟在《娱清女史诗词集序》中记录妻子郑兰孙的创作动力乃是“寄忧愁以抒意，托词句以写怀”。[④] 郑兰孙自己亦在《莲因室诗词集前序》中道：“东阁观梅，时有寄怀之什；西窗剪烛，每多寓感之词。”[⑤] 郑兰孙幼时失父，孤苦忧愁，相依继母，吊影生怜，成年后又远嫁他乡，夫家贫困。她将点点滴滴的温馨与美好，例如东阁观梅、西窗

① 沈善宝，珊丹. 鸿雪楼诗词集校注［M］. 北京：中国社会科学出版社，2012：12.

② 季娴. 闺秀集初编［M］//四库全书存目丛书：集部第414册. 济南：齐鲁书社，1997：330.

③ 潘冬梅. 文本·作者·性别：浅议《列朝诗集·闰集》香奁部分的编选与时代［J］. 中国文学研究，2005（2）：54-57.

④ 郑兰孙. 莲因室诗词集［M］//胡晓明，彭国忠. 江南女性别集二编. 合肥：黄山书社，2010：1019.

⑤ 郑兰孙. 莲因室诗词集［M］//胡晓明，彭国忠. 江南女性别集二编. 合肥：黄山书社，2010：1023.

剪烛之事记录下来，以此来对抗生命中的寒冷。杭澄在《卧雪轩集自序》中认为自己一生坎坷、几度涉险，其忧愁抑郁之心境、疾病悲哀之状况，又不愿语之于人，于是便将满腹辛酸付诸笔墨，以此来安慰和激励自己，获得生活下去的勇气与动力："聊以抒写性情，陈述志意，存之箧中，以志苦心耳。"[①] 吴柏《与父书》曾道："但女于此道，似有天缘……每于疾时愁处无可寄怀，便信口一吟，觉郁都舒，而忧尽释也。"[②] 吴柏父亲反对女儿作诗，吴柏便写诗向父亲解释，自己似乎与写作有缘，每次生病时忧愁郁结无法消解，信口吟诗，便觉胸中大为舒畅，忧愁也随之烟消云散。吴柏认为，某种意义上说，诗歌创作拯救了自己暗淡无光的生命，为其灵魂纾解忧愁，带来新鲜与活力，所以即使父亲强烈反对，她也不会放弃创作。

女性诗论家指出，许多女诗人的诗作，是对自己一生之中悲惨遭遇和忧伤经历的记录，通过诗歌创作，其郁结得以抒发，而同时其痛苦得到升华。甘立媃《咏雪楼诗存》自序表示，自己经历了太多的坎坷，骨肉变故、生离死别、险阻危难，不敢告知别人，也不愿告知别人，于是就一一写在了诗作之中，她的创作动机便是"写我心""言我志"，使后人"识吾志""体吾心"[③]，使自己灵魂在痛苦中焕发的光芒不至于熄灭不见。顾若璞为黄孝昭《闺晚吟》题辞中道："夫人则以吾弟怀才不遇，又值家中落，当秋风披帷，春月临轩时，聊诗以自解，亦以解夫子也。"[④] 顾家家道中落，丈夫怀才不遇，黄孝昭不仅以诗来纾解自己的忧愁郁闷，还以此开解丈夫之心结，顾若璞对此大为称赞。顾若璞又在《丁老亲母张夫人四十寿序》中道"士大夫往往以诗书为闺训"，女子若有了吟诗之才，虽无法像男子那样有以"一纸书胜十万师"的机会，亦

① 阮元，杨秉，夏勇．两浙輶轩录［M］．杭州：浙江古籍出版社，2012：2947-2948.

② 高彦颐．闺塾师：明末清初江南的才女文化［M］．李志生，译．南京：江苏人民出版社，2005：238.

③ 方秀洁，伊维德．美国哈佛大学哈佛燕京图书馆藏明清妇女著述汇刊：第一卷［M］．桂林：广西师范大学出版社，2009：381.

④ 顾若璞．卧月轩稿［M］//胡晓明，彭国忠．江南女性别集五编．合肥：黄山书社，2019：166.

“足以销愁送日”。[①] 施淑仪22岁时与蔡南平成婚，婚后生二子，俱早殇。后蔡南平游学日本返还后不幸早逝。时年施淑仪不满30岁，自此“茕茕在疚，莫可告语，则一以胸臆中抑塞无俚、凄清激楚之情罄写之于诗”。[②] 女性诗论家指出，女诗人写下诗歌，便是记录下自己的心灵痛史，抚慰自己受伤的灵魂，笔墨中蕴藏着的是她们心中的不屈与对生命的呐喊。这个时候，诗歌创作对她们来说不仅仅是消遣自娱之作，还是精神上的归宿。

人生虽然坎坷困苦，好在有诗相伴。诗可以慰藉女性诗人现实的苦痛和伤悲，淡化她们的孤独与不幸，使得她们暂时获得了灵魂上的超脱。

第三节　诗教与性灵：美学标准

诗教与性灵实际上是由来已久的诗歌美学标准。“诗教”从先秦起，温柔敦厚之风就成了儒家诗歌所重视的核心内容，孔子本人便是儒家诗教的创始人。而“性灵”二字，早在六朝的时候就由刘勰、钟嵘正式提出，唐代李商隐、宋代杨万里对此都有所发展，后来到了公安“三袁”手里，“性灵”学说被发扬光大。到了乾嘉之际，诗教和性灵便成为女性诗学最重要的美学标准。

一、端庄流丽并兼难

清代湘潭闺秀诗人郭漱玉《论诗》之十中道：“今古才人一例看，

① 顾若璞. 卧月轩稿［M］//胡晓明，彭国忠. 江南女性别集五编. 合肥：黄山书社，2019：172.

② 施淑仪. 清代闺阁诗人征略［M］//王英志. 清代闺秀诗话丛刊. 南京：凤凰出版社，2010：2181.

端庄流丽并兼难。桃花轻薄梅花冷，占尽春风是牡丹。”① 诗中指出，女诗人作诗同时要符合诗教与性灵的审美标准，达到端庄大方和风流隽丽并存。但端庄流丽并存，便如《红楼梦》中的钗黛合一达到兼美一般，是极为难得的。女诗人仍在创作实践中不断进行探索和调和，女性诗论家也在根据女诗人的创作实践不断地进行思考和总结。

盛清时期，性灵与诗教的审美标准分别由支配文坛的两大流派性灵派与格调派提出。性灵派代表诗人袁枚主张以“情”为宗，即写作要有真情实感，要契合个人的性情与特质，表现对个性自我与本色性情的尊重。格调派代表诗人沈德潜则推崇“温柔敦厚”的“诗教”主张。沈德潜认为温柔敦厚的诗教与女教为近，女性可以进行文学创作，但是必须遵守名教伦常，不能创作“嘲风月，弄花草”这样浮艳之诗歌。② 沈德潜在《清诗别裁集》的序言里更将“温柔敦厚”作为选诗的最高标准：“唯祈合乎温柔敦厚之旨，不拘一格也。”③ 他认为创作内容应该雅正平和，情感抒发应含蓄蕴藉。诗教成为女性诗学尤其是闺秀诗学最重要的规范。④

明清女诗人基本上接受了这两种美学标准，在中晚明时更倾向于性灵表达，到了清代尤其是盛清时期更注重温柔敦厚的诗教传统。总体而言，她们感性上与性灵派更为亲近，女诗人潜意识里认为诗歌书写不仅承担教化功能，它更深层次的意义是记录对生命和生活的真实体验；但理性上由于妇德观念的根深蒂固，她们对诗教则更加尊崇。“诗教”有利于女性诗歌的经典化，“性灵”则保护了女性诗歌的本真特色。⑤

《红楼梦》李纨对宝钗、黛玉所作海棠诗评判为：“若论风流别致，

① 郭润玉. 湘潭郭氏闺秀集［M］//贝京. 湖南女士诗钞. 长沙：湖南人民出版社，2010：415.

② 沈德潜. 绿净轩续集序［M］//胡晓明，彭国忠. 江南女性别集初编. 合肥：黄山书社，2008：87.

③ 沈德潜. 清诗别裁集［M］. 上海：上海古籍出版社，1984：1.

④ 宋清秀. 清代闺秀诗学观念论析［J］. 文学遗产，2014（5）：114-123.

⑤ 崔琇景. 清后期女性的文学生活研究［D］. 上海：复旦大学，2010.

自是这首；若论含蓄浑厚，终让蘅稿。”① 黛玉之作是典型的性灵之作，宝钗之作则秉承温柔敦厚的诗教，因此李纨认为宝钗的海棠诗胜过黛玉。李纨的此番论断，正代表了当时对女性诗人诗作评判的审美标准，性灵始终要让位于诗教。后来林黛玉菊花诗被推为第一时，黛玉依然说道：“到底伤于纤巧些。”② 这说明黛玉虽然更偏好性灵之风，但依然把诗教作为更高的诗学标准。小说正是当时诗学现实的反映。

二、情真景真皆为佳作

与“诗教”相比，“性灵”更符合女诗人的创作天性与审美追求。“性灵”需要的是创作主体敏锐的审美感知和巧妙的艺术构思，以及豁然开朗的思维状态、举重若轻的创作状态。袁枚在“性灵说”中树立了三个方面的审美标准，即真情、个性、诗才。③ 因“性灵”并不倚仗学力和见识，也非创作主体靠勤奋和阅历可积累，只凭借个人的天赋，强调“性情”与“灵机”，即自由抒写真实性情，反对堆砌辞藻和典故，这恰好和女诗人不带现实功利追求、注重审美情趣的创作天性相契合。女诗人以“性灵”来指导和衡量自己的作品，使身边平凡琐碎的事物一一入诗，且赋予自己真挚的灵感，使平平无奇的意象具有巧慧情趣，显得温柔亲切。她们创作情真性灵，抒写真实的生命体验，具有自然天成之美，给诗坛带来一股清新之意，冲击了当时格调派和肌理派的拟古之风及考据之风，让诗歌重新回归到了书写本心，也就是“抒写真性情”的轨道上。④

女性诗论家论诗也多受性灵诗学影响。王端淑《名媛诗纬》卷五

① 曹雪芹，高鹗. 红楼梦 [M]. 长沙：岳麓书社，1987：277.

② 曹雪芹，高鹗. 红楼梦 [M]. 长沙：岳麓书社，1987：288.

③ 王英志曾归纳袁枚“性灵说”的内涵，认为其主要强调创作主体需要表现具有真情、个性、诗才三方面的要素。袁枚. 袁枚闺秀诗话 [M] //王英志. 清代闺秀诗话丛刊. 南京：凤凰出版社，2010：49-50.

④ 王英志. 随园女弟子考述 [J]. 江南社会学院学报，2000 (4)：34-40.

载：“诗，灵物，以死景死笔咏之，则非其人。”① 诗歌本就有“灵”的特质，若是毫无灵动的感情色彩，则无法成诗。骆绮兰论诗强调字里行间要有真性情。其在《听秋馆闺中同人集》自序中云：“披诵一遍，深情厚意溢于声韵之外，宛然如对其人。”情真意切的诗宛若有灵性，读之如对其人。作诗要见真性情，不需矫饰做作。刘汝藻论诗道：“闺阁诗性情为上，音节次之，才华又次之。”② 这是将性情的表达看成作诗的重中之重，比音律的协调和才华的显现更为重要。常熟宗婉亦认为作诗不能一味模仿古人，要抒发自我的情感：“自抒所得，不屑依傍古人，而又能乐善通中，不封己自域。”③ 沈彩《论妇人诗绝句四十九首》之四道：“咏絮才高发自然，妍词秀极欲冲天。千秋艳说回文锦，何似登山道韫篇。”④ 沈彩认为，苏蕙的织锦回文诗虽然极其精巧，却雕琢过甚，可谓“美则美矣，毫无灵魂”，其艺术价值根本比不上谢道韫语发天然的咏絮篇章。这显示了沈彩对“性灵”的推崇。沈善宝同样提倡“性灵”说，她曾道：“诗本天籁，情真景真，皆为佳作。”⑤ 如果诗歌书写的是真实的人生感受与深挚的情感体验，那么不需要人工雕琢，自然会是清新佳作，即“以芬芳悱恻之怀，写离合悲欢之境”。沈善宝强调：“‘诗言志’，读其诗，可识其人之性情。”⑥ 她进一步指出要在诗歌中表露出真实的性情，读其诗如见其人，非真性情不能为诗。左锡璇为妹妹左锡嘉《吟云集》作序道：“夫诗者，所以言情也。情不至，诗必

① 王端淑．名媛诗纬［M］．清康熙山阴王氏清音堂刻本．

② 胡文楷，张宏生．历代妇女著作考［M］．李志生，译．上海：上海古籍出版社，2008：714.

③ 宗廷辅．梦湘楼诗稿总序［M］//胡晓明，彭国忠．江南女性别集三编．合肥：黄山书社，2012：681.

④ 沈彩．春雨楼集［M］//胡晓明，彭国忠．江南女性别集三编．合肥：黄山书社，2012：40.

⑤ 沈善宝．名媛诗话［M］//王英志．清代闺秀诗话丛刊．南京：凤凰出版社，2010：474.

⑥ 沈善宝．名媛诗话［M］//王英志．清代闺秀诗话丛刊．南京：凤凰出版社，2010：471.

不工。”[①] 她所强调的是作诗必须要有真性情，若无真性情，情感未到浓处则无法成好诗。而左锡嘉诗歌之中是有着饱满深情的，因此左锡璇赞道：“素深于情，手足之间，无微不至……情至文生，诗之所以工也。”[②]

女性诗论家在诗作中也常有意或无意地论述到这一点。益阳闺秀吴竹邻《新秋》：“暑退疏林夕照宜，小楼凉入好寻诗。”[③] 暑意退出，疏林夕照，凉意沁上小楼，女诗人心境恬然又惬意。此情此景，正好写入笔下，成情真景真之诗作。正如湘潭闺秀王璊所云：“他乡客久难为妇，才女多情易感秋。”[④] “才女多情易感秋”之论亦是承接许穆夫人“女子善怀”而来，正因为才女心思细腻，多情善感，所以更易伤春悲秋，再加上“他乡客久”的孤独与惆怅，便易写出真情好诗。湘潭王浣香《漫书》云：“天地蜉蝣寄此生，由来大海一浮萍。漫将因果参兰絮，聊借诗书养性灵。”[⑤] 天地浩瀚而人生渺小，是否兰因絮果暂且不去管它，且沉浸诗书之中，养其性灵，可见女诗人对“性灵”的偏爱。王浣香又在题李淑仪《澹香阁诗草》时赞其“盥露几番吟不倦，爱他都是性灵诗”，[⑥] 特又拈出“性灵”二字对李诗进行称赞，并表百读不厌之意，赞其淳真脱俗之美。郭漱玉《春晴即景》道：“引人诗思嫩晴天，绮槛风光入画妍。”[⑦] 春日晴好引发诗情诗思，眼前如画风光仿佛都飞到笔下来。其《论诗》十首其三道：“钿螺钗凤斗华妆，粉饰居然态欲狂。若

① 左锡嘉. 冷吟仙馆诗稿［M］//胡晓明，彭国忠. 江南女性别集二编. 合肥：黄山书社，2010：1283.

② 左锡嘉. 冷吟仙馆诗稿［M］//胡晓明，彭国忠. 江南女性别集二编. 合肥：黄山书社，2010：1283.

③ 毛国姬. 湖南女士诗钞所见初集［M］//贝京. 湖南女士诗钞. 长沙：湖南人民出版社，2010：24.

④ 毛国姬. 湖南女士诗钞所见初集［M］//贝京. 湖南女士诗钞. 长沙：湖南人民出版社，2010：135.

⑤ 郭润玉. 湘潭郭氏闺秀集［M］//贝京. 湖南女士诗钞. 长沙：湖南人民出版社，2010：399.

⑥ 郭润玉. 湘潭郭氏闺秀集［M］//贝京. 湖南女士诗钞. 长沙：湖南人民出版社，2010：399.

⑦ 郭润玉. 湘潭郭氏闺秀集［M］//贝京. 湖南女士诗钞. 长沙：湖南人民出版社，2010：407.

果美人颜色好，乱头粗服也无妨。”① 诗如美人，如果天生丽质，灵气横溢，那么不需多作修饰，即使乱头粗发，也不掩国色。

三、温柔敦厚是吾师

与自发接受“性灵”之说相比，明清女诗人更加自觉地接受“诗教”并内化为自己创作的美学标准。温柔敦厚的“诗教”亦成为女诗人的创作源头及基本规范。诗教一方面能帮助女性诗人标榜话语权、昭示书写正统性，另一方面则与妇德观念一致，与女性气质秉性相契合。②因此，明清女性诗论家在诗论中对温柔敦厚之“诗教”的强调比比皆是。

潘素心曾言明自己秉承诗教，不爱风月之声：“温柔敦厚是吾师，月露风云胡足重。”马素贞道：“诗道性情，故必以温柔敦厚为宗。”崇尚性灵的随园女弟子也信奉“诗教”。席佩兰在《与侄妇谢翠霞论诗》云：“葩经三百篇，一一贞淫别。种树取芬芳，壅培必高洁。”③ 席佩兰虽然认为写诗应以性灵为本，不事雕琢为工，但也强调要遵循温柔敦厚的诗教传统。周映清《娇女诗》中曰“温柔敦厚本诗教，幽闲贞静传闺房”，希望女儿能秉承温柔敦厚的诗教，成为娴雅贞静的闺房之秀。赵棻为刘荫诗稿作序，云其“勤而不怨、婉而多风，得诗人旨焉”④。她同时引北宋欧阳修评女诗人谢希孟诗语“隐约深厚，守礼而不自放，有古幽闲淑女之风”，以此称赞刘荫温柔敦厚之诗风。刁素云《答琴彩女史

---

① 郭润玉. 湘潭郭氏闺秀集［M］//贝京. 湖南女士诗钞. 长沙：湖南人民出版社，2010：414.

② 宋清秀. 清代女性文学群体及其地域性特征分析［J］. 文学评论，2013（5）：107-112.

③ 席佩兰. 长真阁集［M］//胡晓明，彭国忠. 江南女性别集初编. 合肥：黄山书社，2008：505.

④ 刘荫. 梦蟾楼遗稿［M］//胡晓明，彭国忠. 江南女性别集初编. 合肥：黄山书社，2008：821.

步原韵》曰："仙才着手即成春，敦厚温柔见性真。"[①] 亦是评闺友诗才不凡，温柔敦厚。鲍之兰评鲍之蕙《清娱阁诗钞》云："吾妹质性端谨，和平浑雅，故所为诗适以肖其为人。"强调诗如其人，正因妹妹是温文尔雅的闺房之秀，作诗便含蓄浑厚，如同其人，"绝不以尖刻纤巧之语取胜"。[②]

王端淑在《名媛诗纬》中指出："《诗》开源于'窈窕'，而采风于'游女'，其间贞淫异态，圣善兴思，则诗媛之关于世教人心如此其重也。"[③] 这强调了女诗人温柔敦厚之诗对世教人心的影响。沈善宝虽然倡导性灵，主张"天籁自鸣"，但也推崇温柔敦厚的诗风，在《名媛诗话》中记载高景芳、马韫雪、黄克巽三位女诗人的诗"皆不失忠厚之旨"。[④] 恽珠曾在《国朝闺秀正始集》的弁言中明确提出女性作诗应遵从诗教，大失温柔敦厚之旨的诗作不是闺秀诗人应当书写的。如果只是一味写那些浮艳纤佻、风流放诞之诗，"以风流放诞为高，大失敦厚温柔之旨"，那是没有认真学诗的缘故，没有学到诗的精义，"则非学诗之过，实不学之过"。[⑤]

清代女性诗论家在探索诗学之路的时候，试图融合两种诗论标准，也就是采取折中的态度，同时以诗教和性灵的标准来衡量和修正自身的诗歌创作，认为女诗人诗歌创作发自本心，来源于性情，得性灵之妙，但又不失传统诗教温柔敦厚、雅正醇厚之旨。

---

① 刁素云. 红薇阁诗草［M］//胡晓明，彭国忠. 江南女性别集初编. 合肥：黄山书社，2008：1214.

② 鲍之蕙. 清娱阁诗钞［M］//胡晓明，彭国忠. 江南女性别集三编. 合肥：黄山书社，2012：338-339.

③ 王端淑. 名媛诗纬初编［M］. 清康熙年间清音堂刻本.

④ 沈善宝. 名媛诗话［M］//王英志. 清代闺秀诗话丛刊. 南京：凤凰出版社，2010：372.

⑤ 恽珠. 国朝闺秀正始集［M］. 清道光十一年（1831）红香馆刻本.

第四节　兴到即题诗：创作妙悟

深受“性灵说”影响的明清女性诗论家对创作灵感亦有自身的心得，“文章本天成，妙手偶得之”，灵感迸发方有佳作，若无灵感，即使是苦思苦学也无用。戴兰英《赋诗》中有“未解歌风韵，翻深咏絮思。性慵常倦绣，兴到即题诗。揽景帘频卷，焚香座屡移。偶然佳句得，自赏自还疑”[①] 之句。在这首诗里，戴兰英提出她写诗是因为“兴到”，也就是兴之所至，因情造文，并非无病呻吟。

创作需要灵感与兴致，也就是“妙悟”，灵犀一点，豁然开朗。女性诗论家认为，灵感的自然降临才是成就一首好诗的关键，创作不能靠雕琢，而要靠妙悟。

一、偶然之机，自然之音

方芳佩对“兴到即题诗”有深入阐述，她认为，诗思不到，则苦无佳句，其《吴好山先生贻论诗五则赋谢》二首其一云：“剪裁花草日婆娑，岛瘦郊寒奈若何。近向小窗临乞米，剩来新句苦无多。”方芳佩以唐代“苦吟”出名的诗人孟郊、贾岛自比，在诗中描述了自己因无灵感降临，虽然吟诗时绞尽脑汁，反复思量，但仍然无法写出满意诗句之情形。因此，方芳佩对创作中的妙悟十分推崇，如其《吴好山先生贻论诗五则赋谢》二首其二所云：“少年诗格苦支离，几度推敲得句迟。举示无声弦指妙，安排或可胜当时。”她少年时作诗也是反复推敲苦吟良久，却往往不能作出好诗。现在已领悟“无声弦指”的创作规律，灵感一来，以妙悟轻松得之，便能有浑然天成之美，可不着一字，尽得风流，

① 席佩兰，袁枚，徐定宝．随园女弟子诗选［M］//王英志．袁枚全集：第七册．南京：江苏古籍出版社，1993：132.

与那些反复苦吟得来的句子有天壤之别。平阳谢香塘在《红余诗词稿》自序中道："春院花开，秋轩月上。值刺绣之闲暇，感时光之绮丽。缠绵悱恻，不无遣兴之思。月露风云，颇有谐声之作。"① 春花秋月，自然界的美好往往令人心旌摇曳，兴之所至，触动诗情，便自然而轻松地流淌出诗思美意。沈善宝《名媛诗话》中对灵感降临的妙悟式作诗有较为贴切的描述。沈善宝认为，"颖悟绝顶之人"，必将常有灵感降临。灵感到底如何，诗人自己难以描述，但一旦灵感降临，便觉下笔如有神助，诗文处处是灵性闪光的警句，即"灵台方寸间，静中时有慧光发越"，自己也不能明白其中的原因，"不自知其然而然者"。② 因此，妙悟对于诗歌创作几乎起到了重要的作用。

山阴吴荃佩在其《碧云阁诗钞》自序中则将妙悟诠释得更为具体和深入。她认为，古往今来诗人之所以作诗，不过是因时感事，见景生情，触动诗机，令灵感降临，发于诗音，如同天籁一般自然鸣出，令自己能畅快地表达出自己真实的心意，因而自然形成诗句，乃是"偶然之机、自然之音"③。归懋仪《论诗八章》其一云："春花如笑，秋山疑颦。宇宙皆诗，本乎天真。灵机妙悟，无陈非新。不物于物，斯能感人。"④ 这表达了同样的意思。

诸如此类的表达还有席佩兰《论诗绝句》其二、其三云："沉思冥索苦吟哦，忽听儿童踏臂歌。字字人人心坎里，原来好景眼前多。""风吹铁马响轻圆，听去宫商协自然。有意敲来浑不似，始知人籁不如天。"⑤ 冥思苦想也好久难成，而眼前之景映入心中，即唤起创作之灵

① 谢香塘．红余诗词稿［M］//胡晓明，彭国忠．江南女性别集初编．合肥：黄山书社，2008：1227.

② 沈善宝．名媛诗话［M］//王英志．清代闺秀诗话丛刊．南京：凤凰出版社，2010：397.

③ 吴荃佩．碧云阁诗钞［M］//胡晓明，彭国忠．江南女性别集四编．合肥：黄山书社，2014：1320.

④ 归懋仪．绣余续草［M］//胡晓明，彭国忠．江南女性别集初编．合肥：黄山书社，2008：717.

⑤ 席佩兰．长真阁集［M］//胡晓明，彭国忠．江南女性别集初编．合肥：黄山书社，2008：497.

感，下笔如有神助，毫不费力。但如果刻意去写，即使费尽心思，也难以写出来。席佩兰《题归佩珊兰皋觅句图》之句表明的也是同样的诗学主张："眼前诗境日安排，觅得全凭妙剪裁。亦有不劳寻觅处，半空天籁自飞来。"[①] 张因在《答王子一女史》时赞闺友"有才能异俗，妙思迥超群"[②]，有诗才才可免于庸俗，有了妙思方能成就卓尔不群之作。

对于情感丰沛细腻的女诗人来说，世间的万事万物都可以触动她的心境，激发她的灵感，从而化作她笔下入诗的素材，沈善宝即是如此："蓬背夕阳蓬底雨，都供诗料入奚囊。"在《秋夜怀孟缇》一诗中，沈善宝言清风明月必引发张孟缇之诗兴，深知灵感对好友成诗之用，令其佳句频出："渺渺云罗瑟瑟波，水晶帘卷近秋河。昨宵风雨今宵月，料得吟窗秀句多。"[③] 曹锡淑在《忆外》中道："一路荷香好赋诗，清风习习泛舟迟。"[④] 江中菡萏初绽，清风徐来，小舟如叶，此情此景，自然而然地唤起女诗人的灵感与诗情。郭润玉《偶成》道："风摇翠竹影参差，低拂南窗暑不知。小榻梦回人意淡，一帘花气一篇诗。"[⑤] 诗歌本天成，妙手偶得之，在清幽景致之中，小榻梦回之时，女诗人信手拈来，便是浸透花香草气的好诗。这乃是因为心中诗情自然涌动之故。其余如"好将一幅壶山图，收入新诗寄远人""一种诗情在图画，半山残雪半溪烟""添得香闺好诗料，春光一半到花朝"[⑥]，表达的也是类似之意，诗作成于偶然之机，抒发的是自然之音。

沈静专在《适适草》自序中认为，诗歌创作，若有灵感，则可以轻松拈来，一挥而就，即使浅近轻盈，也是有真性情在的，即"虽曰浅

① 席佩兰．长真阁集［M］//胡晓明，彭国忠．江南女性别集初编．合肥：黄山书社，2008：524.

② 张因．绿秋书屋诗钞［M］//胡晓明，彭国忠．江南女性别集五编．合肥：黄山书社，2019：651.

③ 沈善宝，珊丹．鸿雪楼诗词集校注［M］．北京：中国社会科学出版社，2012：261.

④ 曹锡淑．晚晴楼诗稿［M］//胡晓明，彭国忠．江南女性别集五编．合肥：黄山书社，2019：466.

⑤ 郭润玉．湘潭郭氏闺秀集［M］//贝京．湖南女士诗钞．长沙：湖南人民出版社，2010：434.

⑥ 郭润玉．湘潭郭氏闺秀集［M］//贝京．湖南女士诗钞．长沙：湖南人民出版社，2010：450，452，438.

率，似有性存”。如果有意识地去雕琢提炼，反而疲累且适得其反，“则形神俱困，欲适反劳矣”。这也是说的妙悟之理。因此，对于女性诗人来说，诗歌成了她们的日常生活记录，满足着灵感乍现时自我情感抒发的需要，创作成为她们灵魂的载体与精神的寄托。

二、欲作雅人，终生在室

对明清女诗人来说，灵感的到来是弥足珍贵的，若被打搅则无以为继。而女诗人闺中之时，得父母庇佑疼爱，尚有闺阁清净之地可供灵感降临，“闺中自小不知愁”，只与书香翰墨为伴，琴棋书画为功。待到出嫁之后，她们则需承担起相夫教子的重任，若是过多琐事缠身，灵感枯竭是常有之事，亦有不少才女为此搁置笔墨，不再书写。

沈善宝在《名媛诗话》所记其姨母吴世佑亦为才女，最耽吟咏，工画牡丹，深得外祖母怜爱，不忍将其远嫁。在深闺之中她以诗画自娱，性情潇洒，吐属风雅。但年三十出嫁之后，“儿女既多，笔墨遂废”，家庭琐事将她的灵感消磨殆尽，“偶得一二句，思欲足成，辄为俗事败兴”，以致不再创作。吴世佑最终发出了这样的感叹：“欲作雅人，必须终身在室。”① 沈善宝认为，若要保护好才女通透敏感的心境，使之能持续保持一种灵感迸发、思如涌泉的创作状态，那就不能让她被世俗琐事所干扰。然而，如果要与世俗琐事隔绝，沉浸于所钟爱的诗书之中，就只能终生在室，即不嫁人不出闺阁，除此别无他法。显然，在现实中“终生在室”是无法实现的。顾若璞在《卧月轩稿》自序中曾道自己成婚之后，因丈夫体弱，一直忙着照顾丈夫，丈夫去世后又忙着照顾子女，无暇分神来从事诗歌创作，“未暇覃精文苑”，偶得时间写下诗句，又不过片言断句而已，难以成篇。可见家务琐事对一位才女创作的干扰与损耗。顾若璞曾作《江母许硕人传》，记录了一位甘愿为家庭奉献自

① 沈善宝．名媛诗话［M］//王英志．清代闺秀诗话丛刊．南京：凤凰出版社，2010：450.

己全部才力的女子。“上奉姑，中事夫子，下字其子若女”，因家贫丈夫又沉溺于诗酒间，她只得“以女红力作取办”，终于“心血耗尽，病不可支”，更不用提文学创作。① 潘素心十岁时即才名渐起，但出嫁后相夫教子，家事繁杂，诗歌创作减少，她有《题桐阴课孙图》诗云：“惭愧闺中吟兴减，新词题向荔支天。”② 曹锡淑“苦家事繁扰，每于夜分会计毕，始开卷温绎，率以为常”。忙于烦琐家事，只有到了夜深人静，家人都已睡下、喧嚣都已退去之时，才是真正属于女诗人曹锡淑自己的读书写作之自由时光。但如此劳心太过，终究会对身体有所损伤，因此曹锡淑三十二岁时，“以体羸抱病卒”。③

婚姻与家庭对女诗人精力的损耗，使之难以继续热爱的诗歌创作。部分才女的性灵在海量的琐碎家事中渐渐消磨殆尽，她们也不得不沦为平庸的主妇。正因如此，明清部分女诗人对婚姻持有逃避的态度。夏伊兰曾在《偶成》一诗中表示：“老死誓不嫁。”④ 恽珠年轻时亦有过读书终生、一世不嫁的念头：“读书论道以终其身。”叶小鸾未满十七婚前五日病逝，也可视为这种心理的极端反映。

然而，身为女子的她们不太可能摆脱属于她们的宿命，在文学中她们能感到自身作为一个自然的独立的人的存在，但是在现实中她们依然要作为一个社会的人而存在。担任妻子和母亲的家庭角色，干扰了她们的创作思维，阻碍了她们的创作自由，让她们无法回归到纯粹的自我。这是女诗人因其所扮演的家庭角色所面临的共同困境和难题，无法调解的家庭琐事与精神书写之间的矛盾。经常被家务琐事打断灵感，难以静心创作，导致她们难以取得更大的诗学成就。例如女诗人方芳佩，婚后虽坚持诗歌创作，但婚后的诗作质量难以与婚前相比。时人评价方芳佩的作品：“《在璞堂诗初集》最佳，《续集》次之，《再续集》则老手颓

---

① 顾若璞. 卧月轩稿［M］//胡晓明，彭国忠. 江南女性别集五编. 合肥：黄山书社，2019：171.

② 潘素心. 不栉吟续刻［M］. 清道光三年（1823）刻本.

③ 曹锡淑. 晚晴楼诗稿［M］//胡晓明，彭国忠. 江南女性别集五编. 合肥：黄山书社，2019：478-481.

④ 夏伊兰. 吟红阁诗钞［M］. 清道光九年（1829）刻本.

唐，性灵尽失矣。”沈善宝对此感慨万千，于《名媛诗话》中记录此事，她认为：当方芳佩还未出嫁时，虽然“箪食瓢饮”，但在父母身边尽享天伦之乐，生活简单且温馨，可以一心在写作之上，笔触自然温和雅致；等到出嫁之后，她面临着茶米油盐的家务与为儿女操持的琐事，面对的也是现实中的富贵贫贱，“不免分心”，即使满案书籍，也不能沉下心去阅读和写作了，自然她文学创作的数量和质量都会大不如前。而这并非方芳佩一个人面临的困境，而是当时所有女诗人面临的现实困境，“吾辈皆蹈此辙”①。

第五节　天赋与学养：创作基础

女性诗人如何学习诗歌创作？当时主流诗坛上主要有三种说法：一是由天性而发，无关学问，“性灵派”主袁枚的性灵说便着眼于此；二是经由学习而来，“格调派”和“肌理派”更倾向于此；三是认为天赋与学养同等重要。② 女性诗论家在天赋与学养的创作方法论中有所争议，有的偏向于天赋，有的偏向于学养。更有女诗人认为，“性灵流露”与“书卷酝酿”，也就是天赋与学养，都是诗歌创作的关键因素。尤其中年之后，创作更加要依靠书卷学力上的熏染，不然便有江郎才尽之忧。

一、非聪慧绝伦者万不能诗

沈善宝《名媛诗话》中认为，女性诗人并没有男性诗人那样的师承源流，又不能专门修习诗文，尤其出嫁后琐事缠身，如果不是极其聪慧

① 沈善宝．名媛诗话［M］//王英志．清代闺秀诗话丛刊．南京：凤凰出版社，2010：412.

② 王怡云．从读者到作者：论清代女诗人的学诗历程［J］．中国诗歌研究动态，2014（2）：52-62.

之人，是万不可能作诗的，“故非聪慧绝伦者，万不能诗”①，因此沈善宝格外强调女子作诗天赋的重要性。顾若璞曾指出，女性诗人不仅面临着现实中作诗的困境，比如没有师承，又不能到处游历在山川草木中获得灵感，还面临着心理上的巨大压力，在礼教的重压下，一语不慎，即会遭到世人讥讽。② 因此，在这样的困境和压力下还能作出灵隽之诗的女诗人，一定得具备非凡的天赋。

与此相对应的，是各类女性诗论作品中关于女诗人早慧的诸多记录。当时女性学诗的环境相比男性来说并不优越，但依然出现了众多令男性诗人惊叹的少女诗人，她们年岁幼小便能吟哦出佳作佳篇，这自然是得益于天赋。汪端家姑、亦为女诗人的管筠为其《自然好学斋诗钞》作序云：“七岁赋《春雪》诗，家人惊叹。”③ 汪端七岁就能咏诗《家大人命同诸兄伯姊咏春雪》，因此被称为“小韫”，意为具备东晋谢道韫咏絮之才。赵棻序刘荫《梦蟾楼遗稿》，记其“幼即喜为诗”，④ 刘荫从小就萌生了对诗歌创作的浓厚兴趣。朱兆蓉序包兰瑛《锦霞阁诗词集》，称其“幼慧天成，兼资庭训”。包兰瑛十二岁时，父亲以“白雨跳珠”问之，她即以“赤虹化玉”应声答之，才思敏捷。⑤ 倪仁吉记自己侄女倪宜子天赋极高、颖慧异常，且多才多艺，她不仅精通琴棋书画，连箫管针绣也“靡不通晓”⑥，倪仁吉视其为自己的骄傲。沈大荣序沈宜修《叶夫人遗集》，称其：“幼而奇慧，识鉴过人。”⑦ 沈宜修母亲早丧，并

① 沈善宝. 名媛诗话［M］//王英志. 清代闺秀诗话丛刊. 南京：凤凰出版社，2010：349.

② 顾若璞. 卧月轩稿［M］. 清顺治八年（1651）刻本.

③ 汪端. 自然好学斋诗钞［M］//胡晓明，彭国忠. 江南女性别集二编. 合肥：黄山书社，2010：324.

④ 刘荫. 梦蟾楼遗稿［M］//胡晓明，彭国忠. 江南女性别集初编. 合肥：黄山书社，2008：821.

⑤ 朱兆蓉. 锦霞阁诗词集序［M］//胡晓明，彭国忠. 江南女性别集初编. 合肥：黄山书社，2008：1435.

⑥ 倪仁吉. 凝香阁诗稿［M］//胡晓明，彭国忠. 江南女性别集四编. 合肥：黄山书社，2014：74.

⑦ 沈大荣. 叶夫人遗集序［M］//叶绍袁，冀勤. 午梦堂集. 北京：中华书局，2015：25.

无师承，自己阅书学诗，“得一知十，遍诵书史”。沈善宝为张孟缇《淡菊轩初稿》作序，云其夙慧天成：“幼娴书礼，颖悟无伦；长习诗词，温柔有教。”①《名媛诗话》中还记载王采蘋、王采绿“秀慧绝伦，十一二龄即工韵语”；记载顾长任“年十二即能应声咏梅花云：‘小阁月初斜，东风透碧纱。枝头应有信，春意在梅花。’”；记载王端淑“天资高迈……幼即博通经史”②。沈善宝本人亦是“年才及笄，颖悟绝伦”，十二岁咏诗《新笋》：“庭前新竹笋，今尚短于兰。待到干霄日，人皆仰面看。”③

二、必多读书贯古今也

女性诗论家意识到所谓的天赋并非能伴随女诗人一生，即使是年少特别聪颖之人，如果不加以持续性的学习，那么随着年龄的增长和心境的变化，也有可能会“江郎才尽”。因此，她们认为，学养是女性诗人作诗不可或缺的，并在论诗话语中常有强调。

江珠指出女性应该博学，认为当世之中女诗人以诗知名的并不少见，然而“好者多工者”见得却少，这是有天赋的女诗人读书少了的缘故。江珠提出：“必多读书，贯古今，苞罗旁魄而后陶钧诗思，语无不工。”④ 顾若璞也主张性情与学问并重：“性之近者，引而愈亲；学之至者，积而能化。”⑤ 严蕊珠论袁枚诗中提出性灵并非不要学养，而学养是需要在诗中运用自然，举重若轻，如盐之在水，化用无形：“然非读破

① 沈善宝. 淡菊轩初稿序［M］//胡晓明，彭国忠. 江南女性别集四编. 合肥：黄山书社，2014：627.

② 沈善宝. 名媛诗话［M］//王英志. 清代闺秀诗话丛刊. 南京：凤凰出版社，2010：485，356，369.

③ 沈善宝，珊丹. 鸿雪楼诗词集校注［M］. 北京：中国社会科学出版社，2012：2.

④ 江珠. 青藜阁集［M］//胡晓明，彭国忠. 江南女性别集二编. 合肥：黄山书社，2010：855.

⑤ 胡文楷，张宏生. 历代妇女著作考［M］. 李志生，译. 上海：上海古籍出版社，2008：758.

万卷，且细心者，不能指其出处。"[①] 袁枚深以为然。严蕊珠本人因这番言论也被袁枚赞为"博雅"，被誉为"闺中三大知己"之一。

然而在闺中之时，女诗人尚还有大段时间进行阅读与创作，出嫁之后，这样能够沉浸于精神世界的时间显然就比较奢侈了。广东李晚芳在《女学言行纂》自序中称，女子自懂事可以读书算起，在闺中能够学习的时光不过短短十年，之后就出嫁去管理一个家族的事务，侍奉舅姑，相夫教子，与其他家人相处，种种知识都取自闺中这十年之学，"故学于女子为尤亟"[②]。出嫁之后女子如此繁忙，哪能像闺中之时那样有太多时间可以用于读书呢？但是她们又需要阅读的滋养。正因为意识到学养对创作的重要性，而学习的时间是如此难得而奢侈，女诗人更加沉醉于诗书之中，利用所有碎片时间进行阅读。书籍对她们来说已经不可或缺，诗书陶冶着她们的性情，使她们的表达趋于雅化。她们沉浸在书香之中，也将读书之乐以及对书的痴迷写入诗中。

周寿龄在《冬夜》诗中言三更半夜万籁俱寂之时，众人皆睡，唯有自己独醒。在这读书的好时光，诗书可以慰藉心灵："三更漏冻人声静，惟有诗书慰寂寥。"她们阅读的内容并不止于文学，视野较为宽广，如董少玉就"喜读史汉诸子书"。方芳佩少年时便极喜读书："余少耽吟咏，砚匣笔床，无时离手。"林以宁到老依然醉心阅读："骈体序极工，熟精《文选》，老年独犹日阅一寸书。"[③] 潘素心酷爱读书，手不释卷，闺友恽珠赞她"佳句锦囊吟不辍，琉璃砚匣每随身"。[④] 因书读得多，她们博通经史，若用典故则信手拈来。百保友兰《自嘲》诗云自己喜爱读书，乐此不疲："闲时吟弗辍，午夜卷仍披。研露圈《周易》，焚香读楚词。"[⑤] 她读的书里还有令男性文人也觉得艰深的《周易》。沈善宝道：

① 袁枚，顾学颉．随园诗话［M］．北京：人民文学出版社，1982：835.

② 李晚芳．女学言行纂［M］．民国二十六年（1937）周氏师古堂影印本.

③ 惠蓝．风过重帘：漫言明清江南闺阁事［J］．诗书画，2015（4）：184-202，262.

④ 恽珠．红香馆诗草［M］//胡晓明，彭国忠．江南女性别集五编．合肥：黄山书社，2019：1119.

⑤ 百保友兰．冷红轩诗集［M］．清光绪元年（1875）刻本.

“自笑诗书结习深，一灯五夜尚披吟。”这是笑自己读书成嗜，直至深夜依然不知疲倦，披灯尚吟，言语中蕴含骄傲自豪之情。《名媛诗话》中记录贺桂为“闺阁书痴”，并道“与余似有同情”，[①] 同为爱书人的沈善宝很能理解和欣赏女诗人贺桂的嗜书之勤。曹锡淑《夏景》诗道：“银床冰簟院幽凉，书卷新茶消昼长。”清幽院落，女诗人持一卷诗书，捧一盏新茶，沉浸其中，将夏日好时光消磨殆尽。即使是在病中，她们也不忘读书。《病起》诗道“古书能却病，新月最关情”，夜晚的病榻上，女诗人还在静静读书；“尚余诗思在，稚子助吟声”，读书引发诗思，吟诗之时尚有孩子咿呀之声。曹锡淑又记表妹赵婉杨“居常喜置书籍，虽典衣不惜”。[②] 江珠序沈纕《绣余集》，赞道：“非读书万卷，精博古今，乌能若是耶？”江珠认为，女诗人正是因为具有深厚学养，才能作出如此好诗。她同时又夸赞黄净因、任清溪二诗媛之作“奇才博识，力扫铅华”。而江珠自己，也是沉浸书香，读书不倦，耗费心力太过，以至积劳成疾。归懋仪便痛心道其遍览群书，“晨夕不倦，卒以此致疾”。[③]

她们作诗的态度也极其认真。曹锡淑为了诗句炼字，竟然废寝忘食，可见其用功之勤。“偶拈题构思，达旦不寐”，夫子怪其劳心太过，锡淑却道：“自幼习惯，君无患矣。”[④] 郭漱玉偶得佳句，必反复吟哦，弟妹们听得多了，居然倒背如流，郭漱玉却推敲再三，不肯轻易提笔，“其矜慎如此”[⑤]，可窥其作诗之勤奋与谨慎。郭漱玉又曾道：“清福几生修得到，一庭梅菊一床书。”[⑥] 她认为沉醉在草木与读书之间的生活，

---

① 沈善宝. 名媛诗话［M］//王英志. 清代闺秀诗话丛刊. 南京：凤凰出版社，2010：373.

② 曹锡淑. 晚晴楼诗稿［M］//胡晓明，彭国忠. 江南女性别集五编. 合肥：黄山书社，2019：471，430，460.

③ 江珠. 小维摩诗稿［M］//胡晓明，彭国忠. 江南女性别集二编. 合肥：黄山书社，2010：866.

④ 曹锡淑. 晚晴楼诗稿［M］//胡晓明，彭国忠. 江南女性别集五编. 合肥：黄山书社，2019：481.

⑤ 郭润玉. 湘潭郭氏闺秀集［M］//贝京. 湖南女士诗钞. 长沙：湖南人民出版社，2010：406.

⑥ 郭润玉. 湘潭郭氏闺秀集［M］//贝京. 湖南女士诗钞. 长沙：湖南人民出版社，2010：422.

是拥有“清福”的美满生活，拥有一脉书香、几盆植物便已心满意足，可见其对读书的看重。

席佩兰在《与侄妇谢翠霞论诗》中强调性灵的重要，但随之又道“积理在读书，精粗要分晰”，道出后天学力的培养也不可忽视。其《论诗绝句》第一首云：“枵腹何曾会吐珠，詅痴又恐作书厨。游蜂酿蜜衔花去，到得成时一朵无。”① 腹有诗书，但只会炫耀其渊博，流于堆砌，便会流于下乘；必须得融会贯通，化作己用，采得百花成蜜，却不见其花。她强调不仅要喜读书，还要会读书，将所读之诗书灵活地化为己用，才是有效的读书之法。

第六节　宗唐还是宗宋：诗学话语

“宗唐”还是“宗宋”，是两大诗学传统形成以来，诗论家们面临的重要问题。明清时期，“宗唐”“宗宋”更是各个诗派诗论的焦点。对于唐宋诗的取舍与评价，代表了不同流派的审美偏好与诗学主张，女性诗论家对此也有自己的看法。她们虽然更加雅好唐音，但鲜有门户之见与派别之争，而是主张兼容并包，无论“宗唐”还是“宗宋”，只要是适合自己表达的诗学话语，能指导自己创作出好的诗歌作品，便可法之。

一、深仰谪仙才

相比于“以筋骨思理取胜”的宋诗，“以风神情韵擅长”的唐诗显然更得女诗人之心。多数女诗人偏好唐代诗歌，更加“宗唐”，以及“尊杜”。此外，唐代众多著名诗人也是女性诗人的诗学偶像，她们在诗论中常常流露出对那些成就非凡之名诗人的崇拜和欣赏之意。对这些名

① 席佩兰. 长真阁集［M］//胡晓明，彭国忠. 江南女性别集初编. 合肥：黄山书社，2008：505，497.

诗人诗歌风格的模仿，使得女诗人渐渐找到了适合自己表达的诗学话语。

女性诗论家对此展开过论述。季娴《闺秀集》选例开篇即云：“自景德以后，风雅一道，浸遍闺阁，至万历而盛矣……温润和平，皆足以方驾三唐，诚巾帼伟观也，故所选稍滥。”季娴认为从明代中后期到清代初期所列出的女诗人“风雅一道，浸遍闺阁”，作品“足以方驾三唐”，明确标举以“三唐”为宗趣。王端淑主张学唐但不限于盛唐，不赞成无视唐代其他诗人：“抹杀中晚一概才子，群趋盛唐门面，识陋心愚胆痴才劣，有识者岂蹈此病？”①

阳湖左锡嘉有《读太白诗》：“偶读古人诗，略知放眼界。深仰谪仙才，落落引天籁。”② 李白诗中开阔的意境、奇幻的想象都让左锡嘉得到了极大的启发，因此她将其当作学习的范例。方维仪诗学杜甫，其伤时忧乱之作颇有杜诗沉郁顿挫之风。沈德潜评方氏诗云：“如读杜老伤时之作，闺阁中乃有此人。”③ 柴静仪曾与蕉园诸子分享自己作诗之法便是学唐诗，并首重杜甫：“四杰新吟开正始，高岑诸子各称能。英华敛尽归真朴，太白还应让少陵。”汪端《明三十家诗选》采录高启诗作 175 首，并盛赞其乐府诗“清华朗润，秀骨天成，唐人之盛境也”④，表现出其对唐诗话语的偏好。《自然好学斋诗钞》中还收入了汪端品读李商隐和贾岛诗集的论诗诗《读李义山集》《读贾长江集》。沈善宝《名媛诗话》记玉楚芳“诗笔得长吉、玉溪之致……五古直写性灵，似长庆体”⑤，指出楚芳写诗多受李贺与李商隐的影响，其五言古诗抒写性灵文字，与元稹、白居易的诗体相近。《名媛诗话》又记张孟缇诗“读之沉

---

① 工端淑. 名媛诗纬初编［M］. 清康熙年间清音堂刻本.

② 左锡嘉. 冷吟仙馆诗稿［M］//胡晓明，彭国忠. 江南女性别集二编. 合肥：黄山书社，2010：1286.

③ 沈德潜. 明诗别裁集［M］. 上海：上海古籍出版社，1979：335.

④ 汪端. 明三十家诗选初集［M］. 清同治十二年（1873）蕴兰吟馆刻本.

⑤ 沈善宝. 名媛诗话［M］//王英志. 清代闺秀诗话丛刊. 南京：凤凰出版社，2010：590-591.

雄浑厚，似少陵入蜀后所作”①，张孟缇宗唐尊杜，诗有老杜沉雄浑厚之风。休宁金宣哲闺中之时学诗推崇唐代王昌龄，写文则以韩愈为典范：“诗列右丞席，文窥昌黎藩。女红既弗责，所得惟古欢。”② 金兰贞教长孙学诗时论诗道：“古人一字推敲甚，不读唐诗韵不坚。”③ 她强调学诗必以唐音为范。

女诗人在创作实践中亦清晰地体现出唐诗之影响。沈琼莲《送弟溥试春宫》：“银烛烧残空有梦，玉钗敲断未成归。年年望汝登金籍，同补山龙上衮衣。”此诗对仗工整，颇具清新明净之意，有唐人之风。朱桂英《题虎丘壁》中有“梵阁频临入紫霞，凭阑极目渺无涯。天连瀚海三千里，烟锁吴城十万家”之句，意境开阔，气势磅礴，亦有唐音。陆卿子《塞下曲》：“青天如水月如霜，万里无云杀气凉。夜半征人齐堕泪，胡笳声短雁声长。”④ 其苍冷悲壮、豪迈慷慨之意，大有盛唐边塞之风。赵景淑笔下清空淡远，意境阔远，也颇有王孟之风，如《舟中闻雁》：“羁臣海上魂应断，独客天涯渺河汉。只有渔舟自在眠，空江影落寒星乱。”⑤

对于宋诗，女性诗人则并未有如同唐诗那样的热衷，女性诗论家记录下来的宗宋女诗人并不多。沈善宝对唐诗宋诗都有偏好：“细玩欧苏旨，追寻李杜门。”⑥ 对于宋诗的代表人物欧阳修、苏轼，以及唐诗的代表人物李白、杜甫，沈善宝都有过学习和揣摩。《名媛诗话》中记载安徽歙县徐闲雅“性爱宋诗”，其诗也具宋人神韵，如“山色有无疏竹外，

① 沈善宝．名媛诗话［M］//王英志．清代闺秀诗话丛刊．南京：凤凰出版社，2010：576.

② 傅瑛．明清安徽妇女文学著述辑考［M］．合肥：黄山书社，2010：525.

③ 金兰贞．绣佛楼诗钞［M］//胡晓明，彭国忠．江南女性别集初编．合肥：黄山书社，2008：1187.

④ 钱谦益．列朝诗集［M］．清顺治九年（1652）毛氏汲古阁刻本.

⑤ 沈善宝．名媛诗话［M］//王英志．清代闺秀诗话丛刊．南京：凤凰出版社，2010：674.

⑥ 沈善宝，珊丹．鸿雪楼诗词集校注［M］．北京：中国社会科学出版社，2012：326.

诗情浓淡落花前”等句，沈善宝评其诗“置之《剑南集》中，几不可辨”①，将徐闲雅之诗与陆游之诗相提并论。归懋仪作有《读唐宋六家诗》，包括《青莲》《少陵》《昌黎》《香山》《东坡》《剑南》六篇，分咏李白、杜甫、韩愈、白居易、苏轼、陆游六位唐宋诗人，对六诗人推崇备至，如赞李白“手攀北斗语，思与彩云飘”，杜甫“元气孕浑沦，磅礴亘万古”；赞苏轼“磊落千万篇，琳琅杂锦绣”，陆游“逍遥八十年，穷力追天工”。其中更盛赞苏轼开辟了自己的诗歌宇宙：“诗岂以唐限，陋儒苦株守。东坡大才人，自辟诗宇宙。”② 这表现出女性诗论家开明的诗论观。

二、何必论唐宋

不过明清女性诗论家并未止于唐风与宋风。她们没有男性文人那样强烈的门派流派之见，而是拥有着一份包容的心态，认为前人之诗，无论是哪个朝代的作品，只要是好诗，就值得学习，唐宋之外，也另有一番天地。因此，她们认为，无论是“宗唐”还是“宗宋”，都未免太过狭隘，创作上需要唐宋并采，兼取其他。

清代才女汪嫈在《答云生侄谕诗》中就写道：“好诗字字出天成，万卷全融入性情。风雅元音足千古，不须唐宋太分明。”③ 汪嫈认为，好诗字字如同天成，全出自人的真性情，风雅之诗自然流传千古，唐宋门户之见实在是无足轻重。可见汪婺也是力主打破唐宋藩篱，持开明的诗学观。晚清满族女诗人多敏《与素芳女弟子论诗》说：“何必论唐宋，诗原写性灵。遣怀明似月，落管灿于星。”她亦是主张作诗只要写出自己的真实感受，就能作出明月灿星一般的好诗，不必拘泥于唐宋门户之

① 沈善宝. 名媛诗话［M］//王英志. 清代闺秀诗话丛刊. 南京：凤凰出版社，2010：374-375.

② 归懋仪. 绣余续草［M］//胡晓明，彭国忠. 江南女性别集初编. 合肥：黄山书社，2008. 725-727.

③ 黄秩模，付琼. 国朝闺秀诗柳絮集校补［M］. 北京：人民文学出版社，2011：1371.

见。熊琏也持此观点，其《澹仙诗话》道："古人用笔各有佳处，岂可别执一见？弃此尚彼，或云法宋元，或云宗三唐，究竟摹仿不来，空失本来面目。"① 熊琏认为好诗佳篇自成天籁，不管是宗唐还是法宋元，都是无法模仿而来的，进而举芜湖施杲亭《客中感怀》之诗，强调"从来至情至性即是好诗"，进一步说明建立在至情至性基础上的性灵之美，施诗正因为饱含真情而具有感动人心的力量。郭漱玉《论诗》十首其四道："天教机杼各争新，何事拈毫便效颦。依傍杜韩门户立，终嫌小婢学夫人。"② 郭漱玉提出，作诗若囿于门户之见，便落了小家子气，便如婢女在可以模仿闺秀夫人一般，有东施效颦之意，失落了诗歌本应有的自出机杼、挥洒自如之美。

除了唐宋，明清女性诗论家也推崇其他朝代的杰出诗人，认为他们的诗歌是女诗人应该学习的范本。陶渊明以其恬淡心性深得明清女诗人之心。王端淑云："五言诗格取晋，惟彭泽尚焉，以其元淡也。"③ 她提出学五言诗要师法陶渊明。清代诗论家觉罗学诚论诗道："陶诗清真雅正，非唐人所及，以其品高行洁也。"又言自己近日阅读不下三十余部江浙女子文集，亦多半为风云月露之章，为此她叹道："甚矣，实学之难得也。"④ 她认为陶诗为唐人所不及，是他品性高洁的缘故，学陶诗的要点在于学习他的心性，因此难以学来。所谓"实学"，指的是儒家之学，她指出江浙女诗人笔下多半为风云月露之章，少有儒家之学贯彻其中。有"实学"方能成就清真雅正之风。归懋仪在《读渊明诗》中评价陶渊明诗道"身居义熙心羲皇，一任天真脱尘俗"⑤，把握到了陶渊明诗歌中"一语天然万古新，豪华落尽见真淳"的特色。顾若璞"竭力宗

① 熊琏．澹仙诗话［M］．清嘉庆年间刻本．

② 郭润玉．湘潭郭氏闺秀集［M］//贝京．湖南女士诗钞．长沙：湖南人民出版社，2010：414．

③ 王端淑．名媛诗纬初编［M］．清康熙年间清音堂刻本．

④ 王蕴章．然脂余韵［M］//王英志．清代闺秀诗话丛刊．南京：凤凰出版社，2010：861-862．

⑤ 归懋仪．绣余小草［M］//胡晓明，彭国忠．江南女性别集二编．合肥：黄山书社，2008：816．

陶、柳一派”，主张作诗要平淡淳美，清逸脱俗。其序钱凤纶《古香楼记》时提出，作诗要师法汉魏风骨，“取材于汉魏”，以《离骚》《诗经》为宗，“览兴于骚雅”，主张含蓄幽清、淡雅逸远的风格，不刻意模仿古人，而是自然化为己用，这样笔下便会有隽永风致，“时有隽永之致绕其毫端”①。

沈善宝《论诗》中有“魏晋兼唐宋，源流共讨论”“性灵聊自写，合佐酒盈尊”之句。② 这表明无论是魏晋还是唐宋诗歌，都有可取之处。《名媛诗话》中，沈善宝虽然首重唐音，如评娄县王绮思“五古直追王孟，近体沉郁悲凉”③，但论诗时也经常会提及各个朝代的诗歌，如“得元宋人神韵”“元人佳境不能过此”“颇得元人风致”“神似六朝”等。她认为无论哪个朝代，譬如六朝、宋、元的诗作皆有可师法、可学习之处。

也有女诗人师法明清当代诗风的。明末沈静专喜明竟陵派诗风，对其代表人物钟惺敬重有加，曾在《哭钟伯敬先生》诗序中道：“余早失怙恃，未娴书，雅好诗歌，惜无援引。偶阅钟先生《诗归》，见其评阅，能鉴作者命意，余因亦有所得。”④ 她有意识地学习竟陵派诗学，受其影响颇深，后著有《适适草》传世。清代赵景淑推崇清代王士祯、李孚青一派的诗，不喜明七子之诗。王士祯诗讲究神韵，显然，赵景淑主张作诗要有神韵；但她同时又师法唐代诗人李贺，因为对李贺发自内心的喜欢，所谓“盖天性也”。⑤

小　结

明清女性诗论家在创作论方面思考较多，涉足颇深，本章围绕女诗

---

① 钱凤纶，赵厚均．蕉园七子集［M］．杭州：浙江古籍出版社，2021：7-8.

② 沈善宝，珊丹．鸿雪楼诗词集校注［M］．北京：中国社会科学出版社，2012：326.

③ 沈善宝．名媛诗话［M］//王英志．清代闺秀诗话丛刊．南京：凤凰出版社，2010：436.

④ 张明叶．中国古代妇女文学简史［M］．沈阳：辽宁教育出版社，1993：349.

⑤ 王蕴章．然脂余韵［M］//王英志．清代闺秀诗话丛刊．南京：凤凰出版社，2010：674.

人诗歌创作的合理性、创作的动机和缘由、创作的美学标准以及创作的方法等方面进行了一定程度的探索与研究。

女性诗论家认为，自身的诗歌创作具有充分的合理性，创作的缘起则是为了自抒怀抱，创作是因为灵感突至而引起的轻松而愉快的写作过程。她们既接受性灵，也接受诗教作为自己的诗学标准，努力调和并修正二者之间的矛盾。天赋与学养中，她们看重天赋，也注重后天的学养，是一群十分勤奋的阅读者和写作者。在诗学话语中，她们虽然倾向唐音，却也兼容并包，接受所有值得学习的诗学之声音。

明清女性诗论家在诗学实践与理论分析的探索中寻求自我声音的表达，寻找自我独立的人格，寻求与男性诗学共存与融合，寻求多元化发展的可能。而这探索并不是孤独的，女性诗论家相互鼓励，彼此支持，以群体的力量集体推进女性诗学的发展。

第七章　明清女性诗论之性别意识

女子的才华一旦得到发展，书写找到平台，智慧得到尊重，拥有了话语权，作为独立个体的价值得到体现，那么她们的自我意识就会被唤醒，并产生高度的自我认同。她们凭借自己的诗歌作品获得男性诗人的肯定，杰出的诗才是她们进入男性诗学世界的钥匙。但客观的现实是，古代女性诗人一直被排斥在主流诗学话语之外，古代诗学经典和诗论体系都是由男性所主导的。这意味着明清女性诗人不得不努力进入一个相对陌生的诗学世界，在这个世界里，她们并没有一个适当的诗学地位，也没有独属于自己的诗学声音。因此，在诗人论、作品论、创作论等各方面，明清女性诗论家都深受男性文人的影响。

被唤醒了自我意识的明清女性诗论家并不甘于只做男性的附属者和应声虫，她们渴望拥有自己独立的人格以及独立的诗学身份，不希望自己默默无闻地被历史的烟尘湮灭。她们努力摆脱男性文人思维桎梏，力争形成具有自身性别意识的诗学思想。因此，具有诗人和诗论家双重身份的女性诗论家开始致力于构建一个独属于女性的诗学世界，寻求摆脱男性话语的自我表达，努力探索自己的诗学传统。

第一节　文学自信：灵气钟于女子

明清女诗人具有多方面的才华，积累了较为深厚的诗学素养，书写出令男性诗人也不得不赞叹和肯定的文字，她们从而获得了前所未有的文学自信。女诗人的诗歌作品呈现了女性丰富的内心世界，表现着她们对心灵和社会的体察与认知，通过作品传递真正属于女性的声音。

明清女性诗论家认为，唯有自信才能走向强大，唯有不平才能主动抗争和追求，唯有摆脱依附性才能真正找到自我、获取成长。那么，在诗学世界里，只有构建独特的诗学体系，才能形成并完善女性自己的诗学理论。

一、怜君空负济川才

第一，明清女性诗论家不再甘于“男尊女卑”的传统观念，认为女性未必弱于男性，隐隐有着追求男女平等的意识，评论中毫不避讳对女诗人甚至自身的赞美之词。正如梁小玉所言：“诗穷宁独男子耶?”梁小玉在《古今女史》自序中指出，女性诗人亦有佳作，“多戛玉之鸿篇”“剩敲金之秀句”，其诗才不输于男子。[①] 华浣芳在《挹青轩稿》自怡录中盛赞苏蕙之织锦回文诗，乃是“千古绝调”，其匠心独具，其玲珑巧思，即使是“天地鬼神、三教圣人”也难以作出，何况凡世中的文人墨客，“然后知闺阁中始有奇才也”[②]。华浣芳对才女的肯定与推崇可谓是不遗余力。江珠在《青藜阁集》中云：“接瑶席而论文，宛似神仙之侣；树吟坛而劲敌，居然娘子之军……即使须眉名士，亦应低首皈依；纵有巾帼才人，定向下风拜倒。”江珠认为，女子诗才耀眼、闪烁文坛，“名媛之才，于斯为最”，令当时的男子也不得不低头叹服，甘拜下风。[③] 顾太清在答闺友诗中赞道：“何期闺阁辈，杰出欲空前。”她认为闺阁之中的女性已远比前代女性出色。诗后又云“清风洒幽谷，萧艾别当前”，则是以幽谷清风喻闺友之诗，而以萧艾比喻才能平庸的男性文人，其骄傲与自豪之意溢于字里行间。顾太清对沈善宝更加不吝惜赞美之词：

---

① 胡文楷，张宏生. 历代妇女著作考［M］. 李志生，译. 上海：上海古籍出版社，2008：163.

② 华浣芳. 挹青轩稿［M］//胡晓明，彭国忠. 江南女性别集五编. 合肥：黄山书社，2019：362-363.

③ 江珠. 青藜阁集［M］//胡晓明，彭国忠. 江南女性别集二编. 合肥：黄山书社，2010：837.

"佳句读来嫌太酽，怜君空负济川才。"[①] "济川才" 比喻辅佐帝王建立功业，可见顾太清对沈善宝之推崇，认为其已不止于闺房之小慧，而是济世安邦之大才。即使是在男性才子中，沈善宝也是出类拔萃的存在。郭润玉在《簪花阁诗》自序中言冬夜分咏，她在家中诗赛中咏冰壶为魁首，又凭梅花绝句连摘桂冠，被父亲盛赞，其自信之意，欣喜之情，自认为已胜过秀才中第。郭润玉在《冬夜怀六芳姊》中道："绣余久自负才名，多少红闺咏絮情。月上玉窗清未睡，学诗添得女门生。"[②] 郭六芳即郭漱玉，郭润玉赞郭漱玉"自负才名"，勤奋作诗，又将收下几位女弟子，完全是从欣赏才华的角度评论，不涉及妇德及其他，宛若评论一位男性文人。王贞仪在《上卜太夫人书》里认为女子和男子同是为人，则必具有同样的心性，男子有学习和书写的权利，女子自然也要有。因此，王贞仪发出了这样的质问：六经教人正性、明善、修身、齐家之学，这些女子也需要学习，六经诸书"岂徒为男子辈设哉"[③]？王贞仪在此强烈表达了要与男性享受阅读和书写同等权利的意愿。清末绍兴秋瑾、桐乡徐自华更是远比前代女诗人更自信自立，秋瑾诗云"女子平权当自强，岂能守株在闺房"[④] "吾侪得此添生色，始信英雄亦有雌"[⑤]，显示了其要与男性一较长短的雄心壮志。徐自华的"大同此日崇文教，希望才名属扫眉"[⑥] 直言心事，体现了想要依靠诗才压倒须眉的强烈意愿。清末由于维新派的倡导，"贤妻良母"之说甚为流行，施淑仪对此颇不以为然，她认为才女的最好结局并非囿于家庭默默付出，沦为一个为他人付出的工具人，而是应追求"优美、高尚之思"，充分发挥自己的才华成为"不世之才"，成为更好的自己。如若是"囿于一端"，则

---

① 奚彤云. 闺中造物有花仙：顾春诗词注评［M］. 上海：上海古籍出版社，2004：44.

② 郭润玉. 湘潭郭氏闺秀集［M］//贝京. 湖南女士诗钞. 长沙：湖南人民出版社，2010：427.

③ 王贞仪. 德风亭初集［M］. 慎修书屋铅印本.

④ 秋瑾，郭长海. 秋瑾全集笺注［M］. 长春：吉林文史出版社，2003：274.

⑤ 秋瑾，郭延礼. 秋瑾诗文选［M］. 北京：人民文学出版社，1982：55.

⑥ 徐自华，郭延礼. 徐自华诗文集［M］. 北京：中华书局，1990：92.

“恐英俊未由自拔”。[①] 施淑仪曾作诗称自己“握管燃脂味有余，绛仙敢号女相如”，以“女相如”自比，亦可见其强烈的文学自信。

第二，女性诗论家不仅品评女性诗人的诗作，还鉴赏批评男性诗人的诗作，并与男性诗论家平等交流。熊琏的《澹仙诗话》，为熊琏与弟弟熊瑚谈诗论诗之记录。[②] 熊琏在《澹仙诗话》中记载了家乡如皋及附近地域的诗学主题及文学网络，虽然有着存人评人之心，但更多的是对诗歌的审美鉴赏，亦是一部如皋诗歌鉴赏随笔。熊琏关心女性诗人命运及诗歌特色的同时，也关注男性诗人诗歌审美及诗歌成就，加强了两性诗学的互动。如皋县令曹龙树等人纷纷捐资为梓《澹仙诗话》，表现了男性文人对此诗论作品的欣赏与认可。汪端遴选并编订《明三十家诗选》，分两集，各八卷，正选三十家，附录又七十人，专门品评男性诗人。王兰修、辛丝的《国朝诗品》亦是逐一品评二十多位清代男性诗人。对男性评选的女性诗集，女性诗人也不以为然。毛奇龄编选浙江闺秀诗，并未选入王端淑之诗作，王端淑便写诗给毛奇龄：“王嫱未必无颜色，怎奈毛君笔下何。”[③] 对他未选入自己诗作表示强烈的不认同，也显示了对自己才华的肯定。王端淑自己编选《名媛诗纬》，以“诗纬”对“诗经”，显示了要将女性诗歌作品经典化，与男性诗歌分庭抗礼的自信与决心。骆绮兰曾寄诗给袁枚，表明拜师之意：“闺阁闻名二十秋，今朝才得识荆州。匆匆问字书窗下，权把新诗当束脩。”[④] “今朝才得识荆州”是骆绮兰化用李白《与韩荆州书》的诗句“但愿一识韩荆州”，骆绮兰将袁枚比作韩朝宗，而把自己比作李白，可见其文学自信。陈蕴莲曾在《病起遣兴》中大胆称赞自己的傲人诗才：“笔端可得夸三绝，

---

① 陈祟. 清代闺阁诗人征略序［M］//王英志. 清代闺秀诗话丛刊. 南京：凤凰出版社，2010：2182.

② 聂欣晗. 清代女性诗学与文化［M］. 广州：世界图书出版广东有限公司，2017：77-78.

③ 施淑仪. 清代闺阁诗人征略［M］//施淑仪，张晖. 施淑仪集. 北京：人民文学出版社，2011：23.

④ 王英志. 袁枚暨性灵派诗传［M］. 长春：吉林人民出版社，2005：205.

胸次常思富五车。”[①] 陈蕴莲自认为诗笔绝妙、学富五车，绝不亚于那些男性文人，毫不掩饰其自我欣赏之情。

二、一编冰雪净聪明

第一，女性诗论家为彼此的诗集作序跋或题诗时，不遗余力地夸奖闺友之诗作，真心欣赏并钦佩其诗才。沈善宝被闺友许云林赞为“绝世才华绝世姿”，被闺友顾春盛赞为“巾帼英雄异俗流”。[②] 沈善宝称赞未曾见面却已神交的闺友庄瑞红诗集：“几疑苏蕙回文，行行锦绣；如入鲛人宫室，串串珠玑。”她表示了对庄瑞红诗才的心悦诚服与欣赏：“读罢新诗低首拜，输君丰骨等秋高。”[③] 在《题红杏倚云吟馆图》中沈善宝赞美吟馆闺友之诗才绝不在男性诗人之下：“长篇小令手挥成，闺阁才华胜子京。”[④] 子京指的是宋代著名文学家宋祁。徐德音在《祝云仪夫人》中甚至把云仪夫人之文采与唐代大诗人杜甫相比：“秋兴赋成迫杜甫，写生墨妙逼徐熙。”[⑤] 关锳则在《送沈湘佩入都》中称赞沈善宝：“湘佩才名天下闻，文章班昭诗左芬。裘马作客二十载，壮心欲破燕山云。”[⑥] 寥寥数语便勾勒了一个才华出众、江湖飘荡的奇女子形象，表达了自己的钦佩之意。单士厘推崇闺友许德蕴的诗才，认为其在自己之上：“起居君弱我健强，吟咏君强我才弱。”[⑦] 女性诗论家也并不故作谦逊地避讳闺友对自己的褒奖。沈善宝《名媛诗话》中收集了大量闺友所赠送的夸赞自己之诗句。如卷七收入邱云漪的《题〈鸿雪楼初集〉》诗

① 陈蕴莲．信芳阁诗草［M］//胡晓明，彭国忠．江南女性别集三编．合肥：黄山书社，2012：423.

② 沈善宝，珊丹．鸿雪楼诗词集校注［M］．北京：中国社会科学出版社，2012：4，5.

③ 沈善宝，珊丹．鸿雪楼诗词集校注［M］．北京：中国社会科学出版社，2012：5.

④ 沈善宝，珊丹．鸿雪楼诗词集校注［M］．北京：中国社会科学出版社，2012：261.

⑤ 徐德音．绿净轩诗钞［M］//胡晓明，彭国忠．江南女性别集初编．合肥：黄山书社，2008：37.

⑥ 关锳．三十六芙蓉馆诗存［M］//胡晓明，彭国忠．江南女性别集四编．合肥：黄山书社，2014：1468.

⑦ 刘甜甜．单士厘的文学创作与文学活动［D］．广州：暨南大学，2019.

云："一编冰雪净聪明，蕙质兰心气味清。"① 恽珠《国朝闺秀正始集》并未收录自己的个人诗作，却选录了他人对于自己诗集《红香馆诗草》的赞美之诗。《国朝闺秀正始集》书末共有23名闺秀共计题词46首，其中不乏对恽珠的赞颂之词，例如高仪凤的《题〈红香馆〉集后》便赞其"句丽花为骨，思清玉作心"。鲍文芸的《题〈红香馆〉诗集后》更是把恽珠与前代著名才女黄崇嘏、宋若莘相比肩。再如江秀琼为王琼作《题王碧云闺秀联珠集》："年来消尽旧诗魔，愧我阳春白雪歌。"② 江秀琼将王琼之作称作"阳春白雪歌"，而一个"愧"字言己之自愧不如，表明了对王琼的欣赏和推崇之意。陈蕴莲在自己的诗集《信芳阁诗草》中，还附上了沈善宝称赞她的五首诗。沈善宝诗中赞陈蕴莲道："诗笔君追唐学士，赋才我愧谢宣城。"③ 诗句以出色的男性诗人来作比，既褒奖了闺友又暗赞了自己。郭润玉序王浣香《敏求斋诗》："妹少予十岁，然学博才丽，盖十倍予。"④ 郭润玉是湘潭郭氏闺秀诗人中最负盛名的一位，然则在家乡才女小妹王浣香前如此谦逊和推崇，可见其惜才爱才之心。而王浣香题李淑仪《澹香阁诗草》中则道："愧我拈来赋未工，爱拈笔墨学雕虫。平生颇自矜诗骨，今日甘心拜下风。"她真心赞美闺友诗艺，并示自愧不如之意，并道："华堂一见便心倾，再读新诗字字清。久我心香留一瓣，十年前已奉诗名。"⑤ 王浣香表达了对李淑仪诗才的欣赏倾慕并非一朝一夕，而是有十年之久。女诗人之间的相互推崇与自我肯定，都是女性文学自信的体现，形成了温暖和谐的女性诗学氛围。

第二，女性诗论家并不怯弱畏缩，面对传统观念的阻碍敢于发出自己的声音。骆绮兰在拜师之举遭到质疑时勇敢反驳，说自己所拜的三位

---

① 沈善宝. 名媛诗话［M］//王英志. 清代闺秀诗话丛刊. 南京：凤凰出版社，2010：469.

② 傅瑛. 明清安徽妇女文学著述辑考［M］. 合肥：黄山书社，2010：455.

③ 陈蕴莲. 信芳阁诗草［M］//胡晓明，彭国忠. 江南女性别集三编. 合肥：黄山书社，2012：508.

④ 郭润玉. 湘潭郭氏闺秀集［M］//贝京. 湖南女士诗钞. 长沙：湖南人民出版社，2010：387.

⑤ 郭润玉. 湘潭郭氏闺秀集［M］//贝京. 湖南女士诗钞. 长沙：湖南人民出版社，2010：400.

老师“随园、兰泉、梦楼”苍颜白发，是诗坛的泰山北斗，自己能够拜在门下，得其教诲，为此生之幸。骆绮兰同时犀利地指出，质疑她拜师的人不过是对女子作诗存有偏见：“谓不宜与三先生追随赠答，是谓妇人不宜瞻泰山仰北斗也。”① 她逐条反驳，据理力争，并不畏惧流言蜚语，而是坚持自己的文学追求，以自己能拜在名师门下为荣。上虞徐昭华因诗作太好，其业师毛奇龄读其七绝，大惊，“不信闺阁中果有是”。果然有人怀疑徐昭华诗并非自己所作，昭华听闻之后，颇为愤怒，“乞其父招予，请自试”。毛奇龄便出二诗题，徐昭华作诗妍婉，毛奇龄赞叹不已，并认为徐昭华将来文名将胜过自己，“予藉昭华以传矣”。② 徐昭华为了证明自己的文学才华，直面质疑而作应对，可见其对自己诗才之信心。

女性诗论家也并不是一味抬高女性诗歌，当看到女性诗人写作存在的弊病时也会加以指出，这也是文学自信的另一种表现。只有直面不足才能得以进步。江珠《杂感》云：“诗肠强涩笔锋枯，月露风云岂足模。鱼目从来缘椟贵，不须穷海探骊珠。”③ 这就是批评女诗人因闺阁之中题材狭窄导致的诗思枯竭，意境单一。因此，进一步拓展生活空间、加强诗学交流以获得新鲜的素材与灵感成为女诗人提高诗艺的客观要求。王端淑《名媛诗纬》卷七中对徐媛也批评得十分犀利：“学子美而不得其老，则近乎板而俚；学长吉而不得其奇，则近于涩而凿；太白丑处，狂语浮蔓；香山丑处，学究打油；襄阳单俭，东阳寒酸。”徐媛作诗，模仿唐代诗人李白、杜甫、李贺、白居易、孟浩然却不得其法，王端淑对此总结道：“非古人一无是处，俱学而不得其佳也。”④ 王端淑认为这是徐媛学唐人却未得其精义的缘故。

---

① 骆绮兰. 听秋轩闺中同人集诗序［M］//胡晓明，彭国忠. 江南女性别集二编. 合肥：黄山书社，2010：696.

② 徐昭华. 浣香阁遗稿［M］//胡晓明，彭国忠. 江南女性别集五编. 合肥：黄山书社，2019：371-372.

③ 江珠. 青藜阁集［M］//胡晓明，彭国忠. 江南女性别集二编. 合肥：黄山书社，2010：843.

④ 王端淑. 名媛诗纬初编［M］. 清康熙年间清音堂刻本.

第二节　以诗论史：构建女性诗史

从晚明沈宜修编选《伊人思》开始，明清女性诗论家掀起了诗歌研究的热潮。女性诗论家在以选本、诗传、序跋、诗话、论诗诗等各种形式来进行选诗论诗的时候，各有其编撰标准与评价原则，但总体选诗目的是一致的，就是为女性诗人立传留名，以达到存人、存诗、存史之目的，构建真正意义上的女性诗史。于是，她们就这样在对女诗人及其作品的评论与叙述中，保留了珍贵的女性文献材料与评述，保存了大量女性诗人的文学史料，让她们的心灵史得以流传而不至于湮灭。同时，对女性诗人典范以及女性诗歌典范的树立，也使得女性诗人的诗学思想和审美旨趣得以传承和发展下去，形成女性独有的诗学空间。

一、为怜彤史多遗漏

第一，明清女性诗论家在搜辑、存录诗人史料时，明确地表述了存人、存诗、存史的主观意识。季娴编选《闺秀集》后曾有意再纂续集，“是编虽所阅百余集”①，她虽然不辞辛劳、费尽心血编成《闺秀集》，但深知仍有大量优秀的女诗人诗稿未能搜集殆尽，天下之大，还有很多才女佳作，或无资刊刻，或湮灭已久，依然不为人所知。季娴欲付出更多努力再作搜集，等待诗集再作续集。王端淑《名媛诗纬》以存人为编选本心，其凡例云，如若女诗人有作品集传世，作品数量较多，自己便会优中选优，挑选佳作；如若女诗人存世作品极少，甚至只有一首半首，那么即使有瑕疵，自己也会将之选入，以诗之存世来彰显女诗人曾经的存在，“盖存其人也”。各种风格的诗作王端淑都有选存：“诗之高

① 季娴. 闺秀集［M］//四库全书存目丛书：集部第 414 册. 济南：齐鲁书社，1997：331.

绝、老绝者存之；幽绝、艳绝者存之；娇丽而鄙俚者，淫佚而谑诞者，亦存之。"①《湖南女士诗钞所见》的选者毛国姬也在序言中表明自己曾见到家乡女诗人雅致温厚之诗，但因不能出版面世，无以保存，不到几十年，便已消逝殆尽，"零落于荒烟蔓草间"，问其乡邻子孙，已无人知晓其人其作，更无人传诵其诗。因此毛国姬作此选本，表明自己不希望湖湘"颂椒咏絮"之才女湮灭无闻的心理。② 其《例言》也表示，"兹卷务在广收，无论今昔"，③ 力求搜集全面。《名媛诗话》序言中也体现出沈善宝以诗存人的选取标准。沈善宝认为，女诗人的诗学与男性文士的并不一样，而女诗人作品的传播又比男性文士更为不易。正因为深刻感受到了这一点，她不惜辛劳，克服种种困难，终于完成了这部女性诗学著作。沈善宝谦虚地表示自己"拙于语言，见闻未广"，指出自己的编选本心在于"存其断句零章"，因此"话之工拙，不复计也"④。女性诗论家在例言中表明自己辑录女诗人作品的目的不只停留在美学鉴赏和理论分析的层次，还上升到了"史"的意识，期望以诗论作品来达到保存女性诗人诗作，并能令其得到广泛传播甚至可以永久流传的目的。施淑仪《清代闺阁诗人征略》凡例第六条说："是编以事迹为主，与选诗不同。"这明确表明了"以事存人"的编撰目的，以记载女诗人生平事迹为重点，凡是只见到诗而不见生平事迹者，"姑从阙"。施淑仪还曾以诗句表达自己作《清代闺阁诗人征略》的目的："文字幸留知己感，壮怀难与俗人言。为怜彤史多遗漏，唤起婵娟一代魂。"她在《凡例》中明确指出，"是编本属于文学史"⑤，表明了为女性文学修史之心。施淑仪此书的确得到了后世学者"诗史"般的评价，胡明就称之为"清代妇

---

① 王端淑. 名媛诗纬初编［M］. 清康熙年间清音堂刻本.

② 毛国姬. 湖南女士诗钞所见初集［M］//贝京. 湖南女士诗钞. 长沙：湖南人民出版社，2010：5.

③ 毛国姬. 湖南女士诗钞所见初集［M］//贝京. 湖南女士诗钞. 长沙：湖南人民出版社，2010：3.

④ 沈善宝. 名媛诗话［M］//王英志. 清代闺秀诗话丛刊. 南京：凤凰出版社，2010：349.

⑤ 施淑仪. 清代闺阁诗人征略［M］//施淑仪，张晖. 施淑仪集. 北京：人民文学出版社，2011：4.

女诗史”。

第二，明清女性诗论家在编选实践中以尽可能多地保存女性诗人和女性诗歌为宗旨，贯彻了她们在序言或例言中言明的编选主张。女性诗论中所收集和评论的对象，有些并非上乘之作，但诗论家对女性诗学文献的广泛收集、存录，客观上也具有了存史的意义。王端淑《名媛诗纬》卷三评林氏《晚春》诗曰“仅成声律，殊无妙思”，作为选者，她见之也觉不佳，但因出自女性诗人笔下，她便将其收入集中：“然出自闺阁口中又当恕一着看。”王端淑又评朱氏之诗“学究腐气满纸”，并疑惑其为何不多读《诗经》以启发情思，但才女难得，只要有一二可取之处，王端淑亦取之，“录及于此，亦怜才之苦心也”。以上提到的林氏和朱氏诗才平平，全无妙思，但王端淑本着为女性诗人存人存言之心，将之全部收录，但特意注解说明，以免读者误解误读。王端淑的丈夫丁圣肇道明其怜才之心，言其不忍“闺秀佳咏，湮没烟草”，因此花费无数心血，精心收集，“怜才之心过于自怜”①。陈芸父亲陈寿彭论《小黛轩论诗诗》道，如果仅仅以诗歌质量而言，严加删减，这些所选女性诗歌可以存世的佳作不过几十首，但原本女儿作此诗学作品的目的便在于“传人传集”。陈芸费尽心思，收入了海量的女性诗作，“有清一代女文献十罗八九”②，但并非全是佳作，收罗甚富，更多的是为了构建一个时代的女性诗人群像。

明清女性诗论家不仅录入诗歌，还撰写小传或传记，女性视角与独特体验令她们更注重传记中女性诗人本身的闪光点，通过记录女诗人生平事迹及日常生活或点评人物品性的形式来保留她们的创作情态，使得女性诗人因诗和事而得以名传。以沈善宝《名媛诗话》为例，其中共录入女诗人 760 人，前 11 卷录入的是闺秀诗人，部分只存人存事，不存诗；第 12 卷则录入尼姑、女冠与妓女等身份的女诗人；续集 3 卷则是记录沈善宝与闺友之间的酬唱活动，以及闺友所荐的女诗人及其诗歌。沈

① 王端淑．名媛诗纬初编［M］．清康熙年间清音堂刻本．

② 陈芸．小黛轩论诗诗［M］//王英志．清代闺秀诗话丛刊．南京：凤凰出版社，2010：1516．

善宝尽可能多地收集女诗人诗作及逸事，展现她们的文学活动场景，这些第一手资料的详细记录，因为有了沈善宝的亲自“在场”而显得异常鲜活和生动。地方性的女性诗歌选本也十分注重收集作品的广博性，以毛国姬的《湖南女士诗钞所见》为例，其在所收入的女诗人作品之数量上均超出前代地方闺秀选本，基本能“兼收各家之有，补充各家所无”。[①] 其余诗论专著如《名媛诗纬》收录1000多位女诗人的2000多首诗；《国朝闺秀正始集》收入1500余位诗人的4000多首诗；《小黛轩论诗诗》收入论诗诗221首，涉及女性诗人近1500人；《清代闺阁诗人征略》共收入1275名才女传略，数量惊人。

因女性诗论作品的典范性和影响力，即使女性诗人别集或诗歌散佚不见，她们的诗歌作品也能在这些诗论作品中得以保存和流传下来。《名媛诗话》中所记录的作者和诗作原本有些已经失传了，因诗话而得以留存于世。如陆娟《津门题旗亭壁》：“津亭杨柳碧毵毵，人立东风酒半酣。万点落花舟一叶，载将春色过江南。”[②]

这些规模空前、收录详尽的诗论作品，为后来的研究者提供了宝贵资料，对研究女性文学史意义重大。如胡文楷的《历代妇女著作考》，就是在这些文献的基础上再作爬梳、整理和编辑而成。胡文楷曾说古代女性作品集极少见于记载，因此资料的收集极为不易。但是到了清代，因为有着丰富的女性诗论作品，给研究提供了很多便利，“已有施淑仪《清代闺阁诗人征略》，足资参考”。胡文楷又提到单士厘的《清闺秀艺文志略》，认为其“于近代妇女之集，尤为详备”。[③] 明清女性诗论家“为怜彤史多遗漏”的苦心在多年后终于得到了回报，她们保存的女诗人作品依然光芒闪耀，其诗学价值也开始被重新发现和再度研究。

---

① 刘碧波. 清代湖湘女性文学研究 [D]. 南京：南京大学，2016.

② 沈善宝. 名媛诗话 [M] //王英志. 清代闺秀诗话丛刊. 南京：凤凰出版社，2010：549.

③ 杜海华. 非凡的知识女性：单士厘 [J]. 文史知识，2008 (10)：104-107.

二、片玉流闻无敢弃

女性诗论家所作的诗论作品，尤其是选本和诗话，其选心除了存诗存人之外，也旨在推选诗人佳作，为女性诗歌树立典范之作，在为女诗人存名扬名的同时，也给后来者提供学习和模仿的样板。这种在保证数量的同时也保证质量的做法，赋予了女性诗论作品极高的文献价值与美学价值。

第一，女性诗论家有为女性诗学树立典范的主观愿望。明代男性文人作女性诗歌选本时，总是乐于选辑前代女诗人作品，对当代女诗人的佳作视而不见。他们更倾向于津津乐道古代女诗人的诗歌甚至是虚无缥缈的女鬼女仙诗歌，且其编辑态度不甚端正，多有相互抄袭。①《四库全书》的编者在评论明代男性文人所作女性诗歌选本时就曾指出，明代男性文人热衷于编辑女性诗选，“然大抵辗转剿袭，体例略同”。因不满明代男性所作的女性诗歌选本，女性诗论家决定自己来编选女性诗歌选本。沈宜修在《伊人思》中明确指出：“世选名媛诗文多矣，大都习于沿古，未广罗今。”对此她决心编选当代女诗人的诗歌，使之不至于默默消逝于历史烟尘之中，因此“片玉流闻，并及他书散见，俱为汇集，无敢弃云”②。沈宜修强调，只要是好的诗歌作品，便尽力收集不甘放弃，所谓“片玉流闻”，“无敢弃云”。这也是女性诗论家共同的编选态度，她们煞费苦心所收集的必定是具有典范意义的佳作。王端淑在《名媛诗纬》序中也阐明：“日月江河，经天纬地，则天地之诗也。静者为经，动者为纬；南北为经，东西为纬，则星野之诗也。”③ 王端淑将自己所编选的“诗纬”和儒家诗学经典《诗经》相提并论，实际上便是在强

① 据宋清秀《〈闺秀诗话〉与〈闺秀诗评〉关系及作者考述》研究发现，棣华园主人《闺秀诗评》与苕溪生《闺秀诗话》二书有 71 则完全相同或者相似。宋清秀.《闺秀诗话》与《闺秀诗评》关系及作者考述［J］. 苏州大学学报（哲学社会科学版），2011，32（2）：141-145，192.

② 沈宜修. 伊人思自序［M］//叶绍袁，冀勤. 午梦堂集. 北京：中华书局，2015：648.

③ 王端淑. 名媛诗纬初编［M］. 清康熙年间清音堂刻本.

调女性诗歌的典范意义。薛绍徽在为丁芸《闽川闺秀诗话续编》作序时，先是列出江采蘋、陈金凤、孙夫人、阮逸女等前代才女，再点明清代福州“光禄派”许氏家族才女群体，介绍黄任家族与梁章钜家族的才女群体，简要梳理了闽地女性诗歌的发展脉络，宛若极简版的福建女性诗史，并满怀激情地赞扬“扬彤管之辉光”“征故乡之文献”之行为。[1]可见女性诗论家在作诗论时秉承着具有主体意识的历史感与使命感，她们努力搜集女诗人的典范佳作，致力于对当代女性诗学谱系的整理与构建。

第二，明清女性诗歌选集参考文献颇为丰富，选者在诗选实践中翻阅并收集大量文献、涉及资料极其广博。她们披沙拣金，力争精选出和璧隋珠一般具有典范意义的诗歌。建立在数量上的诗选以及女性诗论家的选心保证了选本的质量。季娴《闺秀集》为选入 75 位明代女性诗人的小型选本，尚且参考了家中数百本藏书。季娴父亲季寓庸、弟弟季振宜均为著名藏书家，夫家也是“藏书架满，缣帙灿然”，这为她广泛地选辑闺秀诗歌提供了条件。小型选本尚且有如此浩大的阅读量与工作量，入选女诗人在数百甚至上千名的大型选本的编选难度可想而知。如王端淑的《名媛诗纬》，其参考文献就主要有赵世杰的《古今女史》、钟惺的《名媛诗归》、周之标的《兰咳集》、邹漪的《红蕉集》、钱谦益和柳如是的《列朝诗集·闰集》等。[2] 另外王端淑也参考了自己和亲友的书信以及大量女诗人的投稿来信。恽珠在编辑《国朝闺秀正始集》时就参考了海量的女性诗歌选本，包括《然脂集》《妇人集》《撷芳集》等男性选女性诗选本，也包括《名媛诗纬》等女性选女性诗选本，在例言中她点到了所参考的选本，此外还广泛参考了女性别集和女性诗话，以及大量女诗人寄来的投稿。恽珠进一步指出，“兹集所收，有十分之四”，都是自己随时收集，因而积少成多。她收集的范围也极为广泛，

① 薛绍徽. 闽川闺秀诗话续编序［M］//王英志. 清代闺秀诗话丛刊. 南京：凤凰出版社，2010：263.

② 方秀洁，魏爱莲. 跨越闺门：明清女性作家论［M］. 北京：北京大学出版社，2014：83.

“滇黔川粤，均不乏人”[①]。

值得注意的是，与男性文人的编选方式不同，女性诗论家除了查阅各种印刷文本和手抄文本，还参考了各种题壁、题画和题在绣品上的诗歌，借鉴了闺阁中口口相传的“口述文化”[②]，这种具有女性特色的诗歌文本收集方式使得选入的诗歌更加丰富全面且富有生命力。沈宜修《伊人思》里收入女诗人张倩倩的几首诗词。沈宜修记录道：张倩倩虽然擅长作诗词，却从不保存，作即弃去。叶小鸾能记诵其作，却不过十之一二而已。沈宜修爱惜张倩倩文才，将其整理收录。[③] 张倩倩所作之诗《咏风》《忆旧》《过行春桥》《偶题》等均由叶小鸾凭记忆口述抄录，后载于沈宜修所编选的女性诗歌选本《伊人思》中，因而得以流传于世。《国朝闺秀正始集》等选本中也收入了闺阁中的口述诗词。许多女性诗人所创作的诗歌因被编入女性诗论作品而得以留存于世。

第三节　以诗论助诗名：女子之不朽

明清女诗人对写作，最初是发自内心的喜爱，宣泄自我的情感，用以自娱而已。但她们对于写作的沉醉与痴迷，使得后来书写渐渐超过了自娱自乐的范畴，而是上升到了视若生命的高度，并产生了强烈的求名留名之心，正如仁和闺秀苏畹兰在《闺吟集秀》自序中道：“观者勿以妇人玩弄笔墨为诮焉则足矣。”女性诗论家希望世人不要将女子作诗看作“玩弄笔墨”，诗作是她们的精神家园，是她们的毕生心血所化。她们希望自己能依靠笔下的文字而得以流芳千古，从而达到不朽。女诗人

---

① 恽珠. 国朝闺秀正始集［M］. 清道光十一年（1831）红香馆刻本.

② 魏爱莲指出女性内闱有一种口述传统，已经过世的女诗人因其作品被其他女诗人记住并口述保存下来。方秀洁，魏爱莲. 跨越闺门：明清女性作家论［M］. 北京：北京大学出版社，2014：89.

③ 沈宜修. 表妹张倩倩传［M］//叶绍袁，冀勤. 午梦堂集. 北京：中华书局，2015：252.

的好名之心甚至引起了男性文人的惊叹。袁枚有“女子之好名更甚于男子也”[①] 的感叹。章学诚也有“闺阁不安义分，慕贱士之趋名，其祸烈于洪水猛兽”[②] 之语。

女性诗人不甘于在狭小的闺房和庭院之间损耗自己的青春与生命，而是渴望能有发挥自己才干的机会，渴望能和男性诗人比肩而立。她们在诗歌之中寻找着自己的话语权，寻找自己的生命意义和存在价值。清初吴琪说：“古今女子之不朽，又何必不以诗哉！”[③] 葛宜《玉窗遗稿》云：“音徽往矣，遗编尚存，可不死矣。”[④] 只要有文字得以传世，以诗名闻天下，生命就获得了永恒。对于女子来说，渴望“不朽”“不死”正是她们自我意识的体现，表明了她们对自我价值的追求。她们要留下自己来过这世界的痕迹，而不是无声无息地消失不见。正如沈自炳为叶小鸾《返生香》作序时所说：“笔墨精灵，庶几不朽。”女诗人渴望依靠自己的笔墨得以成不朽之名。这些创作心理被同为女诗人的女性诗论家深为认同。

一、人生谁不怯无闻

明清女诗人宣称好名之意，并不忌讳追求诗名。诗歌作品能发表出版，并顺利进入公众视野是女诗人获取才名的重要渠道。才女渴望作品能流传于世，诗名能得到远播，亦如临川女诗人游瑜所言：“人生谁不怯无闻。”

明末项兰贞临终前殷殷嘱咐丈夫：“吾于尘世，他无所恋，惟云露小诗得附名闺秀后足矣。”即使生命走到尽头，她仍念念不忘传名于后

① 袁枚. 随园闺秀诗话［M］//王英志. 清代闺秀诗话丛刊. 南京：凤凰出版社，2010：165.

② 章学诚. 文史通义［M］. 上海：上海古籍出版社，2008：178.

③ 陈启明. 清代女性诗歌总集研究［M］. 上海：复旦大学出版社，2022：328.

④ 葛宜. 玉窗遗稿［M］//胡晓明，彭国忠. 江南女性别集初编. 合肥：黄山书社，2008：131.

世，已将诗歌创作作为自己平生所愿，并且临死之前殷殷托付，希望诗集能够得到公开出版，与著名闺秀诗人一同扬名。清初林以宁作为蕉园诗社最杰出的诗人，交际广泛，名动江南，夫家家谱上也将她的名字还有诗集载于其子名字之前，而不是像通常那样只是简单地写为林氏。这也是当时明清女性诗人留名心理的一个反映，她们不甘以妻子、女儿或母亲的身份存在，更希望自己能以才女的独立身份存在。林以宁不仅自己热衷于出版诗集，也劝闺友出版传名，曾劝说徐德音刻印诗集："其可不梓之以传乎?"徐德音于是编订《绿净轩诗钞》并刻印出版。陈蕴莲积极参与出版活动，她编选自己的诗集，并以卖画获取出版费用，将其顺利出版，这"彰显了女性对自我声音和自我创作的保存欲望"。[①] 她在其诗集《信芳阁诗草》自序中记录了此事："勿忍弃毕生真性以黝于冥漠无知之乡。爰取数十年来所存诗，厘为四卷，以画易资，付诸梨枣。"[②] 女诗人的诗集得到出版并畅销，她们可以在当时的社会上获得极大的声名。如吴藻刻印自己的诗词集出版后，"吴中好事者被之管弦，一时传唱，遂遍大江南北，几如有井水处必歌柳七词矣"。[③] 据称，其作品传唱度几乎可以跟北宋柳永相提并论，可见其影响之大，声名之盛。

女性诗论家深深懂得女子传名之难，对此怀抱着真挚的怜悯之心，并在诗论作品之中加以阐述和分析。张云璈在汪端的《自然好学斋诗钞》序言中指出，诗人难得，女诗人更为难得，而得到全家的助力得以张扬其声名的女诗人则尤其难得。[④] 骆绮兰在《听秋轩闺中同人集》自序中也表达了同样的忧虑："女子之诗，其工也难于男子。闺秀之名，其传也亦难于才士。何也?"骆绮兰指出，女子作诗难于男子，而诗名的传播更加难于男子。她进一步分析了其原因，盖因女子处于深闺之中，难以有广博的见识、交流的朋友以及自然风光的陶冶。嫁人之后，

① 李金梅. 清代才媛陈蕴莲研究［D］. 无锡：江南大学，2016.

② 陈蕴莲. 信芳阁诗草自序［M］//胡晓明，彭国忠. 江南女性别集三编. 合肥：黄山书社，2012：394.

③ 傅瑛. 明清安徽妇女文学著述辑考［M］. 合肥：黄山书社，2010：552.

④ 汪端. 自然好学斋诗钞［M］//胡晓明，彭国忠. 江南女性别集二编. 合肥：黄山书社，2010：326.

诸事琐碎，女子又无暇作诗，“闺秀幸而配风雅之士”，相互唱和，女诗人的灵心慧质还可以得到保护，诗文还有机会获得传播，“不至泯灭”。若所遇非人，嫁给了一个不通文墨之人，诗稿都可能被尽毁，“将以诗稿覆醯瓮矣”，哪还有作诗存诗以及传播诗名的可能呢，“闺秀之传难乎不难”。①

虽然诗名流传有着相当大的难度，但明清女性诗论家并未放弃努力，好名与求名之心始终不减。江阴陈蕴莲在《信芳阁诗草》自序中谦虚地表示并不期待诗歌作品永远流传，“非敢妄冀永传”，但又暗示保存了真性情的作品便有流传于世的价值，“留吾情性于天壤间”，依然是好名留名之心的委婉表达。② 湘潭王璊在《书〈红鹤山庄诗稿〉后》言：“识字岂真忧患始，作诗难冀姓名留。当时幸有怜才者，应愿将丝绣蒋侯。”③ 才女作诗之时便已意识到传播之难，但并未放弃努力，幸有怜才之人帮助出版，使其留名之心愿得以实现。湘潭郭漱玉在《题〈湘梅夫人遗草〉》云：“一卷新诗万选钱，芳名从此付遗编。琼楼应少修文笔，征到人间女谪仙。”④ 虽然出版诗集所费不少，但是可以使得湘梅夫人的文名流传下去。郭漱玉为闺友的逝世感到悲哀的同时，也为她“芳名从此付遗编”而感到无比欣慰。同样的话语也来自顾若璞为黄孝昭《闺晚吟》的题词：“聊次序其语弁简端，一以悲夫人之不生，一以幸夫人有不死也。”⑤ 虽然顾若璞为黄孝昭的逝去而极度悲伤，所谓“悲夫人之不生”，但同时也为她有文字流传于世而感到庆幸，有了这部能传世的书稿，黄孝昭就能得到不朽，所谓“幸夫人有不死也”。季兰韵在《题姚

① 骆绮兰. 听秋轩闺中同人集诗序［M］//胡晓明，彭国忠. 江南女性别集二编. 合肥：黄山书社，2010：695.

② 陈蕴莲. 信芳阁诗草自序［M］//胡晓明，彭国忠. 江南女性别集三编. 合肥：黄山书社，2012：394.

③ 毛国姬. 湖南女士诗钞所见初集［M］//贝京. 湖南女士诗钞. 长沙：湖南人民出版社，2010：135.

④ 毛国姬. 湖南女士诗钞所见初集［M］//贝京. 湖南女士诗钞. 长沙：湖南人民出版社，2010：423.

⑤ 顾若璞. 卧月轩稿［M］//胡晓明，彭国忠. 江南女性别集五编. 合肥：黄山书社，2019：166.

静仪夫人伴云诗稿》中道："珠玉生涯一卷存，不须惆怅少儿孙。瓣香留得千秋永，胜似遗书付后昆。"① 如有诗才在身，能写出明珠美玉一般的璀璨诗句，那么即使没有儿孙又有什么要紧。诗稿将留得千秋之名，胜过将遗书留给后人。季兰韵大胆指出，女诗人的诗名带给她们高度的精神满足，让她们感受到自己作为一个人而存在的生命价值与人生意义，这种生命价值与人生意义，远远超过了传统意义上传宗接代的价值所在。诗歌在，诗名在，女诗人的生命就会放出熠熠光芒，可以照亮千秋后世人的心灵。施淑仪在诗集《冰魂阁诗存》中也发出了"班姬谢女讵敢望，但愿一卷传文章。千秋万岁名姓香，庶几以是慰高堂"② 的感叹，表明自身虽不敢奢望比肩古代著名才女，但唯愿自己的文章能够传播下去，千秋万岁依然流芳，便感心满意足。女性诗论家认为，诗歌可以让女诗人得到永恒的生命，因为有诗集保存了她的灵心与才情，保存了她来过这世界的痕迹，她就再不会被遗忘，不会从世人的心中彻底消失。

明清女性诗人无惧礼教的束缚，积极地追求诗名，其强烈的求名意识被女性诗论家观照到并记录在诗论作品中。以诗论作品帮助女性诗人保存并传播诗名，女性诗论家为此付出了不懈努力，并获得了累累硕果。

二、声价自经椽笔定

女诗人加入各种文学社交圈，争取名师推荐，以提升名气、扩大影响力。古代诗人在诗坛的名气大小，除了诗作的实际成就之外，与自身的家庭背景、政治地位、人脉资源、社会交往都有着重要的关系，女性诗人亦是如此。明清女性诗论家因对诗坛状况有着理性的判断与分析，比普通女诗人更具有追求文名的主动意识。她们意识到要想获取更大的

① 季兰韵. 楚畹阁集［M］//胡晓明，彭国忠. 江南女性别集三编. 合肥：黄山书社，2012：1056.

② 施淑仪. 冰魂阁诗存［M］//施淑仪，张晖. 施淑仪集. 北京：人民文学出版社，2011：613.

声名，除了文学上有斐然成绩，还要能充分利用文学成就以外的其他因素。

第一，女性诗论家利用自己的创作和评论专长，积极参加文学社交活动，尤其是男性名士主导的社交活动，包括与男性诗人唱和，为男性诗人题诗，以及参与男诗人的雅集诗会等。明末女诗人王巧在给朋友的书信中提到，自古女诗人都习惯局限于闺阁之中以诗文自娱，不令闺中文字传出闺门之外，则使得闺阁诗作难以流传，能让世人所知的不过十分之一。基于闺阁之诗难以外传的情况，设立和参加诗社活动就显得格外重要。因此，王巧积极倡导设立诗社以加强才女之间的文学交流。王巧此番言论反映了她对借社交以传名的清醒认识。王端淑热衷于社交，结识了不少文坛名流，“与四方名流相倡和”[①]，自此声名鹊起，远近闻名。柳如是社交圈里的陈子龙、钱谦益当时在文坛都是影响力极大的名士，钱谦益更是当时文坛的领袖级人物。陈寅恪认为，柳如是与同时代的才女之所以拥有显赫声名，除了本身“天资明慧，虚心向学”，还因为她们无视礼法的约束，与当时吴越地区的名士来往，巧妙地借名士之名提升了自己之名，“受其影响，有以致之也”。[②] 清初文坛宗师王士祯作《秋柳》诗，全国有数百人唱和，季娴、王璐清、袁镜蓉等女诗人都有主动唱和，借以增加显现度，提高知名度。吴江汪玉轸诗题郭麐之《水村图》[③]，以“万梅花拥一柴门”句获得郭麐激赏。郭麐为汪玉轸此句请画师补图并遍请名士题咏，使得汪玉轸因而诗名大振。骆绮兰编选《听秋轩赠言》，请当时朝廷御史吴云为其写前言，并收入九十多位当时具有影响力的男性官员或著名文人的诗歌，这些诗都是对她诗画成就的称赞之语。本有影响力和名气的他们的名字本身就是对骆绮兰最好的宣传。

---

① 施淑仪. 清代闺阁诗人征略［M］//王英志. 清代闺秀诗话丛刊. 南京：凤凰出版社，2010：1724.

② 陈寅恪. 柳如是别传［M］. 上海：上海古籍出版社，1980：75.

③ 汪玉轸. 宜秋小院诗钞［M］//胡晓明，彭国忠. 江南女性别集五编. 合肥：黄山书社，2019：802.

第二，女性诗论家积极拜名士为师。名师不仅可以给女弟子以诗艺的指导，还可以以自身的影响力和实际行动为女弟子广做宣传，令其诗名远扬，正如席佩兰所言："声价自经椽笔定，扫眉笔上也生花。"因此女性诗论家积极主动的拜师之举在当时亦为常见。骆绮兰就曾持着自己的作品主动找袁枚拜师，且另外拜了两位在当时同样享有盛誉的男性文人王文治、王昶为师，固然有真心求教之意，也希望借助名师而提升自己名气。潘素心曾拜袁枚、杨际昌、胡豫堂、蒋士铨、周大榜等名士为师。袁枚为潘《不栉吟》作序，并评潘湖楼诗会五排为庄姝典丽之作，称其为"闺中元白"，令其声名远播。金逸主动投书致袁枚，希望其能收自己为弟子，袁枚在《金纤纤女士墓志铭》中载其事："尤酷嗜余诗，得《小仓山房集》，伏而诵之，尽四昼夜毕，寄书谆谆，乞为弟子。"①金逸特地托人介绍，愿列袁枚门墙，并致信袁枚，是为《上随园夫子书》，被袁枚收入《随园女弟子诗选》卷二中。金逸也因为袁枚的大力推举而成为随园女弟子中的知名人物，和席佩兰、严蕊珠一并成为袁枚的"闺中三大知己"。张玉珍曾写《寄呈随园先生》："却喜深闺何有幸，尽容敛手拜良师。"② 袁枚、陈文述、阮元等名士都曾召集女弟子集会唱和，得到积极响应。袁枚还曾请人绘《十三女弟子湖楼请业图》，对集会盛况进行记录，进一步扩大自己及女弟子的影响力。袁枚《随园诗话》出版之后，成为诗坛畅销书，"以一时风行，卖者得价故也"。③闺秀诗人周月尊主动投书袁枚希望能进入诗话以扬其名："斯人斯图，虽不足当大方题品，诚欲藉传姓氏于集中，则生平之憾释然也。"④ 后《随园诗话补遗》出版时，袁枚大规模地加入了女弟子的事迹，其中金逸、骆绮兰、严蕊珠为自荐。这些两性诗学的互动行为有助于提升女性

---

① 袁枚. 小仓山房文集［M］. 王英志. 袁枚全集：第二册. 南京：江苏古籍出版社，1993：587.

② 张玉珍. 晚香居诗钞［M］//胡晓明，彭国忠. 江南女性别集四编. 合肥：黄山书社，2014：449.

③ 袁枚. 随园诗话［M］. 北京：人民文学出版社，1982：630.

④ 袁枚. 小仓山房尺牍［M］. 王英志. 袁枚全集：第五册. 南京：江苏古籍出版社，1993：122.

诗人和诗论家的知名度，扩大其影响力。

三、幸得题名入选楼

女性诗论家建立女性诗学空间，积极推介和宣传自身和闺友之作品，并大力传播。诗选、诗话等诗学作品可有效保存与广泛传播女诗人的诗歌作品及诗论主张，还可以大力提升选者及论者之名气，正如钟素为《国朝闺秀正始集》题词所言，"名山千古在，雅事一时传"①，女性诗论家便也借此得以扬名。如恽珠因为编辑《国朝闺秀正始集》而声名远播，乃至"闺秀闻太夫人名，寄书执贽者甚伙"，成为"红闺领袖"。邱荪评沈善宝编《名媛诗话》乃"不朽盛事"："足下以闺秀诗坛盟主，编集海内同人之作而为《诗话》，自是不朽盛事。"② 沈善宝因撰写《名媛诗话》而进一步加强了其"诗坛盟主"之地位。

为了进一步提升自己的知名度，让自己的作品得到更多的传播和认同，女性诗论家还有意识地在女性诗歌选集中选入自己的作品，如王端淑在《名媛诗纬》最后两卷即卷四一到卷四二中全部选入了自己的诗歌③；毛国姬在《湖南女士诗钞所见》中选入自己的十首诗歌，孙康宜将这种举动称为"让自己进入典律之中"的一项措施。

女性诗人还自己筹资刊印本人及闺友的作品，以求文名不朽。赵棻在《滤月轩集》自序中坦然明言自己"不避好名之谤"。她不希望自己的名声是通过依附丈夫或者儿子而传世，即"托于夫若子以传"，④ 更希望是通过自己的诗歌作品而获得不朽，因此坦然将自己的诗集出版，无惧他人是否说自己"好名"。《然脂余韵》中记载，金逸多才也多病，青

① 恽珠. 国朝闺秀正始集［M］. 清道光十一年（1831）红香馆刊本.

② 沈善宝. 名媛诗话［M］//王英志. 清代闺秀诗话丛刊. 南京：凤凰出版社，2010：469.

③ 方秀洁，魏爱莲. 跨越闺门：明清女性作家论［M］. 北京：北京大学出版社，2014：84.

④ 《清代诗文集汇编》编纂委员会. 清代诗文集汇编：第561册［M］. 上海：上海古籍出版社，2010：276.

年早逝，她的三位闺友不忍她出类拔萃的文字从此没于尘土之中，因此凑资为其出版遗集，陈文述为此感念并作诗咏之："蛾眉都有千秋意，肯使遗编付劫尘。"《名媛诗话》中记载方芳佩与闺友许德瑗时相唱和，许德瑗善诗擅画，有《疏影楼集》，家中贫困，以诗画自给。许德瑗去世之后，方芳佩出资付梓其遗稿，并为其写序："殁后，芷斋序其遗稿而梓之。"① 方维仪弟媳吴令仪琴棋书画种种精妙，惜年仅三十便早逝，方维仪将其遗稿《鞿佩居遗稿》收集整理刻传。冒俊曾主动将汪端、吴藻、王采薇、庄盘珠四位前辈女诗人的诗合刻为《林下雅音集》并付梓，并表示："爰蠲簪珥，重付枣梨，欲以广流传，亦即以志景仰也。"② 她与这四位前辈女诗人并无深交，只是出于爱才之意，将之选辑出版，扬其声名。

骆绮兰刊刻出版了《听秋轩赠言》与《听秋轩闺中同人集》，收集了文坛中人与她唱和或赠送她的诗歌，文坛中人包括姚鼐、毕沅、法式善、吴锡麒、赵翼等在文坛举足轻重的人物，以及江珠、王琼、王倩等闺秀作家代表，其意便是宣传推广自己的作品，扩大自己的影响力，同时也借此推广那些还不甚知名的女诗人。骆绮兰在《听秋轩闺中同人集》序中道："使蚩蚩者知巾帼中未尝无才子，而其传则倍难焉。"③ 她的这一举动不仅是为了给自己扬名，也希望为闺友扬名，使天下之人都知道闺房之内、巾帼之中未尝没有才华横溢的女子。王琼将王氏家族与阮氏家族才女在王豫家中曲江亭之唱和诗歌辑为《曲江亭唱和集》，她希望将真实的曲江亭唱和与历史上的曲江亭的辉煌联系在一起，以期达到树立女性诗歌典范的目的。④

---

① 沈善宝. 名媛诗话［M］//王英志. 清代闺秀诗话丛刊. 南京：凤凰出版社，2010：414.

② 冒俊. 重刊自然好学斋诗钞后序［M］//胡晓明，彭国忠. 江南女性别集二编. 合肥：黄山书社，2010：576.

③ 骆绮兰. 听秋轩闺中同人集诗序［M］//胡晓明，彭国忠. 江南女性别集二编. 合肥：黄山书社，2010：696.

④ 宋清秀. 清代女性文学群体及其地域性特征分析［J］. 文学评论，2013（5）：107-112.

在女性诗选家编选诗选集或者诗话时，女性诗人以能被录入为荣，投稿也极为踊跃①。沈善宝《名媛诗话》中多次可见“嘱为采入”“以传不朽”等字眼，沈善宝自己也言“各相知皆以零珠碎玉见投”。② 恽珠《国朝闺秀正始集》续集征稿时亦不断有“闺秀诸同调”投赠其作。歙县鲍文芸特地作《闺秀正始集题词》，欢喜道：“吾乡多少吟椒女，幸得题名入选楼。”③ 郭润玉《题〈恽太夫人遗集〉》中亦道：“正始已探风化本，小诗何幸大家编。”④ 这都表明对被收入选集之事的欢喜，可见女诗人对此事是主动支持的。直到恽珠去世，投稿信依然雪片般飞来，恽珠孙女编成续集十卷。所有这些举动都彰显出明清女诗人对不朽诗名的追求，并被女性诗论家所关注和观照到。

小　结

明清女性诗论家所作的诗论话语里，有着鲜明的性别意识。她们充满了文学自信，坚信灵气钟于女子，她们是理论的探索者，同时又是创作的实践者。她们坚持站在理性立场观照女性诗歌作品，以创作求诗名，想以诗歌的永恒获得女子之不朽。她们以诗论史，希望能够构建女性诗学史，为女性诗人争取应有的文学地位。她们努力从模仿男性诗学标准中脱离出来，试图打破对男性诗学习惯性的依附心理，寻求自身内心的强大，展现出被性别文化束缚的女性主体意识，在文学史上凸显出明慧潇洒、风神隽秀的女性诗人形象。

当然，被男权思想束缚了的习惯力量在明清女性诗论家中依然是存在的，因此其性别意识会体现出复杂性和多重性的一面。譬如华浣芳，

---

① WIDMER E. The epistolary world of female talent in seventeen century China [M]. Late Imperial China, 1989, 10 (2): 1-43.

② 沈善宝. 名媛诗话 [M] //王英志. 清代闺秀诗话丛刊. 南京：凤凰出版社，2010：468.

③ 傅瑛. 明清安徽妇女文学著述辑考 [M]. 合肥：黄山书社，2010：409.

④ 郭润玉. 湘潭郭氏闺秀集 [M] //贝京. 湖南女士诗钞. 长沙：湖南人民出版社，2010：453.

固然有认为闺阁奇才男子所不能及，充满文学自信的一面；也有仰视自己夫君，自叹“予何人斯，得侍巾栉，当花晨月夕，供笔墨之役”①，表现传统女性卑微柔弱的一面。

明清女性诗论家集体寻求突破的努力，使得当时的诗论史上留下了女性的声音，表现了女性诗论家相对独立的诗学见解，支持和促进了女性诗歌的发展，鼓励女性诗人积极投身于创作，忘记生命之束缚，沉浸于心灵世界之中，创造新的美学价值。

① 华浣芳. 挹青轩稿［M］//胡晓明，彭国忠. 江南女性别集五编. 合肥：黄山书社，2019：366.

结　语

“没有任何国家比明清时代的中国出版更多的女诗人选集或专集。”明清时期女性创作的繁荣放在当时的全球范围内来看都是瞩目的。而且明清女诗人具备了多重身份，不仅是灵心慧质的作者，还是博闻广识的学者，更是有着独到眼光和鉴赏品位的诗论家。通过较为深入的探讨与研究，我们可以看到她们在创作实践中构建性别主体性的尝试。她们不满于女性文学被边缘化，希望依靠自己的研究与评论重新定位女性诗歌，深度追寻女性文学意义。

明清女诗人试图从男性的凝视中走出来，从被观看的对象转变为观看的主体，拒绝成为男性诗人笔下的诗学意象和文化符号，并且试图彰显个体的灵趣与个性。而女性诗人中从事诗论研究的那些诗论家，则认识到书写是开启女性不朽之门的钥匙，试图从女性独有的生命体验出发，提炼并表达对女性诗歌创作的独特感受，努力从男性诗学话语中突围，解构男性诗人对女性诗人的符号化和标签化认识，重塑女性诗学形象，试图独立探寻女性诗学发展之路。

明清女性诗论虽然面对着一个较好的诗学发展的环境，但其诗论的繁荣并非横空出世，而是有着几千年女性诗论的积累。从先秦，到汉魏晋，再到唐宋元，女性诗人从未放弃对诗学思想的探寻与求索，虽然这些诗论探索简单且显得有些粗糙，却给明清女性诗论的燎原之势埋下了星星之火。明代前中期，女性诗论家关于诗学的探索多在书信的只言片语中闪现。而到了明末清初时期，女性诗论迎来了发展的第一次高峰。这个时候，无论是闺秀诗人还是青楼诗人，都有了保存并评论女性诗人作品的自觉性。到了盛清时期，各种诗论文体都已发展齐备，包括选本、诗传、序跋、诗话、论诗诗、书信及其他形式，蔚为大观。清末时期则进入诗学总结阶段。她们在诗人论、作品论、创作论等方面进行了卓有成效的研究和探索，并在诗论中凸显了其性别意识。可以说，中国古代女性诗论在明清时期达到了巅峰，闪烁着令人无法忽视的光芒。

明清女性诗论家不再甘心成为“文学中的女性”，不愿只是男性诗歌作品中符号化的象征，不愿只是男性眼光的投射，她们要成为“书写中的女性”，即成为创作主体，在文字中体现主体意识。而进行女性诗论研究则是更高层次的女性写作，是对男性诗学话语权发起的挑战。但这挑战并非咄咄逼人，而是女性诗论家较为温和地进行寻找话语权的探索。她们在对男性诗论的学习和模仿的过程中渐渐成长起来，主动向男性诗论标准靠拢，试图融入主流诗学，但又希望能保持住自我特色，不断进行思索和尝试。明清女性诗论的发展，是两性诗学从对抗走向两性诗学对话，继而走向两性诗学和谐的过程。

虞蓉曾在论文《中国古代妇女的文学批评》中指出，李清照之后的女性文学批评“少独创、多因袭，多男性教化文论的话语立场而少自己的言说方式，对男性文论也是多接受少影响甚至没有什么影响”。经笔者研究发现，明清女性诗论并不像前辈学者想象的那样浅近和薄弱，在当时文坛的影响力也超出之前固有和刻板的印象。明清女性诗论呈现复杂多变的状况，既有对前代女性诗论的继承与扬弃，也有对同时代男性诗论的主动迎合与有意疏离。不过，明清女性诗论囿于当时的社会文化环境，与男性诗论相比较，的确依然存在着比较多的不足。

第一，女性诗论家的理论阐发初步形成较为完整的系统，但不够深入。虽然女性诗论家作了理性分析与思考，但其诗论依然多以感性鉴赏为主。她们作诗论时往往述多论少，即描述性语言过多，评论性语言较少，理论提炼的比例并不是太高。这是因为女性诗论家并非只是专门的论家学者，她们同时还是创作型的女诗人，更擅长形象思维。第二，女性诗论家的参考文献过多，固然是其优点，但也使得文献来源比较随意，且女性诗论家缺乏比较严谨的考证态度。这使得有的女性诗论看上去更像是一部资料汇编，虽然有很高的文献价值，但其理论价值被削弱了。第三，女性诗论家试图在男性诗学体系的模仿中形成自我特色的诗学体系，但是习惯了男性诗学标准的她们难以摆脱环境带来的诗学话语烙印。她们在寻求突破，也有所收获，成绩显著但称不上耀眼。因此，我们不能过于夸大，同时也不能过于低估女性诗论家所作诗论的价值和影响力，需要以客观的态度进行正确对待和深入分析。明清女性诗论家被遮蔽的诗论主张和她们渴望发出的声音被后世听见，明清女诗人的诗学史及文学史地位也需要被重新评估。

明清女性的诗歌创作是对她们生活经验和生命经验的记录和观照，明清女性的诗论对女性诗歌有意识地保存和评论就是向当世和后世展示女性诗人丰富蕴藉的心灵世界与她们在精神层次上的不懈追求，让她们的诗歌作品达到她们梦想中的“不朽”，从而构建完整的女性诗学史。这些诗论作品，带着女性诗论家笔下的温度和思想的光亮，突破了性别和时空的界限，不仅具有突出的审美价值和理论价值，也有着重要的文献价值和史料价值。诗论作品的记载较为细致，且相对真实可靠，具有“史”的意义，保存着相当丰富的女性文学生活史料，体现着那个时代女性文学生态，可弥补古代文学史对女诗人记录的缺席，为明清女性的文学书写提供了文献参考的第一手资料，并为当时如《红楼梦》《镜花缘》一类的世情小说提供了丰富的素材。《红楼梦》中所记录下来的灵秀女子以及她们的飞扬才情、洒脱风度，正是当时明清才女文化的真实写照。众多才女诗歌作品的生命，因女性诗论而得以延展和延续，也因女性诗论的解读与阐述而更具有温度和魅力。

明清女性诗论是个值得不断深入挖掘的学术论题。本书当然还存在不足之处，例如着重从宏观方面进行理论分析，缺乏一定量的个案研究，在数据统计与量化分析上稍显薄弱。另外明清女诗人的诗论思想和《红楼梦》等明清小说中的女性诗论之比较分析与论证，以及和当时的正史实录、文人笔记、女性寿序及墓志铭、戏曲、地方志等其他众多史料的呼应与印证，女性诗人诗论思想的彼此影响及其对诗歌具体写作实践的指导意义，男性诗论家对女性诗论家理论的接受与反馈，明清女性诗论与现当代女性诗人诗论的异同及原因，这些在本书中并未充分展开。这些都需要在以后的学术研究中坚持深入钻研。望今后能继续拂开历史的尘埃，在大量文本的细读和比较中，去拾起这些沧海遗珠一般的明清女性诗论主张，去进一步探知和深究明清女性诗论的美学价值与思想意蕴。

参考文献

一、古籍类

［1］钟惺．名媛诗归［M］．明万历刻本．

［2］赵世杰．古今女史［M］．明崇祯元年（1628）刻本．

［3］刘氏．女范捷录［M］．清光绪年间刻本．

［4］王相．女四书［M］．清光绪十八年（1892）善成堂刻本．

［5］邹漪．诗媛八名家集［M］．清顺治十二年（1655）邹氏鹭宜斋刻本．

［6］林以宁．墨庄诗钞［M］．清康熙年间刻本．

［7］朱彝尊．明诗综［M］．清康熙四十四年（1705）刻本．

［8］王端淑．名媛诗纬初编［M］．清康熙年间清音堂刻本．

［9］汪启淑．撷芳集［M］．清乾隆五十年（1785）飞鸿堂刻本．

［10］任兆麟．吴中女士诗钞［M］．清乾隆五十四年（1789）刊刻本．

［11］李调元．雨村诗话［M］．清乾隆六十年（1795）绵州李调元万卷楼刻本．

［12］熊琏．澹仙诗话［M］．清嘉庆年间刻本．

［13］恽珠．国朝闺秀正始集［M］．清道光十一年（1831）红香馆刻本．

［14］张倩．留香集［M］．清道光十二年（1832）刻木．

［15］夏伊兰．吟红阁诗钞［M］．清道光九年（1829）刻本．

［16］汪端．明三十家诗选初编［M］．清同治十二年（1873）蕴兰吟馆刻本．

［17］汪端．自然好学斋诗钞［M］．清同治十三年（1874）刻本．

［18］陈文述．西泠闺咏［M］．清光绪十三年（1887）西泠翠螺仙馆刻本．

［19］恽珠．兰闺实录［M］．清道光十一年（1831）红香馆刻本．

［20］甘立媃．咏雪楼稿［M］．清道光二十三年（1843）半偈斋刻本．

［21］那逊兰保．芸香馆遗诗［M］．清同治十三年（1874）刻本．

［22］吴颢．国朝杭郡诗辑［M］．清嘉庆年间刻本．

［23］李星池．澹香阁诗钞［M］．清光绪四年（1878）刻本．

[24] 冒俊. 林下雅音集［M］. 清光绪十年（1884）刻本.
[25] 赵棻. 滤月轩集［M］. 清光绪刻本.
[26] 陈芸. 小黛轩论诗诗［M］. 清宣统三年（1911）刻本.
[27] 王贞仪. 德风亭初集［M］. 慎修书屋铅印本.
[28] 王佩华. 愿香室笔记内编［M］. 民国十年（1921）刻本.
[29] 王蕴章. 然脂余韵［M］. 民国十四年（1925）上海商务印书馆铅印本.
[30] 徐世昌. 晚晴簃诗汇［M］. 民国十八年（1929）退耕堂刻本.
[31] 徐树敏，钱岳. 众香词［M］. 民国二十二年（1933）上海大东书局影印本.
[32] 李晚芳. 女学言行纂［M］. 民国二十六年（1937）周氏师古堂影印本.

二、著作类

[1] 王夫之，等. 清诗话［M］. 上海：上海古籍出版社，1963.
[2] 永瑢，等. 四库全书总目［M］. 北京：中华书局，1965.
[3] 沈德潜. 明诗别裁集［M］. 上海：上海古籍出版社，1979.
[4] 袁枚，顾学颉. 随园诗话［M］. 北京：人民文学出版社，1982.
[5] 沈德潜. 清诗别裁集［M］. 上海：上海古籍出版社，1984.
[6] 黄宗羲，沈芝盈. 明儒学案［M］. 北京：中华书局，1985.
[7] 章学诚. 章学诚遗书［M］. 北京：文物出版社，1985.
[8] 顾嗣立. 元诗选初集［M］. 北京：中华书局，1987.
[9] 袁枚，周本淳. 小仓山房诗文集［M］. 上海：上海古籍出版社，1988.
[10] 朱彝尊，姚祖恩，黄君坦. 静志居诗话［M］. 北京：人民文学出版社，1990.
[11] 吴伟业，李学颖. 吴梅村全集［M］. 上海：上海古籍出版社，1990.
[12] 章学诚. 文史通义［M］. 长沙：岳麓书社，1993.
[13] 王昶，王兆鹏. 明词综［M］. 沈阳：辽宁教育出版社，1997.
[14] 陈去病. 五石脂［M］. 南京：江苏古籍出版社，1999.
[15] 李贽，张建业. 李贽文集［M］. 北京：社会科学文献出版社，2000.
[16] 吴承学. 中国古代文体形态研究［M］. 广州：中山大学出版社，2000.
[17] 柳如是，周书田. 柳如是集［M］. 沈阳：辽宁教育出版社，2001.
[18] 邓红梅. 闺中吟：传统女性的精神自画像［M］. 郑州：河北人民出版社，2001.
[19] 严迪昌. 清词史［M］. 南京：江苏古籍出版社，2001.
[20] 蔡镇楚. 中国诗话史［M］. 长沙：湖南文艺出版社，2001.

[21] 谭正璧. 中国女性文学史 [M]. 天津: 百花文艺出版社, 2001.

[22] 郭绍虞. 中国历代文论选 [M]. 上海: 上海古籍出版社, 2001.

[23] 陈良运. 中国诗学批评史 [M]. 2版. 南昌: 江西人民出版社, 2001.

[24] 李清照, 徐培均. 李清照集笺注 [M]. 上海: 上海古籍出版社, 2002.

[25] 张宏生, 张雁. 古代女诗人研究 [M]. 武汉: 湖北教育出版社, 2002.

[26] 范景中, 周书田. 柳如是事辑 [M]. 杭州: 中国美术学院出版社, 2002.

[27] 张仲谋. 明词史 [M]. 北京: 人民文学出版社, 2002.

[28] 张菊玲. 旷代才女顾太清 [M]. 北京: 北京出版社, 2002.

[29] 鲍震培. 清代女作家弹词小说论稿 [M]. 天津: 天津社会科学院出版社, 2002.

[30] 黄嫣梨. 清代四大女词人: 转型中的清代知识女性 [M]. 上海: 汉语大词典出版社, 2002.

[31] 吴秀华. 明末清初小说戏曲中的女性形象研究 [M]. 南京: 江苏古籍出版社, 2002.

[32] 张宏生. 明清文学与性别研究 [M]. 南京: 江苏古籍出版社, 2002.

[33] 吴承学, 李光摩. 晚明文学思潮研究 [M]. 武汉: 湖北教育出版社, 2002.

[34] 孙康宜. 文学经典的挑战 [M]. 南昌: 百花洲文艺出版社, 2002.

[35] 张伯伟. 中国古代文学批评方法研究 [M]. 北京: 中华书局, 2002.

[36] 魏禧, 胡守仁. 魏叔子文集 [M]. 北京: 中华书局, 2003.

[37] 谭国清. 宫闺文选 [M]. 北京: 西苑出版社, 2003.

[38] 西慧玲. 西方女性主义与中国女作家批评 [M]. 上海: 上海社会科学院出版社, 2003.

[39] 石玲. 袁枚诗论 [M]. 济南: 齐鲁书社, 2003.

[40] 孙立. 明末清初诗论研究 [M]. 广州: 广州高等教育出版社, 2003.

[41] 乔以钢. 中国女性与文学: 乔以钢自选集 [M]. 天津: 南开大学出版社, 2004.

[42] 陈玉兰. 清代嘉道时期江南寒士诗群与闺阁诗侣研究 [M]. 北京: 人民文学出版社, 2004.

[43] 奚彤云. 闺中造物有花仙: 顾春诗词注评 [M]. 上海: 上海古籍出版社, 2004.

[44] 夏晓虹. 晚清女性与近代中国 [M]. 北京: 北京大学出版社, 2004.

[45] 宋致新. 长江流域的女性文学 [M]. 武汉：湖北教育出版社，2004.
[46] 高彦颐. 闺塾师：明末清初江南的才女文化 [M]. 李志生，译. 南京：江苏人民出版社，2005.
[47] 曼素恩. 兰闺宝录：晚明至盛清的中国妇女 [M]. 杨雅婷，译. 台北：左岸文化事业有限公司，2005.
[48] 曼素恩. 缀珍录：十八世纪及其前后的中国妇女 [M]. 定宜庄，颜宜葳，译. 南京：江苏人民出版社，2005.
[49] 蒋寅. 清诗话考 [M]. 北京：中华书局，2005.
[50] 法式善，许征. 梧门诗话 [M]. 乌鲁木齐：新疆大学出版社，2006.
[51] 王士禛. 王士禛全集 [M]. 济南：齐鲁书社，2007.
[52] 叶梦珠，来新夏. 阅世编 [M]. 北京：中华书局，2007.
[53] 段继红. 清代闺阁文学研究 [M]. 天津：南开大学出版社，2007.
[54] 胡文楷，张宏生. 历代妇女著作考 [M]. 李志生，译. 上海：上海古籍出版社，2008.
[55] 钱谦益. 列朝诗集小传 [M]. 2 版. 上海：上海古籍出版社，2008.
[56] 冀勤. 朱淑真集注 [M]. 北京：中华书局，2008.
[57] 柳素平. 晚明名妓文化研究 [M]. 武汉：武汉大学出版社，2008.
[58] 蔡静平. 明清之际汾湖叶氏文学世家研究 [M]. 长沙：岳麓书社，2008.
[59] 赵雪沛. 明末清初女词人研究 [M]. 北京：首都师范大学出版社，2008.
[60] 胡晓明，彭国忠. 江南女性别集初编 [M]. 合肥：黄山书社，2008.
[61] 况周颐. 蕙风词话 [M]. 上海：上海古籍出版社，2009.
[62] 谢肇淛. 五杂组 [M]. 上海：上海书店出版社，2009.
[63] 张丽杰. 明代女性散文研究 [M]. 北京：中国社会科学出版社，2009.
[64] 李汇群. 闺阁与画舫：清代嘉庆道光年间的江南文人和女性研究 [M]. 北京：中国传媒大学出版社，2009.
[65] 郝丽霞. 吴江沈氏文学世家研究 [M]. 上海：复旦大学出版社，2009.
[66] 王萌. 禁锢的灵魂与挣扎的慧心：晚明至民国女性创作主体意识研究 [M]. 开封：河南大学出版社，2009.
[67] 胡晓明，彭国忠. 江南女性别集二编 [M]. 合肥：黄山书社，2010.
[68] 贝京. 湖南女士诗钞 [M]. 长沙：湖南人民出版社，2010.
[69] 傅瑛. 明清安徽妇女文学著述辑考 [M]. 合肥：黄山书社，2010.

[70] 王英志. 清代闺秀诗话丛刊 [M]. 南京：凤凰出版社，2010.
[71] 施淑仪，张晖. 施淑仪集 [M]. 北京：人民文学出版社，2011.
[72] 黄秩模，付琼. 国朝闺秀诗柳絮集校补 [M]. 北京：人民文学出版社，2011.
[73] 冯梦龙. 情史 [M]. 南京：凤凰出版社，2011.
[74] 蔡石山. 明代的女人 [M]. 北京：中华书局，2011.
[75] 张少康. 中国文学理论批评史教程 [M]. 北京：北京大学出版社，2011.
[76] 阮元，杨秉初，夏勇，等. 两浙輶轩录 [M]. 杭州：浙江古籍出版社，2012.
[77] 胡晓明，彭国忠. 江南女性别集三编 [M]. 合肥：黄山书社，2012.
[78] 游鉴明，胡缨，季家珍. 重读中国女性生命故事 [M]. 南京：江苏人民出版社，2012.
[79] 孙康宜. 情与忠：陈子龙、柳如是诗词因缘 [M]. 李奭学，译. 北京：北京大学出版社，2012.
[80] 沈善宝，珊丹. 鸿雪楼诗词集校注 [M]. 北京：中国社会科学出版社，2012.
[81] 嶙峋. 阆苑奇葩：中国历代妇女文学作品精选 [M]. 北京：华龄出版社，2012.
[82] 孙康宜，宇文所安. 剑桥中国文学史 [M]. 刘倩，译. 北京：生活. 新知. 读书三联书店，2013.
[83] 计有功. 唐诗纪事. 上海：上海古籍出版社，2013.
[84] 聂欣晗. 清嘉道年间女性的诗学研究. 广州：世界图书出版广东有限公司，2013.
[85] 胡晓明，彭国忠. 江南女性别集四编 [M]. 合肥：黄山书社，2014.
[86] 方秀洁，魏爱玲. 跨越闺门：明清女性作家论 [M]. 北京：北京大学出版社，2014.
[87] 张寅彭，吴忱，杨焄. 清诗话三编 [M]. 上海：上海古籍出版社，2014.
[88] 王晓燕. 清代女性诗学思想研究 [M]. 成都：四川大学出版社，2014.
[89] 洗玉清. 广东女子艺文考 [M]. 桂林：广西师范大学出版社，2014.
[90] 袁行霈. 中国文学史 [M]. 北京：高等教育出版社，2014.
[91] 李国彤. 女子之不朽：明清时期的女教观念 [M]. 桂林：广西师范大学出版社，2014.
[92] 周淑舫. 六朝东山谢氏文学生产与林下风绵远影响 [M]. 长春：吉林大学出版社，2014.

[93] 叶绍袁，冀勤. 午梦堂集［M］. 北京：中华书局，2015.
[94] 李燕. 克绍箕裘续家声：吴兴钱氏家族文化评传［M］. 郑州：郑州大学出版社，2015.
[95] 李雷. 清代闺阁诗集萃编［M］. 北京：中华书局，2015.
[96] 梁乙真. 清代妇女文学史［M］. 太原：山西人民出版社，2015.
[97] 陈东原. 中国妇女生活史［M］. 北京：商务印书局，2015.
[98] 段继红. 清及民国长三角地区文化家族中之女性文学研究［M］. 上海：上海社会科学院出版社，2015.
[99] 曼素恩. 张门才女［M］. 罗晓翔，译. 北京：北京大学出版社，2015.
[100] 宋清秀. 清代江南女性文学史论［M］. 上海：上海古籍出版社，2015.
[101] 张杰. 熟悉的陌生人：明清江南社会才女群体现象的社会学研究［M］. 北京：中国社会科学出版社，2015.
[102] 赵崔莉. 被遮蔽的现代性：明清女性的社会生活与情感体验［M］. 北京：知识产权出版社，2015.
[103] 魏爱莲. 美人与书：19世纪中国的女性与小说［M］. 马勤勤，译. 北京：北京大学出版社，2015.
[104] 谭友夏，张国光. 鹄湾文草［M］. 长沙：岳麓书社，2016.
[105] 麦迪森. 中国经济的长期表现：公元960—2030年［M］. 伍晓鹰，马德斌，译. 上海：上海人民出版社，2016.
[106] 姚平. 当代西方汉学研究集萃：妇女史卷［M］. 上海：上海古籍出版社，2016.
[107] 柳素平. 追求与抗争：晚明知识女性的社会交往［M］. 郑州：郑州大学出版社，2016.
[108] 刘燕远. 柳如是诗词评注［M］. 北京：北京出版社，2016.
[109] 魏爱莲. 晚明以降才女的书写、阅读和旅行［M］. 赵颖之，译. 上海：复旦大学出版社，2016.
[110] 乔以钢，林丹娅. 女性文学教程［M］. 北京：高等教育出版社，2017.
[111] 肖亚男. 清代闺秀集丛刊续编［M］. 北京：国家图书馆出版社，2017.
[112] 聂欣晗. 清代女性诗学与文化［M］. 广州：世界图书出版广东有限公司，2017.
[113] 赵雪沛. 清中叶浙江女词人研究［M］. 北京：人民文学出版社，2017.

[114] 王郦玉. 明清女性的文学批评 [M]. 上海：华东师范大学出版社，2017.

[115] 刘大杰. 中国文学发展史 [M]. 北京：商务印书局，2018.

[116] 王秀梅. 诗经 [M]. 北京：中华书局：2018.

[117] 胡晓明，彭国忠. 江南女性别集五编 [M]. 合肥：黄山书社，2019.

[118] 衣若兰. 三姑六婆：明代妇女与社会的探索 [M]. 上海：中西书局，2019.

[119] 蒋寅. 清代诗学史 [M]. 北京：中国社会科学出版社，2019.

[120] 李圣华. 晚明诗歌研究 [M]. 北京：人民文学出版社，2019.

[121] 赵厚均. 明清江南闺秀文学研究 [M]. 上海：上海古籍出版社，2020.

[122] 沈沫. 筱轩楮墨：清代才媛诗学与美学研究 [M]. 上海：华东师范大学出版社，2021.

[123] 谢无量. 中国妇女文学史 [M]. 北京：中国书籍出版社，2023.

三、期刊论文类

[1] 杨丽莹，叶辉. 从明人女子诗集的编纂看明代妇女文学现象 [J]. 华夏文化，2001 (1)：33-35.

[2] 郭延礼. 明清女性文学的繁荣及其主要特征 [J]. 文学遗产，2002 (6)：68-78，144.

[3] 刘靖渊. 评《晚明诗歌研究》[J]. 苏州大学学报，2003 (4)：133-134.

[4] 王萌. 论明清时期女性群体渐趋自觉的创作趋向 [J]. 中华女子学院山东分院学报，2004 (1)：52-55.

[5] 赵崔莉. 明代妇女的二元性及其社会地位 [J]. 辽宁大学学报（哲学社会科学版），2004 (5)：82-85.

[6] 孙康宜. 明清文人的经典论和女性观 [J]. 江西社会科学，2004 (2)：206-211.

[7] 青荣. 女子弄文诚无罪：朱淑真词简论 [J]. 昌吉学院学报，2004 (2)：12-15.

[8] 马珏玶，高春花.《国朝闺秀正始集》浅探 [J]. 南京师大学报（社会科学版），2005 (6)：119-124.

[9] 潘冬梅. 文本·作者·性别：浅议《列朝诗集·闰集》香奁部分的编选与时代 [J]. 中国文学研究，2005 (2)：54-57.

[10] 许婉璞. 明代中晚期刻书业的特色及文化意义 [J]. 中国出版，2005 (7)：54-55.

[11] 王萌. 明清时期女性笔下的姐妹情谊［J］. 河南教育学院学报（哲学社会科学版），2005（4）：119-122.

[12] 闵定庆. 在女性写作姿态与男性批评标准之间：试论《名媛诗纬初编》选辑策略与诗歌批评［J］. 苏州大学学报，2006（6）：27-33.

[13] 王兆鹏. 古代作家成名及影响的非文学因素：以李清照、朱淑真为例［J］. 社会科学，2006（3）：183-192.

[14] 聂欣晗. 女性文学经典化的焦虑与策略：论沈善宝《名媛诗话》异性话语体系下的传播技巧［J］. 求索，2007（11）：166-167，67.

[15] 郭英德. 明清女子文学启蒙教育述论［J］. 北京师范大学学报（社会科学版），2007（4）：40-46.

[16] 彭玉平. 音情之悲与词体之尊：李清照《词论》新探［J］. 中山大学学报（社会科学版），2007（3）：24-30，125.

[17] 何春红. 浅析明代的平民女子教育［J］. 黑龙江史志，2007（3）：45-47.

[18] 王力坚.《名媛诗话》的自我指涉及其内文本建构［J］. 中山大学学报（社会科学版），2008（1）：17-26，202-203.

[19] 郭蓁. 清代女诗人的成长与家庭教育［J］. 东岳论丛，2008（5）：28-31.

[20] 郭英德. 明清时期女子文学教育的文化生态述论［J］. 中山大学学报（社会科学版），2008（5）：21-29，209.

[21] 由亚萍. 园林文化对清代女诗人诗歌创作的影响［J］. 武夷学院学报，2008（4）：42-45.

[22] 何明，罗麟，王玉新. 从“蕉园诗社”看清初女性意识的觉醒［J］. 内江师范学院学报，2008（S1）：46-48.

[23] 郭蓁. 论清代女诗人生成的文化环境［J］. 山东社会科学，2008（8）：61-64.

[24] 张宏生，石旻. 中国古代妇女文学研究的现代起点：胡文楷《历代妇女著作考》的价值和意义［J］. 江西社会科学，2008（7）：93-102.

[25] 段继红，高剑华. 清代才女结社拜师风气及女性意识的觉醒［J］. 天津师范大学学报（社会科学版），2008（3）：35-38.

[26] 赵崔莉. 明代宦门闺秀教育述略［J］. 辽宁大学学报（哲学社会科学版），2008（3）：79-84.

[27] 乔以钢. 近百年中国古代文学的性别研究［J］. 中国社会科学，2008（3）：144-155.

[28] 张远凤. 清初“蕉园诗社”形成原因初探 [J]. 金陵科技学院学报（社会科学版），2008（1）：79-83.

[29] 胡小林. 清代初年的蕉园诗社 [J]. 古典文学知识，2008（2）：63-69.

[30] 付琼，曾献飞. 论清代女诗人的地域分布：以《国朝闺秀诗柳絮集》所收诗人为例 [J]. 海南大学学报（人文社会科学版），2008（1）：69-75.

[31] 黄湘金. 南国女子皆能诗：《清闺秀艺文略》评介 [J]. 文学遗产，2008（1）：94-104.

[32] 夏勇. 论清代闺秀诗歌总集的成就与特色 [J]. 韶关学院学报，2008，29（11）：62-65.

[33] 唐果. 试论中国古代审美范畴“逸”的演变及其影响 [J]. 太原师范学院学报（社会科学版），2009，8（4）：116-118.

[34] 詹颂. 道咸时期京师满汉女性的文学交游与创作：以沈善宝《名媛诗话》为主要考察线索 [J]. 民族文学研究，2009（4）：123-128.

[35] 宋立中. 明清江南妇女游风述论 [J]. 福建师范大学学报（哲学社会科学版），2009（6）：114-122，149.

[36] 虞蓉. 沈善宝《名媛诗话》[J]. 苏州大学学报（哲学社会科学版），2009，30（2）：51-53.

[37] 郭英德. 学而不厌：明清成年女子的家庭文学教育 [J]. 社会科学研究，2009（2）：165-174.

[38] 赵崔莉. 明代女性的休闲生活 [J]. 中国社会经济史研究，2009（1）：50-57.

[39] 吴承学. “诗能穷人”与“诗能达人”：中国古代对于诗人的集体认同 [J]. 中国社会科学，2010（4）：178-192，224.

[40] 陈宝良. 好鬼崇佛：明代妇女的佛道信仰及其仪式 [J]. 哈尔滨师范大学社会科学学报，2010（1）：118-125.

[41] 邱巍. 闺秀传统的一个背影 [J]. 书城，2010（7）：63-66.

[42] 方秀洁，聂时佳. 性别与经典的缺失：论晚明女性诗歌选本 [J]. 南阳师范学院学报，2010，9（2）：73-81.

[43] 陈宝良. 明代妇女的社会经济活动及其转向 [J]. 中州学刊，2011（1）：176-180.

[44] 高春花. 清代女诗人恽珠生平家世考略 [J]. 兰台世界，2011（23）：62-63.

[45] 赵崔莉. 明清女性的职业选择 [J]. 安徽师范大学学报（人文社会科学版），

2011，39（4）：482-487.

[46] 黄晓丹.“花间”与“诗教”之间：清前期女性写作传统的构建［J］. 苏州大学学报（哲学社会科学版），2011，32（4）：138-145.

[47] 宋清秀. 秀：清代闺秀诗学的核心概念［J］. 徐州师范大学学报（哲学社会科学版），2011，37（4）：44-51.

[48] 周兴陆. 女性批评与批评女性：清代闺秀的诗论［J］. 学术月刊，2011，43（6）：107-115.

[49] 穆薇. 论清代中叶妇女诗话繁荣的特征及成因［J］. 齐鲁学刊，2011（6）：126-130.

[50] 程君. 论清代女诗人的佛道之风及其文学影响［J］. 北京理工大学学报（社会科学版），2011，13（3）：119-123.

[51] 常娟. 明代的女子教育［J］. 乐山师范学院学报，2011，26（4）：64-67.

[52] 艾朗诺. 李清照的传记：明清时期［J］. 荆楚理工学院学报，2011，26（3）：5-12.

[53] 宋清秀.《闺秀诗话》与《闺秀诗评》关系及作者考述［J］. 苏州大学学报（哲学社会科学版），2011，32（2）：141-145，192.

[54] 赵崔莉，毛立平.《古今图书集成·闺媛典》的编纂体例及价值［J］. 安庆师范学院学报（社会科学版），2011，30（1）：56-60.

[55] 花宏艳.“脂粉气”问题与女性文学审美的近代转变［J］. 海南大学学报（人文社会科学版），2012，30（4）：47-52.

[56] 聂欣晗. 论女性话语对清代诗学的建构［J］. 满族研究，2012（1）：112-115.

[57] 朱平. 清代女诗人钱孟钿的诗歌创作［J］. 苏州教育学院学报，2012，29（1）：46-48.

[58] 刘展. 明清江南女性文化与《红楼梦》女性观解读［J］. 江西社会科学，2012，32（4）：93-97.

[59] 王细芝. 从《清代闺阁诗人征略》看清代女诗人的早逝现象［J］. 当代教育理论与实践，2013，5（12）：149-151.

[60] 曹晓花. 无意苦争春，一任群芳妒：论清代女诗人的总体特征［J］. 名作欣赏，2013（33）：22-23.

[61] 范莉莉. 宋立中著《闲雅与浮华：明清江南日常生活与消费文化》［J］. 中国社会历史评论，2013，14（1）：432-435.

[62] 范雅君. 中国近代走向世界的女性：单士厘 [J]. 文化交流，2013（10）：41-44.

[63] 黄晓丹. 从林下之风到闺房之秀：盛清女性写作背后的身份认同 [J]. 齐鲁学刊，2013（5）：123-128.

[64] 陈洪. 从“林下”进入文本深处：《红楼梦》的“互文”解读 [J]. 文学与文化，2013（3）：4-14.

[65] 王伟萍. 明清女子教育述论 [J]. 晋中学院学报，2013，30（4）：70-73，77.

[66] 邓桂英. 论清代女性诗学主体性话语表达的矛盾与困境 [J]. 湖南科技大学学报（社会科学版），2013，16（4）：135-138.

[67] 胡晴. 清代才女文化的缩影：《红楼梦》才女群像 [J]. 红楼梦学刊，2013（4）：114-130.

[68] 赵厚均. 留得蕉园遗社在，只今风雅重钱塘：清初钱塘蕉园诗社考 [J]. 新疆大学学报（哲学·人文社会科学版），2013，41（4）：109-114.

[69] 张海燕，赵望秦. 清代女作家咏史诗创作考论 [J]. 云南社会科学，2013（3）：178-181.

[70] 庞莉芹. 走出闺阁的闺音：中国古代女性诗歌的一种研究视角 [J]. 沈阳工程学院学报（社会科学版），2013，9（2）：222-224.

[71] 王玉琴. 百年中国女性文学史的写作历程及史观演变 [J]. 天府新论，2013（2）：138-146.

[72] 刘源，邓红梅. 清代丹徒王氏闺秀诗话三种辑录 [J]. 山东女子学院学报，2013（1）：69-76.

[73] 杜刚. 清代女诗人郭芬创作研究 [J]. 内江师范学院学报，2013，28（1）：66-70.

[74] 王怡云. 从读者到作者：论清代女诗人的学诗历程 [J]. 中国诗歌研究动态，2014（2）：52-62.

[75] 娄欣星. 明清江南文学家族女性群体研究综述 [J]. 盐城师范学院学报（人文社会科学版），2014，34（4）：92-98.

[76] 周淑舫. 沈宜修辑撰《伊人思》的价值 [J]. 湖州师范学院学报，2014，36（5）：33-38.

[77] 宋清秀. 清代闺秀诗学观念论析 [J]. 文学遗产，2014（5）：114-123.

[78] 高春花. 满汉家族融合与处才养德之道：论清代女诗人恽珠的才名获得与处才

策略［J］. 黑龙江民族丛刊，2014（5）：130-134.
［79］宋清秀. 略论清代女性文学史的分期及历史特征［J］. 浙江师范大学学报（社会科学版），2014，39（5）：88-94.
［80］孙岩，宋一丹. 从《红楼梦》浅探明末清初的女子教育［J］. 黑龙江史志，2014（17）：196-198.
［81］贺晏然. 隐藏的佛性：明清才女传统中的成仙叙述［J］. 洛阳师范学院学报，2014，33（7）：33-37.
［82］赵崔莉. 明清女性职业的多元拓展及价值提升［J］. 中国社会经济史研究，2014（2）：34-41.
［83］李庆勇. 明代女教书著述研究［J］. 洛阳师范学院学报，2014，33（1）：71-73.
［84］温苏珊. 论清初蕉园诸子的女性自主意识［J］. 现代语文（学术综合版），2014（1）：34-37.
［85］余雪. 中国古典美学“灵”范畴探微［J］. 安徽理工大学学报（社会科学版），2014，16（5）：60-64.
［86］惠蓝. 风过重帘：漫言明清江南闺阁事［J］. 诗书画，2015（4）：184-202，262.
［87］许微维. 清代女诗人闺阁生活感受的变化及其影响因素［J］. 沈阳农业大学学报（社会科学版），2015，17（1）：119-121.
［88］杨仪均. 冷艳恰宜寒日映，清香远透绣帘来：由唐贞诗看清代女诗人的生命之美［J］. 凯里学院学报，2015，33（2）：104-109.
［89］管梓旭. 经典重释：清代女性诗学合法性的理论倡导［J］. 文艺评论，2015（2）：69-72.
［90］王晓燕. 清代才媛诗学观的形成路径及特质探微［J］. 长春师范大学学报，2015，34（3）：103-106.
［91］张晓静. 从《红楼梦》看康乾时期的语文教育［J］. 语文学刊，2016（11）：153-154.
［92］刘燕. 沈善宝研究综述［J］. 天中学刊，2016，31（6）：90-95.
［93］党营. 清代闺秀论诗诗创作略论［J］. 宜春学院学报，2016，38（5）：104-107.
［94］蓝青. 17世纪女性作品选集编纂研究［J］. 山东女子学院学报，2016（3）：

79-83.

[95] 陈启明. 第一部女性论诗之选：季娴《闺秀集》［J］. 古籍整理研究学刊，2016（2）：100-107.

[96] 杜芳琴. 芳华杳逝心音在，连缀生平成史章：《清代闺秀集丛刊》评介［J］. 中华女子学院学报，2016，28（3）：100-103.

[97] 徐文翔. 贞女、才女和欲女：明代文人女性观的构建［J］. 文学与文化，2016（1）：79-90.

[98] 珊丹. 鸿爪雪泥留印处，悲歌岂效女儿愁：清代女诗人沈善宝的创作与生活［J］. 语文学刊（外语教育教学），2016（1）：16-18.

[99] 方秀洁. 性别与传记：清代自我委任的女性传记作者［J］. 社会科学，2020（1）：179-191.

[100] 珊丹. 凌云有志限蛾眉：清代女诗人沈善宝扬子江诗词赏析［J］. 古典文学知识，2017（3）：24-30.

[101] 李杨. "秋红吟社"考［J］. 满族研究，2017（4）：98-104.

[102] 蓝青. 女涉外业：晚明闺阁生活之新动向［J］. 山东女子学院学报，2017（6）：60-67.

[103] 戴菁. 沈宜修的诗情禅意与生命嬗变［J］. 北方论丛，2017（4）：54-58.

[104] 尹玲玲. 论《闺秀集初编》的女性编选视角［J］. 内江师范学院学报，2017，32（1）：48-51.

[105] 于洋. 从《红楼梦》看明清女子教育［J］. 明清小说研究，2018（1）：115-126.

[106] 赵崔莉. 游学与明清闺塾师的文化身份认同［J］. 兰州学刊，2019（12）：34-43.

[107] 马昕. 清代女性诗人的历史歌咏与性别意识［J］. 苏州大学学报（哲学社会科学版），2019，40（2）：138-146.

[108] 任远. 北美汉学界关于明末清初妇女诗词研究的评述［J］. 中国比较文学，2019（3）：140-155.

[109] 侯军利. 论叶小纨的家庭教育与文学创作之关系［J］. 湖北第二师范学院学报，2019，36（4）：6-9.

[110] 蔡德龙，侯娇娇. 正名：清代女性诗学批评的逻辑展开［J］. 中国诗学研究，2020（1）：122-136.

[111] 许秋伊. 百年明清女性诗文总集研究的回顾与前瞻 [J]. 人文论丛，2020，33 (1)：463-468.

[112] 史哲文，尚丽姝. 论《桐山名媛诗钞》与明清桐城女性诗学伦理观念 [J]. 地域文化研究，2020 (3)：61-70，154.

[113] 蒋寅. 性灵诗观在女性诗学中的回响：熊琏《澹仙诗话》的批评史意义 [J]. 学术研究，2020 (3)：153-162.

[114] 龙世行. 从清代闺秀诗话丛刊看才媛的“宗陶”现象 [J]. 九江学院学报 (社会科学版)，2020，39 (1)：9-14.

[115] 付余. 场域视野下的《红楼梦》女性诗学活动研究 [J]. 重庆第二师范学院学报，2020，33 (1)：57-61.

[116] 白优优. 天籁自鸣有清新：《名媛诗话》中的女性批评实践 [J]. 散文百家 (理论)，2021 (9)：35-36.

[117] 李姣玲，周滢芳. 闺秀文学视域下家族意识的书写：以《湘潭郭氏闺秀集》为例 [J]. 老区建设，2021 (12)：69-75.

[118] 陈洪. 中国文学批评史领域的新“矿源”：《名媛诗话》的文献及学术价值 [J]. 文史哲，2021 (3)：138-150，254.

[119] 尹玲玲. “女士”：清代女性诗人独立意识觉醒的标志 [J]. 阜阳师范大学学报 (社会科学版)，2021 (1)：81-88.

[120] 尹玲玲. 脂粉气与女性诗评的清代演进：兼及女性诗评系统的构建 [J]. 中国韵文学刊，2021，35 (1)：68-73.

[121] 张墨君，黄晓丹. 清代闺秀才命观探析：以虞山地区女性为例 [J]. 语文学刊，2022，42 (1)：108-113.

[122] 吕菲. 清代著名女诗人沈善宝北京时期的文学活动 [J]. 广东开放大学学报，2022，31 (1)：60-64.

[123] 张宏生. 闺阁的观物之眼：清代女诗人的咏物诗 [J]. 北京大学学报 (哲学社会科学版)，2022，59 (1)：52-63.

[124] 赵思奇. 女性诗学关键词“姐妹情谊”内涵及困境对策研究 [J]. 河南大学学报 (社会科学版)，2022，62 (1)：106-111，155.

后　记

从2016年开始读博，到2022年博士毕业，这六年时光，于我是难忘的。当时我还在湖南中医药大学工作，担任学校的新闻宣传中心主任，事情非常繁杂。我一度懊恼，没有辞职专心读博，耽误了做研究与专研学术，从而延迟了毕业的时间。我也一直憧憬，假如能够沉下心去书山文海跋涉，就感兴趣的领域做深入的探究，这对一介书生来说，是多么幸福的事情。

读博期间，我在阅读文献的时候注意到，明清时期，居然有数量如此庞大的女诗人群体，而文学史上对她们鲜有提及。《红楼梦》中海棠诗社与桃花诗社中毫端蕴秀、口齿噙香的女诗人，正是当时女性文学繁荣的投影。我越读她们的作品，便越感惊喜与沉醉。后来我有写《明清闺阁里的翰墨书香》一文，提及明清时期闺阁诗人的作品，它们滋养了闺秀才女文化，让女性发出真正属于自己的声音，令当时的文坛为之惊喜瞩目。

明清女诗人写作，初始目的是宣泄自我的情感，用以自娱，即“自到花前常有感，每当月下即寻诗”。随着写作的深入，她们后来的书写渐渐超过了自娱自乐的范畴，从而上升到了视若生命的高度，写作成为她们生命之中的重要寄托。她们写作的文体，不限于诗词，而是几乎覆盖了所有的文学体裁，如散曲、戏剧、弹词、章回小说等。

阅读和书写，让女性生命中的灵性被点亮，放出了属于自己的光芒，不再浑浑噩噩地消磨岁月。她们不再将自己定位为男性的附属品或生儿育女的工具，而是认识到女性应该是生动具体、多才多艺、具有独立自我意识和精致审美情趣的人。文学不仅点缀了她们寂寞的生活，也为她们打开了一扇通向生命不朽道路的窗户，让她们感受到活着的意义。也正是因为有了文学自信，相当一部分女诗人不再满足于被鉴赏被评论，而是主动涉足女性诗学理论研究。明代已经有女诗人表现出诗学意识的自觉性，开始在诗歌创作的同时进行诗学批评与诗歌评论。她们对诗歌理论的各个维度都有着独到的思考，总结她们的创作技巧，指导她们的创作方向。这进一步刺激了女诗人的创作热情，且提升了她们作品的传播度，因此对她们的创作来说意义重大。而她们又是如此珍惜珍爱自己和女性文友的作品，评论时较之男性诗论家更具有温度："诗论家对诗歌作品的鉴赏与评论，会赋予作品新的生命。明清女性诗论家对女性诗人作品的细心解读，犹如拂去玉石上的尘埃，使之呈现出更温润莹洁的光泽。"

通过深入阅读与多方考虑，我确定了"明清女性诗论研究"这一博士论文选题，博导杨雨教授理解我的想法，并给予我大力支持。于是，就有了一个个挑灯夜战的不眠之夜，我静静地探索与追寻，其中甘苦冷暖，也不消细说。

终于到了中南大学博士学位答辩的那一天，我很是激动。对于中南大学，我并不陌生，我的本科、硕士都是在这里读的，人生最美好的时光是在这里度过的，生命中的另一半与最好的朋友也是在这里遇见的。也是在中南大学，我结束了我的博士生涯，开启了我的学术道路。

整个博士阶段，我最需要感谢的是我的导师杨雨教授。很幸运能拜在老师门下静心学习，深入钻研我所感兴趣的研究论题。杨老师博学多才，底蕴深厚，又有着极其严谨的治学态度，每当我学业上遇到问题，在老师悉心指导和点拨之下，我总是会豁然开朗。

杨老师会定时给我们开读书会，是为"杨门读书会"。工作和社会事务再忙，杨老师都会抽出时间风雨无阻地跟我们在读书会相会，现在想来，是极温馨的回忆。师兄弟姐妹们轮流主持读书会，汇报学术心得和论文进展，大家各抒己见，纷纷提出意见和建议，供汇报人集思广益。老师最后再做详细总结，每每一语中的，令人醍醐灌顶。这样的学术训练，特别有效地促进了我们学术思维的成长。读书会氛围极好，其乐融融，有时老师还会特别选择在古韵袅袅之地开展。读书会前，老师总记得给大家叫上一杯咖啡或者奶茶，让人觉得，做学问，虽然辛苦，也真是件幸福的事情，有如海风碧云、夜渚月明。

感谢毛宣国教授、王攸欣教授、晏选军教授对我的耐心指导。老师们博雅温和，为人师表，无论是做学问的思路，还是对学生的态度，都让我学到了很多。在文学与新闻传播学院求学的这些日子，令我终身受益。

感谢好友饶平平、刘江、丁颖、刘雨过的鼓励和支持，在我每每觉得劳累灰心的时候，她们总能给我满满的正能量。

感谢本书的责任编辑向彩霞。彩霞也是我多年好友，她特别认真，我遂放心把博士论文交给她出版。她为之付出了很多心血，于是便有了这本小书的面世。

感谢我的母亲和先生对我的体贴与照顾，令我没有后顾之忧地进行我的学业与研究。

感谢我的女儿心悦。在博士学位论文成书的过程中，心悦到来了。她温暖了我的岁月，丰富了我的生命，是我最好的作品。

感谢笔下的那些明清女诗人和女性诗论家。明清女性诗人是一个极具才华的群体，她们对阅读与书写的热爱，对自由与美好的渴望，都深深感动了我。我自己也是一名写作爱好者，琐事缠身时也是靠写作营造一方精神上的桃花源，以供灵魂栖息。研究明清女性诗论，透视并触摸明清女性诗人丰富蕴藉的内心世界，令我自身获益良多。如果可以的话，我想把明清女性诗论研究一直进行下去，继续撰写相关的专著与论文。我还希望深入研究一些光芒熠熠却被历史尘封的明清女诗人，力所能及地创作相关的科普作品，希望能让这些清灵秀逸的明清才女们被大众熟知。

诚然，本书是我学术研究上的一个起点，书中定会存在一些不足，恳请方家批评指正。

张　觅

2024 年 12 月